皇室料理番

〔日〕杉森久英 著　周若珍 译

南海出版公司

新经典文化股份有限公司
www.readinglife.com
出 品

目录 CONTENTS

胸中燃烧的火焰	1
直窜天际	29
不屈不挠	56
法国热	101
忍耐的极限	140
新马铃	171
塞纳河畔	210
皇宫之中	267
战前与战后	355
参考文献	384

胸中燃烧的火焰

1

这孩子从小个性就倔强。每次想要什么东西,会一直大哭大闹,东西没到手绝不罢休。

不管是骂他、哄他,还是给他别的东西,他都不接受。因为他想要的东西非常明确,不能用其他的东西替代。

这个孩子十岁的时候,忽然说想当和尚。

双亲吓了一跳。虽说他是次子,没有继承家业的职责,但是当和尚未免也太不体面了。和尚又称为出家,不是一般人能从事的职业。古书里也写到"法师就像木材的边角料",根本不把和尚算在"人"的范畴内。

大人们问孩子,你该不会才十岁就看透了人世间的无情,或是顿悟了吧?但他都答不出来。

其实他只是憧憬和尚的外表。他的小学同学当中,有一个在寺庙当小沙弥的孩子,平常举手投足都很优美,看起来相当有涵养。在法事等活动上,那位同学总是静静地跟在老和尚身后,那景象简直像一幅画,高雅极了,因此他也想变成那样——这是他真正的动机。

一旦对和尚心生向往,他就再也按捺不住,开始吵着要当和尚,跟他说什么都听不进去。

他的双亲伤透了脑筋。虽然经常耳闻有人因为家境穷困把孩子送去寺庙，以减少吃饭的人口，但他们家明明过着衣食无缺的生活，实在没必要把他送去当和尚。

于是，他的父亲周藏前往菩提寺，找住持商量。

"这还真是奇特。这孩子这么小就懂得坚持自己的心意，或许就是所谓的有佛缘。从你的话听起来，他应该是个很聪明的孩子，说不定日后会成为一位高僧。"

住持告诉他修行非常艰辛，试图说服他改变心意，没想到却适得其反。

"那么就拜托您了。"他说。

"我们寺院属于净土真宗，如果要修行的话，禅宗或许更适合你。"

住持如是说，并介绍了一间熟识的禅寺。这座禅寺地处深山，历史悠久，镇上的人都称它为"山之寺"。

决定出家后，必须进行剃度仪式，也就是跪坐在寺院供奉的释迦如来佛像前，诵经、礼拜之后，再请师父为弟子剃发。这时，弟子才能得到法名，穿上袈裟，正式成为和尚。

孩子身穿白衣，坐在正殿中央，闭目合掌。在穿着金缕袈裟的住持引领下，伫立在两侧的众僧一同吟诵佛经，经文仿佛渗入了他的身体。

袅袅香烟宛如五色云彩，令人觉得仿佛要被带往极乐世界，甜美而悲切的法喜之泪顺着脸颊温热地流下。

仪式依序进行，他的心情如在梦中，最后终于到了剃发的阶段。就在住持手中的剃刀触到头皮的时候，孩子忽然大吵大闹起来。

"好疼、好疼。如果当和尚这么疼，那我不当了！"

孩子站起来，从正殿夺门而出，钻过山门，跑过长长的参道回家去了。

接下来是一阵骚动。竟然有小沙弥说剃度会疼而逃走，这真是前所未闻。寺院派了使者来到孩子家里，与双亲商量该怎么处理才好。

周藏一开始虽然反对孩子出家，但事情都进展到了这个地步，才突然说反悔，对不起的人实在太多了。

"你快好好向师父道歉，请他让你回寺院去。"父亲说。

"我不想当和尚了。那么疼，我忍不了。"

但孩子却这么说，丝毫不为所动。于是，全家人只好一起压着他，由周藏硬是帮他剃了头。

剃了光头之后，孩子觉得又清爽又自在，凉快极了。他喜欢的本来就是和尚的外貌，因此并没有感到不高兴。他很快就恢复心情，回到寺院去了。

他的法名是笃有。这个名字从他的本名笃藏中取了一个"笃"字。

对笃有而言，寺院的生活其实并不辛苦。他天生体格强健，也不排斥粗活，又一刻都静不下来，所以即使工作繁重，也不以为苦。

早上四点起床，在井边洗完脸后，便穿上衣服，到正殿念经。这是所谓的早课。

早课结束后便是早餐时间。早餐是白粥、味噌汤以及酱菜等简朴的饮食，但在当时的日本，无论到哪里吃的东西都差不多，再豪华一点就会被视为奢侈，因此并非只有寺院才吃粗茶淡饭。

这里的味噌是寺院自己做的，每年都会制作一大桶，不像一般市售的味噌，会添加其他东西或是偷工减料，而是货真价实的美味。即使没有其他配菜，光喝味噌汤也令人心满意足。

吃完早餐后，笃有便带着便当去上学。笃有上面有三个师兄，他们都已经毕业了，目前还在就学的只剩下笃有。当时的义务教育到四年级，因此笃有不能辍学。不过，与其说是义务，倒不如说是权利更贴切。

放学后，笃有的师兄们会教他读经。经文有很多种，比如《舍利礼文》《般若心经》等，全都得用汉文读，因此笃有完全无法理解经文的意思。但即使不懂意思，也非得背下来不可，所以他拼命地背诵。一开始背得不熟，但不断重复背诵之后，他也渐渐记住了。笃有其实是个头脑很好的孩子，进步得很快。

读经结束后，接着是练习写字的时间。和尚的字如果写得不好，会遇到许多问题。例如受人请托取法名时，万一写出的字太丑，会很丢脸。虽然习字的要求比较严格，不过笃有在这方面挺有天赋，经常受到和尚的称赞。

晚餐的菜色也很简单。除了和早上一样的白粥与味噌汤之外，还多了一道用豆腐或油豆腐、马铃薯及蒟蒻做的炖菜。

最令人期待的，就是跟着和尚一同前往檀家举行法事了。小沙弥会被安排坐在和尚的身边，与和尚一样，享用附有二膳的餐点。有豆皮、竹笋、油炸豆腐、香菇、真姬菇、菊脍、芝麻豆腐等平常菜肴中少见的食材，令人期待。而热热闹闹地盛着金桔甘露煮、花橘（将橘子横向切开，截面切成花朵形状）与醋渍苹果、醋渍莲藕等的一道菜，更是能满足食欲。

和尚经常受到招待，但小沙弥并不是每次都能一起用餐。有时候和尚会自己一个人出门，大多数时候也都是师兄们陪和尚去，鲜少轮到最小的小沙弥。

不过，处于底层的人也会发挥属于底层的生活智慧，经常能找到补充营养的方法。

笃有有时从香油钱箱中偷出两三钱，去镇上的糖果店买糖果吃。明治时代，一钱可以买到十颗糖球，能够满足发育期孩子旺盛的食欲。

和尚也许早就发现，只是装作不知道罢了。在和尚还是小沙弥的时候，或许也做过同样的事。只有孩子才会以为一切都神不知鬼不觉。

"山之寺"名副其实位于深山里，从山脚下到山门之间，是一条必须扶着岩壁前进，绵延约八丁（约一公里）的山路。山路两旁矗立着绿荫苍苍的杉树，让这里即使在白天也十分阴暗，空气凉爽。

在这条山崖小路上，间隔相等地伫立着八十八尊地藏石像。有一位虔诚的老婆婆每次来参拜时，会在每一尊地藏菩萨前点香，并各放两三粒金平糖供奉，一边礼佛，一边往山上爬。

笃有在山上一看见老婆婆的身影，便大喊："来了！"

接着和其他小沙弥一起顺着寺院后方的小路跑下山，将老婆婆刚刚供奉的金平糖全部拿走。就算每尊佛像前只有两三粒糖，八十八尊地藏菩萨前的糖加起来，用双手也几乎捧不住。

"佛祖的惩罚很可怕哟。"

同伴显得有点畏惧，笃有却若无其事地说：

"什么嘛。地藏菩萨早已享用了老婆婆的心意，这不过是个空壳罢了。就算丢在那里，最后也只是进了狐狸或狸猫的肚子。用这些糖果来滋养我们佛门弟子的身体，功德才更大呢。"

这位老婆婆是笃有他们村里的警察局长的家人。局长原是武生藩士，担任过大名①的武术教练，是个蓄着一脸大胡子、充满威严的人。老婆婆也不愧是武士之妻，散发着一股威风凛凛的气质，让人不敢靠近。

这位老婆婆的孙女，也就是警察局长的千金——八千代小姐，和笃有就读同一所小学，比笃有低一年级。

笃有的村子现在虽然被划在武生市内，但原本是日野川流域的农村的一部分。住在这里的，都是早已在这片土地落地生根的农夫。其中唯一的外来客，就是警察局长仓岛权太夫一家。他们的生活流露着士族的威严，备受村民敬畏。

比如，村里的小学生平常都穿着满是补丁的短和服，不穿裤，趿

---

①日本江户时代，封地一万石以上的武士称为大名，后文出现的旗本，指封地一万石以下，且有资格谒见将军的武士；御家人指封地一万石以下，但没有资格谒见将军的武士。

拉着粗糙的草鞋去上课,但是局长千金总是穿着清爽的和服,以及折痕笔挺的红色袴。她的头发总是梳成烟草盆式的发髻,系着红色的蝴蝶结。在家里,她则穿有红花紫花图样的绉绸坎肩。她的模样恰如东京杂志的刊首插画里的人物,仿佛一朵盛开在一片野菊花中的白百合,高雅而清纯。

八千代小姐的脸蛋也很标致。她的父亲——警察局长的长相,就像在仁王的脸上泼了漆一样吓人,但是她却气质出众,每个人都疑惑为什么这种父亲生得出这样的孩子。

她的肌肤就像刚剥壳的水煮蛋那般白皙细嫩,眉毛细匀,眼眸又黑又圆,鼻子尖挺,嘴唇鲜艳红润,是个典型的美女。她最大的魅力是眼角和嘴角那淡然而从容的微笑。或许那是一种发自内心的温柔与亲和力,只是自然地流露在外,而她自己根本没有注意到吧。只要看见这抹微笑,无论是心肠多么扭曲的人,想必都会忍不住给她一个笑容。

八千代小姐比笃有低一年级,因此他们并没有一起玩过,也没有讲过话。但这毕竟只是个小村庄里的小学,笃有每天都会在下课时间和她在走廊的拐角擦身而过,或是在运动场上相遇。

每次遇到八千代小姐,笃有的心都会跳个不停,背脊仿佛窜过一道电流,双脚发抖,很想当场蹲下来。他当然做不出这么丢脸的事,总是挺直腰和膝盖,咬紧牙关,走过时故意不去看八千代小姐,然而他的内心却像火灾现场一样纷乱。

不知道八千代小姐究竟有没有察觉笃有的心思,她在与笃有擦身而过时,总是投来温柔的笑容,让笃有不禁心想:八千代小姐可能不讨厌我吧?

不过,笃有才十岁。一个十岁的孩子,不论心中燃烧着多么热切的念头,应该也不会有人当一回事。想到这里,他不禁更加悲伤。

这种悲伤的心情,和他偷走八千代家老婆婆供奉给地藏菩萨的金平糖的心理,其实并非毫无关联。正因为老婆婆与他幼小心灵倾慕的对象有关系,他才想偷走那些金平糖。他的动机并不只是想吃甜食,或是单纯想恶作剧,这种行为和偷窃女性贴身衣物的心理或许有些相通之处。

老婆婆平常总是一个人来参拜,但在某个炎炎夏日,她罕见地带着八千代小姐一起来了。当时正值暑假期间,八千代小姐又刚好在家,所以老婆婆就把她当作聊天的伴儿,带着她一起来了。

师兄从山上眼尖地发现后,便大喊:"笃有,金平婆婆又上山来啰。今天她好像还带着一个女孩子呢。喂,快去把金平糖偷来吧。"

假如是平常,笃有一定会打断师兄,大喊:"终于来啦。"同时拔腿就跑。可是今天,他只说了一句"不去",动也不动。

"为什么今天不去?"

"没有为什么,反正我今天不去。"

"你知道不听师兄的话,有什么下场吗?"

师兄卷起袖子,挥出一拳。禅寺就像相扑界或军队一样,师兄握有绝对的权力,要是不服从,就只有接受制裁的分。

师兄扬起拳头试图逼近笃有,笃有立刻从平时带着上学的笔袋中拿出一把削铅笔用的小刀,反握在手里。

"要来打一场吗?"

看见笃有摆出要打架的姿势,师兄害怕起来。

"喂,别拿刀。很危险……"

"管他危不危险!来啊!"

"喂,我说这样很危险……"

师兄脸色苍白地落荒而逃,但笃有追了上去,把他逼到走廊的角落。

"以后你都必须听我的,怎么样?"

"我听就是了,饶了我吧。"

只要牵扯到女人,就算是弱者也会反抗,成为强者——师兄失败的根源，就在于他不了解男人这种心理的微妙之处。

2

山中寺院的小沙弥生活，对笃有来说并不算太辛苦。

禅寺里没有女性，他得做在一般家庭中由女性负责的烹饪、洗衣、裁缝、打扫等工作，除此之外，也必须做男性应该负责的辛苦活儿。不过对年轻又充满活力的笃有而言，这些活儿并不那么吃力。

笃有个性急躁，总是能敏锐地察觉各种事情，并且迅速作出反应，抢在别人之前行动。他明明是最小的，却凡事都比师兄抢先一步去做，因此惹得师兄讨厌，骂他爱出风头。但自从因为金平糖的事拿着小刀追着师兄跑之后，笃有就掌握了主导权，再也没有出现遭到师兄欺压的情况。

非但如此，师兄还必须得看笃有的脸色。无论是多么了不起的人说的话，只要笃有不高兴，就会说："不干！"任谁都说不动他。假如没有事先打探一下他的心情，事情就很难进行下去。

在学校，笃有也很爱恶作剧。班主任虽想通知家长，但即使把通知单交给笃有，他也不可能转交给父母，班主任便拜托邻居家的孩子转交家长通知单。

笃有发现这件事后，便在途中埋伏，试图把通知单抢走。邻居家的孩子很害怕，便爬上了路边的一棵桑树。笃有说："好，你等着瞧！"

他把附近肥料堆的粪便搬来，倒在桑树底下，又涂在树干上。树上的孩子想下来也下不来，于是放声大哭。

干了这些事情，笃有很晚才回寺院。他摸黑抵达寺院后，和尚便开始絮絮叨叨地说："你跑到哪儿去玩了？"笃有一直听到双脚开始发麻，才被允许去吃晚餐，这时大家都已经吃饱了。

寺院后方的山崖上立着历代住持之墓。这所寺院建于应永二年

(一三九五年),至今已历经三十多代住持,崖上自然也有这么多上人的墓。这片墓地是这所寺院最神圣的区域。这三十多座墓碑高度大约到笃有的胸口,形状就像倒插的瓢头,上端浑圆饱满,下端较细,头大身小。墓碑底部应该是固定在基座上的,但看起来似乎轻轻一推就会倒。

笃有对这些墓碑好奇得不得了。为什么要把墓碑制作成这种形状呢?重心在上方,违反了大自然的规则,让人看了也心情不安稳,简直就像在对人挑衅:"你推一推,看看会不会倒下?"

一天,笃有抗拒不了诱惑,于是推了推其中一块墓碑。

起初墓碑纹丝不动,但推了几次后,便开始有点手感了。笃有利用反作用力,以固定的节奏反复地推,墓碑的反弹越来越强劲,吓人地摇晃起来。

最后一推,墓碑终于脱离了基座,颠了个个儿滚落下去。崖下是一片竹林,墓碑撞上竹子,发出哐啷哐啷的声音。

"哈哈,不论多重的东西,只要利用反作用力,一直不断地推,就可以推动了。"

笃有宛如发现了一项伟大的物理法则一般,心情极佳,于是将墓碑一个接一个地推倒。

这件事成了寺里的大问题。这和窃取香油钱或摸走金平糖截然不同。他亵渎了寺内的圣地,这是法难。他罪大恶极、罪孽深重,简直是佛教之敌。

寺院立刻派人通知他的父亲周藏:"我们判断令郎没有佛缘,因此将他逐出佛门,请立刻将他接回。"

于是成为得道高僧的梦想,只维持了一年多就破灭了。

笃有被逐出寺院、回到家里,名字又恢复为原本的笃藏,不过还是一样调皮捣蛋。

一天天气晴朗，笃藏想做些好玩的事，于是走在村子里，四处找寻恶作剧的机会。

忽然，他发现有人躲在路旁稍远处的树丛中。透过树叶缝隙一看，原来是住在村外破烂小屋里的老乞丐正在出恭。乞丐仰望着蓝天，仿佛沉浸在无忧无虑的快感当中。垂在他双腿之间的东西形状像极了笃藏前阵子推倒的墓碑，只不过重心在下。

笃藏看见后，便涌起一股推倒他的冲动。他的内心或许隐藏着一种本能，只要看到这种形状的东西，就想去推。

笃藏找到一根竹棍，蹑手蹑脚地接近老乞丐，一个猛子将他推倒。

突如其来的意外让老乞丐吓了一大跳，"啊"地大喊了一声，便一屁股坐在了自己的粪便上。

他立刻发现了加害者，于是猛然袭向笃藏。

笃藏一溜烟地跑走，直冲进家门。乞丐也闯了进来，大声嚷嚷："快，把这家的坏孩子给我交出来，我要把他送到警察局去。"

此时周藏出来讲情："老爷爷，请原谅他吧。我这就给你下跪道歉……"

笃藏的父亲平时经常施舍这个乞丐食物和钱，乞丐面露难色："老爷子，平常是平常，今天是今天。我绝对不原谅他。我可以把你以前给我的全都还你，但你也要让我把令郎带走。"

笃藏躲在储藏室的角落，缩着身子，竖起耳朵听着乞丐的怒斥。

要是被他带走，会被送到警察局吧。我不怕警察，可是局长是那位像女神一样的八千代小姐的爸爸。万一我被送到八千代小姐的爸爸面前，这件事一定会传进她的耳朵里。与其这样，我还不如去死……笃藏躲在储藏室的角落直发抖。

乞丐这天最后虽然死心回去了，但第二天又来家里大吵大闹，要他们把坏孩子交出来。看来他真的很生气。

在这种情况下，万一不小心被他逮住，可不知会吃上多少苦头，所以笃藏跑到嫁到武生市区的姐姐家避了一个星期。姐夫家在车站前经营雨伞店，店面很大，有地方让笃藏容身。

十一岁的春天，笃藏从小学的寻常科毕业，进入了高等科①。当时的义务教育只有四年的寻常科，家境清贫的孩子毕业后，可能就在家帮忙打理家业，或是出去工作。不过高滨家一直是村里的大户人家，他不需要一毕业就立刻出去工作。

高滨家在旧藩时代，是担任"十村"的人家。所谓十村，是管理邻近十个村庄的职位，相当于其他藩的大庄屋或总庄屋。这个职位比一般的庄屋还要高一等，因此他们家的大门是充满威严的长屋门，他们住在白色围墙环绕的宅邸中，过着富足的生活。

不过笃藏是次子。在当时的继承制度下，无论家中财产多么庞大，继承权也全在长子手上，次子连一文钱都拿不到。就算能分一杯羹，也是家里给的恩惠，而不是权利。

长子周太郎才学出众，备受称赞，在东京的大学读法律。他应该是打算未来当个律师，回到乡里来开业。

届时，笃藏就必须离开这个家。他不能永远在家里白吃白喝。那么，他该做什么呢？

去念书，以后当个官员或是去公司上班，还是去学校当老师？

他虽然自认为头脑不差，却非常讨厌坐着静静看书写字。

坐在教室里上课的时候，他的注意力也经常被窗外的蝉鸣、鸟叫或是犬吠声吸引过去。假如是在河里钓鱼、游泳、追蜻蜓或蚱蜢，笃藏花上一整天也不腻烦，但就是没法坐下来读书。

然而他知道总有一天必须离开这个家，也非常清楚，想在世上生存，就必须学会某种技能。他以前之所以想当和尚，除了向往和尚的打扮之外，也想找到一种方式维生。

---

① 日本旧式义务教育分为寻常小学和高等小学两个阶段。

一天，嫁到大阪的姑姑回来了。

"大阪是个什么样的地方啊，姑姑？"

面对少年的问题，姑姑回答："这个嘛，大阪是个很热闹的地方哟。俗话说'穿在京都，吃在大阪'，那里有很多美食。只要有钱，就可以随便吃。"

"大阪人都很有钱吗？"

"虽然不是每个人都很有钱，不过有钱人真不少。"

"他们为什么能赚大钱？"

"堂岛这地方有个米市，听说有许多人因为在那里投资，从身无分文变成了百万富翁。"

于是，少年心中燃起了前往大阪的憧憬。到大阪去投资，成为百万富翁的梦想，他无时无刻不放在心上。

他告诉父亲想去大阪，父亲却不搭理他。父亲说，就算去投资，也一定会赔钱。

可是他仍然不死心。一旦下定决心，不管怎样都无法让他改变心意，这股倔强和他想当和尚的时候一模一样。

从父亲的立场来看，这当然是胡来。靠着投资成功的人，几万人当中才有一个。他认为对儿子来说最安全的路，就是到合适的人家去当养子；假如对方家里有女儿，那么就入赘那户人家，继承他们的家业。这样一来便不需要资本，风险也比较低。

然而笃藏说什么也不肯打消去大阪的念头，最后竟图谋偷偷离家。他留下了一封信，也搭上了火车，没想到父亲早就察觉，派人到武生的下一站把他拎了回来。

笃藏当然不会因为这点挫折就放弃初衷。这次他慎重地计划，先搭上与大阪方向相反的火车，经过两三站之后下车，再跳上反方向的火车，终于顺利抵达了大阪。

他在大阪的姑姑家住了一个月左右，父亲便来接他，把他带回家了。

在这个时候，笃藏想靠投资赚大钱的梦想已经熄灭。因为在大阪游手好闲的那段时间，他隐隐约约地明白想当个投资客，他的年纪还太小，经验又不足，而且投资客也不是每个人都能随便当的。

从大阪回来之后，另一种不同的命运在等待笃藏——有户人家提出，希望收笃藏为养子。对方在武生市区经营一家餐厅。虽说是餐厅，却不是让客人在店里用餐的那种，而是承接婚礼、法事、宴席以及餐盒等的订购，进行外送或是外烩的餐厅。

这家餐厅的店名叫八百胜。也许他们原是蔬果店，兼营餐厅，结果反而把餐厅变成了主业。

八百胜基本不论人数多少、金额多寡，只要有订单就接。他们的客户大多是定期大量订餐的政府单位、学校和公司等。其中一个老客户是靖江的连队。靖江是一个与武生相邻的旧城，步兵第三十六连队就驻扎在那里。不过他们向八百胜订购的，并不是给士兵们吃的餐点。士兵们的餐点是士兵在连队的厨房自己烹煮的。他们向八百胜订购将校集会所举办宴会及聚餐时所需的餐点，也就是高级料理。

成为八百胜的养子后，过了一个星期，笃藏带着仆人梅吉前往连队交货。

一名士兵前来迎接。他穿着从胸口盖到膝盖的大围裙，用漂亮的东京腔说："你是八百胜的人？我以前没见过你啊，你是哪位？"

随侍在旁的梅吉说："这位是我家少爷，他到我们家来当养子……"

说完，梅吉又告诉笃藏："这位是田边军曹，是这里的主任。"

田边军曹说："哦，原来你是少爷啊。你看起来年纪好像很小，做菜的功夫如何？"

"是，我还一窍不通，但会努力学习的，请您多多指点。"

还是个高年级小学生的笃藏说出这番话，稍嫌老成了些，但这是家里教他讲的，毕竟他未来要继承八百胜，这点客套话当然得会说。

笃藏从刚才就对一件事非常好奇：这里飘着一股很香的味道——

是什么味道呢?

笃藏想了半天,还是不明白。他从来没有闻过这种香气,好像带着点焦味,却又不知道是什么。他终于忍不住对田边军曹说:"我闻到一股很香的味道……"

"哦,我正在炸 katsuretsu,大概是那个味道吧。"

"Katsuretsu 是什么?"

"你不知道 katsuretsu?你们家不是开餐厅的吗?"田边军曹惊讶地高声说,"但也不能怪你,毕竟在这种乡下地方,大概没有吃 katsuretsu 的习惯。"

"那是一种西洋料理吗?"

"对啊。你家是专营日本料理的,你不知道也是理所当然……怎么样,你要不要尝一块?"

"好的,请让我尝一块。"

田边军曹从摆在厨房一隅的盘子当中拿起一个,盛了一块看起来像是炸豆皮的东西,淋上浓稠的褐色酱汁,摆在笃藏面前的桌上。

"这个本来应该用刀叉吃,但你应该不太会用,就直接用筷子吃吧。来,我帮你切开。"

田边军曹用一把大菜刀利落地将 katsuretsu 切成好几块,给了他一双筷子。

笃藏吃了一口,便发出惊叹:

"哇……太好吃了,我这辈子从来没吃过这么好吃的东西!"

3

笃藏始终难以忘怀在鲭江连队尝过的炸猪排这道菜的滋味。

武生本来就是个出产美食的地区。若把福井县比作一个长柄勺,那么相当于柄的位置是若狭,而相当于勺子的位置是越前,位于勺子正中央的则是武生。武生附近有日野川流过，当地人认为夏天这条河里的香鱼是全日本最美味的。

这条河位于九头龙川的上游，入春时，香鱼会从河口的三国港逆流而上，途中吸收了各种营养，变得十分肥美。等经过福井来到武生的时候，便是最完美的状态。

除此之外，这里还有若峡湾的小鲷、马头鱼（甘鲷）、海胆及越前蟹等各种美味海鲜。

笃藏天生身体健康，食欲旺盛，再加上从小就常吃这些美味佳肴，味觉敏锐。来到八百胜当养子之后，也对餐饮生意非常有兴趣，一整天都在厨房进进出出，切鱼啦、切蔬菜啦，一下子煮，一下子烤，费了很多心思。

但是他从来没吃过炸猪排那么美味的食物。

那股香味真是绝妙！虽然有点像天妇罗，却远比天妇罗浓烈。猪肉的味道也很棒。原来西洋料理是如此入口即化又芳香醇厚？

这是新时代的味道。料理的世界也拓展了一个新的领域。

未来将是西洋料理的时代啊！

两三天后，笃藏再次来到鲭江连队的将校集会所。田边军曹一看见他，眼角便浮起笑意。

"哟，你不是上次的小少爷吗，今天有什么事？"

他开口就说："请你教我做炸猪排。"

"为什么突然这么说？有客人点这道菜吗？"

"不是，是我自己想学。"

"又没人点这道菜，你学来干吗？"

"是我自己想吃。我以前从来不知道世界上有那么美味的东西。请教教我怎么做。"

"你觉得我做的炸猪排好吃，我很高兴。如果只是你自己想吃，只要来找我，随时都可以做给你吃，根本不用学啊。"

"不，我还是想自己做做看。"

"好吧。既然如此，那就教你吧。不过啊，小少爷，我现在很忙，得先做好两三道菜，你可以等一下吗？"

"好的。"

田边军曹让笃藏坐在房间角落的椅子上，便出去了。大约一个小时后，他回到这里，说："好啦，我现在有空了，你过来吧。"

厨房打扫得非常干净，里面整齐地摆着亮晶晶的大小锅子、平底锅和茶壶等厨具。看来田边军曹很爱干净。

军曹拿起一把大菜刀，从猪肉块上切下两片大约三十钱的肉，接着拿起一个像是刮刀和铁锤混合而成的长柄工具，开始敲打肉片。

"为什么要这么做？"笃藏问道。

"这叫肉锤，像这样敲一敲，肉就会变薄，口感也会变软。肉太硬就不好吃了。"

接下来，他在肉片的正反两面都划上几刀，熟练地撒上粉末。粉末有白色和灰色两种。

"像这样在肉片上划几刀，是为了把筋切断。要是筋还连着，炸好的时候肉就会缩小。"

"这就像烤鱼或做酱烧墨鱼花时，要在表面刻花一样，对吧？"

"没错。小少爷，你的头脑不错嘛。"

"那是什么粉？"

"这是盐和胡椒，用来调味的。"

田边军曹亲切地告诉笃藏。笃藏从来没见过，也没听过什么是胡椒。

"把手伸出来。"田边军曹把少许胡椒放在他手心，"你闻闻看。"

笃藏闻了闻，鼻子便感受到强烈的刺激，开始猛打喷嚏。军曹笑着说："这就是胡椒啰，在西洋料理中经常会用到，你可以先记住。"

田边军曹接着又在两片肉片上撒白色的粉。

"那是什么？"

"面粉。"

"这有点像女人化了妆。"

"你还真是个早熟的孩子……"

"我没有别的意思。"

"要是有别的意思还得了。"田边军曹笑着说，同时在搅拌盆里打了一颗蛋，快速打散，接着把沾了白粉的肉片放进蛋汁里。他把沾满蛋汁的肉片拿起来，放在褐色的粉末上，将粉末仔细地撒匀。

"这是什么粉？"

"面包粉。"

"面包粉不是面粉吗？"

"制作面包的粉叫面粉，但这不一样。这是用面包磨成的粉。你看，这种粉的颗粒比较大，而且比较粗糙。"

田边军曹在肉片上均匀撒满面包粉之后，说："好，接下来就是油炸了。"他在油锅里撒上一些盐，确认温度后，便把肉片轻轻滑进锅里。

"好，在炸好之前，我先抽根烟吧……"

田边军曹在一旁的椅子上坐下，点了根烟，津津有味地吸了一口。

"你刚才说你自己想吃，才让我教你做炸猪排，但你其实是想当个厨师，做出好吃的菜吧？"

"是的。因为我家经营餐厅，我当然也想做出好吃的菜，让客人吃得开心。可我说自己想吃也不是骗人的。也就是先以二为一，再以一为二。"

"什么一啊二的，那是什么意思？"

"禅宗的和尚经常这样说。"

"原来如此，我听说你以前曾在禅寺当小沙弥。难怪老是说一些大道理。"

"对不起。"

"没什么好道歉的……假如你想学习西洋料理，当个专业的厨师，那么我就抱着这种心情，把我知道的东西全都教给你。我现在虽然是这种乡下连队里的小厨师，原来可是东京的厨师，而且小有名气。要怎么做出美味的料理，那些技巧我是有能力教你的。"

"哇，田边先生是东京人？"

"对呀。我以前在人形町一家叫泰西轩的餐厅工作，但因为某些缘故，就辗转来到这里了。"

"你不是跟着军队来到这里的？"

"形式上是这样。我的确是军人。不过因为种种因素，没办法回东京了。"

听田边军曹这么说，笃藏仔细地打量了他一番。他顶着大光头，穿着军服，胸前还挂着一件大围裙，看起来很俗气，但是他有一双浓眉与坚挺的鼻梁，是个美男子，而且举手投足都流露出地道的江户人的气息，有种风流又充满活力的感觉。

"啊哈，是女人吧。"

笃藏一脸认真地说，田边军曹反问："你说什么？"

"田边先生没办法回东京的原因，是不是跟女人有关？"

"你这个小鬼，说什么自以为是的话！"

"我猜对了吧？"

田边军曹苦笑着说："唉，虽不中亦不远矣……不过，这不是你该操心的事。你不用想太多，只要专心跟我学习西洋料理就好……来，炸猪排应该炸好了。"

军曹把短短的香烟扔进烟灰缸，迅速将高丽菜切丝，放在两个盘子边缘，再从锅里捞起炸成金黄色的猪排，放在高丽菜丝旁边。

他把一个盘子放在笃藏面前，另一个则放在自己面前，说："今天我也和你一块儿吃吧……来，这是刀子和叉子。既然你想学做西洋料理，那也应该学一下刀叉的用法。"

军曹熟练地使用刀叉，示范正确的吃法给笃藏看。笃藏很快就熟悉了这种新餐具,能自如地使用了。

炸猪排炸得恰到好处,不会太焦,也不会太生。

"哇,太好吃了。这味道果然和日本料理不一样。未来就是西洋料理的时代了。"笃藏说。

田边军曹歪着头说:"你前几天才第一次吃到炸猪排,今天是第二次,所以会这么说,可是假如每天给你吃这个,你就腻了。听说在西洋待了很久的人,都会对这种油腻的东西感到厌烦,反而想回日本吃茶泡饭。"

"或许是吧,但应该也有很多人不是想每天吃,而是偶尔想吃一次。毕竟这是日本人从来没尝过的味道。只要加以宣传,我想一定会慢慢普及的。"

田边军曹仔细打量着笃藏。"你好像真的很喜欢西洋料理。"

"是的。"

"有很多人吃过我做的炸猪排,但从来没遇到过像你这样一直不停说好吃的人。我想原因之一可能是你家经营餐厅,所以你想把这道菜拿来卖……"

"这个嘛,没错……"

"你又要说那个什么一啊二的大道理?不过,如果你真的想以专业厨师的身份学习西洋料理,希望你一定要去一个地方。"

"什么地方?"

"首先,你如果想当一个真正的厨师,就必须去东京或横滨那种大都市的一流酒店或餐厅,住下来,从最基础的工作开始学习。假如你继续待在武生,当一个外送餐厅的小老板,只是利用空闲时间学一下炸猪排怎么炸,这种心态是做不出好料理的。"

"我想跟田边先生学。"

"我会把知道的都教给你。可是你别搞错了,不是每个厨师都会好心地教导你。厨师一般不会把自己的技术告诉别人。"

"为什么？"

"那还用说。如果某个技术的秘密只有我一个人知道，我就能称霸了。可如果还有另一个人知道，岂不就一文不值了。"

"是这样吗？"

"不只是厨师，所有靠技术为生的人，都不喜欢教别人。学到这项技术的家伙一定会以它为武器，扩展自己的领土，最后超过前辈，回过头来瞧不起你。这个世界就是这样。照顾后辈，日后却被当成敌人的先例，简直不胜枚举。"

"既然如此，您为什么愿意教我这么多东西？"

"这个嘛……"田边军曹笑着说，"因为我并没有在这个地方以当厨师为生的打算。"

"可是你现在不就是厨师吗？"

"我现在工作的地方是将校集会所。这里并不是餐厅，不管我再怎么认真工作，或是再怎么偷懒，客人的数量都不会变。我的客人只有连队的将校这四五十个人，无论我使出浑身解数做出美味的菜，或是偷工减料，做出难吃的菜，我的生意都不会更好，也不会倒闭。就算我教你做菜，你在这个城市的某个地方开了餐厅，也不用担心你变成我的竞争对手。不管你的店生意多好，我也不用担心影响生意，所以能放心地教你很多东西。"

"那您为什么叫我去东京或横滨学习呢？"

"东京和横滨有很多西洋人，还有很多曾经在外国生活过的人，他们知道什么是真正的西洋料理，对饭菜很挑剔，不接受随随便便的东西。所以厨师才会小心翼翼，费尽心思做出最棒的菜。如果不在这种环境下吃点苦，是没有办法做出一流料理的。"

"原来如此。"

"而且，在这种乡下地方，光是准备食材就很累人。你刚才说我做的炸猪排很好吃，可如果有更好的肉、用更好的油来炸，就能做出更美味的炸猪排。但这种肉和油不是每个地方都有，还是要在东京才买得到。"

他沉默了半晌，突然叹了一口气。

"唉，好想回东京啊。"

4

笃藏成为八百胜的养子，已经三个月了。

一天，主人胜五郎对笃藏说："明天你能帮我跑一趟国高村吗？"

国高村是笃藏的老家高滨家所在的地方。笃藏来到八百胜后，就没有回过老家，所以非常开心。胜五郎说："我有点事情想拜托你高滨家的爸爸，我写了一封信，你帮我送去。如果你愿意，可以在那里住一晚。"

从八百胜到国高村，单程只有一里①的距离，当天来回也绰绰有余，或许胜五郎希望笃藏好好地休息吧。笃藏个性好强，不爱看别人的脸色，即使当了养子，也不太顾虑身旁的人，依然我行我素。即使如此，能回到自己的老家放松一下还是很令人开心。笃藏第二天一大早就起床，按照田边军曹教的方法，做了些鸡蛋三明治当作礼物，前往国高村。

笃藏本来想做一些火腿三明治，但是国高村的人没吃过火腿，怕他们觉得恶心，于是作罢。

老家的父亲周藏看见二儿子回家，心情非常好，但是一读胜五郎写的信，却立刻皱起了眉头。

"你知道这封信的用意吗？"

"不知道。"

"他没告诉你信里写了些什么？"

---

①日本长度单位，1里相当于3.9千米。

"是的。他只说有点事情想拜托你……"

"他想拜托我的事情,是找我借钱。"

"咦?借多少?"

"很大一笔。他要我借他一百五十元。一百五十元都可以买十石米了,他到底要拿来做什么?你什么都没听说?"

"什么都没听说。他的信里没有提到吗?"

"信里只写着有急用。如果只是借五元或十元救急,我可以理解。可是一百元、两百元这么大的金额,只说一句有急用,你不觉得有点蹊跷吗?"

"是的。"

"如果是为了扩大经营、改装店铺、整修厨房、更新设备,我也可以理解。你有没有听他提过类似的事情?"

"这个嘛……没有……"

"你当了他们家的养子,总有一天会继承他们家,成为他们家的主人,所以我本来打算多多少少分你一点财产。毕竟两手空空地去当养子也太寒酸了。但假如是对方先开口借钱,就让人觉得不太舒服了……你觉得呢?"

"这种事,我不太明白。"

"我本来就打算总有一天会给你这笔钱……不,比这更多的钱。可是对方竟然等不及,先开口要了,这实在不太好。而且连你都没听说,这又算怎么一回事……唉,你还是个孩子,就算跟你解释这些,你也不懂……无论如何,我总觉得他好像是在说'我收你当养子,你们家就要拿钱出来',让人很不高兴。"

"这么说来,我好像也有点这种感觉……对了,老板他有时会在外面喝酒,很晚才回来……"

"如果只是喝酒的话,再怎么喝,也不可能花上那么多钱。难道他在外面有女人?"

"我不知道……"

"我不明白……总觉得他好像在觊觎我们家的财产,真不舒服。"

周藏沉默了半晌,忽然说:"你想不想回家?"

"回家?"

"就是离开八百胜,回来当我们家的儿子。"

"我是无所谓,可是回来之后,我又会变成白吃白喝的食客。这个家以后是周太郎哥哥的,我也不能永远待在这里呀。日后要不就是分家,要不就得再到别人家当养子,真是麻烦。"

"你再去别人家当养子也好,分家也罢,才三个月就开口借钱的人家,还是早点断绝关系为好。"

"如果爸爸这么觉得,我就回家吧。虽然我不讨厌经营餐厅,但要离开那个家,也没什么问题。"

事情于是决定了,周藏回绝了八百胜的请求,笃藏则再也没有回到养父家,与养父断绝了关系。

笃藏在家游手好闲一段时间后,又有了一个成为养子的机会。对方是武生的海产商,叫松前屋,主人坂口喜兵卫夫妇膝下无子,表示想收笃藏为养子。坂口家本来就是好几代前从高滨家分出去的,时间相当久远,因此双方的血缘关系已经很淡。现在他们收本家的人为养子,是为了拉近两家的关系。坂口家表示,希望有一天能让笃藏迎娶一位名门闺秀,让他们生的孩子继承家业。

松前屋是武生有头有脸的人家,经营的家业也不是和笃藏喜欢的料理完全无关,因此笃藏和双亲都没有异议,笃藏便正式成为坂口家的养子了。

不久,有人替笃藏与在这个城镇经营吴服店的春山清十郎之女阿藤说媒,双方相亲之后,笃藏十分中意她,便决定迎娶阿藤为妻。这时,笃藏才十七岁。在现代社会中,这个年纪似乎还太年轻了,但在普遍早婚的明治初期,这并不是什么有违常理的事。

阿藤是乡里出名的美女，皮肤白皙，眼睛细长，与国高村的警察局长千金八千代小姐有那么一点神似，因此笃藏很喜欢她。只是八千代小姐是士族的千金，温和的态度中总带有一丝凌厉的气息；而阿藤是商人家的女儿，那种活泼可爱的气质和八千代小姐截然不同。

然而，阿藤嫁来还不到半年，老夫妇便开始露出不悦的神色。养子和媳妇明明都是在他们的盼望下来到这个家的，他们却处处展现出充满隔阂的冷淡态度。老夫妇虽然没有说出口，但笃藏和阿藤都觉得，老夫妇似乎希望他们两人离开这个家。至少，如果老夫妇未来打算把家业给笃藏继承，希望自己老后由笃藏来照顾，绝不会用这种态度对待他。

一天夜里，笃藏在睡前说："阿藤，你不觉得最近爸爸和妈妈的态度很奇怪吗……"

"对呀，我也觉得很奇怪。"

"虽然也没到讨厌我们的地步，但总觉得他们好像嫌我们碍事。"

"其实，关于这一点，我可能猜到原因了……"

"什么？"

阿藤说："万一我不小心说错了，对妈妈不太好……"

笃藏干咳了几声。"只有我们两个知道，没关系。又没有别人在。"

"这样的话，那我就说啰。我觉得妈妈可能怀孕了。"

"啊？这我可没发现。有什么征兆吗？"

"有，妈妈吃东西的口味变了，现在特别喜欢吃酸的。而且仔细看的话，会发现妈妈最近肚子越来越大了。"

"原来如此。果然是女人的眼睛比较尖。"

"这种事男人很难理解吧。"

"不过，妈妈不就是因为怀不上孩子，才收我为养子吗？"

"就算原本以为怀不上，真的怀上了，也没办法呀。妈妈才四十五岁，当然还有生育能力，只是他们放弃得太早了。"

"哦……所以我们就变得碍事了？"

"对呀。毕竟怀了孩子之后，未来想让这个孩子继承家业，也是人之常情，哪有道理把家业交给身为外人的我们呢。"

"说的也是。"

"但话又说回来，爸妈原本是为了让我们继承家业才收养我们的，现在也不能因为我们没用了，就把我们赶出去。他们骨子里其实也是很正直、很善良的人。所以他们现在一定很伤脑筋，不知道该怎么办才好。"

"我懂了。事情一定就像你说的。好吧，既然如此，我们又应该怎么办？"

"我真的不知道。要不就紧咬着一开始讲好的约定，主张我们拥有继承权，要不就是离开这个家……唉，到底该怎么办才好呢？"

从第二天起，笃藏夫妇只要两个人独处，就会讨论这个问题。但是话题一直在原地打转，他们始终想不出好点子。毕竟现在的情况，就像硬叫两个人或是三个人坐在一个位子上，本来就有问题，根本想不出解决方法。

在这段时间里，母亲的肚子也越来越大。不久的将来，就会大到瞒不住人们的眼光了。老夫妇似乎也察觉到年轻夫妇发现了自己的异状，对年轻夫妇的态度越来越恶劣，仿佛将他们视为眼中钉。

"妈妈年纪那么大，也不好意思公开说自己怀孕了，好像很伤脑筋的样子。"

阿藤笑着说。在那个时代，年纪稍长的女性怀孕是一件非常羞耻的事，母亲苦恼的模样甚是滑稽。

一天，笃藏忽然心血来潮：对了，去拜访一下田边先生好了。

他很久没见到鲭江的田边军曹了。

自从离开八百胜，回到老家之后，他就不必前往将校集会所，因此很久没去造访，现在却突然很想见见田边军曹。

睽违许久的将校集会所，弥漫着黄油、鲜奶和肉类的焦香味，令人垂涎三尺。

田边军曹一看见笃藏，便浮起微笑："哟，好久不见了。听说你娶老婆了？"

"是的。真对不起，我都没来打声招呼……"

"没关系啦。听说你的老婆是个大美人？"

"哪里，她长得像阿多福一样丑。"

"骗人。你明明一脸幸福的样子。你被她吃得死死的吧？"

"可是我最近有件事情很苦恼。"

田边听笃藏把事情一五一十地说完，说："原来如此。世上真是充满了讽刺。"

"我已经不想再当别人家的养子了。"

"对了，听说你离开八百胜了，发生了什么事？"

"是有点事，但说出来的话，就变成说对方的坏话了……"

"那我就不问了。你也不容易，接下来你打算怎么办？"

"其实我今天就是来请教您的意见的。"

"哎呀，这可伤脑筋了。每个人遇到的事情，背后都有很多只有当事人才知道的原委，就算身旁的人告诉你该怎么做，可能也很难实行。"

"那么，如果我这样问，你会怎么回答呢……换成你，会怎么做？"

田边军曹立刻回答："如果是我的话，应该会去东京学烹饪……"

"哦，这样啊，那我妻子怎么办？"

"我不知道。我没有女眷，没必要考虑这一点，所以无法回答你的问题。"

"带她一起去东京，或是把她留在这里——看来也只有这两种选择了。"

"我不知道。这点你要自己想清楚。"

"我知道了。原来如此,去东京啊。说不定是个好机会。"

"如果我今天面对的是别人,可能不会这么说。可是我从来没见过像你这么喜欢厨艺、对厨艺这么热忱的人。我想教你更多东西,但这个地方既没有好的材料,也没有设备。就算费尽心思做出美味的饭菜,也不见得有人懂得品尝。也就是说,这个地方不具备做出好菜的条件。只要你去东京,所有条件就齐备了,还能遇见许多技术高超的厨师。只要你跟着他们努力学习,一定能成为一名了不起的厨师。"

"我明白了。为什么我一直都没想到?我回家仔细考虑一下。"

"很好,接下来就是你自己的决心问题了。对了,今天你来得正好,我请你吃一样特别的东西。"

田边军曹从橱柜里拿出好几个直径两厘米左右的圆东西,摆在烤盘上,放进烤箱。

"这是我们连队队长点的菜,我偶尔做。听说这在法国是一道很特别的菜。队长说他以前在巴黎担任大使馆武官的时候经常吃,始终忘不了它的味道,所以有时候会点。"

"这道料理叫什么名字?"

"这叫作 escargot,听说别名叫 rimutsutaka。"

笃藏从怀里拿出笔记本写下来。

"它看起来有点像贝类。"

"嗯,对,是贝类。我想它应该和凤螺或岩螺属于同一种类吧。不过听说这种贝栖息在陆地上。"

"还真是特别。"

"俗话说'十里不同风,百里不同俗',毕竟地球这么大嘛……来,差不多好了。"

Escargot 散发出混合了黄油、蒜泥,以及其他不熟悉的调料的香味。

"这要趁热才好吃……"

听田边军曹这么说,笃藏拿起一个送进嘴里,不禁赞叹:"这滋味太妙了。真是珍馐美味。"

回家的路上,笃藏在心中不断默念:

"我要去东京。我要成为一位了不起的厨师。"

忽然间,笃藏不经意往路旁的木槿树篱扫了一眼,只见和刚才吃下的贝类一模一样的东西正在树上爬。

"怪了。"

他拿出笔记本一看。

"什么,rimutsutaka 反过来念,就是蜗牛嘛。田边先生骗我。啊,恶心死了!"

笃藏突然一阵恶心,差点吐了出来。

直窜天际

1

田边军曹的一句话,让笃藏下定决心前往东京,成为一名厨师。

但就算和养父母讨论,他们也会反对。姑且不论内心怎么想,他们一定很怕亲戚朋友认为他们是嫌笃藏碍事,才把他赶走。

妻子一定也会反对。若是带她一起去,她或许会对在陌生的土地上展开新生活感到不安;但若是留下她,她又可能担心笃藏会就此遗忘她。

假如和老家的父母商量,为了顾虑对养父母家的道义,他们也说不定会反对。

于是,笃藏决定默默地离家出走。他以前也曾经想通过投资股票大赚一笔,因而离家出走去投靠大阪的姑姑。

不过,当时他只出走了一站就被逮住,后来又试了一次才成功,所以应该是离家出走了两次。这次是第三次了。说到离家出走,他俨然是专家了,因此既不担心失败,也没有特别不安的感觉。

被抛下的妻子虽然可怜,但笃藏打算成功之后再叫她一起过去。如果她等不及,也可以找个人再婚……听起来很无情,但现在笃藏只能想到自己。他对即将迈入的崭新世界感到满心期待,雀跃不已,一下就把过去的事情忘在了脑后。

明治三十七年四月的一个早晨,高滨笃藏乘坐的火车抵达了新桥车站。笃藏前一天下午离开武生,在米原转乘东海道线,坐在三等车厢的硬木板座位上,随着火车摇摇晃晃,度过了难眠的一夜。

笃藏背着沉甸甸的束口袋,走到车站前的广场,对等着客人上门的人力车夫说:"请拉我到神田三崎町。"

对车夫说"请",似乎稍嫌客气了点,但他初来乍到,生怕别人认为他是乡下土包子,看不起他,不敢用太高傲的口吻说话。

车夫让笃藏上车后,便将束口袋放在他的双脚中间,用利落的动作在他的腿上盖上一条毯子,并压好,不让脚和毯子之间有空隙,最后抬起车杆,开始往前跑。

笃藏第一次看见东京街道的景致,双眼不禁闪闪发亮。

各式各样的商店鳞次栉比,房屋连绵不绝,好像没有尽头。每一条路上都人来人往,店家门庭若市。所谓繁华都会,就是这么一回事吧。

这一年的二月,日本与俄罗斯之间的战争爆发了,报纸每天都在报道战况、广濑中佐战死的消息等,但是这座城市看起来似乎没有什么改变,市民们依然过着平常的生活。

神田锦町……神保町……

"三崎町就在前面,您要到哪里?"车夫问道。

"××番地有个叫作龙云馆的宿舍,请带我去那里。"

车夫一听到龙云馆就知道了。那是一栋三层楼的正方形木造建筑,每一面各有约十个房间,白色格子窗规律地排列着。门柱上挂着一个木牌,上面写着:高等宿舍龙云馆。

"不好意思,请问高滨周太郎在吗?"

笃藏为了给不知为何有点畏怯的自己打气,故意大声喊道。

他穿着黑色格纹和服,腰间系着角带,头上戴着猎鹿帽,背着束口袋,打扮和这一带的学生不太一样,因此女侍一副趾高气昂的样子,上下打量着他,说:"他在,你是谁?"

"我是他弟弟。"

"哎呀,这样啊。来,请进。"

女侍立刻堆起笑容,一把抢过笃藏的束口袋,带他走向二楼角落的一间房。

"高滨先生,您弟弟来了。"

"什么?"

房间里传出一个诧异的声音,纸门打开了。

"你怎么突然跑来了……你一个人吗?阿藤呢?"

哥哥对着笃藏问了一连串的问题,最后说:

"唉,总之你先进来吧。我慢慢听你说。"

说完便带笃藏进了房间,拿出一个坐垫。这是一间六叠大小、什么装饰都没有的房间,墙边的书柜上塞满了法律书籍。

笃藏讲述起他来东京的动机和未来的志向。周太郎一边点头,一边听着,等笃藏说完后,他问道:"你从小就讨厌上学,对吧?"

"是的。读书写字之类,和我的个性不合。"

"所以你想走厨师这条路?"

"是的。"

"我并不认为只有做学问才了不起。但是日本自古以来就有一个奇特的传统,就是特别尊敬以学问与知识谋生的人,而轻视用劳力和手艺工作的人。你想走的厨师这条路也一样,如果你是自己喜欢、自愿去做的,那也无妨,只是你必须知道这个职业在社会上得不到太高的评价……"

"这我很清楚。我认为,改变世人对厨师的偏见,纠正世人的想法,也是我的工作之一。"

"如果你已经想到这一步,那我也不多说什么了。"

笃藏从小就非常尊敬哥哥。哥哥是个称职的长子，总是坐在书桌前念书，在学校的成绩也很好。中学毕业后，他来到东京，进入日本法律学校就读。这所学校去年改名为日本大学。

哥哥在各方面都和弟弟完全相反。弟弟的身材强健矮小，但肩膀很宽，全身散发出一股不服输的气息；哥哥则是又高又瘦，个性温和，比起与人争执，他反而会选择退让。哥哥身上散发着高雅的气质，总是让弟弟赞叹和憧憬，但是他身体单薄，很容易感冒，让双亲担心这种体力是否足以支撑他勤勉向学。

笃藏心想，说不定哥哥也希望他能走上做学问这条路。哥哥对自己的健康没什么信心，可能设想过要是有什么万一的状况，高滨家就必须由笃藏来继承。而既然要继承这个家，当然还是读一个不错的学校，拥有足以让世人称为绅士或老爷之类的地位比较好……或许哥哥心里是这么想的，只是因为个性温和，说不出口。

可是，我不想这样做……笃藏心想。

我的个性不适合做学问。我最喜欢的事情就是思考怎么做出美味的料理，以及把菜、鱼、肉等拿来切、炖、煮、煎、炒。人不是应该做着真正喜欢的事情过一生吗？除了当厨师之外，我想不到别的路了……

就像十岁时下定决心想当和尚一样，他现在下定决心想当厨师。除了厨师之外，脑子里根本想不到别的东西。哥哥也知道笃藏这种个性，因此没有多说什么。

"好吧，你就暂时在我的宿舍住一段时间，一边游览东京，一边思考你未来的出路。现在正好是赏花季，上野和浅草的樱花在下周日应该就会盛开，我带你去看看吧。"

接着，两人便开始聊起故乡的父母和亲戚的事，聊得忘了时间。突然间，轰的一声，远处传来一声爆炸似的巨响。

"那是什么？"笃藏惊恐地抬头看着哥哥。

"那是正午报时的大炮声。我们都叫它'Don'。"

"哦,原来那就是'Don'啊。"

笃藏在乡下就听过所谓的"Don"。汉字写成"午炮",发音则叫"Don"。那是宫城附近某个连队击发的大炮声,让全东京知道现在是正午时刻。但笃藏没想到声音竟然那么大。

"好响亮啊。"

"嗯。因为离我们很近嘛。从这里走到大马路,就是九段坂,连队就在那上面。听说那炮声全东京都听得见,所以住在附近的人每天都必须听那几乎让人吓破胆的巨响。对了,一听到'Don',肚子就突然饿了。我们去吃午餐吧?"

"这个宿舍不提供午餐吗?"

"宿舍一般都只提供早晚两餐,午餐是大家各自去外面吃。我们就去我平时常去的餐馆吧。"

周太郎走在前面,走出玄关后,他指着门牌上"高等宿舍"这几个字,问道:"你知道这念什么吗?"

"不是'高等宿舍'吗?"

"这是汉文,所以要加上返点,这样念。"

哥哥用手指在每个字之间写上"レ",让门牌变成"高レ等レ宿レ舍"。

"听好了……要念成'宿舍烂又贵',哈哈哈哈。"

这个笑话在当时东京的学生之间是常识,已经没有人笑了,不过要让第一次来到东京,也就是所谓的"乡巴佬"笃藏佩服,倒是绰绰有余。

大马路上车水马龙,不管到哪儿都是人潮涌动。东京的特征就是热闹。人多就表示购买力高,金钱的流动频繁。无论是多么上等、多么高级、多么昂贵的商品,都有人买。

"果然只有在东京才能这样……"

笃藏仿佛能体会鲭江连队的田边军曹想回东京的心情了。

两人来到一家店，店门口挂着用油漆写着"笑来食堂"的招牌。哥哥先钻过门帘，走了进去。

"这个餐馆的名字应该是希望讨个吉利，以及客人可以面带微笑进来。不过与尼古拉大教堂谐音，这一点还真有意思。"

哥哥说。尼古拉大教堂是一座耸立于骏河台的俄罗斯风格的大教堂，也是神田的著名景点。

餐馆已经客满，兄弟俩得站着等一下才有位子。等了半晌，靠里面的位置有空位了，他们便坐了下来。

墙上挂着一块黑色的木板，上面用白墨写着各项餐点和价格。

白饭（大）	二钱
（小）	一钱五厘
味噌汤	二钱
卤蔬菜	二钱
泡菜	五厘

另外还有蛤蜊汤、盐烤竹荚鱼、蔬菜天妇罗、豆腐炖肉、卤墨鱼等各种配菜，价格大约都是三四钱一份。

"你要吃什么？"哥哥问道，但面对一大堆从没听过的菜名，笃藏一头雾水，不知道该选什么才好。

"什么都好。跟哥哥一样的就好……"

笃藏说。于是哥哥便高呼："喂——"将女服务生唤来。

"两个小定。"他说。

"小定是什么？"

"就是小份的定食。定食分大小，大份的简称大定，小份的简称小定。配菜都一样，只是饭的分量不同。怎么样，小份的就可以吧？"

"可以。"

笃藏嘴上这么说，其实自从吃了一大早在御殿场买的火车便当，他再没吃过东西，现在正饥肠辘辘，心想，说不定小份的还不够呢。

绑起袖子、动作利落的女服务生送来了套餐。除了白饭、味噌汤和泡菜，还有卤鲽鱼和一些卤豆子。味道不差，但白饭果然不够。

笃藏津津有味地吃光了自己那份之后，看了一眼哥哥的饭菜，发现哥哥剩下了很多饭。只有三寸大小的鲽鱼，哥哥也只挖了背上的一点鱼肉，卤豆子则一颗都没碰。

他好像没什么食欲。连这么一点饭都吃不完，可见他的健康状况实在算不上好。虽说哥哥老是坐着读书，可能不怎么觉得饿，但吃得也未免太少了⋯⋯

笃藏悄悄地端详哥哥消瘦的脸颊、单薄的肩膀和细细的手腕，不免担心哥哥这样的身体，未来是否能撑得住激烈的生存竞争。

离开餐馆后，哥哥说："我们去附近散散步吧。"

神田这一带学生很多。现在正好是午休时间，在附近就读公立、私立学校的学生们，个个腋下夹着装书的包袱，把笔架在耳朵上，手里提着墨水瓶，在和服衣襟里揣着两三本书或笔记本。

哥哥走在前面，一间一间地告诉笃藏学校的名字：

"这就是我就读的日本大学。"

"这是明治大学。"

"这是中央大学。"

"这是专修大学。"

除此之外，还有外语学校、高等商业学校等各种不同类型的学校。笃藏心想，难怪神田是日本的学术重镇。起初，他想把所有校名都记下来，可是到最后却全部混成一团，完全搞不清楚哪所学校的位置在哪里了。

2

东京的樱花正值盛开。上野、飞鸟山、向岛……不管走到哪里都是赏花的人潮,在乡下根本无法想象这种盛况。人人都在喝酒、唱歌、跳舞。笃藏每天都出门观光。

这段时间,正好是东京的交通工具从著名的铁道马车转换为市内电车的时期,新桥、品川之间的电车从前年开始通车,大受好评。笃藏也赶时髦去搭了一次,但之后便决定无论去哪里都走路去。他在乡下出生成长,从小就习惯长途跋涉,而且看着地图,一边思考方向一边走,正好能认路。

哥哥周太郎每天都去学校。他说:"我也想带你到处走走,但毕竟不能逃学啊。"

笃藏虽然尊敬哥哥,但是在哥哥面前,多少还是有点拘谨,一个人行动反而轻松。只不过他很担心哥哥那么潜心学问,身体会不会越来越差。

东京虽大,但一段时间后,每天出门的笃藏也基本把东京的地理位置弄清楚了。

当时的东京还不像现在这样,全是钢筋、水泥和玻璃,放眼望去,四处都是山地、森林、旱田和水田,还有河川流经其间。现代人可能很难想象,据说当时御茶水的山谷两侧,既没有国营电车轨道,也没有公路,而是郁郁苍苍、保有自然面貌的山崖。风雅人士会划着船,在那里赏月作乐。

当时的建筑物和桥梁几乎都是木造的,浅草的十二阶、日本银行、万世桥、二重桥等石造建筑物落成后,特地去参观的游客络绎不绝。

鱼河岸的繁华也超乎想象。武生也有两家模仿鱼市的店,分别位于大马路两侧,总是互相抢生意。

当东侧的那家喊"鲷鱼！鲷鱼！"的时候，从邻近城镇聚集而来的好几十位鱼店老板就一拥而上，争先恐后地购买。

而对面那家店也进了新货，大喊"螃蟹！螃蟹！"时，客人又会立刻涌进那家店，大声嚷嚷，竞相抢购。路上到处是扁担、竹篮和手推车，连站的地方都没有。

笃藏在八百胜家当养子的时候，每天都去采购当天的食材，很习惯这种场景，也知道鱼店的竞争就是这么激烈。然而日本桥有好几十家这样的店聚集在一块儿，得是多么人声杂沓、气势汹汹、粗鲁野蛮。似乎一个不小心就会被撞飞，被人群踩在脚下。

果然是东京啊……笃藏打心底感叹。

鱼河岸有好几十家店，每一家都门庭若市。卖鲔鱼的店就只卖鲔鱼，卖鲷鱼的店就只卖鲷鱼，可是每一家店的生意都很好。

不管是多么高级、多么昂贵的商品，都有人购买，而且一下子就卖光了。便宜的东西则堆得像座小山一样，当然也很快就销售一空。

笃藏出神地看着两侧店家的买卖盛况，漫不经心地往前走，忽然，有什么东西撞上了他的后背。

"好疼！"

一回头，只见一个头上绑着头带、拉着手推车的年轻男子正瞪着他。看来是被手推车的把手撞到了。正当笃藏想开口抱怨时，对方却抢先一步凶巴巴地说："喂，你这个乡下来的笨蛋，东张西望什么！让开！"

笃藏顿时怒火中烧："明明是你撞我的，还好意思说什么！"

"说什么？这家伙，想打架吗？"

对方卷起袖子，朝笃藏逼近。

"怎么了怎么了，留公，发生什么事了？"几个像是他朋友的人也围了过来。

"打架了！打架了！"围观的人越来越多。

笃藏心想，事已至此，只能硬着头皮上了，于是下定决心，脱下木屐，一手拿起一只。在明治时代，打架时，木屐是仅次于刀子的有力武器。虽然一不小心可能会让对方见红，但是对方先挑起事端的，也没办法。

笃藏赤脚踩在地上，心情竟然渐渐冷静下来。

四五个人包围着笃藏，正当他盘算着该从谁开始下手时，一个沉稳的声音传入耳中："让开让开。"

一名看起来颇有地位的中年男子拨开人墙，走了出来。

"留公，你的坏毛病又犯了。我已经说了那么多次，你怎么还是改不掉？"

被唤作留公的年轻人缩了缩肩膀。"是，老板。是这家伙的错……"

"骗人！我明明再三告诫你不要找乡下人打架，你还想再犯吗！"

男人先骂了年轻人几句，接着转向笃藏，说："年轻人，这里不是没事的人来的地方。大家的心情都很浮躁，要是在这里闲逛，可是会挨揍的，你还是快走吧。"

听见男人这么说，笃藏把手里的木屐放在地上穿好，向他道谢后，便离去了。

从此以后，笃藏的心情发生了巨大的转变。

这段时间以来，笃藏一直认为在东京这个大都会，被称为乡下人的自己就像是异端、外人，甚至是浮在水面上的垃圾。他早已做好心理准备，无论多么辛苦，也要咬着牙撑下去，在憧憬的领域里成为有头有脸的人物。可这个聚集了好几百万人的东京究竟能不能接受他呢？每次想到这里，就不免感到害怕。

走在神田的街道上，可以看见几千甚至几万个学生来来去去。其中也有看起来游手好闲的人，不过大部分学生都胸怀志向，拼命地念书。而这些人当中，又有几个真正实现理想了？

无论是上班族、商人还是工匠，人人都在土地上扎根，打造出属于自己的世界，为了保护自己的地盘展开血战。

笃藏也是为了开辟一条生路，才不惜离家出走，来到这里，可是他还没有自己的领地。在这些长住东京的人眼中，笃藏只不过是个乡下来的土包子，是一株没有根的草。

他有时候也会怀念武生。只要回到武生，他就是松前屋的少主人，将来可以继承家业。就算妈妈生了儿子，在孩子长大之前也是他的天下。不但不愁吃穿，在聚会场合中还能坐在上座。

我是不是太急躁了……

笃藏也曾经迷惘，干吗要舍弃自己应得的地位，特地跑到东京来吃苦？

动不动就被称为乡下人，不论做什么都被人说是乡下来的土包子，当然会心情沮丧，想夹着尾巴逃回老家。

老家还有妻子阿藤在。在宿舍裹着粗糙棉被入眠的夜晚，笃藏也会想念阿藤。

可是自从在鱼河岸遭到那个年轻人挑衅之后，笃藏对"东京"的心态就改变了。

什么嘛！东京和乡下根本没有差别！东京的凶神恶煞也不过是那种程度。我脱下木屐准备大干一架的时候，那些家伙都露出了迟疑的神情。在武生山上的寺院里胡闹的家伙，原来在东京也吃得开啊。

笃藏从此便抬头挺胸，昂首阔步，再也不像以前那样畏畏缩缩，担心被别人嘲笑是乡下人了。

此时，日本国内正因为日俄战争的局势陷入狂热情绪。东京举办了庆祝会，市民提着灯笼聚集在日比谷公园，丸之内一带化为一片灯火之海。

这一夜，警视厅在管制分流群众上发生失误，使得人潮聚集在马场先门一带，引发大混乱，有二十多名群众死亡。即便如此，这件事也没有演变成什么大问题，当时国民的狂热可见一斑。

当时很流行"tekinikatsu"。这个单词是"烤牛排"和"炸猪排"的合称，写成汉字是"胜敌"，寓意吉利，在城里工作的人很喜欢吃。

一天，笃藏去水天宫参拜后，顺路来到人形町走走。他记得鲭江将校集会所的田边军曹说过，以前曾在人形町的一家餐厅工作，他想来看看那是一家什么样的店。

到了那儿，笃藏才发现这个区比想象中还要热闹，人行道和车道是分开的，看起来像是这一带的闹市区。路上行人的穿着打扮也带着一丝江户风情，四周弥漫着人情味。

那家店到底叫什么名字呢？印象中好像带个东还是西字……

笃藏一边走，一边看着道路两侧的招牌，忽然看见一家招牌上写着"泰西轩"的小店。

对了，就是泰西轩。原来是这样的一家店。

这家店不大，但涂着白油漆，是一栋时髦的建筑。入口的玻璃门上有金色字撰写的英文店名，窗台上还放着花草盆栽。

"要不要进去看看……"

笃藏有点犹豫。他每天都在东京四处溜达，中午习惯在荞麦面店或一般的饭馆点个盖饭之类的填饱肚子，这种高级的店，他还没有进去过。但他鼓励自己，要是因为这种事就退缩，接下来怎么在东京生活下去呢？于是推开了门。

果不其然，门内穿着白上衣的服务生，一看见和自己年纪相仿、戴着猎鹿帽、腰间系着角带的笃藏，一瞬间露出了像是在说"哎呀，走错店了吧"一般的表情。但他立刻收起惊讶的神情，用非常礼貌的态度送上菜单，请笃藏点餐。

笃藏尽量装出冷静的态度，看了看菜单，但菜单上全是横写的外文，他完全看不懂。无计可施之下，他只好说："我要点炸猪排。"

"本店没有叫炸猪排的餐点，请问您是指 côtelette 吗？"

服务生说。笃藏虽然不太明白,但还是说:"大概是吧,我就点这个。"

"请问您要 bœuf ①还是 porc 呢?"

笃藏仍然一头雾水。"都可以。"

"那就给您 porc……请问搭配 Carignan 好吗?"

笃藏总觉得对方好像把他当成笨蛋一样,但也无所谓了。

"我就要这个。"

"好的。请问需要汤吗?"

这家店似乎光是炸猪排就很贵了,再加上汤,岂不是更贵?笃藏心想,但又担心这种时候可能非点汤不可,只好说:"要汤。"

"汤有很多种,请问您要哪一种?"

服务生又问。笃藏实在无法再装下去了,只好投降,问道:"请问这很多种都是哪些呢?"

服务生噼里啪啦地说了一长串,笃藏还是什么都听不懂。没办法,他只好采取低姿态:

"我不知道,请帮我选一道合适的吧。"

"好的。请问饮品……"服务生又说。

"咦?汤不就是饮品吗?"

笃藏虽然这么想,但如果真的问出口,一定又会被瞧不起,而且他也不想再点别的东西了,于是说:"不用了。"

想到自己一窍不通,却幻想着很快就能成为了不起的厨师,跑到东京来,笃藏不禁感到汗颜。但他又想了想,对自己说:

"算了,反正现在才开始嘛。我从现在开始多多学习就好。不知道不是羞耻,不想学或学也学不会才是羞耻。"

服务生送上了名为 côtelette 的料理,大致和田边军曹做的炸猪排

---

①法文"牛肉"之意,下文的 porc 意为"猪肉",Carignan 意为佳丽酿葡萄酒。

一样，很好吃。

田边先生现在在做什么呢？

一想到这里，笃藏的胸口就涌起一股暖意。他本想问服务生："请问你认识田边先生吗？"但毕竟不知道田边当初是因为什么事情辞职的，也不知道双方后来的关系如何，于是作罢了。

3

笃藏来到东京已经一个多月了。

樱花散落，东京进入了满是绿叶的季节。赏花群众的喧嚣就像潮水一般退去，如今街上一片安静，吹着清爽的微风。

日俄两国的战况不容乐观，但日本军队也不像大家一开始所担心的，被具有压倒性优势的俄罗斯军队击溃。

笃藏起初总是拿着地图，每天在东京市内观光。半个月后，主要的景点都已经逛完了，接下来不是再仔细参观一次之前走马观花的景点，就是找些不太知名的地方参观。而且每天出门其实挺累人，他偶尔也想待在宿舍睡睡觉，一整天发发呆。

出门的时候，笃藏都是走到哪里，就在哪里随便找一家饭馆或面店吃午餐。不过待在龙云馆的时候，则是习惯听见报时的炮声后，就前往笑来食堂用餐。哥哥周太郎没课的时候也和笃藏一起去。

笑来食堂只有三名女服务员，很快就知道笃藏是周太郎的弟弟，每当笃藏进门，她们就精神饱满地喊道："欢迎光临！"

时序逐渐进入夏天，墙上的黑板上写的菜色也有些变化，现在写着蜂斗菜、竹笋、蚕豆、鲣鱼、飞鱼等。鲣鱼和飞鱼在日本海也能捕到，但大多又小又瘦，而东京的鲣鱼和飞鱼则又大又肥，肉质饱满，口感滑顺，简直让人怀疑两者不是一个种类。

菜单上有一个笃藏不知道的菜名。

"新马铃是什么?"

笃藏小声地问哥哥。在东京待了一个多月,笃藏已经很习惯东京腔,几乎不太用家乡的方言说话,不过和哥哥在一起的时候,乡音总是不小心脱口而出。哥哥也夹杂着东京腔说:"就是新收的马铃薯,只是把'薯'字省略了。东京人有时也说'御马铃'……"

"哦,原来是指洋芋啊。"

马铃薯是从西洋引进的食材,因此有些人也称它为洋芋。

"要不要吃一下试试?"

"好啊。"

新马铃是把皮薄、表面光滑的小马铃薯整颗炖煮而成的菜,口味甜甜辣辣的。马铃薯虽然不稀奇,但这么小的,笃藏倒是第一次看见。这种马铃薯的口感比较脆,不像一般的马铃薯那么糯。

"这个真好吃。"

之后笃藏每次来这里都点新马铃,因此女服务员只要一看见笃藏,就会笑着说:"今天也是新马铃吗?"

女服务员觉得好笑,并不仅仅是因为笃藏常常点新马铃,更因为他长着一张圆脸,皮肤薄透,脸上总是带着健康的血色,简直就像刚挖出来的新马铃薯。不久,这家店的服务生就帮他取了一个"新马铃"的绰号。

笃藏来到东京已经两个月了。时序转眼进入六月。

仿佛是为了预告梅雨季节即将来临,闷热的日子一直持续着,只要多走点路就汗流浃背,在东京四处参观也变得无趣了。

更重要的是,笃藏把东京值得一看的景点都逛完了,已经没有特别想去的地方。

接下来该怎么办呢?

一想到未来,感觉就像试图抓住天上的云一样虚无缥缈。在料理的世界成为一流的人物——笃藏虽然抱着这种梦一般的理想来到了东京，但真的有可能实现吗？

首先，在料理的世界里，究竟有没有所谓的一流？什么才是一流，什么才是二流，这些又是谁决定的呢？

大餐厅的厨师就是一流，小餐厅的厨师就是二流吗？如果是这样，人形町的泰西轩并不大，所以是二流餐厅喽？

另外，想在一流的地方工作，又该怎么办？是不是需要通过介绍？

笃藏有太多想不明白的事情。他唯一确定的，是想做出美味的料理。他想做出入口即化，令人齿颊留香、馋涎欲滴的珍馐，不但自己开心，同时也能为他人带来快乐。除此之外别无其他。唯有这件事情才是他生存的价值和目的。

然而，到底该怎么办，才能达到这个目的？笃藏始终想不出办法，因此每天都很烦恼。

这一天，他一如往常地在三楼角落的房间里，托着腮帮子，靠在书桌前眺望着窗外。放眼所及之处，是一片如波浪般绵延的瓦屋顶，尽头消失在雾霭之中。眼前的景色仿佛在诉说东京这个大都市如怪物般的强韧、奢华、魅力、冷酷与丑陋。

在这条湍急的大河中，我真的能顺利游到最后，而不至于溺死吗？

虽然满脑子都是不安与疑问，但另一方面，一想到可以在这样的环境中试试自己的能耐，身为男子汉，心中仍不免涌起豪迈的冒险之心。

"你在吗？"拉门外传来哥哥的声音。

"在。"

哥哥似乎刚从学校回来，他穿着碎白点花纹的和服与袴，手上拿着用布包着的书，另一只手的手指上缠着一根挂绳，将小墨水瓶垂挂着，耳朵上架着一支笔。这是明治时代书生的习惯。

"真稀奇，你今天怎么在家？"

"每天出门到处逛也很累,而且东京大部分地方,我都已经看过了……"

"所以今天就在家休息?快到中午了,要不要出去吃饭?"

"好。可是笑来食堂的新马铃,我有点吃腻了。"

"新马铃也不是一整年都有,它的产季已经快结束了。我们今天去中餐馆吃吧。"

"中餐?"

"也是一种料理,只是我没吃过其他的,无从比较。毕竟神田也只有一家。"

"去吃一下看看吧。"

途中,周太郎说:"最近神田似乎多了很多中国的学生。"

"为什么?"

"据说他们知道日本的实力之后,就想把日本当作模范来学习。在日清战争[①]之前,他们并不把日本放在眼里,但是自从输给日本之后,便开始研究日本这么小的国家到底把强大的力量藏在哪里。这几年来日本的留学生在不断增加,这次战争后,似乎变得更多了。这大概也是因为清政府起初认为日本再怎么强,也不可能赢过俄罗斯,所以宣告'中立';没想到后来战况出乎意料地对日本有利,他们便重新反省。这阵子突然有很多中国的留学生来到日本,专门提供给中国人住的宿舍生意好得不得了。"

"原来如此。"

"宿舍的生意一好,饭馆的生意当然也会跟着好。我们现在要去的中餐馆,也是最近才突然有许多客人上门,一个位子也难求。不过那里的客人不一定是中国人,听说最近日本客人也多了。"

"这又是为什么呢?"

---

①即甲午战争。

"大概懂得品尝中国菜的日本人越来越多了吧。中国菜经常使用猪肉,但是日本人自古认为猪不干净,以前没有吃猪肉的习惯。不仅是猪,无论是牛还是羊,只要是四只脚的动物,日本人都觉得不干净,或是会触犯杀生戒,因此一直以来都避免食用。然而明治维新以来,日本和外国的往来变得频繁,日本人开始吃西餐后,明白那些食物比想象的更好吃,过去对四脚动物的偏见才慢慢消失。伴随着这样的改变,能尝出常常使用牛肉和猪肉的中国菜的美味之处的人,也越来越多了吧。"

周太郎说了一堆夸张的话,但是他带笃藏来的店,却是一家屋檐很低、门脸很窄,看起来几乎快要倒塌的脏兮兮的餐馆。门口挂的招牌倒相当气派,上面写着"兴华楼"三个大字。

店里的确座无虚席,不过放眼望去只有五六张桌子,一下子就坐满也不足为奇。话说回来,从有好几个人站着排队来看,这家店大受欢迎是事实。

就像每一家好吃的餐厅一样,这家店里也弥漫着一股令人垂涎的香味。店里的客人都在热烈地谈话、愉快地进餐,人声鼎沸,这也是十分特殊的景象。客人们说的话听起来像是中文,笃藏听不懂,但这种语言的鼻音和促音特别多,节奏快,音调又很高,营造出欢乐而热络的氛围。

"这些人真开心啊。"

笃藏说。哥哥接口道:"他们进餐的习惯,大概是要一边吃饭,一边开心地聊天。我们从小被教导吃饭的时候不要讲话,不要花太多时间,要怀着感恩的心情一口一口仔细咀嚼,必须注重餐桌礼仪。但他们说不定认为吃饭的时候就要热热闹闹,边聊边吃才好。"

笃藏想起以前在山上寺院里当小沙弥时用餐的情景。众人面对只有味噌汤和泡菜的餐点,或是合掌,或是将餐点端到头顶行礼后,必须肃静地尽快吃完,而且不能东张西望。只要发出一点点吵杂的声音,就会被师兄狠狠瞪一眼。吃东西并不是享受,而是一件令人备受折磨的苦差事。相比之下,这些人吃饭的时候高声谈笑,看起来多么快乐。

仔细一看,他们把鸡骨头和虾壳等随手扔在地上。有一名男子吃到一半便放下筷子,转向一旁,用手擤了擤鼻涕,接着又拿起筷子继续吃。旁人看见这一幕,不免觉得有点不适,但那名男子却神态自若,他身旁的人好像也不介意。

这时,店里靠内侧有两个位子空了出来,兄弟俩便面对面坐下。

一个穿着长袖中式长袍、编着辫子的男服务员来替两人点餐。哥哥说:"Chinton……"

后面的发音,笃藏没听清楚,但听起来就像是"chintonshan"。那就和练习三味线时唱的音调相似了。

正当笃藏觉得哥哥说的菜名奇怪时,服务员送上了一盘绿色豆子和虾仁做的浓稠的菜。绿色的豆子是豌豆。哥哥指着写有"菜单"二字的纸,说:

"这道菜就是这个。"

笃藏一看,原来是"青豆虾"。这就是"chintonshan"啊。这时,哥哥用汤匙舀起青豆虾淋在饭上,边搅拌边说:

"要这样吃才好吃。中国菜有很多都是稠稠的,或是搅拌在一起的,他们好像认为把什么东西都拌在一起才好吃。这或许和他们喜欢大声谈笑、热热闹闹地吃饭的习惯有关系。"

哥哥说得起劲,却似乎没有什么食欲,特地点的青豆虾只吃了一口,大部都是笃藏吃掉的。

两人喝饭后茶时,哥哥说:"你想当厨师的想法还是没变?"

"对啊。我想不出别的能做的事了……"

"既然如此,有一件事要告诉你,我有一位老师叫桐冢尚吾,他是一位律师……"

"这名字我好像在哪里听过。"

"嗯。几年前有个司法官弄花事件。"

"弄花是什么意思?"

"弄是玩弄的弄,花是花朵的花。弄花,也就是玩花札①的意思。"

"司法官玩花札赌博?"

"嗯。当时桐冢老师担任大审院②的判事③,也就是我国地位最高的法官。有人密告,揭发他和几位同事玩花札的丑事,引起轩然大波。当时一起玩花札的同事也都是判事,而事发地点在新桥的待合茶屋。听说他们为了凑人数,还叫艺伎一起玩,因此问题相当严重,报纸也大肆报道,说什么应该纠正社会风气的法官竟然知法犯法,总之事情闹得很大……"

"后来怎么样了?"

"最后的判决认定他们只是玩玩花札,不是长期聚众赌博,所以不予起诉。我刚才提到的桐冢老师,就是当时弄花事件的当事人之一。通过别人的介绍,这两三年我开始在这位老师的门下学习,接受他的指导。"

"学习玩花札?"

"开什么玩笑,是学法律。昨天我去拜访老师的时候,和他聊了很多,他正好问到家里的事,我就提到了你。结果老师说,如果你真的有心朝厨艺这条路发展,他可以帮你介绍一个地方。"

"什么地方?"笃藏迫不及待地问道。

4

青山赤坂位于江户城的后方,幕府时代就有许多地位崇高的旗本

---

① 日本一种传统纸牌游戏。
② 日本明治初期至昭和初期的最高法院。
③ 相当于法官。

和大名的宅邸坐落于此，环境幽静。但是明治维新后，这些宅邸的主人换成了新政府的高官，以及有权有势的大人物。

六月底是一年当中白天最长的时期，天空始终挂着一抹淡淡的光亮，树木与建筑的轮廓就像剪纸画一样充满立体感。这一带的路上没什么行人，环境清幽，和即使在深夜依然烦嚣喧闹的神田相比，这里让人有种宛如走在废墟里的错觉。然而路边的树墙缝隙间，偶尔会透出明亮的灯火，人们的谈笑声也不时传入耳中，可以知道确实有人在这里生活。

"好安静啊。"

笃藏说着，将右手上沉甸甸的包袱换到左手。

"这一带叫山手，都是住宅区。神田、日本桥那边叫下町，属于商业区，而住在这附近的人，大多是官员或在公司上班，不是直接从事生产的人。"哥哥周太郎说道。

"这么说来，这里的坡道好多。"

"嗯。前面的坡道叫稻荷坂，另外还有药研坂、纪伊国坂、丹后坂、灵南坂等，数也数不清。而且这一区的名字本来就叫赤坂。"

"这里安静，好像很适合居住，可是出门就不方便了吧。"

"住在这一带的人大多在官厅工作，官厅多在宫城附近，所以距离并不远。况且这些达官显贵几乎都是搭人力车或马车出行。最近还有人发明了一种叫汽车的车辆，不用马拉就能自己动。听说已经有人开始买了，我想以后应该会更方便吧。"

"车子自己动，不会很危险吗？"

"虽说是自己动，但还是要有人坐在上面操纵，应该没问题。只是操纵的人如果技术太差，就很危险了。听说两三年前，美国的一个日本团体曾经献给皇太子殿下一辆汽车，结果在试开的时候，车子一不小心开上了护城河的土垒。大家认为这么危险的东西，还是不要乱开比较好，所以就收起来了。可是在美国，大家都认为汽车很方便，已经实用化了。日本现在也逐渐开始有人开车,我想接下来大家就会慢慢习惯吧。"

"我们现在要去拜访的桐冢老师也是汽车派吗?"

"我不知道……他很喜欢新奇的东西,但还没有买汽车。毕竟汽车实在太贵了,除非是非常有钱的富豪,否则是买不起的。我之前在报纸上看过,现在全东京只有三十八辆汽车。不过,假如经济能力允许,老师一定会马上买一辆车到处开。他曾经到西洋留过学,认为日本在各方面都落后欧洲许多,所以我们应该尽快将日本改造成一个文明的国家。老师本来也是武生藩的士族,因为学识渊博,从全国的优秀人才中脱颖而出,到法国留学,钻研了四五年法律。他是我们武生的——不,应该说是我们全福井县的骄傲。"

哥哥自豪得仿佛自己就是桐冢老师一样。

"你为什么会认识这位老师?"

"我的中学老师是桐冢老师的老朋友,当我决定来东京的时候,他帮我介绍了桐冢老师。而桐冢老师看了两三篇我写的东西,或许觉得我还算是个可造之才,便说可以时常来找他。"

"这位了不起的老师说可以照顾我,又是怎么一回事?"

"我也没有问得太详细,只不过,老师听我说你一心想成为厨师,不惜离家出走来到这里时,说你是个很有意思的孩子。他说:'有很多年轻人为了求学,或想成为政治家而来到东京,但是为了当厨师来东京的,倒是很稀奇,你带他来见见我吧。'"

"只是见个面吗?如果见了面,他不喜欢我,就什么都没了?"

"应该不会吧。他反复说了好几次你很有意思,应该多少有点想法。"

两人说着说着,便抵达了一栋宅邸气派的大门前。

绕过庭院里的植物,来到古色古香、宽阔而昏暗的玄关后,哥哥高声喊了一句:"打扰了。"

屋里的灯亮起，门静静地打开，一个手拿着蜡烛的女佣恭敬地鞠了一躬。周太郎似乎认识女佣，他没有报上自己的名字，只是说：

"请转告老师，我带我弟弟来了。"

女佣进屋后，不久又折回来。

"请进。"她手持蜡烛，走在前面带路。

女佣带他们来到一间灯火通明的西式房间。这里看来像是主人的书房兼客厅，天花板上吊着一盏大吊灯，沿墙摆放的书柜里，密密麻麻地塞着书名烫金的精装西洋书籍。

房内一隅摆着一张大办公桌，上面堆着许多资料、账簿以及字典。另一边的装饰柜杂乱无章地放着在日本很少见的奇形怪状的外国玩具、日常用品、装饰品、娃娃、不知用途为何的器具，以及貌似古董的物品，看起来就像二手物品店一样。

笃藏惊讶地望着挂在墙上的一幅几乎和真人一样大的裸女油画。画里的女人一丝不挂，双手垂下，连重要部位也没有遮起来。她全身的肌肤都很白，像雪一般耀眼。笃藏从来没看过这种画，害臊得不敢直视，只好垂下视线，但是又忍不住偷看，接着又赶紧将视线移开。他低声问哥哥：

"把这种画挂在客厅里，不要紧吗？"

"听说在西洋的习惯里，这是没关系的。他们好像认为人类的裸体本来就是神最棒的杰作，而画出裸体的艺术，也是人类最棒的作品。"

"如果裸体这么好，为什么大家不光着身子在外面走？我们之所以穿衣服，不就是因为害臊吗？西洋人为什么平常不裸体出门，却把裸体当作绘画或雕刻的主题？"

"如果照你的逻辑想，那我也不懂了。"哥哥老实地投降。

另一个女佣端了红茶和蛋糕过来。红茶和蛋糕，笃藏都是第一次品尝，武生没有这么新潮的东西。

这里果然是东京啊。他一如往常地感叹。

喝了红茶,吃完蛋糕后,主人桐冢律师来到客厅。他在几年前从大审院退休,之后一边当律师,一边准备竞选众议院议员。

周太郎从椅子上起身,用责备的眼神瞪了还呆坐着的弟弟一眼,命令他站起来,接着双手贴着膝盖,深深鞠躬。

"看见老师身体无恙,学生倍感欣喜。今天在百忙之中突然叨扰,深感惶恐。学生听从您日前的嘱咐,带着愚弟来向您问候,还请老师多多指教。"

笃藏在旁边听着,心想:"跟这个人说话必须这么尊敬啊,我根本不会说这种话……"内心几乎陷入绝望。

桐冢律师穿着大岛绸和服,没有穿袴,戴着金框眼镜,嘴上叼着一根味道很香的雪茄(笃藏也是第一次看见),一边应着:"嗯、嗯、好说、好说……"一边坐到自己的大椅子上。

"来,你们也坐下吧。"

他对兄弟俩说。哥哥把刚才一直由弟弟提着的包袱拿过来。

"学生的老家寄来了血鲷竹叶渍和鲽鱼干,学生带来孝敬老师。另外还有一些海带芽干……"

桐冢笑逐颜开。"太好了,全都是我喜欢吃的。"

"学生知道无须赘言,但老家的家人说,他们已经考虑到火车的车程时间,尽量趁新鲜寄出了。只是现在天气渐渐热了,还请老师尽快享用。"

"嗯,我知道。我会赶快吃的。我最喜欢老家的海带芽了。我喜欢把这种薄得几乎透明的海带芽稍微烤一下,烤得酥脆之后,用手揉碎,撒在热腾腾的白饭上吃。只有福井或石川,也就是日本海的海带芽,才能这么吃。每次吃这个的时候,我都会深深感到自己身为福井人,真是幸福啊。"

"老师,您知不知道把海带芽烤过之后,再蘸一蘸用酒和砂糖调"

味的味噌这种吃法？"

"当然知道，小时候我妈妈也经常这样做给我们吃，味噌和海带芽微焦的香味很相配，真是一绝。我曾经想过其他地方产的海带芽说不定也能这么做，要求内人做做看，结果，只有日本海的海带芽才有那个味道。"

接着，桐冢律师对笃藏笑了笑。"你弟弟和你不一样，身体看起来很健壮。"

"是的。舍弟身体健康、充满活力，这一点谁也比不上。不过他是个让人头痛的顽皮鬼，全村都拿他没办法。"

"有一个像你这么成熟稳重的哥哥，要是被拿来和你比较，他真是太吃亏了。但是健康比什么都重要。对了，你说他想当厨师……"

"是的，舍弟不喜欢读书，是个让家父家母头疼的家伙，可是他非常喜欢拿菜刀，还说未来想走厨师这条路。真是的，这家伙没有其他可取之处了。"哥哥说。

"这样不是很好吗？在法国，手艺高明的厨师被视为一流的艺术家，受到尊敬，还能得到社会的赞扬，甚至获颁国家勋章……"

笃藏在心里想，法国人连看到裸体女人的画，也会说那是艺术而感动。如果是这样，就算厨师在这种国家被当成艺术家，好像也不是什么值得高兴的事。

桐冢继续说道："其中一个原因，可能是法国人认为享受美食、制作美食，才能找到人生的意义和价值。说穿了，也就是享乐主义。再说得更直白一点，就是贪吃。"

笃藏没有听过享乐主义这个词，但说到贪吃，他就明白了。把贪吃说成艺术家，好像也不难理解。这么说来，法国人画裸女，难道是因为贪恋人体吗？

"对了，我说有事找你，其实是这么一回事……"桐冢转向笃藏，说："你知道华族会馆吗？"

"我听过,但不知道那是一个什么样的地方。"

"简单讲,就是皇室和华族的团体。我国拥有爵位的华族,从公爵开始,还有侯、伯、子、男,共有将近六百位。这些人交际的地方就叫华族会馆。华族会馆位于日比谷的内山下町,会举办各种会议、演讲、晚宴和舞会。里面还有餐厅,那里的餐点非常美味。最近因为客人越来越多,人手不够,他们想聘用新的厨师。"

"老师您也是会馆的成员吗?"

"不,我不是华族,当然不是那儿的成员。只是我多少懂点法律知识,他们拜托我担任顾问,我因此能在经营事务方面出一些意见。我上次去会馆的时候,听说餐厅人手不足,想要增加人手,于是想到了你弟弟。"

哥哥说:"谢谢您。可是舍弟以往完全没有经验,不知道能不能帮上忙……"

"不,不需要经验。应该说,没有什么不良的经验,完完全全是一张白纸的人反而更好。最重要的是必须人品端正、诚实正直。在法国,立志成为厨师的人,不管个性还是教养都很好,也要懂得礼仪,到哪里都不会丢脸。可是在日本,品行不良、行为不检点、简直像无赖汉一样的厨师,却一点也不稀奇。另一方面,华族会馆经常有皇室成员或外国宾客造访,所以厨师不能太差,也不能随便推荐人,因此我想到了高滨同学。我知道你老家的状况,也大概可以想象你弟弟的人品,我想应该可以放心推荐,只是为了保险起见,还是想先和你弟弟见个面再说。今天麻烦你们特地来一趟,真是不好意思。不过这样一来,我也可以放心推荐你去华族会馆了,你应该没有异议吧?"

笃藏一边听,一边在心里暗忖。

鲭江连队的田边先生曾叫我到东京,找一家好餐厅,跟着好厨师学习。只要去一家好的餐厅,使用优质的食材,就能做出好的料理。

若是在远离市中心、看起来快要倒闭的店里,用快要坏掉的肉烤或炸,固然也是厨师,但如果可以选择,我还是想在一流的地方,跟着一流的厨师制作一流的料理。这个叫作华族会馆的地方,似乎很符合我心中的条件。

笃藏下定决心,说:"那就麻烦您了。"

不屈不挠

1

从日比谷的一角往田村町方向走,华族会馆就在左手边,也就是位于帝国酒店的隔壁,正前方是日比谷公园。

日比谷公园原是练兵场,由于后来又在青山建了新的练兵场,这里便在几年之后重新改建为公园,在笃藏来到东京的前一年才刚刚落成。公园里有喷水池、音乐厅、花园等,全是西洋风格的新潮设计,反映出日本未来发展的方向,一片欣欣向荣的气象。

与这座公园的新潮感恰恰相反,这儿有一道庄严的传统式长屋门,门内正是华族会馆。据说这里以前是萨摩藩的装束宅邸,琉球王国的使节来江户时,会投宿于此,整装更衣之后再谒见将军。当时的大门保留至今,仿佛随时会有一名穿着传统礼服的武士骑着马从门内出现。

笃藏从神田一路向人问路,来到了这里。他从来没见过这么气派的大门,也从来没进过这种地方,不禁心生畏惧,只是呆站在那里,眺望了大门半晌。

出入这里的人大多乘坐马车或人力车,很少有人像笃藏一样走过来。

笃藏很想就这样掉头回宿舍,但是他心想,难得桐冢律师特意替自己引荐,倘若没有和对方见面就回去,一定会被哥哥责备,便鼓起勇气走了进去。

　　进去后，映入眼帘的是和大门风格截然相反的白色洋房。那是一栋非常气派的建筑，就像是把伦敦或巴黎的宫殿直接搬来了一样。大约在二十年前，这里叫鹿鸣馆，是一个供达官显要和上流阶级与外国人交流的社交场所。几年前，政府将这栋建筑出售，才成了现在的华族会馆。

　　厨房在面对大门的右侧尽头，入口挂着一个木牌，上面写着"厨房"二字。里面有五六个年轻男子正在忙碌。笃藏对一个年约二十岁、身材高大的男人说："我想找宇佐美先生。"

　　对方上下打量着他，问道："你是谁？"

　　男人看起来似乎脾气不太好。

　　"我叫坂口笃藏，请告诉他，是桐冢律师介绍我来的。"

　　年轻男人进去了，不久后，一个穿着白衣服、戴着厨师帽、年约四十的男人，一边用围裙擦手，一边走了出来。他就像画里的布袋和尚一样胖胖的，眼角和嘴角都洋溢着微笑。笃藏原本猜想他可能是个很难取悦又很难亲近的人，如今松了一口气，心想，如果是在这个人的手下做事，应该不会太辛苦吧。

　　"桐冢律师已经跟我提过你的事了。想成为一个独当一面的厨师，并不是那么简单的事，不过你就忍耐点，加油吧。听说你把太太留在老家，自己来东京，不晓得你接下来有什么打算？想把她接来东京一起生活吗？"

　　笃藏一时之间不知该怎么回答。他当然没有忘记阿藤，只是决定暂时不去想这件事。或者应该说，他是不愿去想这件事。他才十七岁，要是被家庭或妻子绑住，不但不能随心所欲，更不能展翅高飞，他感到这样实在太悲惨了。

　　请让我再做一些自己想做的事。请给我自由。

　　该说这是男人的任性，还是不负责任？

就算被说成不负责任也没关系，总之，请暂时不要管我，让我做我想做的事吧……

笃藏在心里这么想着，说："我想暂时让妻子留在老家。"

宇佐美说："这样或许比较好。毕竟一开始，我们也没办法给你足够养老婆孩子的薪水。"

"我不需要薪水。我才刚入行，没办法帮上什么忙，而且我来这里的目的是想学习很多东西，要是还拿钱的话，怕是会遭天谴。"

"就算你这么说，我们也不能让你做白工，只是也没办法给你像一般人那么优渥的薪水。见习期间，一个月只能给你一元五十钱，你可以接受吗？"

"不，我真的不需要钱。其实我从家里带了一点钱来……"

笃藏到松前屋当养子的时候，父母给了他一笔不知该说是零用钱还是聘金的钱，他全都存了下来，没有花掉。来东京的时候，也全部带来了，所以暂时还不用为钱发愁。

"对了，见习生必须住在这里，没问题吧？如果实在不想住在这儿，也可以租间宿舍过来上班，只是你早上必须很早到，我想可能有点困难。而且住在这里，就不用付房租了，这样对你应该比较好。"

"好的，请让我住在这里。"

"好，就这么说定了。"

宇佐美大声唤道："喂，奥村，我们决定雇用这个孩子。他说他没什么经验，你就多教教他吧。他姓坂口，名字叫什么来着——哦，笃藏啊。那就叫你笃公吧。笃公，这是我们这里的二厨，叫奥村。所谓的二厨，就是第二的意思。我不在的时候，所有的事情都要听从奥村的指示。"

奥村的脸很瘦，骨头凸出，鼻子很大，眼睛非常锐利。他一脸不高兴地歪着嘴说："你是哪里出生的？"

"福井县。"

"越前是吧。"

"是的。"

"你什么时候来东京的?"

"今年四月。"

"还不到两个月啊。看来你还是个新鲜的乡巴佬。不过,厨师也不一定非得江户男儿才能当,只要你认真工作,不管是哪里来的乡下人都没关系。好啦,你就认真干活吧。"

"是。"

一旁的宇佐美说:"奥村,你带这孩子去他住的房间吧。"

"是,我知道了。来,你叫坂口对吧?跟我来。"

见习生住的房间,是厨房隔壁一间六叠大的和室。这房间很像笃藏小时候念的村里小学的校工室,没有任何装饰,榻榻米的边缘也破损。现在虽然改名了,但是这里以前叫鹿鸣馆,曾经是让全日本耳目一新的华丽场所,竟然也有这么阴暗的角落,说出去恐怕也没人相信。

奥村说:"这里现在已经有两个人住,一个叫辰吉,一个叫新太郎,再加上你,就变成三个人了。你是最小的,所以要听他们两个的话,和他们好好相处。我等一下再介绍他们给你认识。"

"好的。"

"你应该有棉被吧?"

"我两手空空的就从老家跑出来了,没有棉被。现在是付钱给宿舍,向他们租棉被。"

"那不是很贵吗,你负担不起吧?等一下、等一下,这里应该多出了一个人的棉被。举行大型宴会时,有些人会临时带着家人来住宿,我们应该多准备了一床寝具……"

奥村打开壁橱的门。

"哎呀,好像没有,只有两个人的棉被。"

奥村疑惑地歪着头,打开通往厨房的玻璃门,喊道:"辰吉在吗?

过来一下。"

"是。"一名男子放下正在切洋葱的菜刀，把手擦干净后走了过来。奥村问道："这房间里本来应该有三个人的棉被，现在好像少了一床。还有一个人的棉被到哪儿去了，你知道吗？"

"是。"男子搔搔头。

"是什么是，你到底知不知道？"

"是……"

半晌，男人才说了一句："放在里面了。"

"你说什么？"

"我马上把它拿出来……"

"从哪里拿出来？"

"仓库。"

"哪里的仓库？"

"是。"男人又沉默了下来。

"你这家伙，还以为我不知道？是当铺的仓库吧？"

"是，对不起。"

"你当了多少钱？"

"八十钱。"

"那么脏的棉被，你竟然还能当八十钱？"

"当铺老板一开始也说这么烂的棉被不能收，但是我软磨硬泡，当铺老板才说，好吧，毕竟你是常客……"

"你跟当铺已经熟到变成常客了？我还真是小看你了。"

"是，不好意思。"

"你这个笨蛋！"奥村大骂，接着又往他脑门上揍了一拳，"赶快给我赎出来……"

接着奥村像是想起了什么，转头望向笃藏："这个小鬼从今天开始就是你们的伙伴了。他的名字叫……哎，你叫什么来着？"

"我叫坂口笃藏。"

"嗯,就是笃公。你今天要住在这里了,没有棉被该怎么办……"

笃藏在一旁说:"既然如此,我可以自己买。反正这是必需品。"

奥村白了他一眼。"你啊,我不知道你是哪一家的大少爷,但以后别再这样说话。这两个大哥睡那么烂的棉被,就你一个人睡在蓬松柔软的高级蚕丝被里,你好意思吗?"

"我并没有打算买那么高级的被子。"

"我只是在打比方。你啊,就算不是买蚕丝的,也会买新的,而且是比较高级的棉被吧?就算你带那种东西来,也会被辰吉抢走,然后你呢,就只能盖壁橱里这个家伙用过的破烂棉被了。"

"我才不会做那么过分的事呢。"辰吉辩解道。

"就算你不主动抢他的棉被,最后也自然会变成这样。他不得不说:'大哥,这床舒服的新棉被给你用吧,我盖这床又是汗水又是油污的烂棉被就行了。'等于是被抢走,这世界就是这样。"

原来如此……笃藏总算发现了。在这里,就算有钱买比别人贵的棉被,也不能带来用,更重要的是不能表现出自己买得起。比别人有钱,买得起高级货,只会让对方体会到自己的无力和贫穷,反而刺激对方产生抵触心理。一个刚入行的小鬼用比前辈好的棉被,等于打乱了世上的秩序。

想到这里,笃藏说:"那我就不买棉被了。"

奥村说:"这样才好。现在棉被就在当铺里,只要拿出八十钱就能赎回来,根本不需要买新的。对了,辰公,你有八十钱吗?"

"不……我没有。"

"我就知道。"

"那是我和新太郎一起拿去典当的,所以一人平分了四十钱。"

"你们这两个家伙真是穷酸。江户男儿的字典里没有'平分'这个词吧。"

"江户男儿本来就没有字典这种东西。"

"你这家伙,一副什么都知道的样子!你和新公住在一个房间里久了,也被那家伙传染了爱说歪理的毛病?更重要的是,你没有钱把棉被赎回来吧?给你,赶快去赎回来。"

奥村拿出两个五十钱的银币递给辰吉。

"笃公,你也一起去,帮他一起搬回来。当铺在哪里?"

"在虎门的金刀比罗宫旁边,是一家叫伊势屋的店……"

"你跑到那么远的当铺去了?"

"这一带都是官厅,没有方便庶民生活的设施。"

"不要说自以为是的话。当铺也是在做生意,只要有客人上门、有钱可赚,到处都能开店。这附近没有那么多当铺,是因为没有那么多像你们这种随便把别人的东西拿去典当,换零用钱的混账家伙。你们到底把钱用到哪里去了?"

"嘿嘿嘿……"辰公抓抓头,讪讪地笑起来。

"我看八成不是什么好地方吧。是吉原,还是品川?"

"差不多是那些地方。"

"你这个混账东西,我要把你揍扁,还笑成这副德性。"

"奥村先生年轻的时候,不是也在那里很吃得开吗……"

"你这个家伙,趁别人心情好的时候拼命拍马屁,骗我什么都说出来,却在这种时候来一记回马枪,真是卑鄙。你赶快去伊势屋把棉被赎回来。"

"我能不能晚点再去?"

"为什么?"

"大白天抱着那种东西在路上走,不但碍事,也很难看。而且那种店都是晚上去的,当初我们也是趁着夜深人静去典当的。"

"又不是什么都要看时间。算了,随便你。"

这个叫奥村的人嘴巴虽坏,个性却出乎意料地豪爽,也很明事理,笃藏心想。

2

笃藏原本以为去拜访宇佐美主厨，用现代的表达方式来说，就像接受面试一样。对方会针对细节问很多问题，笃藏逐一回答之后，对方再说："之后通知你是否录用……"然后他回到宿舍等上几天，收到信件通知，再好好准备一番去上班。

可是对方却不这么想。宇佐美打看见笃藏的第一眼起，就决定要录用他了。应该说，他们早就决定让他当见习生，根本没有所谓的面试。

仔细想想，只不过是雇用一个见习的小鬼，根本不需要那么繁复的手续。只要给他饭吃，就可以尽情使唤他。如果他不高兴，大可以辞职不干；派不上用场，也只要把他开除就好。"你明天开始不用来了。"只须这么一句话，一切就结束了。

就算没有被开除，有些人也会在某一天突然请假，之后就消失了。这对手艺行业来说是稀松平常的事，那些契约啦、保证啦、户籍誊本啦，全都是另一个世界的东西，就像捡了一只小猫一样。笃藏突然觉得自己很没有尊严。

奥村对笃藏上下打量了一番。"你穿着下摆那么长的和服，没办法工作。辰公，有没有衣服给他穿？"

"是。"辰吉从壁橱里翻出一套皱巴巴的厨师服。上衣是白色的，裤子则是深蓝色的格纹裤。

"你穿穿看。"

笃藏脱下和服，换上厨师服，发现衣服的尺寸太大了，袖子和裤管都太长。而且一直放在壁橱里，很久没洗，衣服上有股酸酸的霉味。

衣服上的味道，只要洗一洗就可以消除，但是袖子和裤管太长的问题，看来一时间无法解决。笃藏从小喜欢打扮得漂漂亮亮，就像当初向往禅寺的小沙弥打扮一样，他想当厨师的动机之一，也是向往白色的厨师服和厨师帽。虽然衣服不合身让他不满意，但自己毕竟只是一个刚被录用的见习生，当然不能说这种自以为是的话，于是他决定保持沉默。

奥村说："好像有点大，不过把裤管和袖子卷起来，也不是不能穿，总比太小好吧。"

没办法，就暂时穿这个，以后再想办法弄一套合身的吧。

笃藏如此想道。正当他准备脱掉厨师服的时候，奥村说："等一下，不用脱。你就这样去帮忙洗碗吧。"

哎呀呀，我才刚来，就要工作了吗？我还以为今天只要在旁边看就好了。

笃藏本来想回家告诉哥哥他被录用了，整理好行李（其实也只是一个束口袋而已），晚上再和哥哥吃一顿饯别晚餐，现在只能失望地跟着奥村和辰吉一起去厨房。

奥村向笃藏介绍了在厨房工作的每一个人，接着把他带到洗碗区。

洗碗区堆着好几十人份的盘子、刀叉、汤匙，以及大大小小的汤锅和平底锅。不过这样的景象，笃藏早在武生的八百胜和将校集会所见过了，一点也不稀奇，也不是什么困难的工作。他立刻抓起丝瓜瓤和洗涤粉，开始清洗堆积如山的盘子。他天生手脚利落，虽然西餐的餐具和日本料理的餐具不一样，但他多多少少知道该怎么处理，洗起来十分顺手。奥村二厨看了一下，说："嗯，你说自己没有经验，做得还不错嘛。好，就这样继续干吧。"然后点点头，便离开了。

笃藏受到夸奖，当然很开心，但第一份工作竟然是洗碗，还是让他有些难过。只要回到武生，笃藏就是八百胜的少主人，可以差遣两三个仆人，自己拿着菜刀做菜。当然，忙起来的时候大家也会一起洗碗，但他并不是专门洗碗的。这个团队似乎至少有二十个人，除了宇佐美主厨和奥村二厨之外，每个人都有自己专属的部门，最小的见习生则专门负责洗碗。

洗碗的工作，正如字面所述，只是单纯负责洗碗。而洗碗这件事情究竟是不是厨艺的一环，倒是值得思考。

汤品部门的工作，就是煮汤，他们可以充分发挥技术和手艺。鱼类部门则专门处理鱼类，今天的炸鱼或法式黄油煎鱼好不好吃，直接关系到这个部门的名誉和责任。只要有一位客人说："今天的香槟炖白鲳非常棒。"这件事就会通过领班转达给鱼类部门，部门负责人甚至会高兴得晚上睡不着觉。

华族会馆经常有某某宫殿下、妃子殿下或拥有爵位的华族莅临，这些华族当中有不少人曾长期在国外生活，拥有非常挑剔的味蕾，很难使他们满意。正因如此，只要有人说一句"很不错"，对厨师来说，就足以感动得流下欣喜的泪水。

可是洗碗这件事，也算是厨艺的一环吗？不管把碗碟洗得多么干净，不管洗碗时的动作多么利落，不管多么用心地把碗碟擦干，也从来没听过哪位达官显要说："今天的盘子洗得真干净，我很满意。"

这么一想，总觉得做起事来少了一点干劲。可是，据说在大餐厅或大酒店里，新来的厨师就算有当过厨师的经验，也必须从洗碗开始做起。想到这里，笃藏便决定先不要抱怨，专心地洗碗。虽然一开始可能觉得无趣，但是只要忍耐一阵子，说不定就有机会一展手艺，受到认可。

笃藏专心地洗起碗来，突然听见厨房另一头传来一阵几乎要把玻璃窗震破的怒吼。

"你这个混账，我说了那么多次，你又忘了！到底要说几次，你才能改过来！"

宇佐美主厨面红耳赤地破口大骂。一个年轻男人在他的脚边缩成一团。他的上衣是白色的，但裤子和笃藏的一样是格纹裤，可见他不是见习生，就是职位比较低的厨师。

主厨抬起一只脚用力踹向男人。他丝毫没有留情,用尽浑身的力量猛踢。笃藏几乎以为这个人要被打死了。比起被踢的人,在一旁看的人更加害怕,每个人都吓得脸色发白。

"你这个家伙,我说了那么多遍,你为什么不洗手!你听清楚,这里是处理食物的地方,有很多尊贵的人士莅临。我说了那么多次一定要洗手,为什么还是忘记?这已经是第二次了!"

主厨在破口大骂的同时,还在继续踹这个男人。他使劲地踢,仿佛打死他才肯罢休。

笃藏刚才第一次看见主厨的时候,觉得他就像画中的布袋和尚一样,身材富态,个性温和,非常慈祥,但是眼前的情景让笃藏目瞪口呆,不明白他刚才把这种骇人的杀气藏在了什么地方。

这个男人似乎是从厕所出来后忘了洗手,才挨揍的。笃藏这才意识到这是一件不得了的事,不禁背脊发凉。日本男性习惯随地小便,要是附近没有水,一般就会忘记洗手,而且完全不在乎。

这可是一件大事。我也必须注意才行。

笃藏忽然想起之前哥哥带他去的那家神田的中餐店。当时他看见隔壁桌的人放下吃到一半的筷子,直接用手擤鼻涕,接着又拿起筷子继续吃饭。而日本人随地小便后也不洗手,就继续走在路上,还用手剥橘子或抽烟。倘若中国人看见这个景象,会有什么感想呢?中国人是否和日本人一样有随地小便的习惯?说不定有。如果是这样,日本人也只在擤鼻涕这一点上,比他们爱干净吧……

不,直接用手擤鼻涕的习惯,日本人也不是没有。他想起以前在武生山上的寺院时,曾经看过来参拜的老婆婆们在路边小便。不只是老婆婆,年轻少妇,甚至连少女也会随地小便。

她们小便时,不像男人那样站得直挺挺的,把衣服前面拉开。她们站在路旁,面对着道路中央,背对着田埂(后面如果有鲫鱼和泥鳅嬉戏的小河,就更完美了),上半身前倾三四十度,屁股往后撅,也就是摆出放屁的姿势。"屁股"和"放屁"大概是源自同一个词源吧[①]。

摆出这样的姿势后,她们用一只手拉起和服后面的下摆(笃藏后来去国技馆观赏相扑,在幕内力士举行进入土俵的庄严仪式上,看见他们拉起刺绣围裙的动作,忽然觉得这个情景好像在哪里见过。想了一会儿才恍然大悟,原来和以前在农村经常看到的老婆婆、少妇及年轻女孩将和服下摆拉起来的动作一模一样)。接着,她们稍微眯起眼睛,露出放松的表情(老练的人甚至还能一边这样做,一边与身旁摆出同样姿势的朋友谈笑),不一会儿就会有一注淡黄色或是深黄色的水,从她们的身体后面垂直落下,扬起沙尘,弹飞沙砾。如果她们身后有小河,水面顿时会涌起波澜,让鱼儿狼狈地四处逃窜。接着水势渐渐变小,最后完全恢复平静,这时她们便放下衣摆,站直身体。

这种时候,她们没有用半张纸擦拭,和服的下摆却没有弄湿的迹象,笃藏觉得不可思议。和服里面到底发生了什么,他怎么想都不得其解,甚至还为此夜不成眠。

一不小心就离题了,刚才的问题并不是老婆婆随地小便,而是用手擤鼻涕的事。笃藏一想到用手擤鼻涕,就联想到随地小便的情景,是因为这两者之间有密切的关联。她们在路旁小便的时候,大部分也习惯把头转向一旁,"哼"的一声用手擤鼻涕。就像讲好了似的,大部分老婆婆都会这么做。如果排放蓄积在下半身的秽物时,会有一种清爽的解放感,使得身心畅快,那么想让上半身也享受这种感觉,或许是全人类共通的心理。

想到这里,笃藏深深地自我反省,虽然正巧看见在中餐店用餐的留学生用手擤鼻涕,但如果因此瞧不起人,实在不妥。同时,他又想到那位敦厚慈祥的宇佐美主厨,遇到事情时却会像猛兽一样使用暴力。

[①]英文中屁股"hip"一词,与日文中放屁"heppiri"一词发音相近。

只不过是如厕后没有好好洗手这个积习，就能诱发他的暴力行为。一想到这里，他就浑身抖个不停。

厨房里鸦雀无声，没有人敢说话。耳边只听得见笃藏洗碗的声音，还有人在切洋葱的声音。

过了一会儿，宇佐美主厨说："喂，明白了吗？明白了就好。站起来，下次不要再犯了。"同时把男人拉起来，拍了拍他身上的灰尘。男人已经没有力气站起来，甚至连哭的力气都没有，就像被捞出水面的浮尸一样，无力地耷拉着脑袋。

仔细一看，原来是笃藏刚刚踏入会馆，说想见宇佐美主厨时，询问他的身份并替他通报的人。他看起来个性火爆，身材高大，方才还露出一副看不起笃藏的表情，但那份傲慢现在已经消失无踪。放眼望去，在一大群厨师当中，他的年纪特别轻，看起来顶多二十岁。说不定他就是刚才奥村二厨所说的新太郎。听说现在住在这里的有辰吉和新太郎，加上笃藏之后，就有三个人了。

到职的第一天就看见如此触目惊心的景象，真是有警惕作用。笃藏心想。

眼前的事情让笃藏吓得差点心跳停止，但也铭记在心，以后绝对不会做出这种事。老实说，他自己也是农家出身，没有资格嘲笑那些老婆婆。

他的母亲拥有十村家夫人的气度与教养，而且还培养出了上大学的长子，所以并不会在路边随意便溺，但是他的亲戚当中，却有很多人对这种事不以为意。

就连他自己随地小便后，也不曾四处寻找有没有水洗手。就算有水可以洗手，他也不一定会洗。如果没有遇到今天的事，他可能也会犯同样的错。从这个角度想，今天撞见这一幕也是好事。说不定主厨是为了让新加入的笃藏看，才故意这么做。

应该不会是这样吧。笃藏最终打消了这个念头。

3

到了夜里,在外面住的同事都回家后,辰吉说:"我现在去把你的棉被赎回来,你跟我一起去吧。"

笃藏说:"那是我要用的棉被,我去就好了。"

"你去过当铺吗?"

"没有。"

"那你知道怎么赎东西吗?"

"你教我一下,我就知道怎么做了。"

"算了,没关系,我和你一起去吧,一个人搬也有点重。"

"不好意思。"

笃藏决定,不管发生什么事情,都要对前辈说上一句"不好意思"。

辰吉对房间一隅躺在棉被里的新太郎说:"新公,我和这家伙去把他的棉被赎回来。"

新太郎不知是睡着了还是醒着,没有回答。辰吉不以为意,说:"我们走吧。"便率先迈开步伐。

外头的雨刚停,空气非常闷热,看来马上要进入真正的夏天了。

两人走出门外,进了马路对面的日比谷公园。这座公园在去年已经完工,但是长凳和夜间的照明设备还不够完备,晚上没有人影。树木下的草丛和灌木丛里,偶尔会看见萤火虫发出的光芒,忽明忽灭,在眼前的一片漆黑中画出一道道蓝色的光线。

"萤火虫的季节差不多要结束了。这段时间,它们就像小电灯泡一样,非常漂亮……"辰吉说。

"这里是东京的正中央,居然有这么多萤火虫?"

"宫城四周都是护城河,很适合萤火虫栖息。我没有进去过,但听说那里绿意盎然,还有狐狸和狸猫。我们晚上睡在会馆的时候,还能听见猫头鹰的叫声,据说它们也住在宫城的森林里……"

"这样啊,我还以为宫城里住着天皇、皇后和众多家臣呢。"

"应该没有住那么多人,不过我也没亲眼看到过。"

在弯弯曲曲的路上走着走着,他们穿过了公园,来到另外一头,又经过一条官厅林立、人烟稀少的路,转了几个弯后,突然来到一处很热闹的地方。辰吉说:"这就是虎门的金刀比罗宫。"

当铺就在前面的巷子里。辰吉把钱付给佯装客气的老板,老板便拿出了一床真冈木绵棉被。棉被的体积有点大,很难拿。虽然不太重,但这样抱着走在人来人往的路上,实在难看。辰吉同老板商量:

"请问有没有包袱布借我用一下?"

刚刚还笑脸迎人的老板突然板起面孔,冷冰冰地说:"没有。"

笃藏没办法,只好抱着一条垫被和一条盖被,辰吉则抱着另外一条盖被,尽量把它折小,夹在腋下,偷偷摸摸地离开当铺。幸好只有金刀比罗宫附近路人比较多,走进小巷后,就没有遇见什么人,还不算太丢脸。

两人回到会馆后,新太郎还躺在棉被里,不过眼睛是睁开的。一看到辰吉,他就露出微笑。辰吉把手里抱着的棉被扔在榻榻米上,说:

"新公,怎么样?刚才被踹的地方疼不疼?"

新太郎无精打采地说:"谢谢你。我没事,被脚踢其实没有挨拳头那么疼。"

"你是在逞强吧。"

"没骗你,我穿着衣服,而且主厨穿着鞋,还故意用平平的鞋底踢。虽然声音很大,其实一点都不疼。要是用拳头打头,或是用手扇巴掌才疼呢。"

"那就好。"

"不过我心里大受打击,被人那样踢,我不想活了。"

"反正你本来就不适合这份工作,再说下去,也只会重复跟以前一样的讨论……怎么样，要不要去喝一杯，好好聊一聊？就当作是你的慰劳会，还有这家伙……喂，你叫什么名字来着？"

"我叫笃藏。"

"嗯，顺便当作笃公的欢迎会，怎么样？"

"好啊。不知道能不能让我心情好一点，就来帮笃公举办一场欢迎会吧。"

"你先起来，把棉被收好。"

新太郎慢慢地起身，正想叠棉被的时候，笃藏立刻说："我来就好。"

他飞快地冲过去，一把抢过棉被，不让新太郎动手，迅速折好棉被放进壁橱里。同时，他也顺便将刚才从当铺赎回来的棉被收起来，接着看看两人，像是在询问还有没有事要效劳。

"怎么？要去外面喝，还是要在屋里喝？"辰吉问道。

新太郎说："这个嘛，如果去乌森那边，或许可以换一换心情，只是得花不少钱。你身上有钱？"

"我没什么钱，刚才和奥村先生拿了一元去赎棉被，找的钱和我身上的钱加起来，可能还不到三十钱吧。"

"那就不够三个人喝了。"

"如果去丹波屋，老板能让我们赊账，可是已经欠了很多，实在没脸再赊了……"

"我有一点钱……"笃藏插嘴道。

"你的欢迎会，怎么能让你出钱呢。"辰吉噘起嘴。

"今天就当是新太郎先生的慰劳会，也让我这个新来的跟大家问个好，欢迎会可以改天再办。"

十七岁是介于小孩和大人之间的年纪，但是笃藏在八百胜和松前屋当过少主人，也见过点世面，和大人相处久，懂得说这些场面话。

"那今天就让笃公请客吧。屋里虽然有吃的，但偶尔去外面呼吸一下新鲜空气也不错。"

辰吉说完，新太郎接着说："外面的空气，你不是刚刚才吸完回来吗？"

"拿着那么大的东西，怎么可能去店里。我本想在回家路上喝一杯，只是没地方放棉被。"

"那我们出门吧。"

新太郎和辰吉肩并肩往前走，笃藏则走在他们身后一步之距，三人往新桥方向走去。

新桥车站西侧出口的乌森神社一带，时至今日仍是个非常繁华的地方，餐饮店、酒楼和娱乐场所鳞次栉比。在明治时代，这里也是夜夜笙歌，尤其是湖月楼，更是商业区有名的餐厅。不过现在新太郎、辰吉和笃藏去的，并不是那么高级的店。神社鸟居前面是一排杂乱无章的店家，他们走进了其中一家有座位的酒馆。

新太郎走在前面，一掀开门帘，一个绑着头带的秃头老板气势汹汹地喊道："欢迎光临！"

辰吉说："老板，不要露出那么不高兴的表情嘛，今天我们一定付钱。"

"我哪里不高兴啦？你看，我明明笑脸迎人……"

"你的脸虽然在笑，可是眼睛没有笑。你看、你看……"辰吉指着老板说。

"那是你想得太多了，因为你心里有鬼，才这样说。"

老板说。虽然双方都是在开玩笑，但赊账也的确是个问题。两个人都有一点较真，要是再继续下去，就扫兴了。

新太郎说："你们两个瞎扯什么呀，老板，赶快拿酒来。今天这个新来的小哥要请我们喝个痛快，你就放心拿出好酒来吧。对了，上更好的酒也没关系。有没有滩牌的陈年好酒，或是一元一瓶的酒啊？"

"你是不是走错店啦？如果要喝那么高级的酒，请到湖月楼去吧。那里还有年轻女人用像银鱼一样的纤纤玉指帮你们斟酒呢。"

"留到下次吧，今天我们就忍耐一下，在这家脏兮兮的店，让脏兮兮的老板帮我们斟酒就好。"

"在下铭感五内，如此一来物美价廉，对您的荷包也比较好……唉，华族会馆的人说话都这么高雅，真是难相处。"

"你不必苦恼，用对待平民的方式对待我们就好。"

刚才还无精打采的新太郎，一闻到酒的味道马上变得精神饱满。他一连喝了两三杯，用和善的眼神看着笃藏说："你刚进来就看到那样的场景，有没有吓一跳？"

"我是吓了一跳，但也没有太受惊吓。"

"你这小子说话还真好笑，吓一跳和惊吓哪里不一样？"

"我也不知道，就是只吓了半跳。"

"那另外一半呢？"

"我以前在寺院当小沙弥，师兄弟间打来打去的情形也不少见。有时候师兄只是单纯想欺负人，有时候则是为了修行……"

这已经是好几年前的事了。笃藏有一次陪寺院的和尚一起前往位于京都的本山。当时那里举办类似僧侣考试的活动，全日本的僧侣都为了应试聚集于此。在场的每一名僧侣都会拿到一本"公案"，也就是类似试题的东西，接着开始坐禅冥想。

到了提交答案的那一天，僧侣必须逐一走到正殿去见大和尚，当面说出自己的答案。假如想不出答案，按照规定，可以不用到大和尚面前去。

虽然规则是这么定的，实际上却不能这么做。假如轮到了某个僧侣，却没有去正殿，就会有僧侣负责来叫他。这种僧侣叫"直日"。直日恶狠狠地命令那位僧侣：

"出去！"

僧侣却继续坐禅，一动也不动。直日突然一把拽过僧侣的手臂，试图把他拖走。

僧侣拼命想甩开直日的手。但是被选来担任直日的，都是腕力极强、身材健壮的僧侣，大部分僧侣都会被拖着站起来。这位僧侣死命抱着柱子，说什么都不肯放开。

这么一来，就算腕力再强，一个人也很难拖动他，所以直日暂时离开了。过了一会儿，直日又带了另外一个人来。这次他们硬是把僧侣从柱子边拖走。僧侣像因为恶作剧被大人惩罚的顽皮小和尚似的不断挣扎，最后还是不由分说地被拉走了。这位僧侣三十多了，还留着胡子，这幅景象实在是让人不忍卒睹。

此外，在禅寺的生活中，暴力其实一点都不稀奇。在打禅的时候，要是心有旁骛，就会挨打。在问答时双方大打出手，也是家常便饭。当然，师兄也经常用修行或训练耐心等名目做借口，因为个人好恶或单纯为了发脾气，对师弟拳脚相向。但要说这不是为了师弟好，似乎也不见得。

"我在禅寺受过非常严格的训练，所以稍微被打一下、踢一下，或是看到别人挨打挨踢，也不觉得怎么样。"

"我就没办法忍耐了……"新太郎喃喃着，"什么嘛……他们每次都说是为了你好，结果还不是在欺负弱者。弱者明明该受到照顾，他们却因为弱者不反抗，就又打又踢，简直是野蛮人。"

辰吉说："你果然还是不适合这一行，你的个性不适合。你心里根本没认真想过要当厨师，也没有靠这行活下去的决心，对吧？"

"嗯。我的想法也越来越清楚了。我本来以为继承老爸的家业，成为一个好厨师，就是尽孝道，所以一直勉强自己这么做。可是不喜欢的事情，真的很难做下去。不管做什么都心不在焉，根本无心做好眼前的事，才会发生今天这种事……"

"那还真是悲惨。你已经是第二次了，没办法，不过师傅的做法也有点过分。"

"我相信师傅也是充分思考之后才这么做的。其实被踩被踢，并没有像你们看起来那么疼。而且对师傅来说,我是恩人的儿子,听说师傅年轻的时候,曾受到我父亲的照顾……有这层关系,我想师傅也不会故意欺负我。或许,他是在想办法激励我。"

"但你并没有受到激励吧?"

"没有。不喜欢的事就是喜欢不起来。我觉得自己想赌上人生去做的事应该是别的。"

"你想做什么?"

"我想成为一名画家。可是我爸说,光靠画画是没办法活下去的,不准我画画。我是为了孝顺老爸才来当厨师,但是不喜欢的事情,果然还是没办法做下去。"

新太郎看起来喝醉了,说起话来有点舌头打结。

4

日俄战争仅仅是七十五年前的事。当时的丸之内,还没有今天的帝国剧场,也没有第一相互馆,更没有东京会馆与东京都厅,而是一片荒草丛生的空地。

丸之内位于江户城的正前方,曾有许多大名的宅邸坐落于此。明治维新之后全部被政府征收,建设了许多官厅。根据富山房出版的《丸之内今昔》一书,现在那些大楼的所在地,以前是这些宅邸或官厅。

(现在)	(庆应三年)	(明治十一年)
帝国剧场	松平相模宅邸	陆军法院
商工会议所	松平相模宅邸	兵部省
东京都厅	松平土佐宅邸	陆军练兵所
明治生命	消防队	东京镇台骑兵营
三菱总公司	织田兵部宅邸	东京镇台辎重兵营

海上大楼　　　　　松平周防宅邸　　　　陆军省用地

这些大名宅邸皆为旧式的木造房屋，在明治维新后虽然可暂时用来充数，但并不适用于近代事务的处理与运作，所以各官厅日后各自迁移到他处，只剩下腐朽的建筑物、残垣断壁与荒芜的庭园。政府将这块地卖给了三菱的老板岩崎弥太郎，但岩崎并没有在这里建造什么设施，也没有修整土地，对它置之不理，这块地就变得杂草丛生，成了孩子们游戏的场所。

人们把这块地称为"三菱草原"，另外还有"赌博草原"这个别名。因为茂盛的杂草甚至比人还高，一些品行不良的人力车夫时常躲在这里聚赌。

白天行人很多，还有好几家露天茶馆在这里营业，可一到晚上就一片漆黑，渺无人烟。日俄战争后五年，一名妙龄女子在这里被刺杀身亡。死者是一名工人的妻子，名叫阿艳，因此报章杂志纷纷以"阿艳之死"为题大肆报导。当时的三菱草原就是如此荒凉的地方。

不过，三菱的总公司在这里建造了一栋又一栋近代式的红砖办公楼，仿佛是想打造一条伦敦式的商业写字楼街区。几栋建筑建成后，从草地的另一边远望，建筑物其实只占广大空地的一小部分，大部分仍是一片荒凉。

华族会馆在日比谷，并不属于丸之内，距离三菱草原还有一段距离，但中间没有任何障碍物，可以一眼望尽四周的景致。

草原隔着护城河的另一头，就是宫城。在绿色的松树和白色的围墙中，住着被尊为"现人神"的天皇，仿佛盖着一层神秘的面纱，光是想一想就觉得心生敬畏。

以见习厨师身份住在华族会馆的笃藏对工作充满热忱，无论什么事情都想学习，什么都想记下来，总是用贪婪的眼神不断观察四周。

这里的见习厨师分为早班和晚班，早班的人必须在早上四点起床，先去厨房给烹饪要用的火炉生火，并且把厨房打扫干净，把砧板和锅洗干净。还要把蔬菜上面的泥洗净、去根，让厨师能直接使用。

晚班则是七点开始。年轻人都喜欢晚睡，个个都讨厌值早班，想值晚班。于是笃藏主动替前辈上早班，让前辈非常开心。这种行为很可能会被认为是拍马屁，引起同辈的反感，但是笃藏态度诚恳，没有人对他有意见。

一般而言，职场上最小的前辈都会苛待新来的成员，不管什么事情都会找新人的碴。可是笃藏第一天就在乌森请辰吉和新太郎喝酒，让他们两人兴高采烈，因此不但对笃藏不错，甚至还会讨好他。对笃藏而言，他们是非常好应付的前辈。仔细想想，没有比这一天花的钱更划算的了。

事实上，正如新太郎自己说的，他本就没有当厨师的打算，只是因为父亲的命令心不甘情不愿地干着。他处处出纰漏，老是捅娄子。所以不管笃藏是犯了什么错还是偷懒，他也不在意，甚至还因为有个被骂的同伴而开心，从一开始就不是什么令人害怕的家伙。

至于辰吉，则是商业区一户贫穷工匠家的孩子。他对于当厨师这件事并没有使命感，也没有把厨师当作天职这种夸张的想法。他只是小学毕业后正愁不知该去哪里工作时，经邻居介绍来到了华族会馆。对他而言，就算今天是在吴服店上班，或是去当理发店的学徒，其实都一样，只是凑巧走上了厨师这条路。他完全不在乎技术怎么样啦、料理界的大师怎么样啦，只知道把眼前的工作好好完成。换言之，对他来说，所谓料理既不是什么高尚的理念，也不是高超的手艺，只是一种平凡的日常事务，并不是必须咬紧牙关、拼命努力的事情。他不会为了钻研厨艺而彻夜不眠，或是费尽心思成为日本第一的大厨师。所以他对新来的笃藏没有抱着竞争心或嫉妒心，甚至出乎意料地以亲切的态度对待他。

新加入一个团体的时候，最让人头痛的就是受到加入时间相差不远的前辈或同辈的欺压,而辰吉和新太郎并没有类似的行为,对笃藏而言,这实在是幸运的事。

当然,并非所有的前辈都这么好。俗话说一样米养百样人,每个人的个性和脾气都不一样。有些前辈看见笃藏为了讨前辈开心,处处体贴,手脚利落地做事,便认为他是个喜欢拍马屁、耍小聪明的人,一脸不悦。笃藏隐隐约约可以感受到这种氛围,所以尽量远离他们,避免落人口实。但如果太过疏远,他们也会不高兴,拿捏这种分寸并不容易。

在厨房里,只要出一点差错或是搞砸了什么,被前辈殴打或斥责并不是稀奇事。笃藏第一天上班就看见了最激烈的场面,吓得半死。平时动粗是家常便饭。

一次,笃藏正在专心洗锅,忽然有人朝他的头揍了一拳,让他眼冒金星,视野变成一片黄色。他好不容易站稳脚步,不至于倒下,但紧接着小腿又被踢了一脚。

笃藏实在站不住,于是蹲下来,揉着挨踢的地方,这时一阵怒斥声从他的头上传来:

"笨蛋!你是怎么洗的!水根本没沥干。锅里如果留着水汽,就会发臭,让做好的菜沾上臭味。以后给我注意一点!"

这么大吼的,是蔬菜部门的chef。Chef是法文,意思是主管或部门负责人,英文叫作chief。在大型餐厅,一般分为鱼类、蔬菜、汤品等部门,每个部门的负责人就称为chef。

负责统筹这些部门的人,称为grand chef,直译是"伟大的厨师长",戴着一顶比脸还要长两三倍的细长帽子,相当于指挥全军的将军或是司令官,是一种荣耀的职位。

但刚才踢笃藏的,并不是"伟大"的厨师长,而是负责蔬菜部门的主管。虽然他戴的帽子比较矮,但仍是主管级的人物,当然不能失敬。笃藏忍着小腿的疼痛,站起来深深地鞠躬,说道:"对不起。我以后一定会注意的,请原谅我。"接着又鞠了两三次躬。

其实没洗好锅、在锅里留下水汽的并不是笃藏,而是新太郎。原本是新太郎在洗锅,后来去忙别的工作,才由笃藏接手,把锅都摆好。新太郎一如往常无精打采、心不在焉地工作,因此没有把水沥干。其实笃藏也发现了这件事,他原想稍后再擦干,没想到被蔬菜部主管早一步发现了。

然而,笃藏一句也没有辩解。

"这不是我洗的。"只要他这么说,就能洗刷冤屈,可一旦这么做,就等于要蔬菜部主管承认自己的错误,向笃藏道歉。主管是很有权威的,恐怕不会对一个新来的见习生道歉,但心里可能会觉得过意不去。身为一个新员工,要是让主管这样地位崇高的人产生那种感觉,实在是太嚣张、太僭越、太不体贴又太无礼了。比起告诉主管事实真相,让他觉得"这家伙真嚣张",倒不如什么都不说、乖乖道歉,这样反而会给人老实本分的印象,对自己更有利。

不说出真相,也能和新太郎保持友好关系。倘若笃藏说出锅是新太郎洗的,虽然能保住自己的名誉,却会让新太郎丢面子。新太郎一定会对笃藏产生恨意。

新太郎早晚都会离开华族会馆,他没有当厨师的意愿,才会对工作这么随便。他总有一天会离开这里,或是被开除,去当画家。既然他迟早会被开除,就算被他憎恨也没什么大不了,但现在还是把他奉为前辈比较保险……

笃藏抱着这样的想法,自始至终都没有提起新太郎的名字,自己背了黑锅。

笃藏被打的时候,新太郎正在汤品部门帮忙,远远地看着他,什么也没说。但是事后,趁着四下无人之时,他向笃藏道歉:"刚才真是苦了你了。抱歉,是不是很疼?"

梅雨过后,就进入真正的夏天,每天都是晴朗的好天气。丸之内一带的官厅都放暑假了,日俄战争还在持续,人们紧张的心情仍然无法放松。

这一天也一大早就艳阳高照,非常炎热。日比谷公园的树林中传来阵阵蝉鸣,好几群孩子带着捕鸟竿和捕虫网四处晃荡。在神田读书的学生们则在三菱草原上玩传接球。一处以前大名宅邸庭院中的泉水遗迹旁,有几个孩子正在垂钓。

这天,笃藏也从一早就忙着厨房里的各种杂务。

结束早餐的善后工作,在准备午餐之前的空当,忽然有个前辈来通知他:"笃公,有人找你,是个女的。"

"找我?是谁啊?"

"我没问她叫什么名字,你赶快去看看吧。"

笃藏出去一看,来访的人竟是阿藤。她穿着白色的高级麻料和服,绑着夏季腰带,手上拿着全新的水蓝色洋伞,看起来穿得很正式。但她毕竟是第一次独自来到东京这个陌生的地方,因为紧张和害怕满脸通红,好像快要哭出来了。

"原来是你啊,你什么时候来的?"

笃藏压抑着从胸中涌上来的一股悲伤,故意冷淡地说。阿藤一脸不安,用哀求般的语气说:"我是今天早上到新桥车站的。"

她的眼眶里满是泪水。

"你住在哪儿?"

"我把行李放在车站前的越前屋,休息了一下才来的。"

"是谁告诉你我在这儿的?"

"哥哥告诉我的。"

"你找我有什么事吗?"

"什么叫'什么事'……"

阿藤的表情像是在说:"当然有事啊,你问的算什么问题。"

"我有好多话想跟你说。"

"站在这里不方便说话,我还是新人,不能随便离开工作岗位。我等一下向上司请假,去旅社找你,你先回去等我吧。"

笃藏面无表情地说道,阿藤气呼呼地抬头望着他。

"那我回旅社等你,你快点来呀。"

"我不知道能不能快点去,旅社在哪儿?"

笃藏问了详细地址后,说:"那待会儿见……"

他没有目送阿藤落寞的背影离开,就转身进去了。

5

吃过晚餐,整理善后完毕,住在外面的厨师都回家后,笃藏对新太郎和辰吉说:"我能出去一下吗?"

新太郎问:"你要去哪儿?"

"新桥车站附近。我太太从老家来找我了。"

"原来你这么年轻就有太太了啊?"

"是的,我受双亲之命,娶了妻子。"

"所以你把太太扔在老家,自己跑来东京?你们吵架了?"

"不……我只是把她留在了老家而已。"

"你太太现在来找你了?"

"哦,就是白天来找你的人吧?"辰吉在一旁说。

"是的。"

新太郎说:"这样啊,原来她白天已经来过了。那你为什么没马上去找她?"

"因为我当时在工作。"

"笨蛋!可爱的太太来找你,你还管什么工作!反正你的工作也没什么了不起,顶多只是洗洗盘子罢了。她真是太可怜了,你怎么能让她空等到现在。"

"那个……我明天要上早班……"笃藏带着顾虑说道。

"没关系、没关系。你去吧。明天干脆休假好了。"

"这……没取得师傅的同意就休假,这样好吗……"辰吉说。

"没关系,又不是经常这样。你的事儿,我会帮你做好的。"

"可是,还是得向师傅说一声吧。"

辰吉出身贫穷人家,习惯顾虑他人,因此不喜欢看到别人我行我素。笃藏心想,要是惹辰吉不高兴,吃亏的是自己,于是他说:"没关系,我明天会来上班的。反正我和她也没什么好说的。"

"你们怎么可能只是说说话。"辰吉不怀好意地笑了。

新太郎说:"随便你,反正我会替你上早班,就算你要来上班,七点再来就好。如果你想休假就休假吧。"

"好的。"

笃藏虽然这么说,但辰吉没赞同,他还是不能休假。

阿藤投宿的地方,是新桥车站前便宜的商务旅社。她第一次来到东京,大概不清楚情况,旅社的人一拉客,她便住了进去。

等了许久,笃藏终于来了,满脸落寞的阿藤立刻站起来迎接他。白天是在华族会馆的厨房门口,有很多人,笃藏故意装出冷淡的样子,但现在心中满是怜惜和思念。女侍一离开,他就把阿藤搂进怀里。阿藤身上那熟悉的发香扑鼻而来。

四个月没见了。他早已忘记女人身体的感觉,如今各种记忆一口气全涌上来,使他心醉神迷。

阿藤也一脸陶醉,忘我地凝视着笃藏。两人连棉被都来不及铺,就直接倒在地上。

匆匆几分钟后,阿藤坐起身,将衣服下摆拉好,看着笃藏,害羞地笑着说:"啊,总算……"

接下来的声音就不成句子,含糊不清。笃藏也温柔地注视着她,说:"爸爸妈妈都还好吗?"

"是。"

"妈妈的肚子呢?"

"越来越大,已经瞒不住人了。她一直说真丢脸、真丢脸,总是用袖子遮着肚子走路。"

"可是她应该很高兴吧?"

"大概是吧。"

"另外……"阿藤说到一半就打住了。

"什么?"

"那个……我也……"

"什么?你也……"

"是。好像有了。"

"有了什么?"

"不是好像,是真的。医生清清楚楚地说我怀孕了。"

"这样啊。那……"

笃藏原想说"那真是辛苦啊",但最后含糊地带过了。老实说,他的真心话其实是:"我还这么年轻,不要让我背负这种责任,好吗?"

但是另一方面,他也不是没有高兴的感觉。两种情绪奇妙地掺杂在一起,连笃藏都不知道自己到底是什么心情。

"爸爸妈妈他们怎么说?"

"他们都说可喜可贺,叫我安心生下来。不然他们还能说什么?"

"说的也是。可他们到底怎么想的呢?"

"我不知道,他们恐怕觉得很伤脑筋吧。"

"继承家业的人变成了两个。我就是知道这一点,才来东京的。"

"你要走也不跟我说一声……"阿藤埋怨道。

"假如我说出来,你一定会阻拦我。"

"你是不是讨厌我了？"

"没有！我怎么可能讨厌你，我最喜欢你了！"

笃藏大声说。他确实不讨厌阿藤，她那种平易近人、不拘小节的个性的确有种魅力。可相较之下，笃藏一想到国高村警察局长的千金八千代小姐，就像是丢了魂似的，又像是胸口被束紧一般，有种悲伤、甜蜜又难过的感觉。而他对阿藤的喜欢并非如此。但不能因此就说他讨厌阿藤。只是他无论如何都想来东京。他想到东京出人头地，而阿藤并没有留住他的力量。

"爸爸说希望你回家……"

"他想让谁继承松前屋？"

"他说会让你继承，如果妈妈生下的孩子是男丁，就分家。但我不知道这是不是他的真心话……"

这个想法，任谁听来都觉得有道理。要是笃藏在离家出走前听到这番话，说不定就会动摇了。

"大家都说，听说你在当见习厨师，还住在那里，十分辛苦。如果你留在武生，就可以当少主人，不用这么辛苦了……"

笃藏不是没这么想过。但他不会永远都是见习生，无论是被使唤还是被打骂，只要当作学习的一部分，就不觉得辛苦了。更重要的是，他受不了那种一潭混浊死水般的生活。以前不知道便罢，一旦呼吸过东京这种生气勃勃的新鲜空气，他再也不想回到那种环境了。

但如果这么说，阿藤一定很失望。她明明不习惯长途旅行，却特地来东京找他，假如让她失望，就太可怜了。

"我再考虑一下吧。我都已经踏上这条路了，想再试一下。等我能够养活自己，就把你接来东京一起生活。如果不行，就回武生，继承家业也好，做点别的生意也好。我还年轻，想再试试自己的运气。能不能再让我自由一阵子？"

"我不能待在你身边吗？"

"我还没有能力养你。而且见习生必须住在会馆,不能携带家眷。我希望你先回武生,一边照顾爸爸妈妈,一边等我。生小孩和养育孩子,有老人在身旁也比较好。我不久就去接你。"

阿藤沉默不语。她虽没说出口,但应该已经嗅出男人那种随心所欲、不负责任的态度了。

总之,我想请你给我自由。我还这么年轻,不想背负着重担,无精打采地走上这么漫长的路。我现在满脑子只有自己的野心和追求功名的心思,根本无暇顾及别人……

笃藏为了转移阿藤的注意力,问:"有没有去附近走走?"

"没有。"

"你从早上来到东京后,就一直待在旅社里,一步也没出去?"

"我去了华族会馆……一路上都在向人问路……"

她的话听起来带有嘲讽之意。她人都特地来东京了,笃藏竟然还只顾着工作,冷漠地把她赶走——阿藤心中的恨意再次流露出来。

"之后你一直待在这个房间里?这么热的天?"

"我连东西南北都搞不清楚,也不知道该去哪里,又没有人给我当导游……"

"对不起,我应该带你去逛逛的……可是我有工作在身嘛。"

又是工作、工作,有工作就了不起?男人真的那么重视工作吗?

笃藏试着讨好她,说:"要不要去外面乘个凉?应该有很多摊贩。"

阿藤点点头,站了起来。

笃藏来到华族会馆的第一天,新太郎和辰吉两位前辈带他去喝酒的丹波屋,和乌森神社在同一条路上。那晚,笃藏把两个人以前赊的账也一并还清了。现在去那里的话,一定会受到热烈欢迎。但是当时的社会氛围和现在不同,在明治时代,如果带女人去那种店喝酒,会遭人反感,所以笃藏故意快步走了过去。

又往前走了一会儿,眼前出现了许多摊贩,在冒着黑烟的煤油灯的光线下，能看见切成半月形的西瓜、烤玉米、捏面人、焦糖脆饼，还有贩卖各式各样的玩具、日用品、厨房用品的摊贩。

两人并肩走着，笃藏不经意地观察着阿藤。她的肚子还不显眼，不过仔细看，的确好像有一点点隆起。既然她说自己怀孕了，应该不会有错。

她的身体里有个新生命在萌芽，时时刻刻在长大，而且这个生命还和自己拥有同样的血缘——笃藏一想到这个严肃的事实，便想在神佛面前低着头，虔诚祈祷。

同时，他也注意到了阿藤那欠缺气质、不自然的肢体动作和不够优雅的体态。从小，阿藤身旁的人就说她是美人，笃藏也曾因为她的美貌眼睛一亮，可一旦置身于东京的繁华地带，她那股乡土味变得格外显眼。

或许是因为她不习惯长途跋涉，感到疲累，或许是因为她还没适应这个陌生的环境，当然也有可能是面对笃藏那出乎意料的态度，感到失望，总之，她脸上带着一丝阴霾，看起来郁郁寡欢，和这个热闹的都会一点都不相称。

莲花还是应该盛开在野外才美呀。笃藏的脑海里浮现出这句话。

他们走到了一间外头挂着苇帘的冰店。写着"冰"字的旗子在夜风中摇曳。笃藏扭头问道："要不要喝点冰的东西？"

阿藤点点头，笃藏便率先走过去，坐在折叠椅上。

"你要点什么？"笃藏问道。

"什么都可以……"

"这样我不知道该点什么。"

"什么都好，跟你一样就好……"

她不以为意地说，仿佛觉得这种事情一点都不重要。

"那我们点草莓冰好吗？"

"好。"

两人用汤匙铲着宛如小山的碎冰。

"你接下来有什么打算？"

"没有什么打算。"

"那明天怎么办？"

"我不知道。你呢？"

"你难得来一趟，很想带你在东京到处逛逛，但我的工作要到晚上八九点才结束，白天实在没办法出来。"

"男人总是这么忙。那我搭明天的火车回去好了。"

"你难得来一趟，不到处参观一下吗？"

"可你不是有工作吗？"

"我晚上有空啊。白天你可以看着地图，自己到处逛逛。"

"女人自己一个人在外面乱逛，一点也不好玩。"

"这样啊。"

"你是不是该回去了？"

"不，我得到许可，今天晚上可以在外面过夜。我去你那里过夜好了，明天早上七点再去上班。"

"哇，可真早……不过，至少我们今天晚上可以在一起，真是太开心了。"

"至少？你打算明天就回去？"

"我明天就回去。白天在房里等你的时候，完全无事可做，觉得自己好像快疯了。"

"唉，没办法，那你下次再来找我吧。"

"以后我就更没办法自由行动了。孩子出生后，又不能乱跑……说不定我们只剩今天晚上能相聚了。"

"我一定会去接你的。"

"我会等你的。"

"我们回旅社吧。"

一回到房间，笃藏便眼睛发亮，扑向阿藤。

"等一下……等一下……"阿藤扭着身子挡住他，"你这人真讨厌！"

"讨厌吗？那就尽管讨厌吧！尽管讨厌吧！"

笃藏咬着牙袭向阿藤，阿藤也咬着牙接受了他。

6

这一夜，两人聊了一整晚，几乎没有阖眼。

他们有说不完的话题——双方的父母和兄弟姊妹、亲戚的逸事，接下来即将出生的孩子，还有两人的未来……

"我已经说了好几次，等我赚的钱足够生活之后，就去接你，希望你再等等我。"笃藏说。

阿藤回答："如果你真的来接我，我不知道会有多高兴。可是总觉得你会离我越来越远，最后忘了我……"

"怎么可能！"

笃藏斩钉截铁地说。但问他是否真做得到，他其实也没有绝对的把握。毕竟东京这个地方，放眼望去尽是美女，而他又比一般人更经不起诱惑，一旦热衷什么事情，就会忘乎所以，不到那个时候，谁也说不准。

阿藤也隐约感觉到了这一点，但她无法怀疑眼前这个向她许诺未来的人。最后她只好点点头，答应愿意等他。

夏天的夜晚很短。到了四点，窗外就亮起来。五点一到，外头传来送牛奶的车声。接着又听见卖豆腐、卖纳豆的声音，还有远处工厂的汽笛声。

"你真的今天就回去吗？"笃藏问道。

阿藤却说："你不是七点就要走了吗？"

"嗯。"

"那也快了，你先准备一下吧。"

"我不用特别准备什么。"

"早餐呢？"

"上班后，我可以趁工作的空当吃。更重要的是……"

他抓住阿藤的手，将她拉过来。

"哎呀……天都已经这么亮了……"

"别管了。下次不知道什么时候才能再见面……"

"是啊。"于是阿藤放弃抵抗，沉醉其中。

时间已经快到七点了。笃藏站起来，迅速地穿好衣服。

"那就这样吧……你要搭几点的火车？"

"我还不知道。一会儿去车站看看时间，挑一班时间最近的车。"

"真抱歉，不能送你。"

"没关系……"

笃藏走出玄关，头也不回地快步离去。

阿藤的来访，让笃藏的心情产生了转变。在那之前，他一直对没向阿藤和父母说一声就来到东京的事耿耿于怀，也就是说，联系着他和武生的那条线一直都没有断。但是和阿藤谈了一整晚后，他终于下定决心。他虽然答应阿藤，等赚到足够的钱，就把她和孩子接来东京生活，可是在心情上，总觉得只是把对武生老家那些人的愧疚无限期地向后延迟了。

与此同时，笃藏把心思都花在如何在当下的环境中磨炼自己的手艺、经营自己的地位上。他以前在武生的时候，曾经向鲭江连队的田边军曹学习过西洋料理的入门知识。但是除非必要，他并不打算在新太郎和辰吉面前提到这件事。要是说出来，就像在炫耀自己比两位前辈还要有经验。就算他没有炫耀的意思，对方也可能这么认为，担心被他赶超。这么一来，他们就可能利用前辈的地位来欺压他，想尽办法找他的碴。

新太郎已经没有当厨师的意愿，辞职只是时间问题。任何工作他都心不在焉，一副破罐子破摔的样子，然而他的心胸并没有宽大到被一个新手小鬼超越也不计较的程度。正因为他觉得笃藏比自己弱小，才对笃藏睁一只眼闭一只眼，万一让他感觉到笃藏可能比自己强大，大概就不会容忍了。

至于辰吉，他虽然不是自己选择厨师这条路，而是刚好找到了厨师这份工作。可是反过来说，如果不管做什么职业都一样，他可能认为走上这条路是自己的宿命——他总是抱着这种下层阶级特有的忍耐和服从的哲学，知道料理界是自己将奉献一生的领域，当然无法接受新人超越自己。

对笃藏而言，现在最重要的，是不要刺激两位前辈的自尊心。在这两个人面前，不管怎样都应该保持低姿态，绝不能违抗他们的意思。

话虽如此，身为一名厨师，磨炼手艺和丰富知识倒是不用客气。在厨房里，包括师傅宇佐美以及二厨奥村在内，有很多大师级的人物，还有数不清的事情必须学习。但这些人不是个个都愿意把自己的知识分享给别人，甚至可以说大家都很吝啬，不愿意公开自己的技术。

这也是理所当然的，要是把自己知道的告诉别人，这知识就不是自己独占的，世上能与自己并驾齐驱的人就又多了一个。正如田边军曹所说，一山不容二虎，如果不把后辈踩在脚下，日后可能就会被对方踩在脚下。

所以大部分前辈都不喜欢教导见习生技术，而且绝不让别人知道自己的秘诀。煮汤或炖卤时，该加哪几种调味料，加多少分量，但凡见习生最想知道的，前辈都绝不会告诉你。对方不愿意给，就只能用偷这一招了。

"喂，小鬼，过来一下。"

只要师傅叫他去帮忙，他就一边帮忙，一边偷看师傅手上的动作。

师傅拿起装盐和胡椒的罐子，笃藏便注意观察他放多少分量，但他却慢吞吞的，迟迟没有加进去。

笃藏一不留神因为别的事情转移了注意力，移开了视线，师傅就迅速将调味料加进菜里，再露出一脸若无其事的模样。不仅是分量，连他加了什么都不得而知。

总之，在料理的世界，技术和秘诀并非以教导的方式传递下来。知道的人总是藏起来，想知道的人只能去偷。

不过，也不能一概而论。前辈和后辈并不是永远站在对立面的，假如彼此个性相合、欣赏对方的话，也能和其他行业一样，建立起良好的师徒关系。

"喂！"

"蠢材！"

"混账东西！"

"你这个畜生！"

厨师大多脾气很差，遭到怒骂是家常便饭，挨打挨踢也一点都不稀奇。倘若有人说这种行为太野蛮、太封建而加以排斥，那么他想必不了解工作现场的情况。

烹饪的时候是分秒必争的。无论是煮还是烤，胜负都在一瞬间。只要稍微疏忽一秒钟，就可能煮得太烂或把东西烤焦，前功尽弃；而如果烹调的时间不够，也一样无法入口。抓不到这微妙的一瞬间，就只能被骂作"笨蛋！""慢吞吞！"，所以绝不能敷衍懈怠、轻忽大意。

正因为处在不知道什么时候会挨骂、不知道拳头什么时候会落下来的恐惧中，才能全身紧绷，培养出抓住瞬间的决断力。如果没有这种压力，注意力就会变得散漫，更容易出现意外或失败。因此，很多时候，那些粗暴的言语与拳头其实并非虐待或残酷之举，甚至可以说是爱的表现。

有一次,前辈难得叫见习生过去。

"喂,过来削马铃薯皮。"

笃藏一直只能洗锅,正感到厌烦,立刻赶过去帮忙,没想到前辈马上朝他的头上揍了一拳。

"这是什么!这不是钻石吗!笨蛋!"

钻石是什么意思?

可是提出问题前,先道歉说"对不起",才是重点。

"听好了,马铃薯皮要这样削才对。"

前辈拿起菜刀,另一只手上的马铃薯像是被吸过去似的,贴在刀上。马铃薯像陀螺一样旋转,转眼间就变成了一块浅黄色的温润玉石。仔细一看,马铃薯皮从头到尾都没有断掉,在下方卷成一圈一圈的旋儿。

"听好了,你那不是在削皮,只是把皮刮掉而已,皮都断了。"

原来如此。低头一看,自己削的皮像竹叶一样散落一地。

"看看,你削的像钻石一样有棱有角,就因为你是用刮的方式,才会变成这样。以后给我注意一点!"

前辈的措辞虽然粗暴,但话里其实带着善意,希望将他培养成一名好厨师。

"是,谢谢您。"

笃藏只能这么回答。

不知不觉,夏天也过去了,早晚的风有了凉意。古人称秋季为"亲近灯火的季节",说明这个季节最适合读书到深夜。

笃藏从小就讨厌坐着不动,看书写字是他这一生中最痛苦的事情,然而最近他竟然养成了读书的习惯。他发现,如果真想研究厨艺,光靠学习师傅和前辈们的实践技巧是不够的,还要阅读书籍来学习理论,弥补经验的不足。

笃藏看书看到很晚的时候，远处忽然传来哀怨的叫卖声："锅烧乌冬面——"

这种卖面的摊子，又叫作"夜泣荞麦面"或"夜泣乌冬面"。

正要准备就寝的新太郎说道："喂，笃公，去把架子上的 itchbo 拿来。"

"是。"

所谓的 itchbo，就是英文的 aitch bone，指牛腰部的三角肉，是牛肉当中质量最好的部位。每头牛身上只能取下一点点，是名副其实的钻石部位。

当夜泣乌冬面摊走近时，新太郎说："笃公，你把这块牛腰肉拿去叫老板做成牛肉乌冬面。辰公，你也吃吧？"

"嗯。"

"那就叫他做三份。剩下的肉就送给老板，他一定很高兴。"

"这样好吗？这么贵重的东西……"

"当然啰。我们要成为最棒的厨师，当然得知道最高级的肉是什么味道。"

笃藏调侃道："可是你明明总是说不想当厨师。"

"啰唆，在辞职之前，我还是厨师。"

"是。"

吃着老板做的牛肉乌冬面，新太郎得意洋洋地说：

"全日本绝对没有人吃这么高级的牛肉乌冬面。"

7

在日本，想成为一名好厨师，必须得懂法语。

因为全世界最棒的料理是法国菜，菜单上全都是法文，厨艺的入门书或专业书大多是用法文撰写的。有大师之称的厨师也都是法国人。为了接受他们的指导，学会法语是必不可少的。

于是笃藏开始学法语。

那个时代与现在不同，当时没有广播或电视上播出的法语入门讲座，也没有好的参考书。此外，学习语言光靠文字和录音带是不够的，还必须有人面对面指导。幸好筑地的明石町有一位法语家教老师，笃藏有时去找他上课。这位老师叫谷川春水，在一家洋行工作，大约四十出头，是一位非常温和的人。

华族会馆的工作结束，已经是晚上九点左右。笃藏都是在这个时候赶赴筑地。即使是现在，从日比谷搭乘地铁前往筑地也有三站，当时笃藏得花上三十多分钟才能抵达。

到谷川老师家已经过了九点半，从这时候开始上课，会上到很晚，对老师来说并不是一份轻松愉快的工作。老师个性好，才一直没有说出口，但总感觉他兴味索然，似乎正准备找时机拒绝。

万一被拒绝，笃藏就找不到合适的老师了，所以他必须想办法讨老师欢心，抓住老师的心。

于是笃藏问："老师，您喜欢吃咖喱饭吗？"

"非常喜欢。偶尔会让内人做，不过她做得不太好吃。"

"毕竟还是需要一些诀窍嘛。"

"听说华族会馆的料理是一流的，相信咖喱饭一定也好吃吧。"

"下次我教尊夫人做咖喱饭怎么样？"

"那太好了。"

"那么，下次上课前，请您准备好材料，首先是带骨鸡肉一百匁①、洋葱、黄油、牛奶、coconut……"

"Coconut 是什么？"

---

① 日本古代重量单位，1 匁相当于 3.75 克。

"就是椰子,是一种热带产的水果。"

"哦,我想起来了。nut 是 peanut 的 nut 对吧。有时候小说里会出现这个词,我只是当成一个单词去记,从来没想过它是什么样子。这要到哪里去买呢?"

"去这附近的进口食材铺,应该就找得到……做一次需要的分量不多,不需要买到一百匁或两百匁这么多。要不下次我直接带来吧。"

"这样好吗?"

春水老师觉得不好意思,但是笃藏一派轻松地说:

"没什么,只是带一点点来而已。另外还需要很多香料和咖喱粉,我也一并带来。就算把老师、尊夫人和令郎的份全部带来,也不会被发现的。"

第二天,笃藏从食材柜拿出需要的材料,来到谷川老师家,上完课便做了一次。他在华族会馆的工作虽然还是洗盘子、削马铃薯、切高丽菜丝,但是在长期耳濡目染之下,他也学会了怎么用平底锅和锅铲,动作利落熟练,看起来像模像样。老师夫妇看了不禁感叹:

"真不愧是专业的厨师,动作都不一样。"

用咖喱饭讨得老师的欢心之后,笃藏又做了欧姆蛋、蜂蜜蛋糕、可乐饼等,传授了各种饭菜的做法,谷川老师也越来越有兴致,课程变成了法语和烹饪的交换指导,再也不提不想教他法语了。相反,谷川老师对料理愈发热衷,后来竟然把法语丢在一旁,把时间都用来询问有关料理的问题。

而笃藏对法语热情不减,从老师家上完课回来后,还继续研读课本,直到深夜。他小时候最讨厌念书,总是喜欢恶作剧,如今简直像是换了一个人。

随着法语学习的深入,笃藏想去法国的心情越来越强烈。他想尝尝地道的法国料理,也想体验一下法国餐厅的气氛。如果可以的话,他更想在厨房实地见习,甚至跟着大师级的厨师磨炼自己的手艺。

不仅如此，他也想熟悉法国的风俗习惯，欣赏法国的音乐和美术。此外，他还想呼吸巴黎的空气，试着在巴黎生活。总之，他无论如何都想去巴黎一趟。谷川老师以前曾在巴黎待过一阵子，有时提起在巴黎时的回忆。每次说完，他一定会感叹：

"唉，全世界再也找不到像巴黎那么棒的城市了。真想再去一次。"

这让笃藏对巴黎的憧憬更加强烈。

三菱草原是一片荒地，地主三菱公司没有设置栅栏，也没有砌筑围墙，人们可以自由进出，因此这块地成了摊贩停放摊车的场所。为笃藏他们做日本最高级的牛腰肉乌冬面的夜泣乌冬面摊车，或许也停在这里。

包括笃藏在内，住在华族会馆的厨师早上一起床，就先跑到三菱草原去翻找摊车里的东西，有时会找到意想不到的猎物。

所谓的猎物，就是空皮夹。有些扒手在银座一带偷了路人的皮夹后，把钱拿走，把空皮夹扔进摊车。据说他们也经常把空皮夹扔在闹市区附近的地藏菩萨像或观音像旁，或是大型夜市旁边的垃圾桶里。

一个人当然不需要那么多皮夹，可那毕竟是得拿钱买的东西，而且皮夹总是深藏在怀里，有种神秘感，自然显得贵重，所以笃藏总是满心期待。

有一回，他找到了一只上等的真皮皮夹，里面还有名片和印章，名片上印有地址。笃藏心想，对方丢了印章，一定伤脑筋，便按照名片上的地址，一边问路，一边找去。那是一家位于滨松町的大型商店，失主非常开心，事后还特地带了甜点来向笃藏致谢。

一天早上，笃藏比平常早一点出了门。他一掀开摊车的盖子，就看见里面满满地塞了一个大家伙。

笃藏看了看，也不知道那是什么。时间还早，四周都很暗，也看不清楚。

他伸手摸摸，那东西还是温热的，他又试着戳了一下，指尖传来湿湿软软的触感。

笃藏有点害怕，仔细一看，发现那竟然是一个人。他"哇"地大叫一声，便飞也似的逃走了。

事后想想，那个人似乎是在那一带出没的乞丐或流浪汉。当时已经快要入冬了，露宿在荒郊野外非常冷，他才钻进摊车里取暖。

对笃藏来说，最令他担心的，是哥哥周太郎的健康状况。

到了秋天，一般的年轻人都会充满活力，食欲也更旺盛，身体变得更强健。但周太郎可能是读书读过头了，变得越来越瘦，脸色也越来越难看。他不管是说话的声音，还是起身坐下的动作，都缺乏活力，看起来很虚弱。

一天下午，周太郎来找笃藏。

"我要回武生去静养一段时间。"周太郎说。

"发生什么事了？"

"我感冒了，发烧不退，去看了医生，医生说我的肺尖有点发炎，他建议我回乡下去，在空气好的地方住一段时间。"

"这……"笃藏一时之间不知该说什么才好，"你不是明年就要毕业考试了吗？现在回家的话……"

"在家里也不是不能读书，只是不能去上课这一点让人头痛。而且医生说，就算回到老家，也不能太认真地念书，必须忘记考试的事，静养个一两年。不这样的话……"

"回老家去成天玩乐，不是再好不过吗？就算哥哥不工作，我们家也不愁吃穿，你回去的话，爸爸妈妈说不定还很高兴呢。"

"对我来说，每天玩乐是一件多么痛苦的事，你知道吗？"

"我不是不知道。我就是不喜欢乡下那种悠闲的生活，才特地跑来东京吃苦的。"

"我真羡慕你。你体力好,不管背负着多么重的担子,都能越过崎岖的道路……"

"但是,哥哥,世界上也有很多人就算身体不健康,也必须为了生活去工作。相比之下,光是不用担心生计,可以悠哉地静养,就非常幸福了,不是吗?"

"你说的也没错……"

"总之,对哥哥你来说,现在最重要的是乖乖听医生的话,把所有的事情都忘记,好好养病。虽然会耽误一年两年,但是跟漫长的一生相比,这根本不算什么。等到把健康找回来后,再从头开始读书也不迟。"

周太郎苦笑着说:"听你这么说,感觉好像你的年纪更大、更懂事,而我就像个任性耍赖的孩子,在听你说教……"

笃藏也笑着说:"平常总是哥哥对我说教,现在竟然轮到我说这种话,好像反过来了。不过唯有读书这件事,哥哥太固执己见了。"

"我其实都知道……"

"明明知道却假装糊涂,这不是固执是什么。真是最差劲的固执鬼。真固执!"

"好,我知道了。我就照你说的,乖乖养病吧。反正我本来就下定决心回老家,才来通知你的……"

"只是看到我之后,突然想任性一下?"

"大概吧。"

周太郎一脸心满意足地回去了。

笃藏来到华族会馆工作,不知不觉已经半年了。工作虽然还是洗碗、削马铃薯、切高丽菜丝等杂务,但是前辈交代的事情,他都做得非常好,甚至前辈还没开口,只要他发现,就抢先一步把事情做好,表现得极为认真,因此连有点坏心眼的前辈也不太为难他。

新太郎还是一如往常，老是把不想当厨师挂在嘴边，天晓得他说的到底是不是真心话，看起来好像也没有辞职的打算，只是漫不经心地工作。其实他并不像嘴上说的那么讨厌当厨师，他的悟性和品位都很好，也很敏锐。明明只要认真做，一定能做好，却似乎故意表现得很讨厌这一行。

根据笃藏的观察，新太郎说不定只是对当厨师的父亲当初没有和他商量，就擅自决定让他走上厨师这条路，还擅自拜托宇佐美收他为徒感到不满。

新太郎虽然经常说不想当厨师，想当画家，但是厨师和画家真有那么大的区别吗？

在社会上，画家被称为艺术家，是受到尊敬和崇拜的对象，厨师则被大家当作一种工匠，在社会上的地位并没有那么高。且不论西洋，至少在日本的确是这样。

可是在笃藏心中，厨师和画家在本质上并没有太大区别。只是画家的工作成果会留在画布上，挂在美术馆里，任何时候都可以欣赏；厨师的作品则是在瞬间定胜负，客人品尝它的时候，也就是它消失的时候——两者的差别仅此而已。那些倾注在消失的一瞬间的热情与气魄、感受与美感，和画家的一模一样，两者之间并没有差异。

笃藏觉得，新太郎不想当厨师，梦想着成为画家，会不会只是受到社会价值观的影响，觉得后者是比较高尚的职业？换言之，他只是被一种外在的优越感迷惑罢了。

而新太郎自己也不是非要当画家不可。他虽然常被宇佐美师傅拳脚相向，但是否也认为自己是师傅恩人的儿子，师傅会对他更宽容，因此感到格外安心？

简而言之，他只是在耍性子。会耍性子的人其实并不可怕。这就是笃藏对新太郎的感想。

另一方面，辰吉则是一个没什么品位，对自己的喜好和想法也不太清楚的人,但他个性正直,知道适时委曲求全,这是他的优点。这一点很平凡,但也没有人能够取代。

对笃藏而言,眼前最要紧的是讨这两个人欢心,与他们和平共处,不要让他们讨厌或怨恨。

法国热

1

老实说，对笃藏而言，法语并不好学。

他一开始的目的非常简单，只是想看懂法文写的菜单，能理解师傅和前辈们在厨房里使用的法语。例如，一位前辈说：

"喂，把这个火腿拿去pocher。"

然而，"pocher是什么意思，我该怎么做"，这话对某些前辈可以说，对某些前辈却不能说。

有的前辈会亲切地教导他："所谓的pocher就是煮，也可以说是水煮。"有些人却只会咒骂："你连pocher都不知道，还想当什么厨师，你这个笨蛋！"

为了避免这种一头雾水的情形，他必须掌握一些基本的烹饪用语。

所谓烹饪，是把生的食材拿来加工，加工的方式大致可以分为切、捣、烤、炸、煮等。但实际进了厨房，这些烹饪方式会根据程度的不同有各种名称。

例如，同样是切，切成大块和切碎的术语就不一样，削皮也算是切的一种，而每一种动作都有不同的法语对应。

煮也分成蒸煮、水煮、小火炖煮、煮至水分收干等。另外，同样是水煮，还可分成用沸水煮（pocher）和汆烫一下（blanchir），让表面变成白色。

这些术语用日语来表达似乎也无妨，但是第一个向法国人学厨艺的日本厨师，将口耳相传的东西直接传授给徒弟，徒弟又传给下一代徒弟，久而久之，不管是哪一家餐厅的厨房，都以法语的术语为通用语，因此必须烂熟于心。

除此之外，想更深入地研究厨艺，必须阅读用法语写的专业书。笃藏开始学法语，目的就是这个。但是教他的谷川春水却有不同的想法。他想教笃藏的不仅仅是和厨艺相关的法语，而是想教他法语的整体概念，进而更广泛地让他接触法国的文化。

所以谷川老师上课的时候，经常提到与料理没有直接关系的文法，讲解各种不同的表达方式，甚至还聊到政治、文学、音乐等不同领域的话题，让笃藏伤透脑筋。

例如，谷川老师在上课时提到雨果的小说、卢梭的书，还有法国大革命的故事，笃藏听得云里雾里。假如是哥哥周太郎或桐冢尚吾先生，也许会觉得很有趣，但笃藏完全听不懂，也对这些毫无兴趣。

但谷川老师似乎不以为意。无论笃藏懂不懂，他都热情饱满地讲课，说得很陶醉。谷川老师觉得自己讲述的内容非常有趣，不管笃藏理解多少、有没有兴趣，都没关系。这就像要请客人吃饭，却不管客人的喜好，只端出主人自己喜欢的菜色一样。

但笃藏还是耐着性子继续听讲。谷川老师非常热爱法国这个国家。正如男人爱上一个女人，不管何时何地都想谈论这个女人一样，老师也总是陶醉在谈论法国之中。换言之，他其实是在炫耀自己的恋爱故事。

遇到别人炫耀恋情的时候，听者只能耐心地听，别无他法。听着听着，对方可能会说出平常不会说的话，或是讲出真心话，这些通常会意外地有所帮助。谷川老师谈论的内容非常高尚，有许多东西笃藏听不懂，但是听久了，他大概了解了法国是一个怎样的国家，巴黎是一个怎样的城市；也隐约觉得，这似乎与他的厨师之路息息相关。

渐渐地，笃藏也被谷川老师的热情感染，或许是那份热情转移到他身上了，每次听到谷川老师打心底感叹，"巴黎真是个好地方，真想再去一次……"笃藏也会心生向往。

一天，课本上出现了"escargot"这个单词。谷川老师说："这是蜗牛的意思，也叫出出虫，就是那种卷成圆圆一团的东西。我们国家虽然不吃蜗牛，但在法国，蜗牛却是一种高级料理，非常珍贵。"

笃藏说："没错，非常好吃，只是有一点恶心罢了。"

"哦？你知道 escargot？真不愧是未来的厨师。但在日本怎么能尝到地道的美味。这附近的餐厅，菜单上偶尔也出现 escargot，但是点了之后才发现，那些大多是进口的罐头。罐头的 escargot 软绵绵的，没有嚼劲，也没有新鲜的香气，让人想抱怨：'这哪儿叫 escargot 啊？'"

"可是，我吃过的 escargot 非常好。"

"真奇怪，日本应该没有 escargot，你是在哪里吃到的？"

"在我的老家，福井县。"

"福井县的什么地方？"

谷川老师一脸刁钻相，眼睛发亮。这个人平常个性温和，待人和善，但在追究对方的错误时，却会突然显露出刁钻的性子。

"我是在鲭江连队的将校集会所吃的。"

"哈哈哈……"

谷川老师发出胜利般的笑声。

"在福井那种穷乡僻壤，而且是在连队的餐厅，怎么能吃得到正宗的 escargot。"

这种时候的谷川老师真是讨人厌！笃藏在心里咕哝。

"可是，真的很好吃。"

然而谷川老师故意又加了一句："好吃不好吃都是主观问题。只要你主观上这么认为，就没有人能反驳你。可是客观来说，日本并没有和法国的 escargot 一样的蜗牛，这是无法否认的事实。"

笃藏说："或许是这样。可是我当时吃完后，回家时在路边的墙角看到跟刚才吃的一模一样的蜗牛，觉得很恶心，还差点呕出来。"

谷川老师开心地笑出了声，说道："是吗，不过，你吃的时候没有感觉吗？"

"做这道菜的人说，这是法国特产的一种贝类，很像日本的田螺或凤螺。所以我没多想就吃下去了……"

"也就是说你吃了大亏喽？真是名副其实地'吃'了亏。"

谷川老师觉得自己的笑话很好笑，又哈哈大笑起来。

笃藏说："但吃的时候，我真的觉得很好吃。"

只是这时候，谷川老师已经听不进去了。

之后，谷川春水和笃藏有好一阵子没有聊到 escargot 的话题，但是一天晚上，笃藏一如往常地在工作结束后，来到谷川老师家。没想到一进门，谷川老师就迫不及待地说：

"坂口先生，我们之前提到的 escargot……"

"啊？"

"听说日本的蜗牛好像也可以吃。"

"真的吗？"

"我问了我的法国朋友。我有事去找他，正巧谈到了 escargot。我说，日本随处可见的那些蜗牛，不知道是不是也能吃？结果我朋友笑着说，当然可以吃啊，难道蜗牛还有分别吗？假如是有毒的就另当别论，但并不是不能吃……"

"果然是这样。"

"我问他有没有吃过，结果他竟然说经常吃。于是我说，难怪最近东京的蜗牛变少了。以前只要一下雨，树枝上就能看到很多蜗牛，最近几乎都看不见了,难道都被你吃掉了?那家伙说,我的食量再大,也不可能把全东京的蜗牛都吃光,除了我以外,一定还有很多人喜欢吃蜗牛,是他们吃光的吧。"

"说不定真是这样。"

"我朋友几年前,一直在陆军幼年学校担任法语教师。他说他曾经叫学生去抓蜗牛,带到学校,抓得最多的人还可以加分,于是孩子们在休息时间争先恐后地去抓蜗牛,弄得他吃都吃不完。"

"所以说,全东京的蜗牛都不见了,果然是他害的。"

"哈哈哈……或许是这样吧。我在法国人写的书上看到,蜗牛一定要某个地方产的才行,或是一定要栖息在某个品种的葡萄树上,吃它的叶子长大的才最美味,就像在日本,鲷鱼一定要吃濑户内海的,香鱼一定要吃长良川的一样。虽然这些地方产的品种最美味,但并不表示其他土地上生长的就不能吃呀。"

"没错。日本人从来没有吃蜗牛的习惯,所以看到法国人吃,会觉得有点恶心。但是从另一方面来说,也有人觉得'连属于先进国家的法国人都吃了,应该不会有问题吧',无条件地想要模仿,所以才认为escargot能吃,而日本的蜗牛却不能吃吧。人们宁愿从法国进口已经煮过、变得很难吃的escargot罐头,还说这才是最地道的,同时又被自古以来的传统观念束缚,认为蜗牛很肮脏,无视眼前新鲜的蜗牛。"

谷川老师搔搔头。

"唉,老实说,其实我以前的想法也大概是这样,听到你说吃过escargot,也不相信。我可能说了一些很失礼的话,请原谅。"

即使对方年纪比自己小,该道歉的时候还是会慎重地道歉——这是谷川老师的优点。笃藏暗暗想道,同时说:"不,您没说什么不好听的话,只是隐约露出一种不太相信乡下人的话的表情……"

"抱歉抱歉,这是我的坏毛病。"他继续道歉。

笃藏说："仔细想想，说到蜗牛，听起来虽然像是一种虫，但实际上不管怎么看，都像是贝类。我以前在老家的时候，晚上去海岸上抓蝾螺。有些礁石会突出海面，在露出海面的岩面上，有很多把壳褪掉的蝾螺，当时我心想，它们看起来和蜗牛一样嘛。我们平常只知道蝾螺躲在壳里面的模样，从来没想过它和蜗牛这么像，而且蝾螺还有角。反过来说，蜗牛其实也是贝类的一种吧。唯一的不同，就是它并不是栖息在水中……"

"在法国料理中，escargot 也算是贝类的一种。"

"这么说来，靖江连队的田边先生给我吃 escargot 的时候，也说过这就像贝类一样，看来他并不是胡诌。"

"话说回来，在那种穷乡僻壤，又是军队这种缺少情调的地方，竟然有人会做 escargot 这种西洋菜，还真令人意外。"

"听说他曾经在人形町的餐厅练过手艺。"

"咦，人形町？那不就在旁边吗？那家餐厅叫什么名字？……啊，不用问也知道，如果在人形町的话，一定是泰西轩吧。"

"没错，就是泰西轩。可是老师您怎么知道泰西轩？"

"别开玩笑了。人形町就在附近，我家所在的这个町和它是相邻的……"

"这我就不知道了。我还没把东京的地理位置搞清楚，还以为这两个町离得很远。我也去过泰西轩，但不知道它就在明石町旁边。"

"你说的军人叫什么名字？"

"他姓田边，但也有可能是假名。他说因为某些缘故，辗转到了靖江，暂时没办法回东京。"

"这样啊，那一定是繁公。他长什么模样？"

"这个嘛，他长得很帅气，浓眉毛，鼻子很挺，很有男子气概，看起来应该很受女性欢迎。"

"那就是繁公了。原来他躲在那种地方。看来受女人欢迎，也是一个问题。"

"他遇到什么事了？"

"这个嘛，以后有机会再告诉你。真是让人意外，没想到你竟然认识他……"

"我之所以想当厨师，也是受田边先生的影响。"

"原来如此。哎呀，缘分真是奇妙。"

谷川老师不停地点头。

2

新的一年到来，转眼到了明治三十八年。

笃藏十八岁了。虽然在华族会馆才当了半年见习生，但他天生机灵，工作又勤奋，因此上面的人很喜欢他，经常交代他做很多事情。

这里也叫他做事儿，那里也叫他做事儿，忙得他团团转，但笃藏认为这是自己受到重视的缘故，没有一丝不悦，仍然卖力地工作。

厨师在别人休息的时候最为忙碌，一整年几乎都没有休假，只有元旦这一天可以休息。

虽说放假，也不能一直待在屋里，他们得去宇佐美主厨家拜年。新太郎、辰吉两位前辈领着笃藏，一起前往石川的宇佐美家。

这是个晴朗的好天气，没有风，非常舒适。笃藏的老家在北陆地区，每到元旦几乎都会下雪，很少看见阳光。偶尔阳光露脸，道路上却全是积雪，走在路上必须非常小心，否则会滑倒。但是在东京，道路仍是干燥的，可以穿着木屐走在路上。这对笃藏来说是新鲜的体验。

宫城前的广场平常就挤满了来东京观光的游客，今天再加上前来参加新年拜贺仪式的皇族、外国使节、内阁诸大臣以及其他高官显要搭乘的马车、汽车，分外热闹。陆军和海军军人穿着闪闪发亮的金色礼服，身上挂着五颜六色的勋章，十分引人注目。

"旅顺不知道怎么样了。"新太郎喃喃自语。

"嗯……"辰吉的回答根本算不上回答。

报纸大幅报道军队从去年底开始，对固若金汤的旅顺要塞展开攻击，然而这波攻击究竟成功与否，却不得而知。旅顺要塞整座山上都用水泥加固，无法用大炮攻下，对方还有叫机关枪的新式武器，能像洒水壶似的射出子弹，以密集队形进攻的日本军像骨牌一样接连倒下，每一次进攻都被击退。

据说阵亡的人数已经超过好几万，具体人数是军方的机密，没有对外公布，但听说有些师团全军覆没，不断有人阵亡，葬礼都排不开，有些村镇的寺院挤满了人。这期间的战争究竟有多么残酷，一般人实在无法想象。

宇佐美主厨的家在小石川的传通院后方，是一处很清幽的地方。小巧的房子被围墙环绕，后面有一片菜园，房子的构造感觉像是幕府时代中等御家人住的地方。

还没到中午，但宇佐美师傅似乎已经开始喝酒了，脸颊微红，脸上挂着布袋和尚般亲切的微笑，来到玄关。

"来，进来吧、进来吧。不用打招呼了，就当自己家。"他招呼三人进屋。

师母是一位让人眼睛为之一亮的美人，梳着带有新年气息的大圆髻，身穿华丽的和服，端着年菜过来，替他们三个人斟了屠苏酒。三人恭敬地喝了酒。但不谙世事的他们显得手足无措，连正眼都不敢看师母一眼，不管师母问什么，都只会回答"是"或"不是"，根本无法聊下去。

宇佐美说："好了，没关系，你到里面去吧。"

他把师母支开后，又说："来，我们慢慢喝。今天是过年，天气又这么好，真是太好了。旅顺那里似乎很不得了，不过城里的状况怎么样呢？"

新太郎说:"城里气氛还不错,但每个人的脸上好像都挂着一丝忧心,不知道这场战争究竟会怎么样。"

"毕竟这场大战对日本来说是一场赌注啊……"宇佐美师傅继续说,"今天是过年,我本来想抛开工作,和你们闲话家常,但是俗话说一年之计在于春,我想聊一些有意义的事情也不错。首先,想说说我对你们的感想,也许可以成为你们未来的参考……"

听见宇佐美师傅突然抛出这个出乎意料的话题,三个人立刻正襟危坐。

"首先是新太郎。你到底有没有心以厨师这个职业来谋生?"

"这……其实我也不知道。"

宇佐美师傅尖声说:"什么叫你也不知道?"

"我只是奉父亲之命,到师傅这里来当学徒,可是我自己也不知道能不能长久做下去。"

"我就是担心这个。你其实有当厨师的天分,你的感觉很敏锐,动作利落,学习东西很快,手艺也不错。只要好好干,或许就能成为一流的厨师。但从你平常的态度来看,你总是犯一大堆错,根本没有学习的意思,也不肯多下一点功夫。你到底是怎么想的呢?你可能会觉得今天是元旦,我怎么还这么唠叨,但正因为今天是过年,我才想问清楚。"

新太郎低下头,沉默了一阵子之后,终于抬起头来。

"我也不知道。或许我根本不适合当厨师。"

宇佐美师傅说:"如果你真的觉得不适合,就不会说这种话。我刚才说过,你其实拥有不错的天分,感觉也很敏锐,你却不想好好利用这个天分。叫你切个菜,你也切得大小不一;叫你炖个东西,你也会炖糊。我甚至怀疑你是不是在睡觉。有人是肢体半身不遂,我看你是精神上的半身不遂。"

"是。"

"我会说这些话,是因为你父亲诚恳地拜托我。当然并不是讨厌你才说这些,我想你也知道。我说的话你总是听不进去,真是让人伤脑筋。"

这时,端着杯子过来的师母说:"好了,老公,这么值得庆贺的日子,何必说这些呢。新太郎,来,趁热喝。"又替新太郎的杯子斟满酒。

师傅说:"你说的没错,可我就是想在今天说清楚。如果你不想听,就算我一直讲,也是耳旁风,我以后也不会说了。不过新太郎,你不能一直这样下去。要不就下定决心、改变想法,要不就选择其他的路走,你只能从这两条路当中选一条。"

"是。"

新太郎沉默下来,没有再说话。接着师傅转向辰吉,说:"大家都夸你听前辈的话,工作很认真。"

"是,谢谢您。"

"在听话和勤勉这两点上,三个人当中你最优秀。年轻的时候很多事情都不懂,所以不管什么事情,都要从前辈身上学习,这很重要。只是你太过乖巧,不管别人对你说什么,你都顺从地说'是、是',不把自己的想法说出来,这也可以算是你的缺点。如果叫你往右,你就乖乖往右,叫你往左,你也乖乖往左,总有一天会遇到麻烦的。"

"是。"

"你又说'是'了。"师傅笑着说。

"接下来是笃藏,你也很努力。不过你和辰吉不一样,不能用一般的方式来对待。"

"请问这是何意?"

"你是最晚进来的新人,现在还装得乖乖的,不过假以时日,你可能就开始作乱了。"

"我从来没想过那种事。"

"我说的作乱,并不是指使用暴力或是反抗,而是当别人说错或做错什么的时候,按你的个性是没有办法坐视不管的。这或许也能说是好胜。你也许会因为这种个性有极大的成长,但也可能因此而吃亏。你要小心,别惹人讨厌。"

本来以为师傅平常要管理那么多人,根本没有时间观察像自己这样的基层厨师个性上的优点和缺点,没想到他竟然能抓到每个人的要害,笃藏不禁大感惊讶。

过了不久,二厨奥村以及其他前辈也接连来向师傅拜年,新太郎、辰吉和笃藏三个人就离开了。

旅顺是在这天傍晚被攻陷的。更准确地说,是一月一日下午五点左右,举着白旗的俄罗斯特使来到水师营南的日军前线,递交了降书。

晚上十点,这个消息由电报传到了总司令部,又在凌晨一点传到了皇居。

到了凌晨三点,俄方希望开城谈判的详细报告也送达了总司令部,参谋次长长冈外史少将令部下翻译密码,带着翻译好的文书前往皇居。当他抵达皇居时,天已经亮了,天皇正在走廊上,准备去朝拜。

笃藏工作的华族会馆,前方就是日比谷公园,接近霞关、丸之内、银座的官厅和商业地带,隔着护城河,可以望见皇居的森林,位于日本的心脏地带,因此时时刻刻都能感受到日本的命运,对于国事也十分关注。

过年后,天气越来越冷。在笃藏的老家北陆地区,冬天每天都会下雪,几乎看不到阳光,不过论起寒冷,东京和北陆也差不多。

不但如此,笃藏甚至觉得东京比老家还冷。在寒风吹袭的夜里,那种让全身冻僵的寒意,笃藏在老家从未体验过。大概是由于北陆的人们会做足防寒防雪的准备,东京的人们却会被晴朗的天气欺骗,疏于多穿内衣或携带防寒用具,经常为了好看而穿着单薄的衣服,结果冷得直发抖。

不过住在华族会馆里还算是幸福的。厨师不用火就无法工作，烹饪用的炉子一直点着，就算火熄了，余温也让整个房间十分温暖，到了半夜也不会冻得发抖。

斥巨资建造的华族会馆是一栋奢华又坚固的建筑，宿舍里虽然没有特别的装饰，榻榻米的边缘还破损了，光线阴暗，但是建筑本身并没有偷工减料，不会有风吹进来。

身为一名厨师，最难得的是在采购食材时不用顾虑价钱。华族会馆的客人都是不愁钱的人，应该说是为不知道该把钱花在哪里而发愁的人，或许会有人因为餐点不好吃而生气，但绝不会有人因为价格太贵而抱怨。不管是多么昂贵的食材，厨师都能尽情使用，做出让自己满意的美味饭菜，同时也能充分满足热爱厨艺之人的良心。

在一般的餐厅可不能这样。要是餐点的价格太昂贵，客人就不会上门。但若要把价格压低，那么无论是肉还是蔬菜，就必须使用次等货，甚至三等货。虽说用次等的材料做出好菜也是厨师展现手艺的一种方式，但能用最好的材料做出最好的餐点，当然再好不过。

笃藏还是见习厨师，没法自己挑选食材做菜，但是看看前辈向固定的肉店、鱼店下订单，做出让自己心满意足的料理，也是一种很好的学习。

3

有时下班后，笃藏和新太郎、辰吉两位前辈一起去乌森的丹波屋喝酒。虽说是一起去，但也只是对方叫他的时候，他跟着去而已，双方的地位并不对等，说陪他们去比较贴切。

大部分时候，酒钱都是笃藏付的。新太郎和辰吉为了维持大哥的面子，并不会开口叫笃藏付钱，但是当笃藏站出来，说着"没关系"

拿出钱包的时候，他们虽然一脸不悦地说"真是受不了你这家伙"，但也绝不会把他推开，自己付账。

他们知道笃藏是乡下有钱人家的儿子，平常不愁没钱。他在离开老家的时候带了一点钱在身上，而且老家似乎还寄钱给他，两人有时候能看到寄给笃藏的汇票。

"大叔，多少钱？"

"五万三千元。"丹波屋老板精神饱满地说。

"太贵啦，这酒这么难喝还这么贵！算我们五十三钱好了！"

"小哥，华族会馆的酒明明比这个贵好几倍，你说什么？"

的确，华族会馆里有世界各国的名酒，如果真想喝好酒，根本不用来这种破破烂烂的店。

但是喝酒这档事，喝的其实是气氛。不管多么珍贵的名酒，三个人在大家回家后空荡荡的地方喝，也不能尽兴。而且偷酒喝害怕被人看见，不能放心地畅饮，也毫无滋味可言。

至于下酒菜，会馆厨房里的肉、鱼、蔬菜全都是一流的。但是那些东西他们已经吃腻了，这家店的豆腐汤、醋渍章鱼、盐烤沙丁鱼等小菜，反而让人觉得美味。

这天晚上，三个人喝到微醺，离开丹波屋后，新太郎和辰吉便停下脚步，悄悄地讨论起来。笃藏在一两米外等着，过了不久，他们好像商量好了，于是新太郎走向他，问道："喂，你身上有多少？"

"钱吗？大概要多少？"

"只要五元就够了……"

他身上是有五元。今天晚上的酒钱也是笃藏付的，或许刚才付钱的时候，他们已经看到笃藏的钱包里有多少钱了。笃藏抽出一张五元钞票递给他，说："你们要去好地方，对吧？"

新太郎一脸坏笑，说："嗯，对啊……"

笃藏知道他们两人有时去外面过夜，大概不是吉原就是品川。他们两个有时在会馆悄悄讨论一番之后，忽然出门。或者是三个人在丹波屋喝完酒后，他们便说："我们要顺路去个地方，你先回去吧。"之后两个人走开。

第二天早上，他们在厨师们来上班之前，或是已经有两三个人来上班的时候回来，若无其事地开始工作。但是他们一整天看起来都很困倦，有时还边工作边打瞌睡，不难想象前一天晚上是去哪里过夜。

但他们从来没有约过笃藏，或许认为他还是个孩子吧。当然，他们也知道笃藏已经结婚，上次那位叫阿藤的夫人还特地来东京找他，所以觉得约他去那种场所不太好。

但是笃藏却不这么想。

来到东京后，他有很长一段时间没想过女人。起初，他满脑子都在思考到底能在哪里工作，未来会怎样，究竟能不能在东京生存下去等问题，拼命想找到一根浮木。

进入华族会馆工作之后，他那拼命的态度还是没有变。他想尽量多学一些东西，讨前辈喜欢，成为一个帮得上忙的人，因此总是积极又细心地观察周围。就算阿藤来访，他也没有请假，第二天早上也没迟到。说他无情也好，冷酷也罢，他只是想在职场上巩固自己的地位。

但是阿藤回去后，他发现自己的心仿佛破了一个大洞。离开阿藤投宿的旅社时，他看都没看站在玄关满脸哀戚的阿藤一眼，就头也不回地走了。这让他耿耿于怀，心中经常涌上悔恨，觉得当时好像把一个快要溺死、想抓住自己的人甩开一样。

随着工作慢慢步入正轨，一开始那种紧张的心情渐渐放松，也有余力思考其他的事情了。这个时候，浮现在他脑海中的是阿藤，和阿藤一起度过的新婚时光，还有在新桥站前的旅社那短暂的一夜。

现在他非常想念阿藤，不只是心，连身体也是。他幻想着紧紧抱住阿藤，亲吻她的全身。

在他的幻想中，阿藤总是像溺水者一样，带着一种快要消失的悲伤眼神，娇喘吁吁。

渐渐地，他幻想的对象已经不只是阿藤。无论对方是谁都好，只要是女人温柔的心和柔软的身体、娇媚的动作，都会勾起他的欲望。换言之，他习惯新工作之后，终于找回了男性的生存本能。

如今，他开始羡慕新太郎和辰吉。他们有时会在言谈中掺杂一些只有他们两人知道的人名、店名，还有类似暗号的话，并意有所指地窃笑。那大概是他们经常去玩的那个地方的人名和店名，以及只有在那种地方才通用的规矩。

他们并没有故意对笃藏炫耀，让他羡慕，不过笃藏的确很羡慕他们。他们拥有自由出入那种场所的特权，看起来十分成熟，笃藏也想成为他们的一分子。就像还不能抽烟的青少年看见大人抽烟，会心生羡慕一样。

这天晚上，笃藏拿出五元钱，对新太郎说"你们要去好地方吧"的时候，不能否认他的语气中带着几分羡慕。新太郎敏锐地感觉到了，便说道：

"嗯，我们想去吉原，你要一起去吗？"

"是，请带我一起去。"

"你是第一次吗？"

"是的。"

"带第一次的人去，真是不太好。尤其是你还有妻子。"

"没关系，虽然我有妻子，但我们现在并没有住在一起。而且我本来就想试一次。"

"说的也是，就算我们现在不带你去，你以后也会自己去。比起你一个人去被当成傻瓜骗钱，还不如我们带你去更放心。"

他望向辰吉。"怎么样？笃藏这家伙叫我们带他去，你怎么想？"

"当然没什么不好，去的人越多越热闹。"

"可这样会馆就没有人留守了……"

"办公室那边有人值班,并不是没人,而且厨师住在那里也不是当守夜的警卫,我们没必要半夜还留在那里。只不过四点必须有人回去……"

"我回去。"

笃藏心想,要是在这个节骨眼上被他们赶回去就糟了,赶紧主动说道。

吉原的正门从江户时代起就非常有名,笃藏原以为会像阵屋的大门一样,十分庄严,没想到是一道不知算西式还是中式风格的铁拱门,上面装饰着五彩缤纷的灯泡,有点像舶来品那种洋派的感觉,令笃藏大感意外。

走进大门后,最靠外的两侧有大约四五十间设有格子窗的引手茶屋①。二楼的包厢传来三味线和太鼓的乐声,好不热闹。新太郎说:"这里没我们的事。"快步走过去了。

"没我们的事是什么意思?"笃藏问道。

"这里是有身份地位或有钱的人,叫艺伎和太鼓乐队来炒热气氛的地方。等兴致上来了,再去妓院,所以这里并没有花魁。"

"那这个地方存在的目的是什么?"

辰吉说:"呃,应该是暖身吧。在正式上场之前,先制造一些玩乐的气氛。这种行为太奢侈了,不是我们这些刚入社会的穷小子玩的。就像前菜一样,只能开胃,却吃不饱。"

新太郎说:"哈哈哈,前菜啊。辰公,你有时候讲话也蛮有趣的嘛。"

"有时候是什么意思?"

"好啦,别生气。和我们无关的地方,我们就不要久留,赶快去要去的地方吧。"

---

①为客人介绍娼妓的茶店。

"直接去也很无聊,到那边看看妓女再过去吧。"

"当然啦,那还用说。笃公,你记住,在吉原最有意思的就是到处逛,欣赏那些妓女。不要一到就直接跑去找你的相好,应该先到处看看逛逛,和妓女们说说笑,闲扯一番。"

"就是歌舞伎里的助六①,对吧。"

"嗯,对。虽然我们不是助六那种人,但心情大概和他差不多吧。"

"这也是前菜吗?"

"嗯,没错。这是不花钱的便宜前菜。"

走进吉原的大门后,正前方笔直的大路叫作仲町,长约一百三十间②。大路两侧就像"非"字一样,各有三条横向的路,分别称为江户町一丁目、二丁目、扬屋町、角町和京町等。

仲町就是吉原的中央大道,相当于脊椎,但并没有名为"仲町"的城镇在这里,只是道路的名称罢了。因此,这里鳞次栉比的扬屋③,分别属于江户町、扬屋町、京町等,这些都是规模较大的妓院,甚至经常登上歌舞伎的戏剧舞台,因此仲町可说是吉原的代表。有人称吉原为"naka",其实就是仲町的简称。④

仲町相当于"非"字中间的两竖,不过这个"非"字很宽,两竖长一百三十间,横则有一百八十间。数量随着时代有所增减,不过大约有两百家妓院与三千名娼妓聚集于此,人称不夜城、喜见城,"月末也得见满月"之城。

时间已经过了十点,此刻正是妓院客人最多的时候。人们在过年期间喝了太多酒、花了太多钱,一月中旬理应是不太愿意出门的时候,但此处却在酷寒之中热闹非凡,生气蓬勃,让人怀疑春天是不是提早

---

①指以吉原为背景的歌舞伎剧目《助六由缘江户樱》中的主人公侠客花川户助六。
②日本长度单位。一间相当于1.8米。
③江户时代,客人招太夫、天神、花魁等高级娼妓进行性交易的店。
④日文中"仲"发音为"naka"。

来临了。

在仲町这条宽阔的大路上,有几群乍看之下像是不好惹的地痞模样的小哥,或是两人,或是三人,或是四五人聚集在一起,佯装打架或是互相追逐嬉闹。他们接下来想必会去某家妓院找妓女过夜,只是现在时间还太早,在那里消磨时间罢了。

一名头戴软呢礼帽、身穿西装,像是在官厅上班的大人物,一脸严肃地走过。但无论他的表情多么严肃,来到这个地方也不可能无欲无求。

这时,一名蓄着方头、腰间系着角带、围着半身围裙、穿着竹皮屐的男子,像只老鼠一样从屋檐下一溜烟跑出来。

"等等、等等,这位胡子大爷!"

男子像招财猫一样,把手放在耳朵旁边,缩起脖子向对方招手。

"你在叫我吗?"客人严肃地回答。

"是,没错……科长。"

系着围裙的男子随即贴近留胡子的男人,紧紧抓住他西服的下摆。

"我还不是科长。"

"您马上就会升官了,现在这样称呼您也没关系。先不管这个,大爷,我们这里有很棒的女孩子。怎么样?要不要来?"

"哪个女孩子?"

"从右边数过来第三个……怎么样?是不是很对大爷的胃口?"

这位即将当上科长的大爷瞥了那个女人一眼,说:"我不喜欢那种病恹恹的女人。"

"那么您喜欢什么样的女人?"

"这家店里没有我喜欢的女人!"

"哎呀,别这么说嘛……大爷!"

"放手!"

未来的科长把拼命拉着他西服的手甩开,悠然离去。

4

如前所述,吉原就像"非"字的形状,左右各由三条路构成,这三条路分别还有许多分枝,整体看起来就如同一张网。

这里的妓院分为大店、中店、小店,每一家店的构造、妓女的人数以及餐点等等各有差异,不过大店几乎都位于仲町,中店、小店依次往网的外围扩散。

大店当中最高级的当数角海老楼。这家店四周立着气派的围墙,从门口到玄关之间还种植着许多植物,从外面无法窥见里面的模样。

中店以下的店,朝着大路的那一面皆设有格子窗,里面是铺着榻榻米的见世①,妓女们在这里排成一列,招揽客人。

格子的大小根据店家也有所不同,不过通常都是能让手自由穿过,头却穿不过的大小。客人可以清楚地看见里面女人的容貌,也可以和她们说话。这有点像动物园的笼子,只是里面并不是猛兽,而是宛如戏里的花魁一般的妓女。她们梳着日式传统发髻,头发上插着好几支栉、簪,将腰带绑在前方,披着打挂②。打挂的衣襟上缝着闪闪发亮的红色、紫色宽缎子。妓女们这种妖艳妩媚的打扮,也是吉原独特的风俗之一。

每个娼妓的面前,都放着一个黑色的烟灰缸。她们衔着红色的长烟管,等着客人上门。

男人们成群结队地走在外头,用眼角余光物色自己看得上眼的女人。当他们看到中意的对象,就走到格子窗旁,向对方攀谈。如果谈

---

① 江户时代,妓女透过格子窗招徕客人的房间。
② 此处指高级妓女穿的一种礼服。

得愉快，男客就会上楼去。

然而女方也有选择权。如果中意这个男人，妓女就点燃长烟管，自己吸一口后，把长烟管交给男人，而如果不喜欢这个男人，她就别过头去，不搭理他。不过若是男人非常热情，女方可能也会不情不愿地抬起头来。

生意冷清的妓女则拼命地拉客。她们将长烟管从格子中伸出来，勾住男人的袖子，硬把男人拉过去，使他无法动弹，强逼他上楼。吉原娼妓的这种动作非常迅速，可以说是她们的特技。如果男人真的说什么都不愿意，就只好拿出一些茶水钱来换得自由。

妓女赚得越多，就越受妓院老板宠爱，而且在同伴之间也有面子，所以她们总是争相招揽客人。有些妓女坐不住，站起来抓着格子窗，对着外面喊道：

"等等、等等，这位戴眼镜的大爷。"

或是："这位戴猎鹿帽的小哥。"

她们会抓住对方长相或是身材的特征，对胖子唤道："等等、等等，这位像大福麻糬的大爷。"

对瘦子唤道："这位四分之一的小哥。"

四周的人听了不禁大笑起来。所谓的四分之一，就是形容人瘦得像是把一根铁丝分成四份一样。

当看见四五个人走在一起的时候，她们便喊："嘿，团伙！"

这时她们的目的只是逗人发笑，并不是真的要招揽客人。有时如果说得太直白，对方可能会生气，但也有客人叫着"哈哈哈哈，真是个有趣的女人"上门来。

妓女们在格子窗里排成一列拉客的行为，一般称之为"张见世"。最近有少数店家不让妓女亲自出来揽客，而是只摆出妓女的照片。他们把见世那个房间撤去榻榻米，露出泥地，把妓女的照片裱框挂在墙上，客人可以不必脱鞋，像看展览一样边走边看。然而这些照片其实是经过大幅修饰的，就算客人看到中意的妓女，说："我要叫这个女人。"很多时候真人和照片也判若两人，所以这种做法评价并不高。

新太郎、辰吉和笃藏三人四处逛了大约一个小时，最后来到京町边缘的一家小店。这时，格子窗里传来"哎呀，新先生……"的叫声，接着又有人喊道：

"哇，辰先生也来了！"

新太郎答道："对啊，我们现在就上去。"接着又对笃藏说："我们常来找的女人在这家店，现在要上去，你呢？你要再逛一逛，看到喜欢的女人再上去，还是和我们一起上这家店过夜？"

"我是第一次，就算去别的店也不知道该怎么办，还是和你们一起在这家店过夜吧。"

"这样也好。去一家陌生的店，即使被当成肥羊宰也没办法。如果要选这家店，你要挑谁当敌娼？"

"敌娼是什么意思？"

"就是你等一下要找的女人。可以从站在那里的女人当中选一个你喜欢的，或是让老鸨帮你挑。"

笃藏迅速地扫了一眼格子窗，说："我喜欢左边第二个。"

"那我们上去后，你就跟老鸨这么说。"

在门口脱下鞋子之后，新太郎和辰吉常来找的女人都已经在那里等着了。

"你终于来了，哇，真令人高兴！"

她们异口同声地说，接着抱在一起，从前方的楼梯走了上去。

进入第一个房间后，妓女们招呼男人坐在坐垫上，便各自贴着自己的客人坐了下来。

只有笃藏没有人招呼，一个人坐在那里。

这时，一名年约五十岁，皮肤因为长期化妆失去光泽的老鸨走了过来，对新太郎和辰吉打招呼："哎呀，欢迎你们来。"接着又说，"这位客人的敌娼是……"

新太郎说："他指名要左边第二个。"

"哦，是初花小姐。她是个善良又率直的女孩子。"

接着，她对一旁的妓女喊道："初花花魁请来这里。"

新太郎让笃藏自己挑敌娼的时候，他只是凭着第一眼的印象，觉得初花的嘴角和阿藤有点像，所以才点了她。但是过了一会儿出现的初花，却没有他想象中那么像阿藤。

她似乎刚入这一行没多久，小心翼翼地来到笃藏的身边坐下，但是和他保持了一点点距离，看起来像是有些顾虑。这种内向又带点寂寞的感觉，就像个普通女孩一样，笃藏反而喜欢。

好久没闻到的浓厚脂粉味，刺激着笃藏的情欲。

如果是经常来玩的客人，接下来通常会一起喝点酒，但是他们三个人并没有那么多钱，所以老鸨站起来后，妓女们也跟着起身，带着各自的客人走出房间。

走在走廊上，笃藏发现这家店的构造和他半年前住过的神田的宿舍有点像。或许人们想在一块很小的土地上隔出尽量多的房间时，自然会变成这副模样。不过这栋三层楼的建筑环绕着一个有泉水和假山的中庭，就像是用屏风立在四面一样，走廊面对庭园，外侧是一个个小房间。

妓女带笃藏进入了其中一个小房间。

这个房间只有三张榻榻米大，这里应该还有更好的房间，但新太郎他们似乎总是挑最便宜的。笃藏心想，今天是陪两位前辈来，只能选最便宜的，等熟悉之后可以自己一个人来，到时候再多花一点钱玩。

房间里已经铺好棉被，初花说："请先休息一下，我马上过来。"便出去了。

过了大约十分钟，走廊上传来啪答啪答的木屐声，接着初花走了进来。她把所有的发簪都取下，头发上没有任何装饰，又把打挂脱下，变成了一个没有华丽装饰的平凡女孩。

她一边说着"哇，好冷好冷"，一边钻进被窝里，抱住了笃藏，将脸凑近他。她刚刚在走廊上冰冷的空气中穿行而过，所以头发凉冰冰的。

抱着抱着，仿佛有股炽热的东西，从隔了半年才碰到的女人身体流进笃藏的体内，将情欲之火转移到他身上。

一切很快就结束了，女人利落地整理好，去厕所回来后，又再次钻进被窝里。

"你看起来很小，可应该不是第一次吧。"她说。

"嗯。"

"不过，你真的很年轻。你的皮肤就像婴儿一样漂亮，白里透红，真是可爱。"

"谢谢。"

说出口后，笃藏忽然觉得有点奇怪，但既然已经说出来了，他也不以为意。

"你应该比我年轻吧，你多大了？"

"十七。"

"我十九，比你大两岁。我已经是老太婆了。"

"十九岁怎么会是老太婆。"

"我年纪比你大，就是老太婆啊。"

"你真可爱。"

笃藏半是认真地说。这并不是客套话，笃藏对她的第一印象，是觉得她和阿藤有些神似，事实却不然。她身材纤细，手脚修长，看起来像个逆来顺受、个性又率直的人，因此笃藏对她很有好感。

一开始，初花对笃藏说"你真是可爱"，听起来也不像是随口说的。大家都说妓女最擅长用花言巧语迷惑客人，笃藏也清楚这一点，不会轻易把对方说的当真心话。但是初花的话不像是逢场作戏，带着一种真实感，让人仿佛可以相信。

"你是做哪一行的？"初花问道。

"你猜猜看。"

"这个嘛……好难猜。你的手看起来很巧，可能是某种工匠吧，是什么呢？看起来也不像木工或油漆工……总觉得你的工作应该更细致，是做精致工艺品的师傅吗……还是日本料理师傅？"

"好厉害，你猜对了一半。"

"什么叫猜对一半？"

"已经快猜到了。我是 cook。"

"Cook 是什么？"

"就是做西洋料理的。"

"西洋料理？我没有吃过，那是用牛或马做的食物吗？"

"没错。我们平常不太用马肉，用到猪肉的菜倒是常常做。"

"这么说，你得杀牛、杀猪，然后用它们的肉做菜？"

"杀是别人的活儿，我把它们切碎、剁细，拿去炖煮或烧烤，还会使用黄油。"

"黄油不是牛的口水吗？"

"不是口水，是从牛奶中提炼出来的油。"

原本紧抱着笃藏的初花渐渐松开手。她把脸移开，皱起了眉头。

"你是做这种工作的？呀，好恶心……"

"可是大家都吃西洋料理啊，很好吃的。"

"我可不行。光是听一听，都觉得恶心。"

"你的老家在哪里？"

"房州。"

"是乡下地方嘛。"

"关你什么事……"女人似乎生气了，"在房州，一整年都吃得到新鲜的鱼，就算不吃牛肉和猪肉，也不会饿死。"

虽然她是个率直又善良的女孩，但是一听到别人批评自己的老家，似乎就生气了。

笃藏也动了怒。"你真蠢。现在这种年代，还说牛肉、猪肉恶心，你已经落伍了。吃西洋料理是因为好吃，又不是因为没东西吃。"

女人看起来更生气了。

"日本人自古以来就不吃四只脚的动物，还不是好好地活下来了。光是吃还好，像你这样把那些东西煮了烤了拿来做生意，实在太卑劣了。亏你想得到这种生意。"

"可是你那些姐姐的客人，也就是新太郎先生、辰吉先生，也都是 cook。"

"姐姐她们接什么客人跟我无关。我非常讨厌牛肉和猪肉。"

"你还真是冥顽不灵。现在这个年代，会讨厌牛肉和猪肉的，只剩下乡下的老公公、老婆婆了吧。"

"不管谁说什么，我就是讨厌。这么说来，你身上有一股奇怪的味道，该不是黄油的味道吧？"

"也许是吧。只是我工作的地方用的是特别高级的黄油。用这么高级的黄油做菜的地方，在全东京都找不到第二个。"

"噢，我好想吐。你别太靠近我。"

他正觉得这样下去不行的时候，刚才那名老鸨在纸门外喊道："花魁，时间到了。"

听说在吉原，妓女一个晚上必须接好几位客人，每隔三十分钟就会有人来敲响木，或是从纸门外面喊人。"原来是这样啊。"笃藏心里刚刚回过味来，初花便应了一声"是"，接着钻出被窝，穿好衣服，离开了房间，再也没有回来。

笃藏这才知道，这就叫作"被甩了"。

5

　三月,日俄两国的军队在奉天展开会战,日本获胜。但是战争还没结束。俄罗斯强大的海军仍毫发无伤。据说俄罗斯沙皇勃然大怒,派波罗的海舰队回航至东太平洋。当这支舰队来到日本邻近海域的时候,就是决定日本命运的时刻。

　就在沉重的不安交织出的紧张当中,东京迎来了春天。

　一天,主厨宇佐美把笃藏叫来。

　"从今天开始,你到蔬菜部门去帮忙。你要好好听主管的话,卖力工作。"

　笃藏无法压抑心中涌上的喜悦。这意味着他不再是见习厨师了。

　蔬菜部门的主管是荒木先生,他的手下有三个人,笃藏是当中年纪最小的,微不足道,是否能称为 cook 都有待商榷。但总而言之,他已经不再是见习生了。厨房门口的墙上挂着全体厨师的名牌,依照各个部门从上至下排列,但是见习生的名字不会挂在上面。现在,蔬菜部门的末尾将挂上写着"高滨笃藏"的名牌。

　他虽然离家出走,离开松前屋来到东京,但还没有和他们断绝关系,户籍上的姓氏还是坂口。只是他隐约觉得如果继续在东京住下去,未来可能会独立,所以不管到哪里都报上自己本家的姓氏,他的名牌也打算写成高滨笃藏。

　同时,辰吉也被分派到汤品部门去了。

　笃藏和辰吉都被宇佐美师傅叫去,分别分派了新的工作。当他们带着乐不可支的表情回来时,新太郎说:"恭喜你们,真是太好了。不知道我会被分派到什么部门?"

　他已经准备好随时起身,但宇佐美师傅始终没有叫他。

　"为什么呢……"

　新太郎一开始不安地喃喃自语,渐渐变得沉默寡言,最后显得意志消沉。辰吉起初还试着安慰他："可能是师傅还没决定吧。"最后也不再多说什么了。

第二天，新太郎还是没有被叫去。他一整天都铁青着一张脸，像是在思忖什么。到了晚上，等到厨师们都下班回家后，他便默默地开始打包行李。

"你怎么了，新公？"

辰吉问了一个大家都心知肚明的问题。新太郎苦笑着说："我终于下定决心了。我不当厨师了，以后要开始新的人生。"

"或许这才是真正适合你的生活吧。"辰吉说。

"也真奇怪，我在这里工作的时候，总是心不在焉，认为这里不是要待上一生的地方，可是看到你们两个都得到好职位，只有我一个人还是见习生，却很不甘心，觉得自己悲惨得不得了。如果这是心不甘情不愿踏上的道路，那么不管受到什么打击，我应该都无所谓啊。"

"也许是吧……"笃藏说，"可是，因为没有升职而感到不甘心，觉得自己很悲惨，不就是你对这份工作抱有遗憾的证据吗？师傅应该也有师傅的想法，或许他只是在试验你。师傅可能在想：'怎么样，果然不是滋味吧……这样一来，那家伙会不会转换心情，充满干劲呢？'也就是说，师傅会不会在等你去向他道歉？"

"这一点我也想过。"

"那你干脆去向师傅说清楚，向他道歉怎么样？就像我们过年去师傅家时他所说的，他肯定你的才华和悟性。我相信他内心一定觉得很可惜，说不定在等你主动去找他。"

"也就是说，他在试验我？真讨厌……"

"有什么关系，要是这样放弃，等于甩了一只朝你伸出的手。"

新太郎摇摇头。

"我今天想了一整天，你讲的这些，我也想过了。我觉得现在必须下定决心了。如果我继续待在这里,大概还是会重复一样的事情。再过一年或两年,可能会发生同样的事。现在是下决心的时候了。我还是想重新来过,去学画画。"

第二天一早,新太郎在大家还没来上班的时候,就抱着一个大包袱,准备离开。

"你要去哪里?"辰吉问道。

"我也不知道。如果回老家,一定会被父亲臭骂一顿,暂时不会去找他。等我找到落脚的地方,再告诉你们。"

说完,他就离开了。

不久,又有三个见习生进来。其中两个是今年春天才从小学毕业的少年,一个是毕业两年,原本在浅草附近的酒店工作的年轻人。

新太郎离开了,但是新来了三个住宿的见习生,房间突然变得热闹起来。辰吉和笃藏已经不是见习生,可以在外面租房子,但他们决定继续住在这里。

之前,笃藏的薪水是每个月一元五十钱,这几乎称不上是薪水,顶多只是一点点零用钱。把一元五十钱除以三十天,平均一天只有五钱。根据《明治世相编年辞典》(东京堂出版)中的记载,前一年开通的甲武铁道(现在的国电中央线),车费在很长一段时间都有折扣,从饭田町到新宿之间的二等车(现在的商务车厢)车费为五钱,三等车则为三钱,所以这点金额只能搭乘一趟单程的二等车。

此外,著名的团子坂菊花人偶参观费是五钱到十钱。被誉为大师的女义太夫丰竹吕升的剧团,睽违六年再次来到东京演出,在新富座公演时的入场费为一等座位五十钱,这在当时是天价,相当于笃藏十天的薪水。

所以,一个月一元五十钱这点金额,真的少得可怜。笃藏每个月月底到师傅那里去领钱,总觉得很不好意思。第一次领钱的时候,他忍不住还给师傅,说"不用了,没关系"。

师傅瞪大了双眼。

"不用?你也会讲这种潇洒的台词?你是嫌太少吗?真是个胡来的与三①。"

"我听不懂师傅您说什么,只是觉得很不好意思。"

"为什么?"

"我完全不懂料理的事情,根本帮不上忙,而且还从你们那里学到很多,如果还拿钱的话,真是没有天理了。"

"哈哈哈!天理?说得好……哈哈哈……"

师傅大笑了一阵后,说:

"这钱不是老天爷给你的,而是我给你的,你不用不好意思,收下吧。老实说,不好意思的应该是我。听说你回到老家,就是一家大店的少主人,只赚这么一点点钱,你可能觉得丢脸。可是我让你辛苦地工作了一个月,只能给你这么一点钱,我才感到丢脸呢。但也是这一行的规定,我不能不遵守。你暂时忍耐一下,以后领到比这多一百倍的薪水,就一点都不丢脸了。"

笃藏这么说,是因为他曾经在山上的寺院里当小沙弥。虽然时间不长,但学到了无私无欲的奉献精神。当时他虽是个爱恶作剧的小沙弥,可是身为一个禅寺的和尚,该学的东西也真的学到了不少。

在见习的时候,薪水是一个月一元五十钱,晋升到蔬菜部门之后,就变成了两元。但想靠这些钱在外面租房子,光是付房租就已经很勉强了。

笃藏老家的父亲有时也寄钱给他,他并非不能在外面租房子,但辰吉看起来手头就没有这么宽裕了。他的双亲很穷,弟弟妹妹又多,每个月还必须从寒酸的两元薪水中拿出一些寄回家。

---

①指歌舞伎剧目《与话情浮名横栉》中自甘堕落、被亲戚收留的伊豆屋少主人与三郎。

笃藏觉得丢下辰吉，自己到外面去租房子，是一件不近人情的事，所以决定暂时和辰吉一起继续住在这里。另一个原因是如果把辰吉留下，到外面去住，会让辰吉觉得自己很悲惨，进而对笃藏产生羡慕或是嫉妒，最后很可能变成敌人，也算是为了明哲保身。再者，这也是笃藏在禅寺进行严苛的修行时学会的——如果不让自己吃苦，就无法在一个领域深入研究。

就这样，笃藏爬上了西餐厨师的第一个台阶。

写到这里，我想应该大致说明一下日本西洋料理发展和普及的过程。

柴田书店出版的《西洋料理》（月刊《专门料理》附录）中，刊载了一篇"打造西洋料理的人们"（织田进先生撰）的文章，内容是这样的：

> 昭和五十二年五月九日，在长崎的观光胜地格洛弗园举行了一座石碑的揭幕仪式。那是一块长方形的石头，用花体字刻着"西洋料理发祥之碑"。
>
> 而竖立在一旁的角锥形石头上，则刻着平底锅的图样。石碑上写着：
>
> "我国西洋料理的历史，始于十六世纪中叶葡萄牙船只入港。西洋料理的味道和技艺，从锁国时代唯一开放的港口长崎的荷兰人宅邸传入我国。
>
> 到十九世纪初，横滨、神户、函馆等港口也陆续开港，西洋料理逐渐普及，最后以东京为中心辐射全国，融入了日本人的饮食生活，达到今日的兴盛局面。仅以此碑纪念西洋料理于我国之发祥。"

这座石碑是由全日本厨师协会发起建造的,揭幕式上除了当时协会总部会长斋藤文次郎之外,还有来自全国的厨师界权威,长崎市长也出席了,热闹非凡。

正如碑文所述,在日本首次制作西洋料理并食用的人,是葡萄牙船上的船员、商人、传教士,以及与他们有所接触的日本大名、武士、商人、基督徒等。

日本锁国之后,能够进入日本的外国人只有荷兰人,但他们只能待在建造于长崎海中的人工岛——出岛上,不许踏出一步。至于饭食,除了他们自己平常吃的之外,顶多只能用来招待因为公务或商务来访的日本人。

到了幕府末期,除了荷兰人之外,其他各国人也可以来到长崎。起初日本政府严格禁止这些外国人离开居留地,但随着时间推移,越来越难以禁止,于是渐渐默许他们来市里走动。

一旦可以自由行动,他们自然会前往餐厅。而一旦外国人经常上门,店家也会试着制作符合他们口味的餐点,等着客人上门。

起初只是单纯地模仿,后来有许多人开始认真研究,渐渐地,日本人也能做出地道的西洋料理了。

在这些店家当中,尤以迎阳亭、藤屋等最受好评。藤屋的招牌菜是用鸡肉做的菜,在《长崎本·南蛮红毛辞典》(寺本界雄著)里,记载着这样一首诗歌:

> 藤屋的女侍飞奔而出,
> 这里有荷兰料理,
> 也有上等包厢。

当然,除了长住日本的外国人之外,为了学习西洋的新知识来到这里的日本学生也会光顾这些餐厅。

格洛弗园的石碑，就是为了纪念这段历史而建造的。

不只是长崎，在同时开港的横滨、神户、新潟、函馆等地，也都出现了同样的情况。日本与外国建立邦交，商贸往来变得频繁后，许多外交官、贸易商人和技术人员也接连来到日本。大使馆、领事馆、洋行、教会等机构——落成，需要有人替住在这里的人们做饭。

一开始，他们都是从自己的国家带厨师来，但人手还是不足，便开始聘用一些年轻人跑腿打杂。这些日本人当中，资质比较好的自然就学会了厨艺，做出不输给外国人的饭菜。

随着来到日本的外国人越来越多，他们无法像以往一样，住在私人的宅邸或事务所里，因此出现了专门招待外国人的酒店和餐厅。

就这样到了明治时代，东京、横滨、神户等地接连开设了许多专门服务外国人的酒店和餐厅。

6

日本第一家酒店是在明治元年开业的，名字叫江户酒店，位于东京筑地海岸，也就是旧幕府军舰操练所的遗址。以现在的地理位置来说，相当于西本愿寺别院后方的中央市场一带。石墙下是一片大海，从阳台可以远眺往来于东京湾的蒸汽船和帆船。

这家酒店正面宽四十二间，深四十间（各约八十米），是一栋斥巨资打造的华美建筑。住宿费用一晚要价三两二分，这个价格在当时也令人瞠目结舌。

《东京繁华一览》这本书中写到：

> 有人说，住宿一晚大约要金币三两二分。餐点极为美味，由多位侍者服务。不仅是短暂而愉快的用餐时光，从就寝到起床，都有十二分无微不至的服务。因此三两二分其实一点也不算贵。

到了明治三年,一家叫精养轩的酒店同样在筑地开业。这就是今日精养轩的前身。

打造这家酒店的是北村重威。他本是京都佛光寺的寺侍①,因为加入尊王运动四处奔走,后来结识了岩仓具视②,成为他的家臣。

随着维新运动的进展,北村跟着岩仓一起来到东京。之后,岩仓被派往欧美担任特命全权大使,北村想同行,无奈当时规定随行者不得超过五十岁,年届五十三的北村便无法同行了。

岩仓同情北村,便说:"你回京都老家,我会举荐你担任京都府知事。"

京都府知事是一个荣耀至极的职位,让一介寺侍担任这样的职位,简直可以说是太浪费了。然而北村却拒绝了:

"在下要当商人。"

在人人都想当官的时代,北村竟然说自己想经商,令岩仓大感惊讶。但是北村自有他的理由。

明治维新之后,东京成了日本的首都,外国人大量涌入。然而东京既没有餐厅可以款待这些人,也没有酒店让他们住宿。每个国家的王室至少都有接待外宾的设施,但是日本的皇居连能做西洋料理的厨师都没有。事实上,日本朝廷一直以来都属于尊王攘夷派,认为天皇连穿着西服或皮鞋都是破坏传统。这些头脑僵硬死板的天皇亲信当然不允许以肉食为主的西洋料理进入日本。

因此,就算外国人来访,皇居也无法提供西洋料理的飨宴,只得派快马前往横滨,从外国人经营的餐厅购买回来。北村重威看到了这个问题,打算开设专门招待外国人的餐厅和酒店。

---

①江户时代,侍奉寺院的武士。
②岩仓具视(1825 – 1883),日本政治家,明治维新运动的功臣。

后来，江户酒店和精养轩都在明治五年的一场大火中付之一炬，但是精养轩买下筑地采女原的海军用地，于明治六年重建，地点在以前银座东急酒店所在的位置。

同一年，精养轩在上野公园开设了分店。

从此之后，精养轩不断发展，逐渐成为日本西洋料理界的中心，名厨辈出。本书的主角高滨笃藏日后也会在精养轩磨炼手艺。

精养轩之所以能蓬勃发展，可能是因为北村是当时日本拥有最高权力的岩仓具视的家臣，和明治维新的元老们关系良好的缘故。从北村被推荐为京都府知事这一点看来，他绝对不是单纯的跑腿小吏。这样的人开设餐厅，连三条实美、大原重德、大久保利通、后藤象二郎、川村纯义等政界的大人物都纷纷捧场支持，精养轩几乎变得像政府的直属机关一般。

继江户酒店和精养轩之后，日本各地的酒店、餐厅如雨后春笋一般出现。由川副保先生编著、全日本厨师协会西日本地区总部发行的《百味往来》一书中记载：

庆应三年	三河屋料理店于江户神田桥外开业
庆应四年	（明治元年）江户酒店
明治二年	横滨俱乐部酒店（日后的中央酒店）
	大野谷藏于横滨开设专门招待外国人的餐厅，不久后歇业
明治三年	精养轩
明治四年	大野谷藏于横滨开设开阳亭
	兵库酒店于神户开业
	铃木酒店于栃木县钵仁町开业
明治五年	崎阳亭、开化亭、西洋亭于横滨开业

	资生堂于东京开业
明治六年	格兰酒店于横滨开业
	别墅酒店（日后的金谷酒店）于日光开业
	日新亭于筑地开业
	普莱森顿酒店于横滨开业
	东京酒店于日比谷见附开业
明治七年	意大利轩于新潟开业
	水新于神户开业
	东方酒店于横滨开业
	凤月堂于银座开业，日本首度制造饼干
明治八年	宫内省派遣十五等出仕松冈立男前往横滨，向法国人伯纳学习西洋料理
	（即使是排斥西洋事物的皇居，也渐渐难以抵抗时势的潮流）
明治九年	富士见轩于九段上开业
明治十年	外国亭于神户开业
	越中屋于小樽开业
	同年，日本首度栽培进口洋葱

以上就是明治前十年的概况，其后在函馆、京都、长崎、箱根、名古屋、镰仓等地，也接连开设许多酒店和餐厅，日本的欧化迅速得令人目瞪口呆。

然而纵观日本，采取西式生活方式的，只有极少数平常和西洋人有接触的知识分子，一般平民大部分还是很讨厌牛肉、猪肉、牛奶、黄油等食材，根本不想尝试。

据说当时接受新式教育的年轻人想和朋友在宿舍做寿喜烧吃，宿舍的主人或女主人也会不高兴，不允许他们在房间里做，他们只好在庭院铺席子，在户外烹煮这些食物。

日本接受西洋料理的另一个理由，是因为西洋料理营养丰富。油亮的动物性脂肪和动物蛋白不仅能刺激味觉，更能在消化吸收后成为体力的来源。从江户时代开始，人们认为食用兽肉是一种食疗法，有时会强迫体弱多病的孩子吃肉。本身喜欢吃肉的人也会用补充体力当作借口，向身边那些皱着眉头的人辩解。

西洋人拥有高大健壮的体格，正是由于吃肉，所以日本人也应该多吃一点牛肉，来改善体格——日本经常出现这样的说法，也助了西洋料理的普及一臂之力。精养轩的"精"，是精气、精力、精神的"精"，也就是养精蓄锐的意思，而"精养"又和"西洋"同音，给人一种新潮的印象，所以才起这个名字吧。

正如前文所说，日本原本没有西洋料理，在各处开业的酒店和餐厅的主厨全都是西洋人，而日本人大部分是担任跑腿打杂的工作。但随着时间流逝，渐渐也出现了日本主厨。

明治十五年，一家酒店在神户海岸附近的居留地开业了。这家酒店用地名命名，叫居留地酒店，日后又改名为东方酒店。这家酒店的经营者、管理者兼主厨，是一位叫路易·比戈的法国人。他回国之后，经营者和主厨陆续换了很多人，到了明治三十年左右，由黑泽为吉担任首位日本主厨。

黑泽这个人经历不详（当时的日本人，除了公职人员，很少会公开自己的经历），不过在明治初期，他曾经前往西贡，在当地锻炼手艺。西贡当时是法国东南亚殖民地区的中心城市，以巴黎为蓝本进行城市规划，市容非常美丽，有东方的小巴黎之称，是一个非常适合居住的地方，在饮食方面也不输给巴黎，有地道的法国料理。

黑泽为吉回到日本之后，便在长崎的酒店担任厨师，后来又被东方酒店招揽，成为该酒店首位日籍主厨。他是关西地区西餐厨师的先驱。日后，黑泽又被挖到京都的都酒店，在他离开后，弟子明谷寅之助接任了他的职位，明谷之后，则由他培养的米泽源兵卫继承，形成了代代都是日本人的师徒传承惯例。

关西首度出现日本主厨的地点在神户，关东则是横滨。首次出现日本主厨的城市既不是大阪，也不是东京，这一点非常有意思。当时横滨许多酒店、餐厅的主厨都是英国人或法国人，横滨东方酒店的主厨恩正长三郎是当中唯一的日本人。他培育出来的许多日本厨师，日后分散到各地，渐渐建立起日本厨师的世界。

这位恩正长三郎的经历也几乎无人知晓。当时日本的平民并不需要履历这种烦琐的东西。不过从恩正这个少见的姓氏看来，一说认为他是京都公家的后裔，但是无从考证；另外还有一说，认为他原是一家鱼店的伙计，经常出入酒店处理订货事宜，后来一位外国主厨发现了他的天分，于是收他为徒弟，但这个说法的真伪也不可考。

恩正长三郎在明治三十六年，也就是高滨笃藏立志成为厨师，来到东京的前一年过世。在同一时期，横滨还有另一位被誉为大师级的厨师，叫五百木熊吉。他曾经在格兰酒店的法国主厨手下工作。

五百木熊吉的经历也不详。据"喜山"餐厅董事长关冢喜平先生所说，他年轻时曾经在横滨当人力车夫，穿着股引与分趾鞋，到许多外国人家去帮忙，渐渐学会了西洋料理。

以上几乎都是根据织田进先生撰写的文章整理而成，不过这位五百木熊吉的弟弟——竹四郎，则和高滨笃藏有密切的关联。

熊吉的弟弟竹四郎也是一位不逊于哥哥的一流厨师，评价极高，曾在英国大使馆担任主厨。据说他也在墨西哥大使馆工作过。

笃藏很想向这个人学习。哥哥熊吉虽然在横滨，但当时要前往横滨，只能搭乘缓慢的火车，而且班次也很少，无法当天来回，而英国大使馆就在宫城的后方，离华族会馆很近。

笃藏厚着脸皮去求见竹四郎，说："请教教我做菜。"

竹四郎白了他一眼。"我做菜不是为了要教别人。"

"那请让我在旁边帮忙。让我帮您洗锅。"

"不必,我们已经有人洗锅了。"他冷淡地回答。

"那么,请让我帮您搅拌冰淇淋。"

当时冰淇淋的做法,是在一个大桶里面放入冰块和盐巴,再把装有冰淇淋材料的罐子放进冰块,一直转动,使它冷却。

竹四郎一副不耐烦的模样。

"冰淇淋也不需要你来搅拌,叫我们这里的年轻人去做就好。"

"别这么说,请让我去做吧。"

竹四郎一脸惊讶地看着笃藏。

"你是不是头脑有问题?搅拌冰淇淋这种工作,每个年轻人都唯恐避之不及,你却主动想做,你到底怎么想的?"

"我听说您是大师,所以想在您的身边见习,不管做什么都可以。您不用教我任何东西,我只要待在您身旁就好了。拜托您。"

笃藏非常诚恳,使得竹四郎不忍心拒绝。此外,一个年轻人称呼自己是大师,又这么热心地求教,或许让他觉得开心。

"好吧,那你后天可以过来看看。但我不会给你薪水。"

"那当然。我只要能在大师的身旁就很满足了。"

笃藏得到允诺之后,便踏着轻快的脚步回去,当天晚上甚至高兴得睡不着。

到了那一天,笃藏一早就皱起眉头,说:"我好像吃坏了东西,觉得肚子疼。"

身边的人都很担心他,说:"你要注意身体,去躺着休息吧。要不要叫医生来?"

万一叫医生来,就会发现他是装病,他连忙说:

"不,应该还不到需要看医生的地步。让我休息一下就行了。对不起,大家这么忙……"

"没关系,你去休息吧。"

面对大家的体恤,笃藏心里觉得很过意不去。他回到自己的房间,钻进棉被,接着看准时机,偷偷地溜了出去,拔腿跑向英国大使馆。

忍耐的极限

1

笃藏来到英国大使馆的厨房时,正值他们准备午餐最忙的时候。

五百木先生一看见他,便说:"哦,你来得正好。你上次不是说想帮忙搅拌冰淇淋吗?我放在那里了,你赶快去吧。"

上次他明明说人手足够,不用我帮忙呢。笃藏心想,不过他还是立刻去帮忙。厨房里的工作随时都可能变动,有预期之外的客人点餐,一个人就必须做两个人的工作,而且还有时间的压力,整个厨房像火场一样紧张。笃藏就是这个时候闯进来的。

笃藏在一个高度及腰的桶里放入碎冰块和盐,再把装有牛奶、奶油、砂糖等材料的罐子浸入冰桶中央,不停地搅拌。当冰块和盐融化成水时,五百木先生会来加冰块。分量和间隔时间的拿捏是需要诀窍的,笃藏仔细地观察着五百木先生的手法。

这个厨房和华族会馆的不一样,有许多外国人在。

主厨大概是英国人,是个身材不管横向纵向都很惊人的高大白人,头上戴着格外高的厨师帽,用白色餐巾系成小领结,看起来很有派头。他的一举一动都从容不迫,与其说是厨师,看起来更像是一位绅士。虽然从外表无法得知他的手艺和人品,但这样的风采无论到哪里都不会丢脸。

笃藏心想，英国人果然不一样。日本厨师大多都像日本料理师傅一样，有一股工匠气，根本没有这种绅士风度。未来的厨师除了手艺之外，也必须提高自己的品行……

这时正值日俄战争最激烈的时候，英国偷偷地站在日本这边，给日本协助，日本人也认为英国是友邦，不管英国做什么事情都非常感佩，想要学习。笃藏这么想，也是无可厚非。

除了主厨之外，还有一些人看起来像是印度人、黑人，也有一些貌似日本人的厨师混在其中，简直像是人种展览会。

五百木先生对主厨说了些什么，大概是在说笃藏的事情。主厨微笑着看着笃藏，随后走向他，说："Mr. Takahama，谢谢你。"

笃藏认为自己明明是来学习的，该道谢的应该是自己，于是回答："No, no. Thank you."

笃藏曾经在筑地学过法语，心想或许可以耍帅一番，于是用法语问道："请问你会说法文吗？"

但是对方耸耸肩，双手一摊，笃藏便沉默下来。五百木先生在一旁问："你刚才说的是法语吗？"

"是的。"

"你在哪里学的？"

"请老师教我的。"

"你为什么要学这种东西？"

笃藏答道："想多学一些法国料理的知识，就必须去读法文书，或是跟着法国厨师学习。而且，我以后也想去法国学习，得趁现在先准备好……"

"嗯，你这人还真奇怪……"

五百木先生仿佛在思索着什么。

"我有些事情想问你，不过现在很忙，等有空的时候再问你吧。"

另外,搅拌冰淇淋的时候不要那么用力,那么拼命地转着圈搅。其实我们不出力,罐子自己也会转动,就让它自己转,人只要在旁边帮一下忙就好。还有,我看你的肩膀太用力了,你应该放松肩膀,用腰的力量才对,这样从后面看起来姿势才好看,女人才会爱上你哟。"

"谢谢您。"

"这句话拿去对女人说吧。"

他说完之后,便走开了。

午餐最忙的时段告一段落,接下来是休息时间。大使馆内的餐厅和路边的餐厅不一样,并不是每时每刻都有客人来,只要没有大型晚宴,中间的时段就很清闲。笃藏搅拌完冰淇淋之后,又帮着做了一些打杂的工作,忙得不可开交。到了休息时间,笃藏坐在角落的椅子上发呆,这时五百木先生走过来,说:"你跟我来一下。"

笃藏跟着他离开了厨房,穿过一条铺有红地毯的走廊。五百木先生推开一道厚重的橡木门,走进一个小房间。这里看起来像是一间小宴会厅,窗帘、吊灯以及壁炉的装饰都十分豪华,和华族会馆的宴会厅类似。

五百木先生招呼笃藏坐在角落的椅子上,说道:

"你说你在学法语,对吧?我一直以来教过很多年轻人,但是他们大多只顾着眼前,不怎么考虑未来。他们认为只要带着一把菜刀,不管到日本什么地方去,都不怕饿死。这种四处流浪的工匠个性固然很潇洒,也没什么不好,可他们总是只看上面的人做什么,然后重复一样的事情,没有多下些功夫或是将技术加以发展的想法。像你这样愿意从读写法语开始学习的人很少见。你到底有什么想法呢?"

"这个嘛……其实我也不知道……"

"是谁介绍你进入华族会馆的?"

"是我哥哥的一位老师,桐冢老师。"

"你哥哥是做什么的？"

"他在大学读法律。"

"哟，真了不起。你有这么了不起的哥哥，为什么想做厨师这一行？"

"我不认为厨师是不入流的工作。厨师要制作让人入口、对身体有益的东西，是一种很重要的职业。"

"理论上来说是这样，但实际上根本没有人这么想。大家都是因为其他的生意失败了，或是为了继承父业，不得已才做这一行，所以一有空就去赌博或是玩女人。"

"我也很喜欢女人啊。"

"接触女人不是坏事，那或许也是一种学习。只不过平时不能光顾着玩，还必须努力提升自己的技术。总之，我当了这么多年厨师，从来没见过像你这样偷偷溜出来，特地来学习的人。"

"因为我听说，五百木兄弟是当今日本第一的大师。"

五百木先生听到他这么说，似乎非常高兴。

"所谓的大师，应该是指比我更厉害的人。但现在放眼望去，确实没有什么技术高超的人。不过，我也是看着上面的人做什么，就有样学样，并没有像你一样想多看书或是去西洋磨炼手艺。"

"我的水平还不能读法语书。我还在努力学习，希望有一天能够看得懂。"

"你就继续保持着这样的态度去学吧。"

"我以后也能来向您学习吗？"

"当然，随便什么时候来都行。但你不是有工作吗？也不能常来吧。你今天工作那边怎么交代？"

"我说我突然肚子疼，所以回去休息。"

"一次两次还好，可要是经常这么做，一定会遇到麻烦的。"

"是，我会小心的。"

当天他回到华族会馆后，天色已经很暗，在外面住的厨师们都已回家了。

辰吉和三个新来的见习生都在房间里。辰吉一看见笃藏，便问道："我很担心你。你说身体不舒服，我还以为你在房间睡觉，结果你却不见踪影。你去哪里了？"

"我去看医生了。"

"怎么去这么久？你去哪里看医生了？"

笃藏心想，要是说这附近的医生，万一日后露出马脚就糟糕了，于是说："我去神田看的。之前我和哥哥一起住在宿舍的时候，曾经去找过那位医生，他人很好，而且很了解我的身体情况，所以每次我有什么不舒服，都去找他……"

他还顺便为以后铺路："我有一种时不时会肚子疼的宿疾，一旦疼起来，就无法忍受。这种时候必须去看医生，请大家包涵。"

"好，我知道了。可是你今天去了很久。"

"是啊，我顺便去找哥哥，和他聊了一会儿才回来。请帮我保密。"

撒了一个谎之后，为了圆谎，就必须说更多的谎话。笃藏的哥哥原本预计今年大学毕业，但是去年年底放假回武生老家后，他的身体状况依旧没有好转，所以一直在家休养，没有再回学校，办理了休学手续，延期一年毕业。也就是说，他并不在神田的宿舍。可是笃藏如果不说去找哥哥，就没有办法解释为什么这么晚回来。

辰吉也没有多问什么，只是说："你有一个能上大学的哥哥，真幸福。如果你说自己想读书、想上大学，家里一定也有钱帮你出学费。那你为什么要来做这种无聊的工作？"

每个人都这么说。而且辰吉也不是第一次提起笃藏的哥哥，并表达羡慕之情。这时笃藏的回答永远都是："我最讨厌坐着读书，不适合做学问，就是喜欢做菜。我并不觉得厨师这个行业像大家说的那么无聊或低下。如果世上的人都用这种眼光看我们，那我们就应该凭自己的努力，来改变他们的想法。"

而辰吉的回应也永远都是:"你果然是因为有一个了不起的哥哥,所以头脑也这么清楚,真是让人钦佩呀。"

辰吉并不是在讽刺笃藏,而是打心底这么想。辰吉并不会对比自己表现好的人产生竞争或嫉妒心态,能够坦率地敬佩对方,这正是他的优点。在下层社会长大的人或许都有这种谦虚的态度。

笃藏为这一天装病,又离开工作岗位这么久的事,想了一个非常完美的不在场证明,好不容易度过了难关。过了两三天,他又想去五百木先生那里。但是频繁请假,很可能会被发现,就算没发现,也可能会失去主管的信任,应该尽量避免。只是他实在无法压抑想跟着全日本最棒的厨师学习技术的欲望。

此外,五百木先生对笃藏特别照顾,也让他十分高兴。当然,在华族会馆时,为了得到前辈的青睐,他毫不松懈,总是表现得很体贴,抢先一步把事情做好,所以每个人都很照顾他、重视他。但毕竟每个人的喜好不同,也有人认为他太机灵,用怀疑的眼光看他。

"那家伙真是太会拍马屁了,据我观察,每次宇佐美师傅快要来上班的时候,他就跑到厨房门口,迫不及待地等着师傅进来。师傅一来,他就赶快跑过去,蹲在师傅脚边,从口袋里拿出一个小刷子和一块像是天鹅绒材质的布,帮师傅把鞋子上的灰尘刷掉,再帮他擦鞋。要说这是对前辈表示敬意和礼貌,当然很好,可只有他一个人表现出好孩子的模样,就显得我们好像很不贴心。上面的人要是认为'笃藏真是个令人感动的家伙,知道尊敬长辈',特别照顾他,是笃藏自己的事,但同时他们也会想'其他人在做什么?这些不贴心的家伙',对我们白眼相向。我们真是无辜啊。"

也有人像这样把笃藏视为眼中钉。尤其是只比笃藏大两三岁或五六岁的人。他们平常大多不认真工作,一旦新加入的年轻人工作表现超越了自己,就会开始产生警惕之心。

无论在哪一个职场,同伴之间除了团结合作之外,一定也有这种带刺的恶意。此外,技术上的秘诀如果被新来的人知道,就是自己的损失——很多人都抱有这种小姑子似的自尊心。然而,只要去五百木先生那里,就可以忘掉这种讨厌的情绪,专心工作。就算说谎,就算随便找借口,笃藏也想去五百木先生那里。他没办法压抑这种心情。

2

清晨的寒意稍减,春天悄悄地到来了。上野、浅草、飞鸟山等地百花盛开,让东京的人们心情雀跃不已。

日本和俄罗斯的战争仍在持续,在与波罗的海舰队展开决战之前,一切都还是未知数。要是在这一战中挫败,那么之前的战果就会化为泡影。不过,也有一些人抱着乐观的态度,认为依照几次面临危机,又安然度过的经验来看,这次说不定也会顺利。

时间过得很快,笃藏来到东京已经一年了。当时他毫无目的地离开家,想到这段时间经历的事,必须说自己真的很幸运。他在华族会馆的厨师当中地位最低,薪水也最少,但以目前而言,他只要有机会学习技术,就非常感激了。

在会馆工作最幸福的事,就是无论是肉、鱼还是蔬菜,都能毫不吝惜地使用最上等的食材。在一般的餐厅里,这么做需要订出令人瞠目结舌的高价,根本不会有客人上门。但是在华族会馆却丝毫不必担心,可以尽情地使用高级食材。对厨师来说,没有比这更高兴的事了。

包括宇佐美师傅在内,每一位前辈的手艺都很好,在这些人的手下工作没有什么令人不满的地方,但既然有英国大使馆的五百木先生那样的人在,笃藏还是很想向他学习。装病请假会受到良心的谴责,但是他实在无法压抑想学习技术的心情。笃藏知道这样不对,但仍然时不时地请假,到五百木竹四郎那里去。

其实只要得到荒木主管的同意,可以正大光明地出去,但不知道他会不会允许。假如主管夸奖自己热心工作就算了，要是他怒斥，"不准做这种无谓的事！"那一切就泡汤了。

大部分厨师都很自傲，同时嫉妒心很强。每个人都对手艺充满自信，认为自己的调味是全天下最棒的，别人做的菜不是太甜就是太辣，没有一个做得好。荒木主管应该也一样。就算说五百木竹四郎是日本第一的厨师，他也一定认为只是什么人随口说出来的，后来让众人穿凿附会，才变得这么夸张，其实他的手艺根本不怎么样。如果对抱持这种想法的人说要去向五百木学习，对方一定会说："你当我的徒弟，有什么不满吗？日本除了五百木之外，就没有别的厨师了？"甚至还可能挨上几拳。所以他虽然深受良心谴责，还是偷偷去找五百木。

在四月中旬一个樱花纷飞的夜晚，笃藏不知第几次从英国大使馆回来，却发现哥哥从老家寄了一封信来。打开一看，信纸上是漂亮的毛笔字，内容大致如下：

东京的春天还好吗？

我回来老家已经好几个月了，但健康状况还是不太理想。我虽然不觉得有什么疼痛，但医生叮嘱必须好好静养。

就像此时此刻，只要一想到东京的朋友们都在为了未来的梦想拼命念书，我就忍不住想回东京。可是医生说这样太胡来了，不准我去。新学期马上就要开始了，有很多事情要做，虽然心里很着急，但我打算暂时忘掉一切，专心养病。

你的钱还够吗？我是长子，必须继承家业，也就是要继承祖先留下来的财产，好好地管理，并且传给后代子孙。但我们是兄弟，我觉得我们的待遇不应该差太多，我想尽力支持你想做的事。听说你的薪水好像不多，男人有时候为了应酬，会临时需要一些钱，假如你有需要就跟我说，不用客气。

不过，爸爸身体还很硬朗，目前一切权力都还握在爸爸手上，但我可以站在长子的立场拜托爸爸，或是给他一些意见。如果你有什么事，就尽管告诉我。

另外，我想告诉你有关阿藤的事情。听说她二月中旬生了一个男婴，但是孩子生下来就死了。我以为她已经告诉你了，但最近一问才知道，她好像根本没通知你，所以就由我来通知你吧。我不知道坂口家有什么想法，也没有立场提出什么意见，所以保持沉默。不过我想，他们应该是想让你自己决定将来的打算。

那么，请你保重身体，继续朝着你的目标迈进……

对笃藏来说，这真是太出乎意料了。他意外的不是孩子生下来了，也不是孩子死了，而是阿藤竟然没告诉他一声。

阿藤就像当时每个出身乡下的女孩，没有读书写字的习惯，觉得写信是件麻烦事，所以几乎不曾写信给笃藏。但是遇到孩子生下来就死去这么严重的事情，就另当别论了。正常情况下，就算她自己不想写信，也可以请别人代笔通知笃藏。另外，就算阿藤不擅写信，松前屋的主人喜兵卫也可以通知他。

然而孩子出生（应该说孩子死后）都过了两个月，他们却连一封信都没有捎来，难道这表示松前屋并不认同笃藏是他们家的一分子？笃藏本来就是一个离家出走的养子，是他自己主动离开，放弃身为这个家族一员的身份。但是笃藏的户籍还在松前屋，而且去年夏天，阿藤甚至特地来东京找他，所以他一直认为对方还没有放弃他。可是从那之后就没有任何音讯，看来他们决定和笃藏断绝关系了。

如果是这样，他等于达成了当初离家出走的目的。他离家出走，是因为发现喜兵卫的妻子似乎怀孕了，年轻夫妇的存在可能会碍事，再加上他也怀着不想一生都埋没在乡下的野心，才断然离家。但是站在老夫妇的立场，应该也松了一口气吧。在世人看来，他们就像是被一个不负责任的养子抛弃了，可以放心地把财产交给与自己有血缘关系的孩子继承。

即使如此，为了顾及人情义理，他们并没有突然说出要和笃藏断绝关系的话，只是希望笃藏就此消失在他们的视线中，刻意不通知他孩子生下来就死了，或许也有这一层含义。

至于笃藏，也觉得放下了肩上的一个重担。他希望将来成为料理界的顶尖人物，因此拼命努力，要是始终背负着一段早已抛弃的过去，会成为心理负担。

虽然这样阿藤很可怜，但是他想忘了阿藤的事。松前屋的事，他也不愿再想了。去年夏天阿藤来东京告诉他怀孕的事情后，他偶尔想起来，心情就变得沉重，当听到孩子死去的消息时，心里反而松了一口气。当初西行法师为了离家修行歌道，把亲生孩子踢下回廊——把自己比喻成西行法师或许太僭越了，但是一个为了力争上游而拼命努力的男人，暂时是不需要妻子的。

话说回来，阿藤真是个可怜的女人。笃藏不禁这么想。

要是她嫁的不是这么重视世俗名利，又贪心，又满脑子只想着工作的人，而是嫁给一个无欲无求，不想出人头地，能够快乐地过日常生活，疼爱妻子的平凡男人，她就可以过安稳幸福的生活了……

想着想着，笃藏不由得觉得阿藤非常可怜，眼角忍不住泛起泪光。抛弃妻子的绝情和对妻子的怜悯——这两种矛盾的情绪同时盘踞在他的心中。

第二天，辰吉一脸若无其事地问道："你哥哥现在在老家吗？"

笃藏心想，他大概是看见了昨晚那封信的背面，便立刻说道："对，因为现在放春假了。"

笃藏心里捏了一把冷汗。他昨天也去了五百木先生那里，本来打算照惯例，说是去找住在神田的哥哥，所以才晚归的。

然而没有人问起，他也就没有拿哥哥当借口。万一他昨天还是那样说，那么被问到："咦？可是你哥哥寄信给你，而且信封上的寄件地址是福井县，身在神田的哥哥为什么会从福井县寄信给你？"他就无法自圆其说了。

还好信不是昨天收到的。他随口说："其实我昨天也去了哥哥的住处找他，没想到他放了假，已经回老家去了，没遇到他。我根本不知道他要回老家……后来，我想都已经到了那儿，直接回来也很无聊……"

他故意抓抓头，说："所以我到附近的剧场去听了一场落语才回来。对不起。"

笃藏胆战心惊，心想万一辰吉问起落语师是谁，他到底该怎么说才好。好在辰吉没有继续追问下去，他也就没再说什么。只是辰吉脸上挂着怀疑的神色。笃藏心想，以后再也不能说要去神田找哥哥了。

荒木这个人喜怒无常，很难取悦。

他心情好的时候，不管对谁都嘻嘻哈哈地开玩笑，对手下也很亲切，非常照顾人，一旦他莫名地心情不好，就会变得阴沉，不太说话，还用充满恶意的眼神盯着别人，故意挑毛病。他每天的心情都不一定，对不同的人态度也不一样，在他手下做事的人都不敢掉以轻心。有时以为他今天心情还不错，松了一口气，他却突然生起气来；见他一早就闷闷不乐，大家神经紧绷，他却又突然亲切地找人攀谈，让人吓一跳。他的心情交替的间隔忽长忽短，没有一定的规律，因此手下都说他阴晴不定。

一开始，荒木师傅似乎相当看重笃藏。其中一个原因，是在新太郎、辰吉和笃藏三个见习生当中，笃藏年纪最小，工作却最认真，看起来最值得信赖。

另一个原因，是因为宇佐美主厨对笃藏的评价很高。下位者一般都有相同的本能：假如自己的部下特别受上司或老板青睐，那么他也会特别照顾这个部下。

荒木心情好的时候，经常带年轻人去附近的居酒屋喝酒。傍晚最忙的时段过去，到了下班的时候，荒木就会对年轻的手下们说："喂，要不要陪我去喝一杯？"

他常去的店，主要是附近的寿司摊和天妇罗摊，有时也去乌森神社前的丹波屋。他一开始并不知道丹波屋，但是因为新太郎、辰吉、笃藏这些见习生经常去，不知从什么时候开始，荒木也开始带他们去丹波屋喝酒。

然而，从不久之前开始，荒木的态度出现了微妙的变化。以前他心情好的时候，就算笃藏没有看见他，他也会主动问笃藏一句："嘿，最近怎么样啊？"但现在却变得很生疏，仿佛故意无视笃藏的存在。

到了傍晚下班前，大家正在收拾东西，荒木说："喂，辰公。"

"是。"

"怎么样，要不要去附近走一走？"

"好的。"

辰吉没有多想什么，立刻回答。笃藏期待着荒木接下来约他，但荒木不知道是没有注意到，还是忘了，竟然就这样走了。笃藏偷偷观察，没想到荒木居然去约了其他的年轻人。以前荒木一定是第一个约笃藏，最近却连理都不理他。笃藏倒不是想让他请客，但总觉得只有自己一个人被排除在外，十分失落。

我到底是哪里得罪他了？

笃藏自认比谁都工作认真，尽心尽力，他怎么也想不透究竟什么地方得罪了荒木。这段日子过得实在痛苦。

3

五月二十七日，联合舰队在对马海峡与波罗的海舰队开战。隆隆的炮声传到了福冈、唐津的海岸，听起来就像远处传来的雷声一般。不久后，传来舰队获胜的消息。

华族会馆也变得更忙碌了。每次举办宴会，厨房里的人们都充满活力。但是对笃藏而言，这段日子一点都不快乐。因为荒木主管还是很不高兴，总是板着一张脸。

日本海的海战结束后十天左右，华族会馆举办了一场宴会。

"这次的宴会虽然只有八十人出席，但是东乡元帅以及多位海军高官都会出席，还有好几位皇室成员也会莅临，必须特别小心，不可怠慢。"

由于上面特地交代，厨房里的人都很紧张，战战兢兢地进行准备。荒木把笃藏叫来，对他说："你来切搭配烤牛里脊的马铃薯。"

所谓的烤牛里脊，是用猪肉或肥牛肉（牛舌、培根等）包住牛菲力，用线绑紧后再烤制而成的菜。作为配菜的马铃薯有各种切法，细分可多达二十五种，但是平常不会采用特殊的切法。最常见的是一种叫 pomme de terre château 的切法，是把马铃薯切成条状，用黄油炸成金黄色（有时是煮熟），再洒上切碎的巴西里叶。

Pomme de terre 是法文中的马铃薯之意，pomme 是苹果，terre 是大地的意思，直译的话，就是"地下的苹果"。据说这是因为马铃薯形状浑圆，像苹果一样，所以才叫地下的苹果。在现代日本人的认知里，说苹果和马铃薯很像，实在有些牵强。不过对法国人而言，或许看见滚落在厨房角落的马铃薯，就会很自然地说："喂，把那个沾了泥土的苹果拿过来。"

Château 是城堡或宅邸的意思。就像在童话故事的绘本中经常看见的，法国的古堡有很多高塔，由于马铃薯削完后形状类似高塔，所以叫 château。

然而这种切法颇有难度。首先必须切出一个正七边形，各边的边长相同，亦即不管从哪里切开，切口都是正七边形。如果有长短不一、角度大小不一的情形，就不及格。

此外，马铃薯的表面必须平滑，富有光泽。削的时候要一气呵成。如果中途停下刀子，就会有高低落差，马铃薯的表面会变得歪歪扭扭。这样也不及格。

这和削苹果的道理相同，必须一口气削完才行，但是运刀的速度既不能太快，也不能太慢。

完全熟透的上等马铃薯，肉质非常厚实，而且含有恰到好处的水分，十分柔滑。入刀时，刀刃就像被马铃薯吸住似的，不太容易施力，这时不能使用蛮力，而是要轻轻转动，让刀子慢慢前进——这就是这种切法的秘诀。

假使刀工不够好，那么就算切口平滑，表面看起来也会粗糙，没有光泽。刀工好的厨师，可以削出浑圆又有光泽、品相高雅的马铃薯。

笃藏一个接着一个拿起马铃薯，仔细地削。这些马铃薯的大小一致，肉质也极佳。

不知道这些马铃薯当中，哪一个会送入东乡元帅的口中……

他一边这么想着，一边干活。就算是一颗马铃薯，只要想到自己正在制作元帅即将享用的菜肴，就不敢轻忽怠慢。

今天晚上的宾客当然不只是东乡元帅，海军大臣、军令部长等军官，以及皇室成员也会莅临，所以每一颗马铃薯都得仔细地削。倘若削得凹凸不平、大小不均，将是会馆的耻辱。一想到这里，笃藏的手就不由自主地颤抖。

但是他不能发抖。他丹田用力，双脚踩稳，聚精会神地倾注全身之力，努力地工作。

就在笃藏把八十个马铃薯都快削完时，荒木探头看了一眼，说：

"哎呀，你把马铃薯削成 château 了？"

"是的。"

"为什么要这么干？"

"因为您要我把马铃薯削成烤牛里脊的配菜。"

"谁规定只有 château 适合当烤牛里脊的配菜了？"

"以前都是这么做的。"

"可是今天我打算切成 julienne，你为什么要自作主张？"

"是，对不起。"

所谓的 julienne 是法国女人的名字。把马铃薯切成细丝时，看起来就像女人的头发一样，因而得名，相当于日本切萝卜丝时的"六千本"切法。把切丝的马铃薯拿去油炸，就像把市场卖的薯片切成细丝一样，口感十分酥脆。荒木表示他原本是想把马铃薯切成这样。

既然如此，他刚才只要先说一句"今天要切成 julienne"，不就没事了吗。

或许笃藏也有不好的地方，他应该在一开始问清楚。然而最近这阵子荒木对笃藏的态度一直很差，所以他总有点害怕，没有开口问。就算他开口问了，荒木可能也会回答："这还用问吗？当然是削成 château 啊。"

而且，在笃藏专心削马铃薯的时候，荒木明明几次经过他的身旁，不可能没发现。

随时注意手下在做什么事情，本来就是主管的责任。当笃藏聚精会神地把八十颗马铃薯削得非常漂亮，整齐划一，没有凹凸不平的时候，荒木却若无其事地走过去。等笃藏好不容易削好，才突然叫他改成 julienne，这根本是故意找碴。

但对方是主管。日本的厨师界，就像军人或是禅宗和尚，甚至黑道的世界一样，只有绝对的服从，除此无他。

笃藏说："非常抱歉。我现在马上全部切成 julienne。"却忍不住湿了眼角。

荒木是个坏心眼的人，喜欢看到别人搞砸事情。其实所有的厨师都对手艺非常自满，认为只有自己的手艺能信赖，而且同事之间总是互相竞争，常把别人的不幸当作自己的幸运。然而抱有这种态度的人，将来绝对不会有什么好的发展。

有一次，荒木和一个姓泷泽的后辈一起去某皇族在神奈川县的别墅外烩。

泷泽负责制作晚餐的甜点巴伐露斯。它是用明胶将鸡蛋、牛奶和砂糖凝固而成的甜点，但是泷泽却没有准备明胶。就算想到附近去买，在神奈川县那种乡下地方，也没有卖明胶这种舶来品的店。泷泽便决定用寒天来代替。

当时的巴伐露斯，是用三种不同颜色的奶霜堆砌而成。一开始先把蛋黄奶霜放进方形模具，凝固之后，再倒入黑色的巧克力奶霜，最后再把红色的草莓奶霜倒进去，冷藏之后就做好了。

如果使用明胶制作，在已经凝固的第一层上方倒入第二层，两层会紧紧粘在一起，但使用寒天无法粘住。泷泽只是个初出茅庐的厨师，不知道这种事，以为每一层都粘好了。

等到他准备将巴伐露斯从模具里倒出来的时候，五六个正好有空的厨师与伙计都聚集过来。在众目睽睽之下，泷泽打开了模具。没想到三层奶霜完全没有黏合，全都滑了出来。泷泽脸色铁青，在一旁观看的厨师还有人笑了出来。

泷泽只好使用最后的手段，将鲜奶油打发，夹在三层中间，让鲜奶油扮演黏合剂的角色，才勉强度过了这场难关。然而他纳闷的是，当时一大堆厨师和伙计明明没事，为何却全部聚过来看他出丑呢？

后来他从其他的厨师那里得知，当时荒木早就预料到他会失败，便对其他的厨师说："有一件好笑的事，大家过来看。"

原来是荒木故意将大家叫过来的。荒木学过一些日本料理，知道寒天的特性，然而泷泽并不知道。明明知道却不告诉对方，若是为了保护秘密的配方，也无可厚非，可荒木是为了取笑人特地把其他人叫来一起看，让泷泽觉得非常不甘心。

"他就是这种人!"

听见泷泽这么说,笃藏就像身历其境般愤慨。

荒木一旦开始把笃藏当作眼中钉,他的恶意就不曾停止。

有一次荒木经过笃藏身边时,故意用手肘碰撞笃藏,让他不小心打翻平底锅,把地上弄得都是油,而打扫地板正是笃藏的工作。

又有一次,好几个年轻人在同一张桌子上工作,荒木却说:"笃公,你在这里碍手碍脚,去另外一张桌子。"把他赶到角落的桌子去。荒木并没有说明理由,只是叫他走开。

烹饪这份工作,最重要的是团队合作,如果不和大家在一起,就无法做事。叫他自己一个人去另一张桌子,就表示根本没有把他当成伙伴看待,等于叫他滚蛋。

但是,笃藏不明白为什么只有他一个人遭到这种欺负。

难道偶尔去英国大使馆的五百木先生那里的事被发现了吗?

或许是吧,他心想。如果是这样也没办法。翘班跑到别的地方去学习,的确不是值得赞许的事。

可是,应该不会那么轻易就被发现。笃藏一直都说自己是去哥哥的宿舍了,说辞应该没有什么矛盾。

他会不会只是单纯和我合不来而已?

世上的确有个性不合这种事。人的好恶是没有道理的,即使只是一声咳嗽声或笑声,一旦觉得不舒服,就无法忍受。

如果真的和他不合,那我只能离开这里了。

这里是同乡的前辈桐冢老师介绍我来的,宇佐美师傅也非常照顾我,但是身为顶头上司的主管这么欺负人,我的未来实在堪忧……笃藏这种想法越来越强烈。

时令进入梅雨季节,每天都下着绵绵细雨。

一天早上,笃藏看着走廊的窗户,发现宇佐美主厨正全身湿淋淋地走进来。他赶紧跑上前去，在门口等宇佐美，接过他的黑色雨伞收起来，把水甩干。

"不用了、不用了。"

宇佐美虽然这么说，笃藏却硬是帮他脱下雨衣，请他坐在一旁的椅子上，从口袋里拿出刷子，把他鞋上的泥沙清理干净。

等他刷得差不多后，宇佐美说："谢谢你每次都这么体贴。"

笃藏目送他走进厨房，一回头，就看见荒木站在那里。他的脸上挂着一如往常的阴险笑容。

"偶尔也帮我擦擦鞋吧？"

"是。"

笃藏乖乖地回答，请他坐在椅子上，蹲在他的面前，但是心中想着：看见宇佐美主厨那种春风拂面般的笑容，不管什么事情我都愿意帮他做。相比之下，你这家伙……

他没有出声，只是在心里咕哝。这时荒木突然说：

"笃公，你最近常常不在，到底是去哪里了？"

"是……"

笃藏答不上来，只是停下擦鞋的动作，默不作声。

"有人说在英国大使馆的五百木先生那里，看见一个很像你的人。"

"……"

这样啊。原来被他发现了，所以他才这么不高兴。笃藏终于恍然大悟。

可是荒木对他的欺压，却是另一回事。

我的确有错。但是这家伙这段日子欺负人的方式，未免也太过分了。我和这个人的关系，已经没有挽回的余地了。

事到如今，他已经不是我的师傅，我也不是他的徒弟。

笃藏这么告诉自己，接着紧紧抓住眼前荒木的右脚，奋力一拉。

"喂，你想干什么！"

荒木从椅子上滑下来，仰躺在地上，笃藏立即爬到他身上，像要置他于死地一般疯狂地殴打他。

4

年轻的厨师们听到声音，立刻跑出来，只见笃藏正骑在荒木师傅身上，拼命地揍他。

"住手、住手！"

大家异口同声地大叫，但是笃藏根本听不进去。他一心只想趁现在一次清算长期以来的恩怨，同时，不管对方是个怎样的人，对以前称为师傅的人拳脚相向，心中难免有些恐惧——这两种情绪让他陷入半疯狂的状态，不停地痛殴对方。

荒木的体型比笃藏大一圈，力气也很大，如果让他做好心理准备才开始打架，说不定不会这么简单地输给笃藏。但是笃藏的行动出乎意料之外，而且完全没有给他站起来的机会，就展开攻击，所以没过多久，荒木就失去了抵抗力，只是一味地挨打。

看见笃藏的攻势缓和下来，年轻人们赶紧冲上来，把两个人拉开。这时笃藏已经累得连站都站不稳了。

这场架是笃藏获得了压倒性的胜利。

其实笃藏也不知道这到底算不算打架。他从一开始就是单方面攻击，荒木只是一味地挨揍，笃藏没有遭到任何反击。

但是不管有什么理由，笃藏对称为师傅的人拳脚相向，就违反了职场的伦理秩序，这是无法否认的事实。地位低，便意味着身为人的价值也比较低，地位低的人对上位者动粗是绝对不允许的事情。笃藏已经有了被开除的心理准备，他回到房间后，便开始整理行李。

辰吉从后面追了上来，说："你怎么会做出这种事情。赶快去向荒木先生道歉吧。"

"有些事情不是道歉就可以解决的。我做出了那种事,光说声对不起肯定不行。"

"那你接下来打算怎么办?"

"我想辞掉这里的工作,回老家去。"

"哦。你还有家可回,真好。可是你来到东京,不是为了学习当厨师吗?如果现在回老家去,一切不就白费了?"

辰吉虽然表示关心,但他是不是真的担心笃藏,却不得而知。辰吉这个人一向谨慎,虽然心地不坏,可是既没有特别突出的本领,也没有特别坚忍的个性,风从右边吹来,他就往左边倒,风从左边吹来,他就往右边倒。他在笃藏面前表现得像是站在笃藏这边,可是面对荒木师傅的时候,说不定就会说笃藏的坏话。

事实上,在荒木师傅对笃藏莫名地冷淡之后,辰吉还是常跟着师傅一起去喝酒。这期间,师傅势必对辰吉说了一些笃藏的坏话,辰吉却从来没有告诉过笃藏。如果辰吉是一个值得交的朋友,他大可以告诉笃藏荒木说了什么。

虽然怀疑别人不太好,但是荒木师傅不喜欢我的真正原因,说不定就是辰吉造成的。笃藏在心里暗忖。

辰吉是跟笃藏资历最接近的前辈,但很多方面都是笃藏表现得更好,令辰吉不得不对他刮目相看。在元旦那天,新太郎、辰吉和笃藏去宇佐美主厨家拜年的时候,宇佐美说了对三个人的看法,同时不经意地对笃藏给予了最高的评价。在任何领域,技术高超的人迎头赶上慢吞吞的前辈都是理所当然,但是站在被后辈超越的立场,当然很不是滋味。说不定辰吉担心被笃藏超过,感到不安和嫉妒,于是偷偷在荒木面前说些扯他后腿的话。辰吉不是坏心眼的人,应该不至于做出什么恶意的中伤,但是可以想见,至少当荒木对笃藏有负面情绪的时候,他没有帮笃藏说话,说不定还火上浇油。

但是笃藏并没有证据,也不能对别人乱说。只是从辰吉平常的行为来看，推断他会做出这样的事情也很合理。笃藏心想，说不定自己的推测全都是事实。

因此，不管现在辰吉亲切地对他说什么，笃藏都无法诚心地接受。他压抑着想说出"你其实是觉得我这个碍事的家伙总算要走了，很高兴吧"的冲动，整理好行李后，只说了一句："我之后再来拿行李，请让我暂时放在这里一下，这段时间谢谢你的照顾。"便起身离去。

外面下着毛毛细雨。笃藏撑起一把破烂不堪的油纸伞，穿着鞋底已经磨损的木屐，踏着泥泞往新桥的方向走去，却不知道该何去何从。

现在大概是附近官厅的上班时间，路上有许多官员、事务员匆匆走过。他们有的穿着和服与袴，手里提着像是装便当或文件的包袱，有的穿着西服，撑着黑伞。

笃藏穿过拥挤的人群，抵达了新桥车站，走进三等候车室，坐在一张空荡荡的长凳上，开始思索。

好吧，接下来我该怎么办呢？

虽然刚才对辰吉说要回老家，可是回老家真的好吗？

去年春天来到东京，已经一年多了。很久没见老家的父母、哥哥，养父母家的人，还有妻子阿藤了，当然很想念他们。如果现在起身去检票口买一张车票，明天早上应该就能抵达武生，看到大家了吧。

现在应该开始捕捞日野川的香鱼了。如果用盐烤着吃，一定非常鲜美。

想到这里，笃藏真想直接搭上下一班车回老家，但是，回去真的好吗？

当初离开老家的时候，他没有征得任何人的同意。不管是对养父母家，还是对亲生父母家，甚至对自己的妻子都是不告而别。说他是离家出走也行，说他是连夜逃走也行。没有任何人送行，他是独自偷偷地离开的。

当时他以为，自己一定会出人头地，衣锦还乡。

离家至今只过了一年，我出人头地了吗？不，还差得远……

既然如此，就不能回去。

他自问自答之后，决定打消回老家的念头，继续待在东京，咬紧牙关再努力一阵子。

既然决定要待在东京，就必须找到工作才行。最好是找一个能够施展他花了一年时间磨炼的烹饪手艺的地方。

其实最快的方法，就是回去向荒木道歉，和以前一样继续在华族会馆工作。但身为男人的自尊不允许他这么做。就算对方主动说要原谅他，他也不能接受。

而且，现在正好是转换跑道的时机。如果一直待在华族会馆，就只能想办法超越荒木师傅和辰吉，才有出头的机会。换到其他餐厅去磨炼手艺，其实也不坏。

要不要去找英国大使馆的五百木先生商量一下？

五百木先生非常亲切，对笃藏照顾有加，这次的事情也和五百木先生有关，他说不定会替笃藏担心。

但是笃藏不想让五百木先生操这种心。应该等到有更重要的事情时，再去找五百木先生商量。他希望五百木先生当他的老师，教导他烹饪技术，但不想因为这些生活的琐事给对方带来麻烦。

更重要的是，现在必须先找到住的地方才行。虽然他是自己离开华族会馆的，但也不能露宿街头。当务之急是尽快找到住所，把行李搬走。

笃藏决定先去以前哥哥住的宿舍，也就是神田的龙云馆看看。哥哥去年年底回老家之后，身体状况不好，决定继续留在老家静养，但龙云馆的房间应该没有退租。就先去那里，借用哥哥房间里的书桌和棉被吧……

一到龙云馆，一个面熟的女侍从玄关走出来，说："哎呀，真难得。真是好久不见了。"

"请问我可以借住哥哥的房间吗？"

"哎呀，高滨先生的房间已经租出去了。"

"租出去了？"

"他说不知道下次什么时候还会再来东京，要把行李收回去，所以我帮他把行李全寄回老家去了。你不知道吗？"

"这是什么时候的事？"

"不久之前。大概一个星期前吧。毕竟租户本人没有住在这里，只收房租，把房间空下来，对我们来说也很不划算。"

这么说也没错。这种宿舍的经营方式是把房间租给客人，同时提供餐点。如果只出租房间，而没有餐点的收入，就没有办法赚钱了。他们一定是对哥哥说了不少话，央求他别再继续租了。

"我不知道。哥哥没告诉我……我本来是想借住哥哥的房间……请问现在还有别的房间吗？能不能长期租给我？"

反正现在没有地方可以落脚，下一个工作的地方（当然前提是先找到工作才行）万一不能提供住宿，他还是必须自己租房子，就目前来说，龙云馆也是个不错的选择。然而女侍却说："真不巧，我们现在的房间已经全部租出去了。"

那就没办法了。笃藏只好放弃，离开了龙云馆。

幸好早上雨就停了，还露出一点点阳光。路面虽然还满是泥泞，宛如洒了一地红豆汤似的，但至少不用担心淋湿头顶。笃藏避开地上的水滩，一步一步慢慢走向须田町。

笃藏刚到东京的时候，曾在神田住过一阵子，这一带的地理环境他还算熟悉。这里有很多书店和学校，路上全都是学生。

笃藏走在锦町的小巷子里，忽然看见前方一家小小的店铺，屋檐下挂着一块牌子，上面写着"征厨师"。

那是一张长方形的瓦楞纸，两面都写着一样大小的字，瓦楞纸正中间用绳子吊着，在风中不住地旋转。因为两面的字体一样大，看起来就像同一行字。店铺的屋檐下挂着用油漆横写着"西洋料理万岁轩"的广告牌。西洋料理也有很多种,像精养轩那种一次可以准备几百人宴会的一流餐厅是西洋料理,像这种门面只有一两间宽,桌子只有三四张,一次进来十位客人就客满的小店,也是西洋料理。这家店似乎属于后者。与其说是餐厅或料亭,这家店的模样看起来更像餐馆。

但是说到运气好,笃藏能有这么好的运气,也是相当稀奇的。笃藏对师傅动粗,离开华族会馆之后,便失去了住处,原本想投靠的龙云馆也没有空房,就在他担心会不会沦落到在繁华的东京市中心露宿街头的时候,眼前竟然出现了一个"征厨师"的牌子。所谓的厨师,到底需要什么水平的手艺呢?花了一年的时间,只是干洗锅、削马铃薯皮等杂事,被当作跑腿小弟使唤的人,可以自称厨师吗?虽然有点不安,但这个世间还是勇气最重要。怎么切肉、怎么煮汤、炒菜时的火候怎么抓,虽然没有正式学习,但是在一旁看着前辈们做,笃藏多多少少也学会了一些,应该也勉强称得上是厨师吧。于是他鼓起勇气,推开有点难推的玻璃门。

"请问有人在吗?"

笃藏喊道。他一走进来,便扫视店内,发现店里和门口一样破烂,有四张陈旧的桌子,还有四张椅腿高度不同、一坐下去就摇摇晃晃的椅子。被太阳晒得变黄的墙壁上,贴着写有咖喱饭、炸猪排、牛排等菜名和价钱的菜单。

等了一会儿,里面没有回应,他又喊了一声:"请问有人在吗?"

这时,一位身材肥胖,无论是个头还是体型都比平常人大一圈的壮硕男人,掀开角落的门帘走了出来。

5

笃藏说:"请问您是老板吗?我看到门口有征厨师的牌子。"

老板像是在评价笃藏似的，上下打量着他，问道："你想应征厨师吗？"

"是的。"

"你看起来还很年轻，手艺没问题？"

"太难的菜我还不会，但是一般的都还可以……"

"我们这里只要会一般的就行了。你以前在哪里工作？"

"在华族会馆的餐厅。"

老板吓了一跳，说："原来你以前在这么高级的地方。那种地方应该会做很多很难的菜式，但是我们这里不会有客人点那种菜。只要会做咖喱饭、炸猪排和炸虾就行了。"

"我以前也只是个打杂的，太难的菜式我也不会做。"

"好，看来你很诚实。你为什么要离开华族会馆？"

"这个嘛……"笃藏先是支支吾吾，最后下定决心，说，"因为我揍了上司。"

老板笑道："看来你是个爱闹事的人……但你看起来力气不大啊。"

"我很少打人，真的气不过的时候才这样。"

"嗯，这也好。男人啊，偶尔打个架才有活力。但如果对象是我，就另当别论了。"

"不会的，老板看起来人很好……"

"喂、喂，你还不认识我，怎么能轻易这么说？不过像你这种小个子，就算拿着刀来对付我，我也不可能被你制服……"

"别看我这样，我可是很擅长打架的。"

两人这么半开玩笑地聊着聊着，渐渐地对彼此敞开了心扉。老板说："那就请你来我们店里工作看看吧。对了，你叫什么名字？"

"我叫高滨笃藏。我是养子，户籍还在养父母家，但是以后打算回老家，所以还是用老家的姓氏。我的老家在福井县……"

"越前对吧。那里的螃蟹很好吃……"

接着,老板对店里喊了一声:"喂,阿梅,你过来一下。"

"是。"

半晌,掀开门帘走出来一个年约二十五六岁的女人。她把丰盈的头发随意地盘在头上,领口没拉好,裸露的脖颈散发着婀娜的女人味。老板说:"我决定聘这小子来工作。他叫笃藏,你多照顾他。"

笃藏站起来,彬彬有礼地对她鞠躬。女人轻轻点头,说道:"请多指教。对了,你住在哪里?"

笃藏搔着头说:"我离开了原本住的地方,现在没有地方可住。"

阿梅说:"你可以住我们这儿,不过就是有点小。"

"住在这么小的地方也不舒服。我看你就在附近租个房子吧。你可以在我们这儿吃饭,如果有衣服要洗或是要缝补,阿梅,你可以帮忙吧?"

"这点小事我当然可以帮忙,你尽管拿来吧。"

"对了,我还没请问老板尊姓大名呢。"笃藏说。

"我叫森田仙之助。对了,你想从什么时候开始工作?你是不是得回华族会馆一趟,整理行李?"

"我的行李已经打包好了,只要去拿出来就行。更重要的是,现在店里不是要开始忙了吗?"

仙之助看了立钟一眼,说道:"马上就要十一点了。我们店里的客人大部分是这附近的学生,每天十二点左右,会有很多客人上门。我们必须在那之前准备好,如果你能帮忙就太好了。"

听到老板这么说,笃藏才发现,这里距离哥哥以前宿舍所在的三崎町并不远。说不定哥哥在午休的时候,也曾经到这里来吃过饭呢。一想到这儿,他不禁感到怀念。

"那么,老板,我马上开始干活吧。等中午最忙的时间过了,能不能让我出去一下,去找个房子,把行李搬过去,我一定在傍晚开始忙之前赶回来……"

"不用这么着急。"

"不,您都让我在这里工作了,我必须尽快把事情处理好。"

既然要做,就要诚心诚意、尽心尽力地去做,这是笃藏的个性。

万岁轩的店面非常简陋,没有什么装饰,桌椅也都是便宜货,整体来说是一家非常不起眼的店,但优点是价格便宜,学生也可以安心来用餐。

不过,偶尔也会有一些奇怪的客人上门。笃藏在这里工作了大约一个星期后,某天傍晚,一位戴着圆顶礼帽、穿着长大衣的绅士走进店里。也许是中午去参加宴会了,他喝得醉醺醺的,连路都走不稳,腋下紧紧挟着像是从宴会上带回来的礼盒。

绅士坐在椅子上,端详着墙上的菜单,说:"哈哈哈,炸猪排、可乐饼、欧姆蛋、炸虾……没有我想吃的……"

他一边抚摸着八字胡,一边思索,最后对来替他点餐的笃藏说:"怎么,你们会做炸冰淇淋吗?"

"炸冰淇淋是什么?敝店能做的东西,全都写在那边的菜单上了。"

绅士像是吓了一跳,说:"哦,你不知道炸冰淇淋是什么?现在每个老饕都很喜欢这道菜,难道你不知道?"

"是的,非常汗颜,我不知道。"

"你真是一点都不用功。这可是最近华族会馆最受欢迎的料理。"

胡说什么,不知道原本在华族会馆工作的人,就站在你面前吗?笃藏差点想和他吵架,但还是忍了下来。他拍拍自己的胸口,说道:"请问您说的炸冰淇淋是什么样的料理?"

"用日语来说的话,就是冰块天妇罗,哈哈哈……也就是把冰块拿去炸,哈哈哈……"

绅士大笑了一会儿,笃藏说:"哈哈,原来您说的是冰块天妇罗啊。这位大爷,如果您说的是那个,敝店也不是做不出来……"

"哦？你说你们能做？太有趣了。我一定要尝尝看。"

"我知道了。只不过敝店必须准备特殊的材料才能制作，价格会贵一点，请问这样可以吗？"

"价格？不管价格多贵都没关系。我松原五位①怎么会在意价钱？"

笃藏并不清楚所谓的五位是怎样的身份地位，也许在官员当中算比较高的职位。但平常到华族会馆用餐的客人大多是二位或三位，五位其实一点都不稀奇。不但不稀奇，应该说没有职位等级的人才稀奇。他还洋洋得意地说自己是五位，真是可笑。

"那么，我现在就开始帮您做炸冰淇淋，但技术有一些难度，可能需要花上一点时间，请问您能等一下吗？"

"嗯，这种脏兮兮的小店竟然会做炸冰淇淋，真叫人佩服，不管多久我都等，你就好好用心做吧。"

"遵命。"你竟然敢说我们的店脏兮兮！笃藏忿忿地想，不过还是努力压下自己的情绪，走进厨房。

"老板，有个笨蛋要点冰块天妇罗。"

"嗯，我刚才在这里听到了，你答应这种要求，是想怎么样啊？"

"哎哟，不想怎么样。您就等着瞧吧，反正一会儿我会让那个笨蛋刮目相看……我先抽根烟……"

笃藏从口袋里拿出最近才开始吸的卷烟，优哉游哉地吞云吐雾。

可是他始终没有做冰块天妇罗的意思，一直在准备后来的客人点的番茄鸡肉炒饭、炸牛排，就是不做冰块天妇罗。老板担心地问道："喂，让那个点炸冰的客人一直等没事吗？"

"是呀，他自己一副了不起的样子，说不管花多少时间都没关系，叫我们好好地做，所以我让他等个够。"

"这样没事吗？"

---

① 日本官职等级。

"等他不耐烦的时候，我们再送上去就好了。"

"好吧，就听你的。"

戴着圆顶礼帽的客人看起来已经不耐烦了。

"喂，你们花的时间也太久了吧，炸冰淇淋还没做好？"

客人每次一这么喊，笃藏就飞奔而出，说：

"是的，请您再稍等一下。这项餐点必须使用最高超的技术，还要绝对地细心，从准备阶段开始，就得花上很多工夫。我们一定会集所有厨师的力量，每个人都奋起努力……"

"总觉得这句话好像在哪里听过……"

什么在哪里听过，这是日本海大海战时，东乡司令官对舰队下达开战命令时的讲话。

躲在门帘后面听着的老板忍不住笑了出来，

"什么集所有厨师的力量，什么每个人都奋起努力，店里明明只有那家伙和我两个人，他还真会胡扯。"

就在老板和阿梅笑得东倒西歪的时候，笃藏走了进来。

"好了，我们可以开始做了。"

笃藏环视厨房，从客人吃剩的盘子中，找出一块客人没动过的炸牛排，巧妙地用菜刀切开，把面衣里的牛肉挖出来，剩下一个像皮包一样的空面衣。接着，他从冰箱拿出一块大小适中的冰块，用冰凿削成薄片状，再把冰片塞进面衣里，压紧面衣，便大功告成。

客人似乎已经等不及了，喊道："喂，还没好吗？再这么慢，我就要走了。"

"是，马上好……马上好……"

笃藏煞有其事地在冰块天妇罗旁边摆上玉菜（日本最初称高丽菜为"玉菜"。当时高丽菜这个称呼已经渐渐普及，但万岁轩还是称之为玉菜），小心翼翼地送到客人面前。

"让您久等了，您的餐点终于完成了。"

客人拿起叉子，叉进冰块天妇罗，没想到面衣一下便滑到盘子外面去了。客人抬起头来瞪了笃藏一眼，说："你说这个就是炸冰淇淋？"

"是的，没错。"

"这不只是把冰块塞进炸过的面衣里吗？"

"对于不懂的人来说，看起来可能是这样，但这是敝店花了很多苦心，下了很多功夫制作的。"

"骗人！"

"大爷，您为什么说我骗人呢？您没有看到我们制作的过程，怎么能说这种话？"

"你们怎么能把客人当猴子耍。我可是内务省的准参事官近藤为兼。这次就放过你们，以后给我注意一点。"

"谢谢您。那么，麻烦您付钱。"

"多少钱？"

"三十元。"

"你说什么？三十元？那是我一半的月薪！"

"我还以为职等五位的大爷薪水应该更高呢。"

"荒唐！你们端出这种骗人的东西给客人，还要客人付三十元，真是岂有此理！"

"嘿，大爷，您刚才是怎么说的？您不是说'不管价格多贵都没关系'吗？"

"……"

"您到底是说了还是没说？"

"嗯——我好像不是没有说过，但前提是用正当的方法，秉着良心制作炸冰淇淋。我没必要为了这种骗人的东西付钱。"

"那么，请教您一下，所谓用正当的方法制作的炸冰淇淋，是什么样的东西，您知道吗？"

"我怎么知道。"

"您为什么要点连自己都不知道是什么的东西?"

"原谅我吧,我只是开个玩笑。"

"如果您希望得到原谅,那我也没办法。我们也只是抱着开玩笑的心情制作了冰块天妇罗,但还是必须向您收钱。"

"抱歉,我身上没那么多钱。"

"那么,我是不是应该把您送到警察局去?内务省的官员要是被扭送警局,报社记者应该很有兴趣吧……不过,大爷,请您放心,我也只是开个玩笑。请趁着天还没黑……其实现在夜已经深了,请趁着路上还有行人的时候,赶紧回府上去吧。"

新马铃

1

万岁轩的生意非常好。虽然店里装潢简陋，设备也很差，但是和那种装潢得美轮美奂、看起来极为高档的餐厅相比，这种店反而不会让人望而却步，附近许多学生、店员、上班族都常来吃午餐和晚餐。

明治初期，西洋料理一直被视为属于少数特权阶级的东西，一般大众对它不太熟悉，但是随着日本的发展与生活日益西化，西洋料理也逐渐普及，任谁都可以享用。万岁轩是促进西洋料理普及的功臣之一。店内环境脏乱，就是西洋料理已然成为庶民食物的证据。

落语里所谓的"做得出的料理"①种类很少，只有炸猪排、欧姆蛋、炸物、可乐饼、牛排、咖喱饭等几样，没办法做难度太高的菜式。

不过客人其实也只知道这几样西洋料理，想吃更高级的东西的客人会去知名的一流餐厅。先不论原本就是抱着找麻烦的态度点炸冰的客人，一般人都能在"做得出的料理"的范围内吃得心满意足。

提供给庶民的料理，首要的条件是价格必须低廉，不能花太多成本在肉类、鱼类、蔬菜等食材上。一等的食材要价惊人，所以这种店

---

①落语是日本的传统曲艺形式之一，类似于中国的单口相声。语出落语段子《居酒屋》。

通常都使用二等、三等的食材。

食材中，尤以鱼类最重视新鲜程度。同样的鱼，每隔一小时，价钱都有所不同，刚从河里捕上来的最新鲜的鱼，就让高级餐厅去采购，万岁轩会等到稍稍降价的时候再去买。即使是在同一家店购买，有伤的或是大小不一的食材也会比较便宜，而能否买到这种食材，就看厨师的能力了。

厨师的另一项专长，则是看出客人的喜好。小店的常客大多是固定的那些人，记住每个人的喜好并不是什么难事。有的客人身材肥胖，但是食量却很小；有的客人骨瘦如柴，偏偏食量惊人。有的客人总是会剩下一点点，有的客人则像是把盘子舔过一样，吃得干干净净。每一份餐点的分量都差不多，不管客人的食量多小，盛装的分量也不能明显比其他客人少，但些微的调整倒是没问题。

遇到第一次上门、还不知其喜好的客人，仙之助会问："是怎样的客人？"

笃藏从门帘后面偷看，回答："很年轻，一脸坏相。我想一定是从事劳力工作的人。"

"好，我知道了。那就做得辣一点，分量也给得多一点。"

看来从事劳力工作的人，一般都喜欢吃辣，而生活无虞的人，口味通常比较清淡。

同样的肉，也有脂肪比较多、比较软的部分，以及筋比较多、口感较硬、难以咬断的部分。但是硬的肉不一定难吃。只要牙口没问题，在细细咀嚼的过程中，能品尝到肉质较软的肉所没有的美味。日本人之所以抱怨美国的牛排太硬，是因为日本人的体格瘦弱，下颚无力，美国人能轻松嚼碎的肉，日本人却嚼不烂。笔者小时候牙齿还很强健，最喜欢我们家偶尔做的寿喜烧，现在回想起来，当时使用的肉既不是霜降，也不是里脊，而是很硬的普通牛肉，但以为牛肉的口感就是如此，于是很自然地吃下去了。

出于这个原因,把口感较软的肉盛给老人,较硬的肉给年轻人,也是厨师的能力之一。另外,如果遇到态度趾高气昂、讲话嚣张跋扈的陌生客人,也可以故意给他盛全是筋的肉,看着对方和肉苦战的模样,也是厨师的小小乐趣。

只不过这么做,客人有时会提出抱怨,这时要不就是老老实实地道歉,要不就是摆出高姿态。

"大爷,您以为这里是什么店啊?要抱怨这种事,等您去精养轩那种餐厅,吃一块要价一元的牛排时再说吧。在我们这种破烂的小店吃这种只要五钱的烤肉,还抱怨它没有入口即化,是不是不太对呀?"

要采取哪一种态度,必须在一瞬间判断客人的身份、职业、背景(例如是否是警察或暴力组织等)、力气等综合战斗力,并与自己的实力比较之后再决定。

不过,笃藏有时也觉得这样下去不行。他贸然离开华族会馆,在不知该何去何从的时候正好看见了"征厨师"的牌子,才得到这份工作,老板等于是拯救他的神明、衣食父母。然而他在这里做的事情,包括帮客人点餐、给客人结账、在厨房帮忙以及外送等,是不管什么事情都包办的跑腿打杂,完全没有发挥厨师手艺的机会。老板那块"征厨师"的牌子或许写错了,其实应该写"征打杂"才对。

此外,这家店"做得出的料理"种类太少。上门的客人也总是只点咖喱饭、炸猪排、可乐饼、炸虾等,几乎没有人点其他的东西。当然,就算有客人点其他的菜色,也会因为备料不足,做不出来。这样一来,根本无法磨炼自己的厨艺。

这里虽是笃藏好不容易找到的栖身之处,但他也渐渐意识到,待在这里并非长久之计。

老板娘阿梅是个少见的美人。她的皮肤与其说是白皙,倒不如说带一点儿青色,肌肤下透出淡淡的黄色脂肪,看起来湿润细嫩。

她的身材有些太瘦，不够秾纤合度，但当她全身放松，随意地躺着抽长烟管的时候，腰际总是充满奇妙的魅力。

她那细长的双眼清明澄澈，眼皮隐约带点血色，不知道是因为擦了胭脂，还是天生就这样，但只要被那双眼睛凝视着，男人的心就像是被拖到深渊之中。

老板有时和老板娘一起上二楼去，关在房间里不出来。这栋房子的一楼是店面和厨房（虽说是餐馆，规模只相当于一般住家的厨房），二楼则有两间分别是八叠与六叠大的房间，他们夫妇就住在这里。靠内侧那个六叠大小的房间似乎是他们的寝室，而他们每次一进房，至少都要一个小时才出来。

笃藏刚来这里工作时的一天，邻居突然来访，说有急事，笃藏在一楼唤了老板，却没有回应。他爬上半截楼梯，又唤了两三次，依然毫无回应。他知道他们在家，不可能听不见，之所以不回应，可能是表示"我们正在忙，晚点再来"。

之后，只要夫妇俩上了二楼，不管有多么紧急的事情，笃藏都尽量不去叫他们。笃藏也经历过一段短暂的夫妻生活，当然不难想象二楼发生了什么事情。就像看到别的小孩吃糖果而垂涎三尺的孩子一般，笃藏有时也会心跳加速。俗话说"看到别人哭就跟着哭"，那这又算是什么呢？

这种情况反复上演，连打算抛家舍妻的笃藏也忍不住怀念起女人的肌肤，心神飞向大门内的欢乐乡——吉原去了。但是第一次去吉原，敌娼就说她讨厌西洋料理，这件事让他倍感挫折，在心中留下难以抹灭的阴影，因此每到紧要关头，他就裹足不前。

老板仙之助有个美貌出众的妻子，连大白天都会震得橱柜门环叮当作响，但他似乎是那种一菜一汤还嫌不够，非得有二膳、三膳[①]不可

[①]日本料理中第一道正菜称为本膳，之后端上来的菜依次称为二膳、三膳。

的人，有时一出门就两三个晚上不回家。常言道，男人的三大兴趣就是喝酒、赌博、买春，仙之助貌似三种都不讨厌，而且他很有一套，在朋友之间似乎相当吃得开，因此难以收手。

笃藏一开始来到这家店的时候，因为外表破烂不堪，店内的壁纸破损，桌椅也是廉价货，还怀疑这家店是不是根本没营业。然而过了一阵子，他才明白事实并非如此——这家店的客人并不少，真正的原因其实是老板喜好玩乐，把赚来的钱都拿去花在喝酒、赌博和女人身上了。

孟兰盆节过后，很多学校开始放暑假，平常挤满了学生的神田一带，如今变得冷冷清清，万岁轩的工作也变得清闲。老板仙之助正好以此为由经常出门。工作变少，就意味着赚的钱也少了，这种情况下，竟然还一直把钱花在玩乐上，阿梅也忍不住摆脸色。一旦阿梅抱怨，仙之助更不想待在家里，于是更加频繁地外出……两人一直重复着同样的事情。

当老板不在的时候，笃藏就是主厨。不过他这个主厨手下连半个人也没有，要充当伙计去替客人点餐，还得负责外送，忙得恨不能有三头六臂。虽然是暑假期间，没有学生客人，但商店和公司并没有放假，一些上班族常客依然会上门，当然也有新客人上门，没法闲下来。

笃藏忙得不可开交的时候，老板娘也会来厨房帮忙，把咖喱饭要用的洋葱切碎，或是切当炸物配菜的玉菜丝，也算个得力助手。

以身份来说，老板娘应该是主人，笃藏是受雇的员工，应该是老板娘发号施令。但是在厨房里，笃藏才是专家，知道该怎么做，反而是老板娘听笃藏的吩咐做事。对身为主人的老板娘颐指气使，让笃藏心生歉意，但可以支配女性、让对方照自己的意思做事，又有一种出自男性本能的快感，那种又开心、又害羞、颠倒错乱的情绪在笃藏的心中渐渐累积。

阿梅打一开始就对笃藏显示出好感。十八岁这个年纪像是介于小孩和大人之间，笃藏觉得自己是大人，但在年长者眼中，他依然是个孩子。笃藏若是回到老家，形式上仍然有一个妻子，而且虽说生下来就死了，但如果那孩子还活着，就等于他有个虚岁一岁的孩子，那他当然是个不折不扣的大人。不过站在阿梅的立场，他只是一个看见"征厨师"的牌子就闯进来的小孩。因为对方是小孩，所以无须对他抱有对一般男性的那种警戒心或客套。

"哎呀，你的皮肤真好，就像是刚煮熟的新马铃一样。让我摸摸看。"

阿梅一边这么说，一边若无其事地戳他的脸颊。笃藏经常被人夸赞皮肤好，就像新马铃一样，这句话早就成了他的招牌。比起受到贬损，每个人都喜欢被夸奖，不管听见几次，笃藏都很高兴。

老板仙之助不在的时候，两人在厨房里干活时，阿梅的手臂或手肘经常不经意地碰触到笃藏的身体。毕竟是在狭小的厨房里，不停地挥动平底锅或菜刀，很难没有肢体接触，但是笃藏隐约发现，三次里总有一次是明明没必要，但阿梅却碰到了自己。

刚才那个动作，是出自下意识的吗？是不小心碰到的，还是她有什么特别的想法？

笃藏想破头也不得其解，偷偷看看阿梅的表情，她却撇过头去，一副若无其事的样子。

大概是我想得太多了吧。

笃藏这么想着，继续专心工作，阿梅也像是什么都没发生似的，继续做事。

经过了最酷热的盛夏，早晚的风变得凉爽起来的时候，仙之助在外过夜的情况变得更频繁了。家里明明有个这么美丽的妻子，他却醉心于别的女人，这就像是明明住在富士山麓，却想出门旅行，寻找更美丽的风景。不过仙之助这个人，就算是美味的鲷鱼生鱼片，吃了第三次也会厌烦。总之，他是个三分钟热度的人。

这一天，仙之助依然没有回家，笃藏从一早就独自一人忙着店里的活。

阿梅说她今天头痛，在二楼休息，似乎不想起来。到了中午，她还是没有下楼，笃藏便在纸门外问她："您肚子饿不饿？要不要我替您煮点什么吃？"

她也只是回答了一句："不用了。"

等到最忙的午餐时段告一段落，笃藏总算可以放松一下，坐在厨房角落的椅子上抽卷烟。这时楼梯上传来脚步声，原来是阿梅慢慢地下楼来了。她身上胡乱裹着睡觉时穿的浴衣，倒凸显出她的身材曲线，那有点凌乱的头发看起来也美艳动人。

"我好像有点发烧。笃先生，你能帮我看看吗？"

笃藏照着她的话，把手放在她的额头上，但并不是很烫。

"好像没有发烧。"

"是吗？"她抓住笃藏放在额上的手，直视着他的双眼，将他的手拽进自己敞开的衣领中。"摸额头不准。看看这里呢？"

她用另一只手压住笃藏的手，让他的手贴在自己的肌肤上。那触感温暖又柔软。

"这个嘛……这里好像有点烫。"

笃藏的声音卡在喉头。他对女人的身体饥渴已久，全身的血液顿时像沸腾了一般。

豁出去了，他心想。

"那这里呢？"她引着他的手往更深处探去，将他的手夹在腋下。

笃藏说："怎么说呢，总觉得毛毛刺刺的，我感觉不太出来。不过好像真的发烧了……"

"有没有大的体温计……不过，其实有没有发烧都不重要。"

"不重要？"

"对呀，你何必明知故问！真是急死人了。"

阿梅双眼闪闪发光,用勾人的眼神凝视着笃藏。

"那么……"

于是两人便相拥着上了二楼,仿佛两头野兽般缠斗在一起。

2

万岁轩的老板夫妇,是一对有点不同于常人的怪异夫妻。

仙之助有一位美丽的妻子,却把她抛在家里,老是在外面玩乐。可说到他是不是讨厌这位老板娘呢,那倒也未必。

老板娘虽然被丈夫冷落一旁,但知道丈夫在外面玩女人,她似乎既没有吃醋,也没有怨怼,更没有吵着要离婚之类的。非但如此,仙之助离家在外面住了两三晚,回来时,她总是赶紧上去迎接,满脸喜悦地对他又搂又抱。即使是大白天,他们两人也会进入二楼的房间,久久不肯出来。

笃藏在厨房忙进忙出时,也始终对二楼发生的事好奇得不得了。

就在此时,二楼传来老板娘慵懒的声音:"笃藏呀,不好意思,能麻烦你倒杯水给我吗?"

"是。"笃藏答应了一句,便端着装水壶和杯子的托盘上楼去。他不好意思打开拉门,于是把水放在门边,正当他准备下楼时,门内又传出:"没关系,你直接送进来吧。"

笃藏战战兢兢地进了房间。现在明明时值土用①,两人却躲在厚棉被里,只露出两颗脑袋。

虽然从外头看不出棉被里的情形,不过两人满脸通红、满头大汗,当然不是因为天气热的关系。

"辛苦你了,真不好意思。"

---

① 日本节气名,指在立春、立夏、立秋、立冬之前的第18日,此处指夏季立秋前的土用。

笃藏离去时，背后传来这句话。他一边走下阶梯，一边咕哝："可恶！他们到底想干什么？我也不是小孩子了！"

笃藏只觉得他们瞧不起自己。一般人光是两人在一起的模样被人看到，都会觉得害羞，可是他们两人躲在棉被里，而且对方都主动闪避了，他们却叫人进去，这究竟是怎么一回事？

说不定他们是故意想在笃藏面前炫耀。听说有些人认为光是两人玩乐还不够，一定要让别人看见，才能得到两倍、三倍的乐趣。他们夫妻或许就是这种人吧……

笃藏一想到这里，就觉得心里堵得慌，想狠狠地揍阿梅一顿。"你明明和我做出了那种事，现在却如此行事，到底在想什么？"笃藏很想这样痛骂她。

之后有一天，老板仙之助再次外出不归。老板娘突然对笃藏格外好，不断讨他开心。

笃藏还对日前那件事耿耿于怀，心想再也不理老板娘了，但一看见眼前令人陶醉的笑容，听到"笃藏，我好像有点发烧"，便忍不住嘻嘻地笑起来，脱口而出："你需要体温计，是吗？"

可是他心里却想着：你这个坏女人！原来不管对象是谁都可以，根本不是非谁不可，真是太过分了！原来我只不过是老板不在时的替代品，你的玩物！

笃藏心里虽然这么想，但是在她媚眼的袭击之下，他的节操和骨气全然消失无踪，像是喝醉了一般，完全失去了抵抗能力。

时序进入九月。白天依旧很炎热，但早晚的风已经开始有了凉意，舒爽怡人。

常接触食物的人，最明显感受到季节变化的地方，就是食材不容易腐坏了。无论是鱼类还是蔬菜，在夏天不管多么注意，只要放一晚，就会变得软烂，无法再用。但过了盂兰盆节之后，即使白天照旧酷热，到了晚上空气也会变得凉爽，食材也不易腐坏。这种时候最能提醒人们，食材原本都是活生生的东西。

鱼类和蔬菜除了不易腐坏之外，到了秋天还会更美味。一方面是因为在夏季，人体蓄积了许多燥热，所以不喜欢吃太油腻或味道较重的东西，另一方面，夏季的鱼类和蔬菜，滋味本就比较平淡。到了秋天，食材会变得美味，人的味觉也变得更加敏锐。

肉类不太受季节变换的影响，那应该是因为猪、牛、羊等动物的体型够大，肉质由强韧的纤维复杂地组合而成，不容易受到外界温度的影响。但是味觉极为敏锐的人或许也能品尝出肉类在不同季节的不同滋味。

万岁轩是一家大众餐馆，客人不太挑剔食材的质量和新鲜程度。他们平时使用的蔬菜，也只有搭配炸猪排的玉菜，加在咖喱饭里的马铃薯、胡萝卜和洋葱，因此不太在意季节的变化。

如果要说有什么问题，那大概就是价格。夏天，蔬菜的产量少，相同分量的蔬菜在夏季更贵一些，这也会反映在成本上。

新学期开始，学生们便陆续从老家返校，万岁轩的生意也逐渐变好。笃藏还是新员工，对他来说，这些客人都是生面孔，但是对老板仙之助而言，他们都是好久没来的熟客。

常客们也几乎都彼此相识，隔了这么久再次见面，都聊得很起劲。吃完了午餐，下午没课的学生就继续坐在店里，用陈旧的棋盘下将棋，或是针对政治和国际问题展开议论。

当时众人讨论最热烈的，当然是眼前日俄签订《朴茨茅斯和约》的问题。

当时的外务大臣小村寿太郎担任全权代表出发的时候，有人以为他能带回庞大的赔偿金和割让领土，最后他带回来的是割让库页岛南部。对于这些血气方刚的学生们来说，没有比这更令人气愤的事情了。

"这是怎么回事！那么多年轻人流着鲜血，忍耐着沉重的课税，在战场上打仗，可是最后的代价竟然只有半个库页岛！库页岛天寒地冻，又不能种植稻米和蔬菜，小村那个家伙竟然只带着这点赔偿回来了，他究竟是不是日本人！"

一名学生拍着桌子，愤慨地说。另一名学生说："就是嘛，就算他的国籍是日本，他也一定失去了日本人的精神。听说他驻外多年，看来在那段时间沾染了外国的习气，忘记了身为日本人的荣耀，所以说外交官真的很危险。"

"等一下……"

另一个学生提出反驳。他梳着整齐的三七分，还用发油固定住头发，是个美男子。

"我的志愿也是当外交官，要是大家认为外交官都是那个样子，可就伤脑筋了。虽然有些外交官是那样，但并不是每一个外交官都崇洋媚外。由于工作关系，外交官必须学习社交技巧，避免让对方感到不愉快，同时也要注意自己的穿着打扮和言行举止，但应该不至于忘记国家利益。"

"你说什么？让对方感到不愉快？就算让对方不愉快又怎样？"

另一个学生对他怒目而视，卷起袖子，露出毛茸茸的手臂，用猛牛怒吼般的声音说。他是个蓬头垢面的粗鲁书生，可能连他自己都不记得上次什么时候剪过头发、什么时候洗过澡。

"为什么日本人总是要担心让西洋人感到不愉快？难道他们就没让我们感到不愉快吗？自从黑船入港以来，他们对日本的所作所为，难道就不是令人不快？不，这不是愉不愉快的问题。他们根本是把我们逼到绝境，想置我们于死地。你忘记了问题的根源，只讨论带给对方的感受、让对方愉快不愉快什么的，真是岂有此理。"

他大声说着，同时用憎恶的眼神，狠狠地瞪着对方宛如蜻蜓眼睛般油亮的头发。他那气愤的态度，就仿佛有人指桑骂槐地说他那种蓬头垢面的东洋豪杰风格，会让人感到不愉快似的。

"好了，好了，你们先等等……"

第四个人插嘴说道。这是一位看起来思虑周详、相当稳重的男子。

"两位的议论已经偏离问题的核心了。外交官是否忘记日本人的精神，并不是我们可以随意讨论的。俗话说入乡随俗嘛，如果只是因为他们在外国生活过，习惯把自己打扮得整整齐齐，就说他们失去了男子汉应有的坚毅精神，那么外交官也很难做人。据我所知，小村寿太郎这个人是现代少有的风骨之士，不是那种会屈服于外国人淫威的懦弱之人……"

"既然如此，那他为什么要接受那样的条件？"第一个人不服气地说。

"这个嘛……我想背后一定有什么无法三言两语说清楚的原委。两国的实力确实有差距，围绕着我国的各国势力之间，也有微妙的平衡……"

"可是，事实上不是已经战胜了吗？俄军已经被打败，波罗的海舰队也变成了海里面的残屑，还有更清楚的事实吗？为什么站在这个事实的基础上，却不坚持贯彻我方的要求？"

"请容我也说句话。"

一直站在旁边听的笃藏开了口。最忙乱的午休时间已经过去，现在手边刚好没有工作，所以他来到厨房外面听大家谈话。

"各位虽然为日本战胜感到骄傲，但是各位知道日本是怎么赢的吗？你们说我军把俄军击退，但其实只是让他们把战线往后撤，他们正利用西伯利亚铁路陆陆续续将强大的援军送过来。然而日本的武器和弹药都即将用罄，就算想补给，也没有余力，军人们也都精疲力竭。倘若得到充分补给的俄军在这时开始反击，那么我军根本无力招架，这就是我认为的真实情况，请问各位是否想过这些？就算国民和军队的斗志高昂得直冲天际，但事实上日本的精力已经消耗殆尽，没有余力重新振作。现在只有少数政治家知道这件事，但他们不能告诉国民，这是他们的难处，不是吗？如果让国民知道真相，就等于让交涉的对象俄罗斯也知道真相，这样一来，底牌一下子就被看穿了。我国的发言虽然强硬，但对方一定也隐约察觉到了这一点，所以说什么都不肯妥协。我想这就是小村代表的为难之处……"

他一口气说完，在场没有任何人反驳。因为他所说的话，其实每个人或多或少都在心里想过，只是日本人有独特的习性——倘若不在人前发表一些听起来仿佛很勇敢的言论，就会遭到别人的轻蔑，所以谁也不愿意说出口。

东洋豪杰一脸不悦地说："我以前没看到过你，你是哪位？"

"我是不久前才来这家店工作的厨师。"

"厨师？既然你是厨师，就应该收敛一点吧？区区一介厨师，没有资格谈论国家大事！"

笃藏压低了声音说："厨师就不能针对国政发表意见吗？"

"那还用说。"

"那么我想请问您，在这次的战争中，是否规定区区一介厨师不得从军？"

"我没听过这种事。"

"那么，就算是厨师，只要是日本国民，就可以从军吧？"

"那还用说。"豪杰变得脸色铁青。

"那么我再请教您一件事，我国允许厨师战死吗？"

"这不是允许不允许的问题吧。"

"您说的或许没错。既然要上战场，就算没有得到任何许可，子弹也会自己飞过来。可是这么一来，厨师未免也太可怜了吧。身为国民的一分子，当然可以上战场，就算中弹战死也不足为惜。可是对国政发表评论时，你却要厨师收敛一点，这岂不是剥夺了厨师表达的机会吗？天皇陛下在五条御誓文①中训示我们要上下团结一心，要是抱着这种态度，国民要怎么团结一心？"

豪杰的嘴唇不停颤抖，沉默了半晌，突然双手撑住桌面，低下头，说："请原谅我！是我错了。就算是厨师，也是国民的一分子，就有资格议论国政，不必顾虑任何人。我没有想到这一点，是我的错，向你道歉。"

他再次深深鞠躬。

第二天早上，老板对笃藏说："我不知道你说的话对不对，可是我们店里不能再雇用让客人鞠躬道歉的员工了，你赶快走吧。"

3

笃藏突然很想回老家。

自从去年四月不告而别，来到东京之后，已经一年半了。他很想回去看看父母和兄弟姊妹，也想看看阿藤。

他原本下定决心，在出人头地之前绝不回老家，但是想出人头地，很可能要花上五年、十年。凭着意志力坚持信念固然很了不起，但是在文明已然开化的今日，这或许是无谓的坚持。

以前因为交通不便，江户和越前之间的往来非常麻烦，不过现在只要搭上火车，睡上一晚，便能抵达目的地。

有工作在身的时候，连过年也没有时间回老家，但是被万岁轩开除后，就不用顾虑任何人，喜欢什么时候回家就什么时候回家，也不必非得在几天内赶回东京。一想到现在马上能动身，明天就能见到父母和手足，笃藏便迫不及待地从新桥车站搭上了火车。

第二天早上，他在米原换车，经过一条长长的隧道，便抵达了福

---

① 明治天皇于1868年4月6日发表的誓文，拉开了明治维新的序幕。

井县。他心急地数着还要几站才能到武生。

好不容易到站了，一走出车站，笃藏不禁怀疑自己的眼睛。这真的是我直到去年一直居住的地方吗？街市又小又窄，路上行人稀少，一片荒凉景象。不知不觉之中，笃藏已经习惯了东京的繁华，开始以东京为标准来看所有的事物。

他坐上一辆停在广场上的人力车，前往国高村的父亲家。笃藏在法律上还是坂口喜兵卫（松前屋）的养子，照理他应该先回坂口家才对，但是自从去年离家出走后，实质上几乎等于和坂口家断绝了关系，要是现在突然回去，甚至可能会被误以为是想去分家产的，所以他故意过门不入，直接回自己的老家。

日野川也比记忆中的要小。虽然在东京并不经常看见大河，但他总觉得故乡的河看起来很小，或许是因为他衡量所有东西的标准都变大了。

父母和兄弟姊妹们一如往常地住在那座被陈旧的长屋门和白色墙壁围绕的宅邸中。这仿佛在诉说，一年半的岁月并不会给人的境遇带来什么剧烈的变化。

哥哥周太郎住在一间八叠大的独立房间里。屋里的垫被几乎从没收起来过，从他大多数时间都躺在那里读书看来，他的病情似乎并不乐观。大家没有对他明说，他患的其实是结核病。他必须一个人单独生活在那个房间里，也是因为医生交代，避免传染给年幼弟妹的缘故。他其实也隐约察觉了，甚至主动避免和家人接触。

周太郎的房间与主屋之间，有一条短廊相接。当时农村的大户人家几乎都有这种独立于主屋之外的房间，让远道而来的客人住，或是照顾家中的病人。由于鲜少有人造访农村，就算经营旅馆也赚不了钱，没有人投资这门生意。然而这么一来，从外地远道而来的客人便无处可住，所以常有客人造访的人家，通常都会在家里预备出可供住宿的客房。

有不少画家和书法家，特地冲着这种独立的房间来到农村旅行。他们会在这里住上半个月、一个月，应村民的要求挥毫作画，创作装饰壁龛用的挂轴，或是在纸门上作画。住宿费大多以他们的作品来抵。等到满足了全村的需求，没有人再请他们创作的时候，他们就前往下一个村子。

这种书画家有的赫赫有名，有的默默无闻，也有人在住宿时还一文不名，日后却逐渐成名，被誉为一代巨匠，于是原本被当作鬼画符的垃圾立刻升格为国宝级的杰作，成为那户人家的宝物。这样的宝物，等于是用家里现成的鱼肉、蔬菜做的一日三餐，以及晚餐附的一瓶酒买来的，因此这种独立房间的作用其实也不小。

话说回来，这种云游四海的艺术家当然也有好坏之分，并不是每个人都能绘制出国宝级的杰作，大部分的作品最终只会变成垃圾。

高滨家的独立房间现在用作周太郎的病房。一见到笃藏，周太郎便放下手边正在读的杂志，从被窝里起身，满脸挂着思念，说："嘿，你回来啦。"

可是他的脸颊比以前更加消瘦，肩膀更尖，胸膛也变得更单薄，看起来弱不禁风，足见他的病情实在不乐观。这种病人，通常只有精神丝毫不减。

"怎么样，你应该已经学到不少东西了吧？"他的声音像以前一样充满活力。

"是。其实……"

哥哥兴致盎然地听笃藏诉说他到华族会馆之后发生的事情，但听到他揍了荒木主管便离开了那里的故事，问道："那你是怎么向桐冢老师报告这些事的？"

"我还没有告诉老师。"

哥哥说："'还没'的意思是，你日后会向他报告？"

"我还没想到那么多。"

"'还没想到那么多'是说,你并没有打算告诉老师?"

"……"

"可以这么解释吧?"

哥哥似乎正努力地压抑自己的愤怒。面对哥哥的质问,笃藏只好说:"是的,我没注意到这一点。"

"怎么会没注意到……如果是小孩子玩游戏,没注意到就算了,可是在成人社会中,这样非常不妥,你觉得呢?"

"你说的没错,是我的疏忽。"

"你之所以能进入华族会馆工作,是因为桐冢老师的介绍。也就是说,是老师拜托对方好好照顾你的。如果你在那里遇到了什么不愉快的事情,应该先去拜托老师,'因为发生了这些事情,我可能无法继续做下去了,希望您准许我离职',这样的次序才正确,不是吗?"

"是……"

"如果老师认同你,可能会说'好,没关系,你就辞去那里的工作吧',搞不好还会帮你介绍别的工作。他也可能去找会馆的负责人谈一谈,把你调到一个好做事的地方。无论如何,你都应该先告诉老师,请老师指点你该怎么处理,才是正确的做法吧?"

"你说的一点都没错。"

"顺带提一句,我也希望你能和我商量一下。因为你是我的弟弟,老师介绍你去华族会馆。换言之,因为有我的保证,老师才愿意关照你。你没有得到老师的同意就辞职,就等于把我对老师的保证也踩在脚下,你懂吗?"

"是……"

"兄弟是一种特殊的关系,不用像陌生人一样,斤斤计较你欠我多少、我欠你多少,或是大呼小叫地强调什么权利和义务。只要是为了你好,我可以让你踩在脚下,当作踏板利用,甚至为了你损失名誉。可那是在万不得已的情况下,如果只是因为你太无知或疏忽,我当然会觉得不舒服。"

"是。"

"另外,这还关系到你的未来。今天失去信用的人是我,还没什么,假如以后你不管到哪里都是这副样子,满不在乎地接受别人的介绍和保证,只要自己一不高兴,就把别人的好意踩在脚下,到最后没有人会愿意帮你的。"

"我知道了。我向哥哥道歉。那么,我应该怎么跟老师说才好?"

"我觉得你应该亲自登门拜访老师,真心地向老师道歉,形式倒不重要。最重要的是让他感受到你的诚意。你也曾经在禅寺待过一段日子,不可能不知道,禅寺的教诲是即使一饭之恩,也必须谨记在心。就算是人人讨厌的地痞流氓,也会坚守着谨记一饭之恩的仁义,我们当然更不该轻易践踏别人的恩情。"

说完这番话,周太郎便像用尽了全身的力气,无力地倒在床上,闭起眼睛,气喘吁吁。笃藏看着他,不禁心想,哥哥可能撑不了多久了。

隔了这么久才回到老家,笃藏想见的人有好几个。

一个是靖江连队的田边军曹。笃藏走上厨师这条路,全是因为他的指引,说他是决定笃藏人生的重要人物也不为过。田边军曹第一次请笃藏吃的炸猪排、欧姆蛋、蜗牛的美味,直到现在都鲜明地留在记忆里。笃藏在华族会馆帮忙制作了许多高级料理,也品尝过这些料理的味道,却再也没尝到过在田边军曹那里吃的那种仿佛能让身心融化的美味。

回到老家的第二天,笃藏便前往连队,在大门口的接待处说想找田边军曹,但是守门的上等兵却板着一张脸,不客气地说:"田边军曹?将校集会所里没有这个人。"

"不可能。去年春天之前,我几乎每天都来这里见他。"

"去年的事我不知道,我只知道现在将校集会所里没有这个人,名单上也没有他的名字。"

"那么，请让我随便见一位认识田边先生的人好吗？我想问问是否有人知道田边先生现在在哪里。"

没想到上等兵比外表看起来要亲切，"那我去帮你问问，你在这里等一下。"然后便进去了。过了一会儿，他出来说：

"据说田边军曹在这次的战争中上了战场，在旅顺一役中战死，因功晋升为曹长，并获颁金鸥勋章。每个认识他的人都说失去了一个好伙伴。非常惋惜。"

"原来是这样，谢谢你。"

笃藏只能落寞地离去。

另一个想见的人，则是妻子阿藤。去年八月最热的时候，阿藤去东京找他，和他在新桥的旅社共度一夜。那是两人最后一次见面。

笃藏后来得知当时她肚子里怀的孩子生下来就死了，他虽然为此落下了眼泪，但不能否认，他同时也松了一口气，感谢孩子的死去。假如孩子还活着，他就不可能不闻不问。而且孩子就像一条线，联系着他与已下定决心断绝关系的坂口家，种下一颗日后可能会招来麻烦的种子。

不过，虽然缘分短浅，但曾经做过夫妻的阿藤，他当然不可能不思念，也不可能不心疼。倘若笃藏说，在得知坂口家可能有后代，血脉不会断绝之后，他们夫妻很清楚自己的存在会变得碍事，他才主动抽身，那么他的所作所为就变得合理，甚至成为一桩美谈的主角。可他内心真正的想法，其实是不想埋没在这个荒凉的乡下地方，他想去繁华的都市大展雄才，施展男人的野心。换言之，也就是利己主义。阿藤只是笃藏达成这个愿望的牺牲品，站在他的立场，只能觉得她很可怜，怜悯她，心疼她。但正因如此，假如他贸然前去找阿藤，两人很可能会旧情复燃，所以他虽然想见阿藤，却不敢见她。

不过，笃藏终于不必为这件事担心了。回家两三天后的晚上，吃完晚餐之后，笃藏和母亲两个人边喝茶，边聊着以前和未来的事情。

母亲说:"对了,听说有人向阿藤小姐提亲了。"

她像是不经意地脱口而出,但说不定一直在等待适当的时机提起这件事。"哎,这世上真是什么怪事都有。有丈夫的人,竟然还有人提亲……"

这番话也可以当作在开玩笑,但笃藏却正襟危坐,一脸严肃。

"听说是因为这个丈夫一点都没办法依靠,她才下定决心换一个人。不知道她是不是很担心丈夫突然出现,对这件事表示不满。"

"妈妈,你说的这些只是谣传,还是对方要你这样说的?"

"这个嘛……怎么说呢?"

笃藏说:"妈妈,你不用担心。只要一切都能圆满解决,我就心满意足了。我不讨厌阿藤,但暂时还想自己一个人闯一闯,还是没有妻子的好。本来就是我抛下她,独自离家出走的,就算别人向她提亲,我也不会吃醋。请转告她,请她不用在意,想去哪里就去哪里吧。"

"这样一来,我也放心了。"

"那我也了无牵挂。连队的田边先生也死了,武生已经没有任何东西让我留恋……不,还是有的。日野川的香鱼现在应该是最好吃的时候。等我吃够了,就回东京去,照哥哥所说的去向桐冢老师道歉,再继续钻研西洋料理。"

4

才回老家四五天,笃藏就开始觉得无聊。

他本想见上一面的田边军曹,据说已经战死,阿藤似乎也有人提亲。他也曾想过去找阿藤告别,但又觉得装作什么都不知道,对双方都好。

笃藏回老家不久之后,东京发生了一次严重的骚动。

对《朴茨茅斯和约》不满的民众九月五日在日比谷公园集结,召开了反对条约的国民大会，大会结束后，群众便走上街头，最后发展成暴动。在领头人的煽动下，群众涌向被认为支持政府的国民新闻社，不断扔石头进行破坏，甚至还闯进报社内，打翻铅字盒，破坏印刷机。

群众又分散至东京市区各处，烧毁和破坏派出所，焚烧市内电车，袭击内务大臣官邸，捣毁大门和玻璃窗。

从第二天开始，全国的报纸便大幅报导这场暴动。当时在武生的笃藏读着报纸，不禁想起当初在万岁轩批评政府软弱，最后却被自己驳倒的那个东洋豪杰式的书生，暴动时不知道在做些什么。他是不是也对这项和约充满愤怒，和那些群众一起高声抗议，烧毁派出所呢？

读着这些报道，笃藏不由得想回东京。东京这个地方虽然总是动荡不安，但毕竟代表着"现代"。

在那里，经常发生许多"事件"，出现许多"问题"。在那里，人们过着激昂的生活，有着激昂的行动。

那里充满了危险，只要稍稍踩空一步，就有可能跌落万丈深渊，但至少不会无聊，就算燃烧年轻的生命也在所不惜。

笃藏想再去东京一趟，碰碰运气。

首先，他必须遵从哥哥的建议，去向桐冢老师道歉。他买了在秋季为了产卵沿着日野川游下来的香鱼，装在箱子里，并放进大量冰块，这样就算坐一整晚火车，冰块也不会融化。除此之外，他什么行李都没带，就跳上了开往东京的火车。

第二天早上抵达新桥车站后，他马上搭乘人力车，前往赤坂的桐冢律师家。

桐冢律师正好在家，在客厅接待了他。看见一直滴着水的箱子，桐冢笑得合不拢嘴，说："这么一大箱，一定很沉吧？"

"不，这里面大部分都是冰块，在路上慢慢融化，已经变轻了。"

"哎呀，真是辛苦你了。能够吃到日野川新鲜的香鱼，真像做梦一样。"

可能是香鱼派上了用场，桐冢律师对笃藏擅自辞掉华族会馆工作的事并不特别在意。事实上，笃藏还是一个称不上独当一面的见习厨师，这件事又有一半是对方的责任，就算他辞职，也不至于给介绍人造成太大的麻烦。即使如此，笃藏在辞职之后，连一封信都没有寄来，也没有打个招呼，桐冢可能也曾不满地抱怨"现在的年轻人真是不懂事"。不过，虽然笃藏来迟了一些，却带着礼物亲自登门道歉，他也没有理由生气，反而觉得把他介绍到那种环境不好的地方工作是自己的疏失。

"没有必要勉强自己在一个不喜欢的地方工作。对了，你说神田的餐厅也把你解雇了，那你接下来有什么打算？"

"我还没想清楚，但打算先到处找有没有工作。我知道再次拜托您实在不合情理，但如果知道哪里还有适合我的工作，能不能再请您为我介绍？"

"嗯，我会考虑的。"

桐冢律师这么说，但他毕竟不是专门的职业中介，不可能常有餐厅请他介绍厨师，靠他找到工作的几率并不大。

笃藏接着又去拜访了英国大使馆的五百木竹四郎。五百木一见到笃藏，便问道："哟，好久没看到你了，发生什么事了？"

笃藏离开华族会馆之后，就没有来找过他。

"我已经辞掉华族会馆的工作了。"

听笃藏说完事情的经过，竹四郎说："也就是说，那个叫荒木的人讨厌你，是因为你擅自离开工作岗位，跑到我这里来啰？"

"我觉得并不仅仅是这样……我这个人天生个性就很强，喜欢出风头，做事不考虑后果，所以有些人会觉得我很碍眼。"

"嗯，待人处世不够圆融，的确容易树敌。"

"其实，我后来又被另外一间餐厅开除了。"

"你说什么?"

笃藏说出了他在万岁轩工作,后来又被开除的始末,竹四郎捧腹大笑:"没想到你没来找我的这段时间,居然经历了这么多惊涛骇浪。而且那个老板娘那么漂亮,被赶走还真可惜。"

"是,我也觉得有点可惜,但那对我来说并不好。"

"你说的没错。在学习的阶段,还是低调点比较好。"

笃藏像是难以启齿似的,忸忸怩怩地说:"请问师傅,能让我在您这里工作吗?"

"其实我刚才也在想这件事。如果时机好,当然没问题。可我觉得还是别在这里工作比较好。"

"为什么?"

"如果你在这里工作,大概很快又有人去华族会馆告状。这么一来,那里的主管——你说他叫什么名字来着?荒木吗?这个叫荒木的人一定会觉得不舒服。厨师之间也要讲仁义道德,在一个地方犯了错的人,一般而言,别的地方也会避免雇用他。在料理界,这种网络已经遍布全国,一旦'不要雇用某人'的消息传出,不管这个人到什么地方,都没有人愿意雇用他。就像以前的武士,只要在一个藩成为浪人,就没法再到别的藩去了,这也是一样的道理。和日本料理相比,西洋料理的历史还不长,所以没有那么严格,可我们离得实在太近了。要是你正式来我这里工作,对方一定马上就知道了。我不知道对方会不会来找我抱怨,但是敢保证他一定不是滋味。在自己这里因为动手打人被轰出去的人,怎么会有附近的餐厅愿意雇用他,像是在给人难堪一样?假如这件事变成了一个疙瘩,造成我们双方日后的不愉快或尴尬,那就不好了。"

"那么,不管我到哪里去,都没有人会雇我当厨师了?"

"不,应该没有这么严重。我们这一行有很多人喜欢动粗,打人踹人都不是什么稀奇事。一两年之后,大家就会逐渐淡忘,慢慢就没有人在意了。只是想现在马上找到工作,可能比较困难。另外,也要看对方的态度如何,假如你正大光明地在问题的源头——也就是我这里工作,像是完全不把对方放在眼里,这样就没意思了。我看你暂时偷偷躲在一个没人认识的地方,等到风头过了之后再出来吧。"

"我知道了。"

"好吧,你就暂时在住处休息一阵子。之后如果有什么变化,我会告诉你的。"

"麻烦您了。不过,整天在那里发呆,无所事事,也不是办法。请问我无聊的时候,能不能来您这里帮忙?"

"真是受不了……要是你大剌剌地经常来这里,就像我刚才说的,被对方知道可就伤脑筋了。不过如果能避开别人的耳目,偶尔来帮忙倒没关系。"

"我会尽量注意的。"

笃藏在离开华族会馆,找到万岁轩的工作时,租了一间房子。他就住在这里,有时去英国大使馆帮五百木竹四郎的忙,或是去附近品尝美食,度过了一段悠闲的日子。

到了深秋的一天,笃藏来到英国大使馆时,五百木先生对他说:"就知道你大概今天会来,我等你很久了。有个工作要介绍给你,你要不要去试试?"

"好的,请问是哪里呢?"

"精养轩。"

"哇,真是太感谢了。这份工作我求之不得,但华族会馆那边没事吗?"

"已经过去这么久了,我想对方应该也忘了。要是对方还耿耿于怀,出来说三道四的话,反而显得愚蠢。人类天生就有遗忘的能力,这个世界就是靠着适度地发挥这个能力,才能顺利运行下去。所以,你就放心去精养轩吧。"

前文讲到过,精养轩是在明治三年,由岩仓具视的家臣北村重威创立的。起初的目的是给日本的西洋人提供一个吃饭或举办宴会的场所,在政府高官的支持下,它几乎像国家机关一样运营,是公认的日本最高级的餐厅。

有关精养轩,在服部抚松的《东京新繁昌记》里有以下记载(这些文字对读者而言可能有些难以理解,但改写成简单易懂的现代文,便会丧失原文的妙趣,因此保留原文不变):

精养轩往年起一巨阁于筑地入船坊,楼层巍峨,器物整齐,最为其巨擘。

楼设数巨室,室中央安一大食几,盖以白绫布。

几心亦置一大花瓶,插百花而四时贮春。其四围星列数脚瓷瓶,或盛清泉,或储香液,或凝盐,或冰糖,任客尽尝。

客围一食几,而凭胡床。厨奴(指服务生)忽来,供白磁盘与高脚杯,又列三尖箸(叉子)与小片匙(汤匙),而菜刀附之。

席定则先出面包,自面包出肉汁,自肉汁出油羹,次烧脔,次烹鱼,随食随出,不遑搁箸。

其残物与新送物换而忽撤之,不似日本宴席陈列百味之混杂也。

食啜亦异其法,啖肉者,左手持箸,右手把刀,以刀切肉,以箸刺而啖之。

吸汁者,啄唇及碟缘而啜之,不曾用手。此乃洋宴之概况。

以上是其他西餐厅也适用的一般用餐方法,而关于精养轩,还有以下的叙述:

凡来此者,皆并吞世界之才子,而我固以酒食为蛮物,不敢食之。腹全蓄洋肠，头既贮洋脑，自衣服饮食至言语应对，无一不洋者。

故自异其风。捻拿破仑须而喋喋谈君主擅制之非者，民权家也。嗅彼得尔（彼得大帝）之目而呶呶话立君独裁之利者，压制家也。鼓密尔氏（弥尔）之伪舌而论者，经济家也。拾弗兰格林（富兰克林）之牙慧而说者，穷理家也。

如上所述，精养轩这样的地方，可谓明治与大正时期日本的贵族绅士、代表性学者与政客云集的社交场所。

正因如此，这家餐厅的价格也相当昂贵。单人份的餐点，有三元、五元、十元三个等级。要是没花到十元以上的价钱，便吃不到从前菜到甜点的完整套餐。笃藏一开始在华族会馆当见习生的时候，一个月的薪水是一元五十钱，由此可知，当时在精养轩用餐的绅士淑女是多么高贵的特权阶级。

事实上，不仅是精养轩，当时餐厅服务的对象都不限于来店里用餐的客人。餐厅经常前往皇室、贵族、政治家、实业家的私人宅邸举办的宴会、招待会及餐会，提供外烩服务，因此靠外烩获得的收益也不少。

明治九年初春，内务卿大久保利通把精养轩的创立者北村重威找来，说：

"我想把上野山打造成一座公园，而这里只允许开一间西洋餐厅，就交给你吧。这座公园大概会在樱花开的时候举行开园仪式，你赶快着手规划。"

然而北村表示，光是经营筑地的一家精养轩，就已非常辛苦，实在无力再多经营一家餐厅，因此加以推辞，却没有获准。

岩仓具视苦口婆心地规劝良久，北村难以拒绝，只好心不甘情不愿地接受。这就是上野精养轩的由来。不过这家分店开业后，不但经营得有声有色，在甲午战争之后，造访日本的外国人激增，因此精养轩成为日本酒店和餐厅界举足轻重的角色。筑地的总店以经营酒店为主，餐厅只是附属品；上野分店则以餐厅为主，并没有兼营酒店。但由于地理位置的关系，上野的客人大部分是美术家、律师、医师等，而筑地的客人以官员与实业家为主。笃藏要去工作的地方就是这里。（出自池田文痴庵的著作《日本洋果子史》）

5

到了明治时代末期，日本人也逐渐习惯了西洋料理的口味，东京各处的西餐厅也越来越多。当时知名的餐厅有筑地的精养轩、三田的东洋轩、丸之内的中央亭、富士见轩、宝亭等。其中又以精养轩最为高级，无论是规格还是规模皆属一流。

高滨笃藏曾在华族会馆工作过一段时间，因此有幸进入精养轩工作。乍看之下似乎是得到了好处，但他的身份却回到了洗碗的见习生。虽然他在华族会馆已经有一年多的经验，甚至还升迁到蔬菜部门，但是这些经历一点用都没有。有无数人在地方上的酒店学习过一两年，或是在其他餐厅工作过，如果要考虑每个人的经历，次序就会错乱，所以每个人都必须从见习生开始重新来过。这就像在一家理发店排队时，因为等得太久而离开，到了另一家理发店，如果排队的人还是很多，也得从最后开始重排。

在这里，大家都管见习生叫"培忒公"。"培忒"源自法文的"petit"，意思是"小"，也就是小鬼头的意思。

一般来说，培忒公大多是刚从小学毕业就来当见习生的人，在笃藏的眼中，他们真的是小鬼头。已经是半个大人的笃藏混在他们当中，一直被"培忒公"、"培忒公"地叫，工作也只是洗碗或替师兄们跑腿，心里很不是滋味。但笃藏一直告诉自己，这一切都是为了学习。

这里的主厨叫西尾益吉。精养轩是大家公认日本第一的餐厅，主厨自然是日本第一的厨师。不管到哪里，西尾益吉都会受到日本第一厨师的待遇。

西尾也很习惯这样的待遇，他既不谦虚也不低调，总是坦然地以符合身份地位、威风八面的态度待人。有些人认为他是在卖弄才学、太过傲慢而厌恶他，但他却说：

"料理是一门艺术，最棒的厨师也就是最棒的艺术家，所以我们要为自己的才能和技术感到骄傲，努力让平时的一举一动富有品格，以符合我们的身份地位。"

一般的厨师都习惯称呼主厨为师傅，但是西尾不喜欢别人这么叫他，必须称呼他主厨，才会开心。

西尾益吉曾在法国学过料理，这在当时是极为罕见的。日本的西洋料理起初固然是向西洋人学来的，但就像前面提到的，大部分的厨师一开始都在长崎、神户、横滨等地的外国领事馆、大使馆、洋行的外国厨师手下当跑腿伙计，才慢慢学会西洋料理，几乎没有人特地前往欧洲学习。虽然不知道西尾去法国的前因后果，但他回国时，已经学会了最新的，而且据说是最正统的埃斯科菲耶①的料理。

现在只要花上十几个小时，任何人都可以前往法国。但在那个时代，喝过洋墨水简直就像从月球回来一样，相当了不起。光是在法国学习过这一点，就足以让人们对西尾益吉刮目相看。

当然，对身为培忒公的笃藏而言，西尾主厨的地位简直比天还高。而在六七十个厨师当中，笃藏又是培忒公中辈分最低的一个，对西尾来说，他就像不存在一样。

走在走廊上，如果西尾从对面走来，笃藏便敬畏地缩起身子，躲在角落，低着头让他先过去。西尾也仿佛把笃藏当作掉在路边的垃圾

---

① 乔治斯·奥古斯特·埃斯科菲耶（1846 – 1935），法国著名厨师、美食作家。

一样,根本没有放在眼里,从从容容地经过。

笃藏目送他的背影离去,叹息着说:"真是了不起……只要在法国学习过,再当上精养轩的主厨,就可以这么威风……既然要当厨师,就要成为像他一样的人。为了达到这个目标,我得更努力地学习才行……"

他想起已经好久没有碰法语了。在离开华族会馆,继而被万岁轩开除,最后回老家这段时间里,他虽然也注意到了这一点,却怠惰下来,再也没有去筑地明石町找谷川老师。

幸好现在工作的精养轩也在筑地,距离谷川老师家很近,笃藏又开始去谷川老师家学法语。

学习料理的时候,最不可或缺的就是研究菜单。如果一辈子都打算当培忒公或受人使唤的底层厨师就算了,但假如未来想成为一流的厨师,并负责大型晚宴,就必须懂得如何规划菜色。

厨艺是一门综合艺术。就算每一道菜都做得很好,搭配不当,也称不上完美。这时必须兼顾变化感和平衡感。

想学习策划菜单,最重要的是研究别人做的菜式。而最简单的方法就是出席各种宴会,品尝各种美食。但没有受邀的闲杂人等当然不能厚着脸皮闯进宴会,而且人的胃容量也有限,不能尝遍所有菜色。

一名厨师只要经验老道,就算没有亲自品尝,光听名字也大概能想象出来。不过在厨房工作的人,其实无法了解菜单的整体构成。

厨房的主管会接到上面的命令:"今天汤要如何做、鱼要如何做、肉要如何做。"然后他们再把这些工作分配给几个部下分工合作,然而厨师们并不知道最后这些东西会怎样组合起来,以什么样的顺序送上餐桌。这就像在制作机械零件的工厂,自己制作的这个圆形零件,最后究竟会变成按钮、螺丝,还是单纯的装饰品,根本不得而知。

不过,就算什么都不清楚,只要按照指示好好制作,厨师们就能顺利完成当天的任务,想轻松地工作也不是办不到。可是对于未来想成为一名大厨的人，也就是像笃藏这样充满好奇心和上进心的人而言，这样实在太无趣了。

因此，只要有前往某处宅邸外烩的机会，他都忍不住去问负责汤、肉类或蔬菜的主管："请问今天某某家的菜单是什么？"

对方心情不好的时候，可能会白他一眼，说："你只不过是个培式公，问这种东西做什么？"

或是："你这小鬼真是啰唆，这不是你应该知道的事情。"

甚至还可能会挨揍。不过亲切的厨师会知无不言、言无不尽。仔细将这些记下，在头脑中不断思考，也能学到很多。

有一样东西，笃藏非常好奇，很想一探究竟。那就是西尾益吉主厨的笔记本。听说那本笔记本上用法文写满了各式菜色。可能是世界上许多知名宴会的菜单吧。

西尾把笔记本放在自己的办公室里，有时候去翻一下，像是在规划菜单时当作参考。而看完之后，他就把笔记本锁在抽屉里，不让任何人看。这大概就像古人所说的秘笈。

西尾越是宝贝这本笔记，笃藏就越想看。他觉得要是没看过这本笔记，似乎就没有学习厨艺的价值了。

要不干脆直接请他让我看看？如果他说"你这小鬼真是让人感动"，愿意让我看，那当然最好，可如果他说"你这家伙在胡扯什么"，那就泡汤了。从他平常待人的态度看来，后者的可能性更高。对他来说，那本笔记本是专业上的秘密，也就是所谓的独门兵法，当然不能轻易给人看。说不定他还会认为我是个不能疏忽大意的家伙，开除我。先是被华族会馆开除，后来又被万岁轩开除，我不想再被开除了，还是不要冒险了吧……

可笃藏是个充满执念的人，一旦开始这么想，就再也无法忘怀。

干脆把笔记本偷出来？

光是想一想就觉得可怕。偷窃可是大罪。

可是……这和偷金钱或财物不一样。世上有采花贼的说法，也就是说风流并不算偷窃。技艺本就必须靠偷，如果是为了学习，神明应该会原谅我吧？想到这里，笃藏觉得心情轻松多了。

一天深夜，笃藏偷偷潜入主厨的办公室。办公室的门上了锁，他只好把面向走廊的玻璃窗拆下来，从窗户爬了进去。

他将笔记本带回自己的房间，花了一整晚全部抄了下来。到这里为止一切还算顺利。但笃藏抄完后，便放下心来，钻进被窝，结果一不小心就睡着了。

当他惊醒的时候，天早就亮了，连上班都快迟到了。

糟了！笃藏本来打算抄完笔记之后，就立刻放回办公室，把玻璃窗装回去，装作什么都没发生。

然而他还没来得及归还，天就亮了，几位出门早的厨师已经来上班了。

笃藏赶紧前往厨房，只见现场一片骚动，大家议论纷纷，说昨晚有人闯入了办公室。这么一来，就无法将笔记本还回去了。

笃藏平常表现认真，所以没有人怀疑他，只是一直说着："太奇怪了、太奇怪了，到底是谁干的呢？"笃藏嘴上也和大家一起说"太奇怪了"，心里却苦不堪言。

干脆把笔记本烧掉，或是扔到筑地川里算了？这么一来，证据就被销毁了，自己也不会被怀疑。况且现在还没有人怀疑他，更可以放心。

笃藏一度这么想，但他也是厨师，当然知道这本笔记对西尾来说有多么重要。他深知这是西尾多年来辛苦累积、比自己的生命还要重视的东西，绝对不能随随便便地将它烧毁丢弃。笃藏烦恼许久，最后决定坦承是自己偷的，并把笔记本还给西尾。不这么做，他永远会良心不安。

几天后，笃藏怀着悲壮的心情来到西尾的面前。

"对不起，这是我向您借的笔记本。"

西尾说："原来是你拿走的啊。我不记得借给过你。没得到别人的允许就把东西拿走，不叫借，而是偷。"

"是的。是我偷走的。您要怎么处罚我，我都接受。"

"我先问你几个问题。抽屉里除了笔记本之外，还有大概三十元钱，你没看见吗？"

"我看见了。"

"那你为什么没有把钱拿走？"

"因为我的目标并不是钱。而且我猜想这笔钱可能是您瞒着夫人偷偷藏着的，要是不见了，您一定非常苦恼……"

"不用多嘴……那我问你，你为什么要偷我的笔记本？"

"因为我真的很想知道您收集的菜色到底是什么。我想，就算直接开口拜托您，您也不会愿意借我看，所以才出此下策。"

"我应该不会答应。你的判断其实是正确的……不过，为什么事到如今，你还要拿来还给我？"

"其实我本来想早一点还给您。我借走之后……"

"我说了，不记得借给过你，那是你偷走的。"

"是。我偷走之后，本想赶紧抄完，再趁着还没人发现，把它放回原处。没想到抄完后不小心睡着了。等醒来的时候，这里已经是一片骚动，就没办法还了。"

"嗯。"

"我本来想干脆把它烧掉，或者是扔到筑地川里去，但是一想到这是主厨您累积多年的心血，我就下不了手。要是我做出这种事情，就会被烙上罪大恶极的烙印，一辈子受到良心的谴责……"

"你的话有点奇怪。如果你直接把这本笔记烧掉或扔掉，就没有人知道你的罪行，你也可以若无其事地继续过日子。你现在来向我坦白，反而会被烙上罪人的烙印，没有脸活下去，不是吗？"

"您要这么想也可以，但是我更害怕内心的烙印。"

"我知道了。首先要感谢你没把这本笔记烧掉,或是扔到河里。"

"是。"

"另外,你没有对那三十元起心动念,也值得赞许。"

"是。"

"我决定像你说的,当作这本笔记是我借给你的。"

"谢谢您!"

"幸好没有别人听见,这件事就当作我们之间的秘密,接下来就把一切都忘了吧。好,我的话说完了,快回去工作。"

西尾眉开眼笑地站了起来。

6

精养轩是日本最大的餐厅。历史悠久的餐厅固然有很多,但是有岩仓内务大臣的推荐,又有明治维新元老们的鼎力支持,因此从地位来说,精养轩的确是日本第一。

在当时,西洋建筑并不会争相盖到五层、十层么高,虽然精养轩只有三层楼,但是占地面积大,每间房间都很宽敞,不论是外观还是内部装潢,都极尽奢华之能事,尽善尽美。位置大约相当于现在的银座东急酒店。

前面已经提到过,岩仓具视一开始推荐北村重威当京都府知事时,北村推辞了,并表示想经营酒店。到了要决定地点的时候,北村希望能开设在筑地附近。因为这一带有洋人的居留地,也有洋行以及外国人的教堂、学校等,是东京最西化的地区,非常适合经营酒店和餐厅。

岩仓看看地图,说:"嗯,筑地川沿岸的采女町这一带,目前是空地。这里以前是松平采女正的宅邸,享保九年的火灾之后,采女就搬到曲町,之后这里成了幕府的马场,不过由于历史渊源,一直被称为采女草原，有许多人在这里说书，表演净琉璃、曲艺、杂技、武术等，是庶民的娱乐场所，我们把这里买下，改成兼营酒店的餐厅，你觉得怎么样？"

"谢谢您。"

"采女町从采女桥到万年桥之间刚好是一整块地。我想把这块地全部给你，你觉得如何？"

"是……"

这块地从地图上看，是一个很大的正方形。现在的东急酒店和歌舞伎座正好坐落在其对角线的两端。北村说："我只不过想盖一家酒店，不需要这么大的地，只要一小块角落就可以了。"

"哦？现在还派不上用场？这一带本来是旧幕府的土地，后来由新政府买下了，虽然是公有地，但未来不是没有发展前景。趁现在买下来更好吧。"

"先不论将来，要是现在买下这么大的地，我们就必须把那些人赶走，还要整理和打扫，但我们实在无力应付，只需要大小合适的土地就好。"

"哦？那你事后可别后悔。"

正如岩仓所说，之后银座一带高速发展，这里的土地变得寸土寸金，北村的子孙十分抱憾，直说要是当时收下整块地就好了。

提到精养轩，一般人都会说到筑地精养轩，但是更准确地说，其实应该是采女町，筑地川的对岸才是筑地。筑地川后来也被填平，如今成了一条高速公路，但以前是一条河，是填海造陆的地与原有陆地间的一条水路。

筑地恰如其名，是一块筑起的土地。当时还没有水泥堤防的技术，河堤都是用石头堆成的。

将时序往后推一些——大正初期，在筑地精养轩工作的关冢喜平先生（与精养轩相关的在世人士中最年长的一位）说，他记忆中的精养轩是这样的：

>那一带的河弯弯曲曲的，往前走一点，对岸有一个水交社。也就是现在癌症中心的所在地。所谓的水交社，就像陆军的偕行社一样，是海军士官的俱乐部。我有一个朋友在那里的餐厅工作。下午休息时间，我会去找那位朋友，但因为走路很麻烦，夏天的时候都是游泳渡过筑地川。有一次在游泳的时候，我不经意看到石墙的洞穴里有很多日本锦蛇。我没有吃过日本锦蛇，好奇那是什么味道，就顺手抓了一条大的回去，随便切一切，就烤着吃了。反正做菜对我来说轻而易举嘛。一烤味道居然很香，但有些人很生气，说烤蛇恶心。烤好之后，我尝了一口，味道完全不行，又硬又干，根本不是能吃的东西。那次之后，我再也没有吃过日本锦蛇，不过要是当时再多花点功夫，比如一开始先蒸一下，说不定会好吃。另外在抓蛇的时候，我心想又大又肥的才好吃，所以抓了一条大的，但或许小的肉质更嫩，更好吃。

根据关冢先生的说法，他是精养轩的三暴徒之一，力气和胆子都非常大。在他的回忆录《关冢家三代》里面这么写道：

>当时的厨师都很爱玩，就连年轻的厨师都理所当然地去赌博或是玩女人。每天都偷喝宴会剩下的酒，吵架和打架是家常便饭。力气大、工作能力强的人就可以称王，抢走别人的东西时，还说别人是笨蛋。我有一块镶金边的手表，那是古河矿业的小岛先生从美国带回来送我姐姐的礼物。有一天我把表放在柜子里，到了傍晚却吃惊地发现，表不翼而飞了。我也很自然地习惯了这种氛围，觉得太安分就会吃亏，所以总是欺压后辈。同事之间，也是力量大的人是赢家。我在乡下学过剑道、柔道、相扑，全都派上

了用场，不知不觉我就成了筑地的暴力分子之一。

通过这段文字，我们可以知道，厨师界似乎就像日本所有的领域一样，只要力气够大，便能称霸天下。不过关冢先生除了提到"力气大"之外，也提到了"工作能力强"，这一点很值得注意。换言之，只具备其中一项是不够的。

在同一本书里，还记载着这样一段插曲：

每年过年，大家都不愿意在元旦那天上班，所以用抽签的方式选出几个人来上班。有一年过年，关冢抽到了上班的签，他虽然觉得很没意思，但不断告诉自己工作很重要，因此一大早就出了门，认真地干活儿。

元旦这一天，无论哪一家餐厅和酒店，都习惯提供屠苏酒及杂煮等日本料理，客人也会很开心，但精养轩只做西洋料理，他们请东京站酒店制作餐点送过来。东京站酒店也是精养轩经营的，也就是他们的分店。当时精养轩除了上野分店、东京站酒店之外，还有歌舞伎座、新富座、如水会馆等餐厅，俨然成了大规模的连锁店。

到了预定时间，东京站酒店的冷冻配送员——一位高头大马、年约四十的叫阿良的人，将几份日本料理装入外送箱，用扁担挑着送过来。

就在他送到的时候，正好遇见关冢先生的一位叫高野的上司。主厨铃本敏雄很喜欢高野，他在铃本家租了一个房间，每天到精养轩上班。换言之，高野是主厨的心腹，相当有权势。他也仗着这一点，经常欺负年轻人，表现得嚣张跋扈。今天是元旦，他穿着印有家徽的黑色双层和服外套和仙台平袴，非常华丽，这大概也是铃本主厨夫人的心思。高野看了看阿良送来的日本料理，说：

"喂，关冢，那些东西看起来挺好吃，能不能让我也吃点？"

一般外送的料理都会多准备一些，除了提供给客人的，还会多预备两人的份儿，这么一来就算有客人临时上门，也不至于伤脑筋。关冢笑盈盈地说：

"好的，好的。请慢用。东京站酒店那些家伙要是知道高野先生愿意品尝他们的手艺，一定会觉得非常光荣。"

于是他把高野带到准备室旁的房间，还帮他倒了日本酒，让他在那里吃。

过了一会儿，东京站酒店的阿良战战兢兢地说：

"关冢先生，今天是元旦，能不能让我早点把餐具收回去？我们那边还有几个年轻人在等，我想早点送回去给他们，让他们早点回家。其他客人的餐具我都收回来了，现在只剩下高野先生的。高野先生好像还在喝酒，不过餐点似乎已经吃完了，能不能让我先把餐具收回来？"

关冢说："哦，当然可以。今天是元旦，这也是应当的。高野先生在那里喝，你就赶快去收拾，然后快回去吧。"

"好的，真不好意思。"

阿良走进房间不久，房间里就传出高野的怒吼声，接着还有碗碟摔碎的声音。接着，阿良从房里冲了出来。

"关冢先生，对不起。我被高野先生骂了……"

"怎么了？"

就在关冢这么问的时候，高野也冲了出来。

"这家伙真是不像话，人家还在喝酒，居然说要来收餐具？就因为大家都对这种没礼貌的行为视而不见，现在的年轻人才会越来越傲慢！这家伙，把他开除算了。"高野借着酒劲，非常愤怒地说。

这时，关冢说道："对不起，高野先生。今天是元旦，是个喜庆的日子。酒店的年轻人应该也想赶快干完活儿，早点回家，阿良只是替这些年轻人着想，才这么拜托您。他也许让您不开心了，请您原谅他。"

"不，我才不原谅他。别人喝酒的时候，竟然想把杯子拿走，我从没见过这么无礼的行为。就是因为这样,现在的年轻人才这么糟糕。我绝对不原谅他!关冢,你为什么要帮这种人说话?"

关冢知道对方已经喝醉了,但还是感到忍无可忍。一股热流从他的胸口冒出来,直冲喉头,想压也压不住。

那就来打一架吧!

一旦有了这个念头,他就更不能忍受了。

"喂、喂、喂!"他站得直挺挺的,大声怒斥,"到底是谁不对!喝了这么一点点正月酒就醉成这样,还敢嚣张地大放厥词!东京站酒店的年轻人想早点回去好好休息,你为什么不能体谅他们焦急的心情,赶快让他们把餐具收走?我不是叫你不要喝酒,只是叫你先让他们把餐具收走而已。你就这么生气,真是比畜生还不如的混账东西!"

高野把眼睛瞪得老大,听他说完,才回过神来。

"你知道我是谁吧?"

"当然知道!你不就是叫高野的混账、傻瓜、没血没泪的人吗?"

"你知道忤逆我高野,会有什么下场吗?你刚才说的是梦话?"

"谁在说梦话,你要不要头脑放清楚一点,仔细想一想?"

"你这家伙,你被开除了!"

"这可有意思了,那就任你开除吧。不过在被开除之前,我也有件事要做!"

关冢怒气冲冲地张开双手,冲向高野,撞向他的胸口,将他推倒在地。

高野的背后是烧火用的煤炭堆。他倒在那里,像婴儿一样挥动着手脚,这时关冢随手拿起旁边的铲子,痛殴了他一顿。不但如此,关冢又骑到他身上,用拳头揍他。

"你还说吗!你还说吗!"

到了最后,连关冢的手都打痛了,于是他站起来,改用脚踹高野。

"好了、好了，关冢先生……"

年轻厨师们看不下去，想过来劝架，他却把旁人推开。

"好了，你们都走开，我可是为了你们。就因为这种人在那里作威作福，世上的年轻人才会这么辛苦。不把这家伙揍死，我就不会停手！"

高野已经完全丧失了抵抗能力，开始号啕大哭。他身上那套漂亮的和服和袴也变得破破烂烂。

到了这个地步，关冢也冷静下来。再继续打下去，可能真的会出人命。于是他把高野拉起来，拍拍他身上的灰尘。

"你一个人能走吗？"

"可以是可以，但是我这副德性……"

"我帮你叫人力车吧。"

于是加害者突然变成了照顾者，两个人还握手言和，互相道别。

但是，关冢已经做好被开除的心理准备。他把受到主厨青睐、住在主厨家的上司揍得半死，按照世间的常理，他根本不可能继续做下去。

过年期间的三天，关冢寝食难安。他不断告诉自己错在对方，自己做的是正确的，但仍不免觉得自己有点过火。

"我还是会被开除吧。看来得一切从头来过。"

他已经有了心理准备。

三天假期之后，铃本主厨来上班了。关冢一直等着主厨叫他过去，宣布他被开除的事情，却始终没有消息。

当他走在走廊上时，铃本正好从对面过来。就在擦身而过的时候，关冢对铃本打了个招呼，结果铃本笑着回了礼，他的脸上像是清清楚楚地写着"没什么"。

之后，他便继续待在精养轩，还和高野成了莫逆之交。

塞纳河畔

1

去法国料理的发源地磨炼手艺——笃藏心中的这个想法越来越强烈。

精养轩的主厨西尾益吉之所以那么嚣张跋扈,就因为他是日本唯一一位曾在法国学艺的厨师。

或许还有别的厨师在法国工作过,在公使馆的厨房工作,或是在贸易公司的分店长家工作,但一开始就宣称是为了学习最地道的法国料理而前往法国,并真的学成归国的,只有西尾益吉一个人。正因如此,他才能在日本表现出只有自己才是正统的态度。

啊,既然要当厨师,我也想去法国一趟。

笃藏叹息着想。但法国并不是那么简单就能去的,在明治初期以前,前往欧洲必须搭乘轮船,经过印度洋和苏伊士运河,花上四五十天才能抵达。日俄战争后,西伯利亚铁路开通,只要花一半的时间就能抵达,但是火车的票价极其昂贵。以普通的工薪阶级而言,花上一年的薪水也负担不起。

西尾主厨留学的费用八成是精养轩出的。但那也是精养轩为了奖励任职多年的员工,遴选出的唯一一个名额。等轮到笃藏,至少还要十几二十年吧。等到那个时候再去留学就失去意义了。笃藏必须趁年轻时去留学，趁着还年轻磨炼自己的手艺。若是年纪太大，就没有意义了。

关于留学所需的费用，笃藏也并非一筹莫展。

哥哥周太郎一直觉得，自己用父亲的钱去读书，弟弟却早早地到了社会上工作，十分对不起弟弟。其实只要笃藏想读大学，父亲和哥哥都非常愿意替他出学费，但他本来就不喜欢念书，是自愿去工作的。

事实上，身为国高村大户人家高滨家的子嗣，笃藏大可以做些学问，蓄着胡子，穿着西服和皮鞋，做可以被尊称为老板或老师的工作。虽说职业不分贵贱，人应有一技之长，但只当一个小小的厨师，未免也太不体面了——哥哥似乎是这么想的。若是这样，为了让弟弟拥有镀金的经历，拿点钱出来应该也不算什么。

另外，虽然说来触霉头，等父亲去世，由哥哥继承家业之后，他似乎愿意分一些财产给笃藏。既然早晚都能分到财产，当然是越早越好。

要不要求一求父亲试试呢？

笃藏写了一封信给父亲，但回信的是哥哥。

"我读了你寄给父亲的信。现在为了研究学问或艺术远渡重洋的人不少，但是为了磨炼厨艺而西行的例子却很少见。正因世道如此，才更应该有人去做这件事，而且去西方学习回来的人，必定会受到尊敬。父亲也说他愿意替你出钱。只是在出发前，你必须做好足的准备，这一点没问题吗？例如，就算去了法国，如果言语不通，也无法熟记学到的东西，你的语言能力足以应付这些吗？另外，男孩子到了二十岁必须接受征兵检查，一旦通过检查，就得入伍两年。好不容易去国外磨炼了手艺，要是回国后立刻去当兵，一切就没有意义了，如果真的要去，或许可以考虑先接受检查……"

哥哥的提醒很中肯。当时日本的男性都有服兵役的义务，只要身体没有残疾，就必须在军队服务两年。虽然在军队接受的训练对未来走上社会也有帮助，但是厨艺会不会进步就很难说了。先接受军队检查再出国——哥哥的这个建议听起来很有道理，但是对笃藏来说，却像是很久以后的事。

但无论是父亲还是哥哥，都愿意出钱让他出国，未来的事不必担心。至于法语能力，他也觉得自己还有不足之处。他打算好好利用这段等待的时间学习法语，因此认真地定期前往明石町的谷川老师家。

一直觉得像是遥远未来的征兵检查终于来了。

五月中旬的一天，笃藏接受了检查。

笃藏向精养轩请假，返回许久未归的故乡。体检在村中小学的体育馆进行。

当天笃藏抵达后，发现许多上小学时同年级的同学也来了，简直像一场同学会。大家都同时满二十岁，当然会一起接受检查。大家平常分散在东京、大阪、京都等地，有的人在念书，有的人在工作，现在都一起返乡了。

体育馆被划分成好几个区域，分别测量身高、体重、胸围，检查眼睛、鼻子、耳朵、内脏等。依序做完检查后，再到留着八字胡、一脸严肃的检查官大佐面前接受判定。

笃藏的身体比一般人强健，但身高却低于平均值，因此被判定为第一乙种。如果是第一乙种，就不用担心被征调去当兵了。

"呼，真是太好了。"

虽然对被判定为甲种的朋友们有点过意不去，但他像卸下了肩上的重担，怀着轻松的心情踏上归途。

这天是个舒爽晴朗的日子，嫩绿的树叶在蓝天下反射出耀眼的光芒。

微风徐徐，家里有男孩子的家庭，鲤鱼旗在屋顶上飘扬。清新的空气中弥漫着野花甜甜的香味和树木嫩芽新鲜的气味，柔和地刺激着感官，令人陶醉。

一户人家的墙边盛开着白蔷薇，走过拐角，一道鲜艳的色彩忽然映入笃藏的眼帘。

迎面过来的人优雅地将一个小包袱抱在胸前，穿着紫色的箭羽纹和服，配高高束在腰际的绛紫色袴，脚上是黑袜子配一双锃光瓦亮的皮鞋。头发梳理得整整齐齐，肌肤白皙，一双黑黝黝的眼睛扬着浅浅的笑意。

少女静静走近他，而他就像遭到雷击一般，木然地僵立在原处。

就在两人擦身而过的瞬间，笃藏对她点头示意。这是一种反射性的动作，连他自己都感到意外。少女也赶紧向他回礼，就这样走过了笃藏的身边。

听着逐渐远离的脚步声，笃藏咬牙切齿地想，我这个大笨蛋，怎么又做出这种蠢事！

少女是警察局长的千金——八千代小姐。以前偶尔跟着气质优雅的祖母一起到山上寺院参拜的千金小姐，现在已经成长为一名成熟女子。她大概念到女校最高的年级了吧。

上小学时，每次在路上遇见她，她都会对笃藏投来温柔的微笑。

她的眼睛和嘴角总是挂着笑意，展现出随和的个性。她可能并不是只对着笃藏微笑，笃藏却一直认为她只对自己笑，暗暗感到开心。至少，假如她讨厌笃藏，就不会露出那么温柔的表情。

笃藏还曾为了她祖母供奉给地藏菩萨的金平糖，用小刀威胁过师兄呢。

然而，笃藏却从来没和她说过一句话，也没向她打过招呼。上小学和她在路上相遇时，在她温柔的注视下，笃藏光是要忍住心中那股既像高兴又像悲伤、仿佛要当场哭出来的心情，就已经精疲力竭了。

这是他生平第一次向八千代小姐打招呼。对方似乎吓了一跳，笃藏自己其实也很吃惊。他从来没想过要向她打招呼，她突然出现在眼前，才像条件反射般不小心做了出来。

"我怎么这么笨!"

假如现在不是在大马路上,笃藏一定会用力跺脚、大声喊叫,但如果这么做,一定会被别人当成疯子。

不过,我鞠躬之后,她也回礼了。假如她认为我是个粗鲁讨厌的人,不会那么温柔地对我回礼。至少能看出她不讨厌我吧。

想到这里,笃藏才恢复了一点精神。

不过,他接下来并不会长久待在日本。既然已经参加了征兵检查,确定不用去当兵,巴黎之行就仿佛成了现实,清楚地浮现在眼前。一旦去了巴黎,短期内就无法再和八千代小姐见面了……其实就算待在日本,如果在东京工作,也没有机会经常见到她。

笃藏经历过一次失败的婚姻,况且还只是个前途无望的小小厨师,就算再怎么喜欢八千代小姐,也没有资格娶她为妻。

无论如何,在睽违数年之后,能够见到已经长大、宛如盛开的樱花般美丽优雅又充满魅力的八千代小姐,对笃藏来说已经是无可取代的回忆。他努力将这份回忆永远深藏在心中。

笃藏眼前必须做的,是制定巴黎之行的计划。

虽说日本全国有许多厨师,但是从法国学成归来的,目前只有西尾益吉一个人。由于始终无人重走他的足迹,他就像个山大王一样,就算嚣张跋扈,也没人敢有怨言。纵使有些人在背后抱怨连连,在他面前依然不敢吭声。这或许就是所谓的威严。

笃藏的目标是成为第二个西尾益吉。他并不是想超越西尾的地位或与他抢夺王位,只是认为,假如做了厨师应当做的事,就能如此气焰嚣张,那么他也想试试看。

或许有些人觉得,拿父母的钱出国并没有什么好骄傲的,但笃藏希望人们看到结果之后,再来判断这值不值得骄傲。他一直把法国料理挂在嘴边,但是地道的法国料理究竟是怎么做的,他一定要亲眼见识过才肯罢休。

到法国去，看看法国当地厨师的手艺，如果觉得那根本没什么了不起的，也无所谓。笃藏只是觉得，假如没有看过和吃过地道的法国料理，只是照着师傅教导的方式随便烹煮，实在无法安心。

无论是学者、医生，还是画家、音乐家，大家都喊着要西行，纷纷前往欧洲进修。回来之后，留洋归国的他们会受到各方的敬重，但这不是西行唯一的目的。只要走出去看看，一定会有所收获。

假如是为了学习日本固有的东西，当然不需要到外国去。世上应该没有向西洋人学习日本料理或日本画的笨蛋。但倘若想真正学好钢琴、油画或西洋料理，还是到当地走一遭比较好……

这就是笃藏的想法。西洋料理传入日本已将近半个世纪，现在总算有第二个人认真考虑到法国当地去学习厨艺了。

父亲为笃藏拿出了三百元。

"这些应该够了吧？"

"应该没问题。要是不够的话，我会在那里打工的。"

"你在日本不也只是见习生，净被吩咐些打杂的活儿吗？你到了那边，更会被当作门外汉，赚不到什么钱。这样能行吗？"

"我也没什么自信，但是会努力想办法。等到真的没办法时，我再打电报回来，到时候还请支援我。"

"出门在外难免会生病，而且对男人来说，交际应酬也很重要。你可不要为了避免依赖我们而表现得太吝啬，一直想占别人的便宜，这样反而会阻碍你未来的发展。"

"这些做人处事的道理，我在东京都已经学到了。我在东京的时候也向家里要过钱吧，像以前一样就好了。"

"出国回来的人个个都变得很了不起。虽然很少听到有人出国学习厨艺，但你应该也会变成一个了不起的人吧。"

"我不知道能不能用了不起这个词来形容，但是会好好学习，直到成为一个让自己满意的厨师。如果我在那里学到的东西都是日本的厨师不知道的，那么光凭这一点，我就称得上是全日本最优秀的厨师。"

"你打算在法国待多久？"

"我不知道。如果到那里之后，发现根本没有什么能学的东西，说不定一个月就回来了。相反，要是认为学得还不够，就算待上十年也不会回来。"

"你可要趁我还在世的时候回来啊。"

"既然爸爸都这么说了，我会尽早学成归来的。"

"你这小子，还想卖我人情啊。"

父亲苦笑起来。

2

敦贺港秋雨迷蒙。随着船开始加速，栈桥越来越远，送行者的身影也变得越来越小。

父亲、母亲、哥哥、弟弟，还有嫁到武生伞店的姐姐都来为笃藏送行。哥哥的身体状况还是很差，医生反对他来送行，可是不知道下次什么时候才能再见面，而且港口离家也不远，他还是勉强前来了。

送行的亲人们在栈桥上聚成一团，不顾被雨淋湿，不停地挥着手帕。然而雾越来越浓，笃藏已经分辨不清谁是谁，便回到了船舱。

这是笃藏第一次搭船。不仅是船，连从海参崴开始的铁路之旅和接下来落脚的旅馆，也都是前所未有的体验。

这趟西行风光无比，父亲替笃藏买了崭新的衣服、外套、帽子和皮鞋。此外，还替他买了两个大行李箱，塞满了生活必需的东西。

人生第一次穿上全新的白衬衫，系上领带，笃藏俨然一个仪表堂堂的青年绅士。现在的他和以前穿着松垮垮的厨师服，脚踩着木底草鞋，被唤作"笃公"、"培忒公"，老是被师兄们使唤殴打的那个笃藏，简直判若两人。

到了吃饭时间，笃藏来到餐厅，却心神不宁。当服务生态度恭谨地来帮他点餐时，他就不由自主地鞠躬点头。他心想"这样不行，应该要有客人的样子"，故意摆出一副凶巴巴的态度，又觉得自己是不是太无礼了。

第三天早上，他抵达了海参崴。港口飘着细雪。在敦贺时下的是雨，也许是纬度不同的关系。

走下舷梯，笃藏呆立着，思考接下来该怎么办。就在这时，忽然有几个看起来像工人的人走了过来，围住笃藏。他们嘴里不停说着话，但完全听不懂，可能是朝鲜语。笃藏推测他们也许是想帮他搬行李，于是指了指自己的行李箱，结果那些人立刻抬起行李箱，拔腿就跑。

笃藏本以为他们会顺便给自己带路，可他们却越走越远，最后不见了人影。

糟了，他们该不会就这样把我的行李拿走了吧……

笃藏担心得不得了，可四周都是俄国人，没有人可以商量。

他心想，就算继续待在这里也无济于事，于是走向港口，看见好几辆马车停在路边候客。要是对这里很熟悉，他可以直接坐马车去旅馆。然而他既不知道哪里有什么样的旅馆，也很担心自己的行李，所以决定先前往日本领事馆。这下好了，他不知道领事馆用俄语该怎么说。

笃藏灵机一动，用手比出一个四方形，再在中间画出一个圆。他想画出日本的国旗给车夫看。对方似乎也不是第一次看见这样的客人，于是说了句："Хорошо."[①] 并抬了抬下巴，示意他赶快上车。笃藏急忙上了马车，车夫朝马匹挥了一鞭，马车便开始疾驰。

陌生的异国海港的雪景引发了他的好奇心，也激起了旅行的兴奋

[①] 俄语中"好的"的意思。

心情。笃藏望着窗外的景色，不知不觉就抵达了日本领事馆。

笃藏走进玄关，发现两个行李箱已经早一步送到了。原来那些人并没有抢走他的行李箱。一位年轻的工作人员说："我已经帮你垫付了运费。"

他的日语有点口音，或许也是一位朝鲜人。他既热心又亲切，甚至帮笃藏买了西伯利亚铁路的车票。

他买的是二等车厢的车票。笃藏想在旅途中尽量省钱，本想买三等车厢就好，但对方却说："不要买三等的，那不是你该搭的车。"硬是替他买了二等车厢的车票。笃藏上了车才知道，这里的三等车厢和日本的三等车厢不同，乘客都是社会底层的人，身上又脏又臭，蓬头垢面，衣着破烂。

二等车厢都是四人包厢，椅面是高级的天鹅绒，卧铺的避震效果很好，抱枕也是最上等的。和笃藏同包厢的是一对莫斯科商人夫妇。他们会说一点法语，程度跟笃藏在明石町的谷川老师那里学到的差不多，并不是很流利，不过稍微花点心思便可以沟通。这对夫妇很好相处，让笃藏在漫长的车程中不至于无聊。

用餐时间一到，列车长就会来通知，乘客便前往餐车，端坐在餐桌前，遵循餐桌礼仪用餐。餐点非常高级，就像酒店里的餐厅一样，但问题在于价格——一餐七日元，也是酒店餐厅的价格。笃藏是这方面的专家，并不会因为这个价格而吃惊，可是一旦必须自己付钱，那又是另一回事了。要是每顿饭都得花上七日元，那么等抵达欧洲，可能就身无分文了。

笃藏留意了一下其他旅客的情况，发现三等车厢的旅客在火车每次停靠的时候，都会走到月台，向小贩买面包、牛奶、烤鸡、罐头等食品。还有些女人针对这些旅客，特地带着当地名产前来兜售。这或许就是售货亭的原型。笃藏也向那些女人买了食物，趁着那对俄罗斯夫妇去餐车用餐的时候拿出来吃。

笃藏年轻力壮，肚子饿得很快。每次一接近用餐时间，他的肚子就迫不及待地咕噜作响，可是同包厢的夫妇却一定要等到列车长来通知，才前往餐车。笃藏总是心急如焚地等着那对夫妇离开包厢。

当火车停靠在贝加尔湖畔的一个小城市时，笃藏接到通知，必须带着自己的随身行李去接受海关检查。他磨蹭了不少时间，结果成了最后一个接受检查的旅客。

直到海关要求笃藏打开行李箱，他才发现自己把行李箱的钥匙忘在车厢里了。

"我去拿钥匙来……"

笃藏本想这么说，却发现语言不通。

火车快要开了，万一被留在这里可不得了。行李箱里装的不过是牙膏、肥皂、干净的内衣和卫生纸，就算弄丢了，再买就行了，可万一来不及上火车，事情就严重了。

笃藏这么想，于是扔下行李箱，赶紧跑上火车。

海关人员无法理解这个日本人为什么要跑进火车。他们拼命叫笃藏下车，但他却充耳不闻。就在这个时候，火车真的开动了。

接下来的每一天，笃藏都透过车窗眺望着被埋在雪中的西伯利亚平原。外头是零下几度的酷寒，但车厢里开着暖气，温暖得像春天一样。

到了第十天，火车终于抵达了圣彼得堡。笃藏决定先去日本大使馆看看。没想到刚到那儿，馆员就对他说："高滨先生，您有一件行李已经送来了。"

笃藏一看，原来是他扔在贝加尔湖畔的手提行李。海关人员热心地替他寄了过来。

笃藏在圣彼得堡停留了四天，在市区四处观光后，便动身前往柏林。他的最终目的地虽是巴黎，但是为了尽量开拓自己的视野，打算在柏林也停留一段时间。在大使馆的介绍下，他住进了阿德隆酒店。阿德隆酒店位于菩提树大街，是德国最高级的酒店。

虽说这是德国最高级的酒店，酒店里的餐点却是由法国厨师制作的法国菜。德国人质朴刚健，重视实质，讨厌徒劳无功之事，除了家中常吃的马铃薯、高丽菜、香肠之外，就不知道其他美食了，也不愿意花功夫做菜，一旦他们想吃得稍微奢侈一点，就去吃法餐。

当时的驻德日本大使是珍田舍巳（伯爵，后为皇后宫大夫），三等书记官为武者小路公共（武者小路实笃之兄）。武者小路日后也升任驻德大使。除此之外，当时德国也有许多日本留学生。日后成为名人的有渡边铁藏（二战后成为东宝董事长）、佐野利器（工学博士，建筑师）、岛峰彻（医学博士）等人。

作曲家山田耕作（后改名为耕筰）比笃藏大两岁，自东京音乐学校毕业后，获得三菱的岩崎男爵资助前往柏林留学。与山田耕作同姓的山田浩二，日后因打进了世界杯开仑台球赛而声名大噪。当时他和笃藏住在同一个房间，两人感情相当好。

山田耕作与山田浩二同姓，再加上名字发音也很像，因此经常被人混淆。当时日本盛传耕作明明是去柏林学音乐，却不认真学习，成天在打台球的谣言，还有人去向岩崎打小报告，让耕作流下不甘的泪水。这个谣言其实是把浩二当成了耕作，台球选手成天打台球，本来就是天经地义的事情。

笃藏有时和山田浩二一起喝酒。他们住在一起，就算有一方喝醉了，也不用特地送对方回家，十分省事，所以能安心地畅饮。

一天晚上，他们一如往常开心地对饮，两人都喝得酩酊大醉，分不清楚究竟是谁在照顾谁，互相搀扶着回到了宿舍。

一回到房间里，两人就各自钻进了被窝。但笃藏进了被窝之后突然尿急。厕所在走廊上，走出房间实在又冷又麻烦。笃藏环顾四周，思忖着有没有什么好办法，忽然发现地上正好有一只鞋。

"这还真方便。"

这是谁的鞋呢……笃藏已经醉得分不清是谁的鞋了，便对着鞋子解起手来。

"啊,好清爽。"

说完,他就进入了梦乡。

第二天早上,山田醒来后,拿起自己的鞋子,露出疑惑的表情。

"怎么了?"笃藏问道。

"我昨天醉得很厉害吗?"

"嗯,醉到分不清楚东西南北了。"

"我是不是踩到水沟里去啦?"

"或许吧,醉成那样,也不是不可能。只是我也喝得大醉,记不清楚了……"

"我这双鞋有一只湿了,而且有股怪味儿。"

笃藏说不出"那是我干的",只好含糊地附和他:"好奇怪哟。"

笃藏排出的液体似乎含有许多盐分,鞋子放了好几天都干不了。每次看见山田皱着眉头说"真奇怪",笃藏就会受到良心的谴责。

有些书上写到这起事件的受害者是作曲家山田耕作,这应该也是把耕作和浩二搞混的结果。浩二和笃藏住过同一个房间,而耕作和笃藏没有什么交情。住在同一间屋里的室友,被对方尿在鞋子里的可能性还比较高。

当时的德国是日本在学问上师法的对象,尤其是哲学、法学、自然科学、医学等领域,这些领域的留学生纷纷来到柏林求学。然而,知道地球上有一个叫日本的小国的德国人,毕竟只是极少数有阅读报刊习惯的知识分子。光是因为肤色不同,德国人就会露骨地表现出歧视的态度,用令人怒火中烧的言语调侃对方。

一次,笃藏对渡边铁藏说:"我很想揍他们。别看我这副样子,我以前在老家的时候,可是全村最会打架的。"

渡边说:"他们身材高大,用一般的方法打,胜算可能很低。"

"你有什么好办法吗?"

"利用日本的传统战术——奇袭啊。首先必须接近你的目标。要是表现得怒气冲冲或咬牙切齿,对方就会对你产生戒心,所以要若无其事地靠近他。等到双方的距离够近,可以碰触到对方的身体,再狠狠地抬起膝盖,猛踢对方的胯下。这一招非常有用。大部分人都会发出哀号,倒地不起。接着赶快趁这个时候逃走,千万不要磨磨蹭蹭。这些家伙很排斥暴力,要是被当作现行犯逮捕,麻烦可就大了,要跑得快一点。"

"原来如此,受教了,我会试试看。不过,我听说您是帝国大学的老师,来柏林是学法律的,难道这种事也是学习的一环?"

"做学问啊,必须兼顾理论和实践。"

渡边愉快地笑着说。

3

来到柏林还不到半年,笃藏就觉得了然于胸了。

没错,阿德隆酒店的餐点的确是端得上台面的一流水准,但那终究只是在模仿法国料理。可以说它完美,却不能说它有自己的独特性。

果然还是得去法国……

笃藏迫不及待,立刻动身前往巴黎。

巴黎仍是寒冬。天空一片阴霾,时而飘着雨。

雨势并没有大到需要撑伞,只要把帽檐压低,竖起外套的领子,沿着骑楼走,其实不会淋湿全身。只是这样的天气令人心情郁闷,提不起劲。

著名的法国梧桐将那从去年秋天起就毫无变化的枯枝伸向天空,垂着干瘪的果实。欧洲七叶树也是光秃秃的。

笃藏一抵达巴黎,便前往位于凯旋门附近的奥什大道的日本大使馆，拿出桐冢律师的推荐函。

时任大使是栗野慎一郎。他出生于福冈，曾担任美国、意大利、法国、俄罗斯等国的公使。大约三年前，法国公使馆升格为大使馆，于是他成了大使，同时晋升为男爵。他过去曾担任法国公使，这是第二次来到巴黎赴任。

在一般情况下，大使根本不会接见一个刚满二十岁、立志当厨师的年轻人，笃藏带着桐冢尚吾的推荐函求见，才得以见到大使一面。

大使坐在一张大办公桌前，后背靠在扶手椅上，捻着嘴上的翘胡子。

"你是高滨吧？"

"是。"

"听说你和桐冢同乡，你们是什么关系？"

"因为家兄在学习法律，受到桐冢老师的指导……"

"那你念什么学校？"

"我讨厌读书，不适合做学问，想朝厨师这条路发展……"

"唔，你还真怪。大家都来巴黎求学，你却来研究厨艺？"

"是的。"

"你是喜欢吃，还是喜欢做菜？"

"都喜欢。"

"桐冢是个老饕，每次一谈到美食就眉飞色舞，看来你也很贪吃。"

"是的。听说巴黎有许多美食，我很期待。"

"不过，如果什么都想吃，花费可不小，你准备的资金够吗？"

"这件事我明白，家父答应会再寄钱接济我。我也打算靠工作赚生活费，就算是当个厨师助手也好，能不能请您替我介绍一份工作？"

"日本大使馆可没有闲到替厨师介绍工作。不过，既然你带着桐冢的推荐千里迢迢来到这儿，我也不能不替你想办法。我对厨师的工作不太熟悉，帮你问问餐厅的负责人吧。"

他立刻把大使馆一位叫里见的主厨叫来。里见年约四十岁，皮肤白皙，身材纤瘦，像个新派的当家小生，一举一动都恰如其分。

栗野大使说："这个人说想来巴黎学厨艺，你知不知道哪里可能会雇用他？"

里见一脸冷淡，说："这个嘛……我不清楚。这里的厨师派头都很大，不太愿意接纳外国厨师。尤其是有色人种，他们更瞧不起。假如是跑腿打杂的工作就算了，但如果想被当成一位厨师来对待，就很难了。"

"能让我当跑腿或打杂的吗？"笃藏像抓住救命稻草似的说。

里见说："如果你愿意接受那种工作……不过，我得问问哪里缺人手。这种工作根本称不上厨师，是非常低等的活儿，不管做几年都没法学到厨艺。"

"这样也没事……总之，只要能让我进厨房就好……剩下的我会自己想办法的……就拜托您帮我问问吧。"

"那我就去问问。如果你去了觉得失望，我可不负责。"

这个叫里见的人外表看起来冷漠，其实挺热心。

几天后，笃藏接到通知，说有一家叫马杰斯提克的一流酒店愿意雇用他。这份工作几乎没有薪酬，大概对方得知笃藏是为了学厨艺而来，将报酬与应付的学费相抵之后，薪水就几乎等于零了。

马杰斯提克酒店是各国王室、贵族、内阁级别的政治人物以及富豪经常光顾的顶级酒店，餐食当然也是最高级别的。对于立志成为日本第一大厨师的笃藏而言，就算得付学费，也想去这里工作。

日本大使馆位于奥什大道七号。这里是法国最高级的住宅区，笃藏在附近十一号的公寓租了一间房子，开始在马杰斯提克酒店工作。日本留学生平常很少去大使馆，而笃藏一开始就带着给栗野大使的推荐函前来，靠着大使馆的关系，才得以在马杰斯提克酒店任职。再加上他觉得要从事厨师这份职业，先与大使馆打好关系，未来一定会比较方便。

住在大使馆附近,也为笃藏带来了意想不到的好处。他每个月都请父亲从日本寄生活费给他,可是金额和给哥哥周太郎在东京念书时的差不多,在物价高昂的巴黎,付完房租就所剩无几了。

此外,在马杰斯提克酒店的工作也几乎是无偿的,因此他没有多余的零用钱。在厨房工作可以免费吃东西,不需要担心餐费,可是遇到假日,就必须自己想办法填饱肚子。然而没钱的时候,他根本无计可施。

这个时候,笃藏就跑到大使馆去,上了二楼,对餐厅的女佣说:"我有事想找里见先生……"

"唔,他应该在……"

"请帮我叫一下他吧。"

趁着女佣去找人的空当,他赶紧从厨房的柜子或冰箱拿走一些罐头、火腿、香肠等食材。等到里见先生出来时,笃藏全身上下的口袋都像是吞下了青蛙的蛇一样,塞得满满的。

有时候,笃藏会故意请女佣去找一个明知不在的人。这样一来,女佣就要花上更多时间找人,他便能慢慢挑选自己喜爱的食材了。

随着这种情形越来越多,女佣也不免开始起疑。最后她一看见笃藏,就笑着说:"高滨先生,今天也是为了'日本使馆的消耗品'而来的吗?"

"不要废话了,赶快去帮我找里见先生。"

"里见先生就在那个房间里,你没时间好好挑选喜欢的东西哟。"

"那你帮我随便找个人来,只要是尽量不在的人就好。"

"好的好的,遵命。"

"对了,你顺便去上个厕所再来吧。"

"哎呀,讨厌,我刚才已经上过厕所了。"

"没关系,你再去一次吧。"

笃藏把女佣支走后,便慢慢地挑选诱人的食物。

填饱肚子后，笃藏就去街上散步。散步途中，他总是在肉店、鱼店、蔬菜店、水果店、甜点店或餐厅等与食物相关的店门前驻足，仔细地观察。无论是水果、鱼类，还是贝类，乍看之下都和日本的很像，然而定睛一看，又发现有所不同，两者之间的差异妙不可言。

拿起柑橘类的水果一看，有的表皮非常平滑，也有的种类表皮像水痘疤似的凹凸不平。有乍看像是有毒的鲜红的橙子，也有宛如满月一般大的夏季产的橘子，切开后，会流出血一般的果汁。

至于贝类，也有各种形状和颜色，有漆黑的，有雪白的，有翠绿的，也有鲜艳的粉色赤贝，看着令人着实不舒服。

还有系着半身围裙的鱼贩大叔，拿出柴刀似的菜刀，用劈柴般的动作将半干的鳕鱼切成两半。

无论颜色或形状都和日本一样的，大概只有牡蛎了。

已经去皮的青蛙就像跳水选手一样，四肢伸直，排列得整整齐齐。

肉店门口有一只烤乳猪，乳猪闭着眼睛，安详地沉睡着。另一边的架子上，一头不知把身体忘在哪儿的牛望着周遭，浑然不觉自己只剩下一颗头。

餐厅的门口也非常有趣。有的店在玻璃门上用白墨水潦草地写着当天的菜单；有的店把主厨最拿手的几道菜直接放在窗边展示；还有的店把鹅头烤成金黄色，并在脖子上绑上红领结，陈列在门口；有的店则是把色彩缤纷的巧克力和糖果排列成整齐的几何图形，就像宫殿的花坛一样。

笃藏总是在这些店的门口驻足良久，盯着这些东西看，让他心花怒放。

有时他从口袋里拿出一本小笔记本，画下店里的平面图，或是抄下餐点的价格。有时在门口逗留太久，餐厅的服务生还板着脸探出头来，仿佛觉得这个东方人的行迹很可疑。

笃藏想亲自品尝的东西数也数不清，但没有钱买，只能咬着手指在外头张望。

幸好他工作的地方是号称巴黎最高级（应该说全世界最高级）的酒店的餐厅，餐食的价格固然昂贵，但无论是花在食材上的费用，还是厨师的厨艺，他们都充满了自信。只要能参与其中，就算是跑腿打杂的工作，也意味着自己身处厨艺界的至高殿堂，笃藏连一分一秒都不愿虚度。这段日子，他内心充满了紧张、激动与使命感。

不过，这种激动仍有冷却下来的时候。笃藏好不容易下定决心，说得夸张一点，甚至是抱着赌上性命的态度来到了巴黎，可实际进入厨房后，他发现在这里做的事其实和在日本做的差不多。

所谓的料理，简单说就是把肉类、鱼类或蔬菜进行炖煮、烧烤、油炸或翻炒。不管是多么高级的菜式，还是平民的饭食，都是上述步骤的排列组合。世上并没有超越这些方法，宛如魔法或魔术一般从天而降的菜肴。即使在法国当地，做法也和笃藏在日本学到的相差无几。说到炖汤，只是耐心地用大锅把牛肉炖酥；说到炖肉，也只是花时间把肉炖烂。

要是日本的法国料理和巴黎的法国料理天差地远，那么就称不上是法国料理了。换言之，正因为忠实而巧妙地承袭了正统，才称得上是法国料理。

笃藏来到法国后，第一个感想是：哇，多年来的心愿总算实现了，我可以呼吸到法国的空气了！

但同时他也觉得：什么，这不是和我在日本做的一样吗？既然如此，我何必花那么多旅费，说不定直接在日本学就够了。非但如此，在某些东西上，也许还是日本人更花心思，拥有更高的品位和技术，能做出更细腻的菜肴。

然而随着时间流逝，这种近似自负的心情渐渐淡薄。笃藏最后终于认识到，当地有很多无法用语言表达、想刻意学也学不会的东西，一定要通过亲身体验才能理解。而唯一的方法，就是在厨房里刻苦耐劳，从经验中慢慢学习。

从这个角度来看，笃藏越过千山万水，来到世界之都巴黎学习是值得的，同时，那积极向上的态度更为他的后半生带来了无上的光荣。更重要的是，明治末年的日本只不过是个刚在国际社会上露脸的不发达国家，仿佛是个乡巴佬或刚刚出人头地的年轻人，总是受到来自四面八方的白眼。

与其说遭到白眼，不如说遭到无视更贴切。知道日本这个国家的人本来就是少数，绝大部分人对日本一无所知。从这样的国家千里迢迢来到花都的乡巴佬笃藏，每天都得面对许多伤害民族自尊心的事情。

4

笃藏刚进入马杰斯提克酒店工作时，职位只是打杂的伙计，过了一阵子，他的厨艺受到认可，才开始负责一些更专业的工作。

笃藏一开始就料想到会有这样的结果。他推测法国人一定不会把这个来自未开化国家的毛头小子放在眼里，认为他什么都不会。面对抱持着这种想法的人，就算费尽唇舌说明，他们估计也不能理解。笃藏唯一的方法是先以见习生的身份受雇，在厨房工作一段时间后，再让他们认可自己的能力。

事实上，笃藏不论被交代什么工作，都做得非常好。无论是切蔬菜还是切切肉，他的动作都很利落，成品又漂亮。此外，同样的工作量，他花别人一半的时间就能完成。

即使是切蘑菇或切柠檬片等简单的工作，他切的成品切口都非常漂亮，看起来格外新鲜。不管是片鱼还是分切整鸡，他手上的菜刀都有一种独特的节奏，仿佛具有生命。在旁人眼中看来，似乎不是笃藏在移动菜刀，而是菜刀以自己的意志移动，而笃藏的手只是跟着菜刀动而已。

这家酒店无疑是巴黎最高级的酒店,不过餐厅里的几十名厨师却不一定都有一流的厨艺。主厨和地位较高的主管当然资深,但他们手下的厨师中,也不乏让人怀疑"这也能算是厨师"的人。在这样的环境下,笃藏的灵巧、机敏和勤勉显得格外突出。

但令人遗憾的是,他的皮肤是黄色的,而且个头很小。笃藏在日本人中已经算是小个子了,在高大的西洋人当中看起来更渺小。

人的外表和威严也是很重要的。体格高大的人一看见瘦小的人,似乎就会涌起一股想欺负或调侃对方的欲望。笃藏有一个叫艾伯特的同事,年约四十。他像是被这种欲望驱使,总是喜欢调侃笃藏。

"笃藏,我想问你一件事。"在工作的空当,他来到笃藏的身边说道。

"什么事?"

"听说在你的国家,只用纸和木头就可以盖房子,这是真的吗?"

"不只是纸和木头。我们会使用铁盖房子,也有墙壁。"

"但你们不像法国一样用石头盖房子,对吧?"

"没错……"

很遗憾,他必须承认这个事实。对方得寸进尺地说:"所以只要一失火,就会一次烧掉好几千间房子吧。真是太可怕了。"

当时东京吉原正好发生大火,据说有六千五百间房屋烧毁,一百多人死伤,法国的报纸也报导了这件事。笃藏在华族会馆工作时,曾和前辈新太郎与辰吉一起去过吉原一次,但那次被敌娼甩了之后,他再也没踏进过那个地方。即便这样,看见吉原失火的报道,笃藏还是感到十分同情。

然而艾伯特提起吉原的用意,却不是表示同情,而是想表达:你这家伙的国家就是这么悲惨。也许他看见年纪还不到自己一半的笃藏在工作上表现亮眼,受到主管青睐,所以生出了嫉妒,想通过其他的事情来压制笃藏。

艾伯特似乎总是千方百计地想拿笃藏当笑柄。当他们在走廊擦身而过的时候,他会故意压着笃藏的头,假装惊讶地瞪大双眼,说:"你怎么这么矮啊!"

这令在场的人忍俊不禁。笃藏总是沉默不语,咬着牙忍下来。

"我问你,你的脸色为什么那么黄?"

"我怎么知道。在我们国家,这种肤色是正常的。"

笃藏很想告诉他,我在我们国家,皮肤可是白到别人都叫我"新马铃"呢。不过仔细想想,这种说法在巴黎可能没什么用,便把话吞了下去。艾伯特又得寸进尺地说:

"你们该不会是把应该排出体外的东西全都积在体内了吧?"

这是个非常不雅的笑话,笃藏不知道该怎么回应才好。他很想回敬一些恶毒的话,偏偏以他的法语能力又讲不出来,只能默默地咬紧嘴唇。

他在心中暗想,我才不会把这种低级的人放在眼里,站在对等的立场跟他吵架。等我回日本后,就是料理界的第一把交椅。光是凭着这种年纪到法国学习正统法国料理,就足以站在众人之上了。相反,这个家伙都已经四十岁了,才勉强算是个末班的厨师。我在心里鄙视他就够了……

笃藏虽然这么想,却仍然越想越气愤。

他一直保持沉默,对方却越来越得寸进尺,开的玩笑也变本加厉。或许是觉得反正不管对笃藏做什么、不管怎么责骂,他都不会反击,所以愈加安心,做法也越来越恶毒。再这样下去,实在不知道他会做出什么来。无论如何,一定要给他一点颜色瞧瞧,否则他是不会停手的。

而且,其他人又是怎么想的?要是他们认为"那家伙不管受到多么过分的侮辱,也不会吭一声,只会躲在被窝里偷偷哭",是不是也会开始欺负他?即使没有学样,至少也会瞧不起他吧?

无论如何，我一定要趁现在让他吃点苦头！

笃藏天生不服输的个性此刻展露无遗。这就是武生那个暴力分子的天性。

好吧，该怎么对付他呢？

对方体型高大，即使在西洋人之中也很显眼。这种体型在日本人当中可谓是特大号，大概像幕内的相扑选手一样。要是跟这种人正面冲突，恐怕一拳就会被打倒。

看来还是得用刀。笃藏彻夜未眠，仔细地筹划。

第二天午休时间，笃藏拿出削马铃薯皮的刀，故意走到艾伯特的身边，慢条斯理地磨起刀来。笃藏的动作看起来有些不自然，艾伯特用疑惑的眼神看着他。

笃藏把刀磨利之后，将刀刃贴在脸颊上，测试刀子是否锋利。他用右手握住刀，贴上艾伯特庞大的身躯，故意压低声音说："我有话想跟你说，你跟我到外面去。"

艾伯特看着笃藏手里发亮的刀子，脸色铁青。

"什么事？为什么一定要到外面去说？"

"等你出去，我就告诉你。反正出去就对了。"

笃藏的眼神流露出腾腾杀气，恶狠狠地瞪着他。遇到这种事情时，西洋人其实也很胆小。艾伯特突然慌了手脚。

"我知道你想说什么。原谅我吧，我向你道歉。"

"不用。反正你跟我出去。"

"我真的错了。我们和平相处吧。"

艾伯特伸出大手，示意和笃藏握手，但笃藏故意别过脸去，收起手。艾伯特蓝色的双眼中涌出泪水，哽咽着说：

"你别生气了，我真的知道错了。原谅我吧。"

由于艾伯特再三恳求，笃藏也觉得该适可而止了，于是握住了他的手。艾伯特像个孩子似的欣喜若狂，不停地说："谢谢！谢谢！"

相较于日本人，西洋人不太因为身份、年龄和性别歧视他人，大致上习惯平等地对待每一个人，然而这样的平等只存在于同民族之间，当他们面对异族，尤其是有色人种的时候，有时会肆无忌惮地表现出侮辱人的态度。

原因之一，是因为过去白人曾经征服有色人种，对他们进行屈辱的殖民，并长期将他们当作奴隶和佣人使唤，从这个角度来看，有这种态度或许是自然的。在西洋人眼中，亚洲人都是黄皮肤、小个子、穿西服不体面、不懂礼仪、法语能力很差的乡下土包子。即使有对个性颇为自豪的日本人混杂其中，西洋人也不懂得该如何区分。

笃藏的主管是个亲切又好相处的人。他个性开朗，不拘小节，做事慢条斯理，非常喜欢开玩笑和恶作剧。但有时候他的恶作剧也有些过分。

有一次，主管把笃藏叫来，命令他："喂，把那个锅放到炉子上去。"

笃藏一看，那是个特大号的锅，直径约有二尺（六十厘米），高度一直到笃藏的大腿，里面装了满满一锅汤。这种锅通常要两个高大的男人面对面站在两侧，大喝一声，才能抬起来，一个人根本不可能抬起来。

笃藏说："我去找个人帮忙。"

主管却说："不需要人帮忙吧。你自己一个人抬起来。"

"我一个人抬不动。"

"怎么会呢？你是日本人，日本不是个强盛的国家吗？区区一个锅，你怎么可能抬不动？"

主管当然知道笃藏抬不动锅，他是存心这样说的。他之所以这么做，只有一个理由——想看见笃藏伤脑筋的模样。

"日本是个强盛的国家，可是单独一个日本人又是另一回事了。这么大的锅，我不可能抬得动。"

"怎么可能？连区区一个锅都抬不动怎么行！"

"我抬不动！"

"给我抬起来！"

主管似乎不打算善罢甘休。这毕竟是一件无论是谁都做不到的事，到最后他总得妥协。不过他的目的是让笃藏伤脑筋，借此取笑对方，所以不打算马上收回命令。

笃藏渐渐恼火起来。他再也不想当别人的笑柄了。那不服输的个性再次在他心中沸腾。

由于气氛不太寻常，厨师们从厨房各处聚集过来，围住了两人。

这样一来，笃藏就更不能退缩了。他抬起头瞪着主管，说："你无论如何都要我一个人抬起来吗？"

"对。"主管还没察觉事情的严重性，开心地笑着说。

"好吧，没办法。我只好照办了。"

笃藏毅然决然地将锅推倒。满满一锅汤就这样淌了一地。他轻而易举地拿起空空的锅，咚的一声放在炉子上。

"好了。我遵照你的指示，把锅放在炉子上了。"

主管一时间目瞪口呆，转眼变了脸色。

"你这个混账！竟然把这么重要的汤倒掉，你是怎么一回事！"

"因为你命令我去做一件我做不到的事。你不可能不知道，这个锅要两个高头大马的人才抬得动。既然如此，你叫我一个人抬，又是怎么一回事？"

"那是玩笑话。无论如何，你把这锅重要的汤打翻，就是罪无可赦。"

"既然这锅汤这么重要，你为什么要拿它开玩笑？"

"你这个混蛋！"

就在两人差点扭打起来的时候，一直在旁边观察情况的酒店经理赶紧插进来，责骂道："主管，你的恶作剧似乎太过火了。以后谨慎一点。"

5

其实各行各业都一样，如果不够勤勉又不够机灵，是无法胜任厨师工作的。

在马杰斯提克酒店，打杂的厨师都是九点开始上班，但笃藏总是七点就来到厨房，先整理器具，再用汤锅汆烫牛骨，放入新的蔬菜边角料等，仔细地捞除浮渣和油脂。要是不捞掉浮渣，汤就有涩味，颜色也不够漂亮。

生性懒惰的人嫌捞浮渣和油脂的工作太麻烦，师傅不在的时候，他们总是把锅放在炉火上，自己在一旁下棋，但是笃藏无法偷懒。

师傅在的时候，他会不断地注意师傅的动作，当师傅开始切肉的时候，他就机灵地准备好面包粉和蛋。呆板的人在这个时候还在做其他工作，立刻就与笃藏分出了高下。

能当上马杰斯提克这种一流酒店主管的人，一定有些过人之处。每到晚餐时段，客人最多的时候，每一桌都会陆续点菜，但主管却没有用笔记下来，而是全部记在脑中，将无数盘佳肴一样样做出来。几号桌的什么东西已经上了，几号桌的什么东西还没上，他们似乎全都记得一清二楚。笃藏每次看见他们，都很不自信，不知道自己是否也能成为这样的人。

最大的问题就是语言。

当主管说："笃藏，把……拿来。"笃藏却听不懂主管到底想让他拿什么。

"请问要拿什么？"

"……"

"咦？"

主管觉得再和这家伙说下去也没用，于是自己去拿。

"什么，原来是'外轮'啊……"

法语的"sautoir"指浅口煎锅，日本厨师取其谐音，称它为"外轮"。你说外轮，我就能听懂了嘛。

这当然是不可能的。要是法国人听见日本人把"sautoir"叫作"外轮"，反而会笑出来。同样，在日本称为"斯帕泰拉"的刮勺，原名是"spatula"，这类词只要稍微动动脑就能听懂，不至于太伤脑筋。

有趣的是日本称作"南京"的漏勺。这种漏勺呈圆锥形，很像中国人戴的帽子，所以日本人将其称为"南京"。而这种器具的法语则叫作"chinois"。这类词在第一次听见的时候毫无头绪，但一看见实物便能领会。

来法国三四个月后，笃藏越发机灵了。当别人叫他拿东西，而他听不懂的时候，他就把那个词的发音记下来，先往前走，再用相同的发音反问道："××在哪里？"

当然，笃藏有时也会弄错，例如走到鱼类部门向对方要肉，或是走到肉类部门要香辛料。不过这类错误也只在一开始的时候出现。过了半年左右，他就把厨房的每个角落都摸透，仿佛在这里待了十年的老手，神态自若。

在这里住久了，笃藏发现法国人的职场有一些不同于日本社会的优点。法国不愧是民主主义的发祥地，上下级之间的关系非常平等。当然这并非无条件的平等。在工作上，他们依然遵守命令和服从秩序，但根本上的人际关系是平等的。他们不像日本，认为"师傅的权威是绝对的"，或是"后辈在前辈面前永远抬不起头"。一旦离开了工作岗位，彼此就是对等的，常以朋友的身份握手、拥抱。从日本人的角度来看，这真是令人欣羡的另一个世界。

请客和被请客的关系也是平等的。当同事结婚、生小孩，或是收到情人寄来的信，只要有任何值得高兴的事，平常交情好的朋友们就聚集在一起，替当事人开庆祝会。这一点虽和日本一样，不过在法国，受邀的人会各自带着适当的礼物前来。在日本，师傅会准备特别昂贵的东西,但法国人并不觉得师傅的礼物应该比别人昂贵。

法国人不像日本人一样认为喝酒是一件罪恶的事,因此经常喝酒。下班后,他们通常不直接回家,而是先去附近便宜的小酒馆喝一杯,这是他们最开心的事。这个时候,假如师傅请徒弟喝酒,那么下次就换徒弟请师傅。他们并不是总由师傅请客,借此让师傅居于高位。

上班前先到职场附近喝一杯,也不是什么稀奇事。师傅会喝,徒弟也会喝,有时甚至在工作的时候偷着喝。

工作人员的餐点大致上和客人的一样。在日本,顶多只有炸猪排、鸡肉鸡蛋盖饭和豆腐味噌汤,可是在法国,却有汤、肉、鱼各一道,还有整瓶的葡萄酒,甚至连前菜和甜点也一应俱全。大家不会因为工作忙碌而狼吞虎咽,而是花四五十分钟,细细地品尝佳肴。

餐厅的经营者也很小心,要是没有提供像样的餐点,工作人员就会抱怨这里的东西难吃,甚至辞职。

一早,肉店的伙计将当天的肉送到餐厅时,工作人员习惯请他喝一杯红酒或干邑白兰地。虽然每个地方只喝一杯,但他一天要跑好几个地方,所以喝到最后都醉了,走路摇摇晃晃的。

法国当然也禁止酒后驾车,但不像日本那么严厉,在尚未引发车祸之前,就把驾驶员当作罪人。假如真的出了车祸,当然会予以严惩,但原则上还是相信当事人的良知。不过正因如此,据说法国的车祸非常多。换言之,整个法国都沉浸在微醺之中。

时光在不知不觉中流逝,笃藏在巴黎生活也有一年了。

挥别雨下个不停的漫长冬天,春天来临了,蔚蓝的天空中飘着白云。这个季节,全巴黎的男男女女都雀跃地出游。

此时的笃藏已经完全融入职场,上面的人不管吩咐他做什么,他都不会惊慌失措或是反问对方了。天生的小个头和黄皮肤虽然无法改变,但假如有人不小心拿这些来开玩笑,届时会发生什么事,可没人知道。这一点，艾伯特已经亲身示范过，因此别的厨师都对笃藏另眼相看，小心翼翼地对待他。

笃藏一如往常是个工作狂。不管是睡是醒，他永远满脑子都是肉啦、蔬菜啦、鱼啦，不停地思考该怎么切、怎么煮、怎么炸。

走在街上的时候，一旦发现少见的蔬菜或鱼类、贝类，笃藏就像被吸引过去似的，走到旁边仔细端详，怎么看也看不腻。

遗憾的是，马杰斯提克酒店的薪水很低，老家寄来的生活费也很少，笃藏买不起想要的东西。

巴黎有无数以美味而著称的餐厅。包括全世界的王公贵族和富豪经常造访的马克西姆餐厅、以鸭肉闻名的银塔餐厅、以鱼类闻名的普吕尼埃餐厅、以猪脚闻名的猪脚餐厅，以及主打法式牛肉蔬菜浓汤的让·杰拉德餐厅……每一家都是经过世界首屈一指的美食家认证的餐厅。笃藏很想亲自尝尝这些店到底都提供什么样的菜肴。

其实笃藏工作的马杰斯提克酒店拥有巴黎最高级酒店的美誉，照理来说，酒店里的餐厅应该也是最高级的。然而在巴黎，比起大酒店，市区规模不大的餐厅的料理才最受好评。笃藏在马杰斯提克工作已经一年了，纵使还没把所有细节了解透彻，至少也了解大致的情况，可是说到市区知名餐厅的状况，他就无从得知了。

最大的原因是他囊中羞涩，所以无计可施。

在巴黎，被誉为美味珍馐的料理，不一定出自等级很高、价格昂贵得令人却步的店，这一点和东京是一样的。但即使是相对平价的店，以一个打杂厨师的薪水也无法想去就去。笃藏每次走在路上，看到知名餐厅的招牌，心中都会涌起一股难以言喻的难堪，以及既不甘心又气愤的情绪。

仔细想想，世上还有什么事情，比一个厨师吃不到美食更令人难堪呢？这和从事其他职业的人无法品尝美食的意义截然不同。

对于其他职业的人来说，品尝美食是享受、是嗜好，也是乐趣。

但对厨师而言，美食是工作所需的钻研和修习。他们并不是因为想吃而吃，而是就算不想吃，也必须吃。事实上，厨师当然不会不想吃，他们非常想吃，只是不会单单满足口腹之欲、沉醉在美味之中，而是想探究这道菜使用了什么食材，用什么方式烹调，里面藏着什么秘密。

巴黎的美味，并不仅限于马克西姆、银塔，或笃藏任职的马杰斯提克酒店。许多街边小店的牡蛎或蜗牛等也是一绝。在这些店里用餐，一来不需要穿得太正式，二来价格也不会贵得惊人，连囊中羞涩的笃藏也不至于吃不起。笃藏假日都靠着日本大使馆的消耗品解决，等存了一点零用钱后，一星期去餐厅尝个一两次倒是不成问题。

牡蛎这类料理，关键是产地和新鲜与否，换言之，毕竟只是在生牡蛎上面淋点柠檬汁而已，根本不需要什么厨艺（在店门口卖力剥牡蛎壳的人，究竟能不能称为"厨师"也是个问题）。这真的算得上是"料理"吗？倒不如说它是"食品"比较适当。这是笃藏的想法。不过它确实十分美味，他还是偶尔会去光顾。

巴黎也是个欢乐之都。除了珍馐和美酒，还有各种不同的诱惑迎面而来，刺激着年轻气盛的笃藏的欲望。

永井荷风的《法兰西物语》这部小说，正好是在笃藏前往巴黎那年的春天大获好评。前一年刚从法国回到日本的荷风，陆续发表了许多描绘巴黎华美欢愉气氛的小说，逐渐获得注目，然而由于内容实在颓废，最后被禁止销售。没想到这反而引起更大的话题，使荷风声名大噪。

当时笃藏正准备前往巴黎，也很想看看《法兰西物语》，但因该书遭禁而一直买不到。后来是朋友的朋友偷偷买到，把书借给笃藏，他才得以一读。

这本书以富有情感的优美笔触描绘出巴黎男女的悲欢生活，令人深切地感受到异国风情。笃藏不同于其他的读者，即将亲自踏上巴黎这块土地，因此更加感动万分。而他实际所见的巴黎，也确实极为豪奢、华丽、优雅、纤细，让人不禁全身颤抖地感叹，世上竟有如此美好的城市。

荷风也这么写道：

> 法兰西！噢，法兰西！自从我在中学时第一次学到世界历史，便毫无来由地打心底爱上了法兰西。我至今从未对英语感兴趣，但当我学会了一两句法语时，却能感到无比快乐。我之所以在去年去往美国，其实也只是因为无法直接前往法兰西，才借此手段，试图抓住机会。人们说旅人的想象和现实总是相反的，然而我实际见到的法兰西，却远比我想象中的法兰西更美丽、更温柔。噢，我的法兰西。我活在世上，就只是为了有一天能踏上法兰西的土地。

正如此文所述，对二十出头的笃藏来说，巴黎这个都市恰如世上最美丽炫目的宝石。只不过，若想彻底品味这个城市拥有的一切诱惑，光靠年轻是不够的，更重要的还是金钱。

巴黎的街上有美人，也有美酒。珠宝店里摆着昂贵的钻石和宝石，服饰店里陈列着奢华的衣裳与艳丽的装饰品。剧场、音乐厅里上演着精彩的戏剧、舞蹈及音乐会。展览会和画廊里展示着一流的作品。然而想欣赏这些东西，就必须花钱。所有的享乐和欢愉都建立在金钱之上。

可是笃藏囊中空空。

笃藏夜晚走在路上时，看见街灯下站着一名女子。

"先生。"女子脸上挂着神秘的微笑走近他。香水味扑鼻而来，令笃藏顿时心潮起伏。

"十五法郎怎么样？"

"我没有钱。"

"那十法郎……"

"不行。"

他真的连十法郎都没有。女子似乎也察觉他真的一穷二白,于是匆匆离去。

"我是来巴黎学习的,不是来玩的。"

笃藏这么对自己说,回到公寓,但是刚才那位女子娇媚的笑容却一直盘旋在他的脑海中,久久不散。

6

来到巴黎已经整整两年了。

现在笃藏已经完全习惯这里的一切,连梦话也会用法语说了。

他的厨艺现在已经堪称一流。在东京就已打好的基础,来到这里两年后,磨炼得更加纯熟,他也成了可以独当一面的厨师。

然而他的薪水却没有提高。他的厨艺受到肯定,也开始负责许多重要的工作,但是薪水和一开始一样,没有调整。

如果对餐厅提出要求,对方可能会说,"你不是来学厨艺的吗?既然如此,我们就算收你学费都不为过。现在你能领到一点点薪水,就应该心存感激了。"这就是法国人的吝啬,换句话说,也算是他们凡事讲究理性的本事。

但是笃藏也有话可说。他无论在人前人后都卖力工作,在同样的时间里,工作效率比别人高好几倍,就算多给他一点薪水也是合情合理的。起初他自己没有期待高薪固然是事实,但对方以此为借口,用低廉的薪水任意使唤他,还是令人十分不快。

可是笃藏并没有把这些话说出来,还是一如往常地努力工作。把不满压抑在心里,表面上装作若无其事,正是日本人的美德(也可以说是恶习)。

一个天气晴朗的星期日，笃藏沿着塞纳河右岸散步。

岸边停靠着许多船儿，人们悠闲地在那儿垂钓，隐约可以看见埃菲尔铁塔耸立在远方。

一名男子把画架立在河畔，眺望着冒出新芽的欧洲七叶树写生。在巴黎，在街头作画并不稀奇，笃藏不以为意地走了过去。忽然间，笃藏发现这名男子是东方人，而且好像是日本人。他极少在法国看到日本画家，觉得很新鲜，于是探头看了看，没想到男人的侧脸看起来很眼熟。

"你不是新太郎先生吗？"

专心挥着画笔的男子转过头来。"哎呀，是笃公啊……"

"真是太巧了。"

"我才没想到会遇见你呢。你是什么时候来的？"

"我来这里两年了。"

"是吗，我是半年前刚来的。我不知道你也来巴黎了。你还在当厨师？"

"对呀。我在马杰斯提克酒店工作。你是来学画画的吗？"

"这个嘛……"

新太郎无论如何都不肯放弃画画，无心当厨师，很早就辞掉了华族会馆的工作。看来他总算能专心画画了。不过，他到底经历了什么，才变成现在这样呢？

新太郎说："好吧，我今天就工作到这儿。我们找个地方好好聊聊吧。"接着收起画笔，整理画架。

笃藏说："真不好意思，打扰你画画了。"

"没有，我刚好也有点累了，正想着差不多该收笔了。就算不是这样，难得遇到你，也应该……"

新太郎戴着贝雷帽，穿着天鹅绒外套，下身穿着灯芯绒长裤，领口系着小巧的波西米亚式领巾，浑然是画家的装束，和以前的见习厨师简直判若两人。两人肩并着肩漫步。

"我记得你以前就说过很想画画,看来你的愿望终于实现了。"

"嗯,想画画这个心愿虽然实现了,可是想画出好作品的梦想却离我越来越远。以前我一心以为能成为画家就够了,现在才明白要是画不出好作品,也是没用的。"

"这在任何领域都一样吧。"

"不是。当厨师的只要照着上面的吩咐去做,就算是笨蛋也能当。可是笨蛋是不能当画家的。这一点我现在终于明白了。"

"可是,你一直以来都那么向往画画,现在总算可以尽情作画,难道不觉得很幸福吗?我这么说或许有点失礼,不过你来到这里,旅费的负担应该很重吧?你是怎么筹到钱的?"

"我离开华族会馆后,我父亲就改变了心意……他大概发现我无论如何只想画画,硬逼我继承家业也没用,所以放弃了。后来父亲叫我去读美术学校,可是我小学毕业之后再也没有好好念过书,就算去考试也考不上。至于画画,我一直以来都是凭感觉画自己喜欢的东西,没有正式跟着老师学过……所以我去黑川先生的大西洋画塾学了一阵子,最后父亲说,既然你要学画,干脆去巴黎算了,于是把他为数不多的积蓄全给了我。"

"那真是太好了。我的费用也是父亲帮我出的。"

"你是来学厨艺的吗?"

"嗯,对啊。"

"你很庆幸来到这里?"

"这个嘛,有时候会觉得还好来了,但也有些地方让我觉得其实没必要跑这一趟。日本人也没那么笨,只要是学过的东西,我都能好好地做出来。肉要怎么烤,汤要怎么煮,只要按照学到的方法去做,就算不在法国当地,也能做出差不多的东西。不过,我也在一些出乎意料的地方看见了法国和日本的差异。"

"哪些地方？"

"比如说黄油的用法。日本人炒东西的时候，会一点一点慢慢地加黄油，可是这里却一次放许多，多得让我吓一跳。日本的做法其实也不是小气，而是想加入恰到好处的分量，可是和这里的做法相比，日本的用量还是很少。日本人身材比较矮小，可能只用一点点就够了，但最根本的原因，我想还是不习惯黄油。从上古的神话时代起，我们就只吃清淡的东西，脂肪稍微多一点就觉得腻。而且日本的畜牧业还不发达，牛的数量少，黄油的产量也很少，价格也相对比较高。和法国相比，黄油在日本属于贵重的食材，厨师在使用它的时候自然会节省一点。"

"原来如此，这我倒是没注意到。果然，就算是这种简单的事情，不到当地实际体验就不会发现。"

路旁有家咖啡厅。排满人行道的椅子上坐着一对对情侣、老夫妇、学生，男女老少有的在愉快地聊天，有的悠闲地眺望着外面的景色。

"怎么样，要不要坐下来休息一下？"新太郎问道。

"好的。"

新太郎先走进咖啡厅，熟练地唤来了服务生，点了咖啡。

"你才来巴黎不久，法语就已经说得这么好啦。"笃藏带着调侃的口气恭维。

"这种事一点也不值得骄傲。我到巴黎以后，才发现自己以前有多么不知天高地厚，实在是丢脸得想死。"新太郎悲痛地说。

即将在巴黎迎来第三个夏天的时候，笃藏打算辞掉马杰斯提克酒店的工作，另觅新职。除了马杰斯提克的薪水太低之外，还有其他原因。

所谓的其他原因，就是他觉得在马杰斯提克应该学的东西，已经学完了。

厨师在一个地方能学的东西并非永无止境。连续两年做相同的事，一切自然就大抵学会了。接下来必须去别的餐厅,学习新的做法,才能扩展自己的视野。在日本人的观念里,倘若经常换工作,没有一直待在同一个职场,会被视为滑头,不够忠厚。不过真正想磨炼自己的手艺,其实这样更好。在新的世界,自然可以学到新的东西。

一天,任职于巴黎咖啡厅的朋友问笃藏:"要不要来我这里工作?"

巴黎咖啡厅是巴黎最高级的餐厅。笃藏心想,假如薪水和马杰斯提克一样少,那可受不了,便问道:"薪水会比我现在的高吗?"

"对方说三十法郎,你觉得怎么样……"

"不算多吧。"

明治末期,一法郎大约相当于日币三十五钱,因此三十法郎约合十日元。这大概是一个单身的人勉强能维持生活的金额。

朋友说:"我们这里的厨师,只要手艺好,就能逐渐加薪。你现在的工作,当初是以技术见习生的身份进去的,不管做几年都不会加薪。毕竟站在学校的立场,只会向学生收学费,不可能付学生薪水。可是在巴黎咖啡厅,你是以正式厨师的身份受聘的,只要你的手艺受到肯定,一定会慢慢加薪的。"

"那我就去看看吧,感觉至少比我现在待的地方好一点。"

笃藏没有抱着多大的期待,来到了巴黎咖啡厅,却在这里遇上了好运。

这家店的主厨正好是巴黎厨师工会的会长。在欧洲,不仅是厨师,只要是技术人员都会组织工会,共同守护工会成员的利益,互助合作。虽然制度已经发展成熟,想加入工会却不是那么容易。只有技术、经历、人品以及其他各方面的资格都受到认可的人,才能加入工会。他们对于外国人的审查更是严格,鲜少有外国人能顺利加入工会。这或许是因为他们对有色人种抱持着偏见,另一方面也许是因为外国人都只是暂时待在这里,总有一天会回国。

关于回国,笃藏还不知道那是几年后的事。他和政府的留学生不同，并非一开始就限定了期限，回国后也不保证有职位。笃藏是次子，没有继承家业的责任，即使独自在天涯海角丧命也没关系。他眼前的目标只有探究料理这个奇妙世界的秘密，成为厨艺高手。回到日本，他有信心能成为毋庸置疑的第一把交椅，可是比起为了当第一名回到日本，还不如留在巴黎继续在基层累积经验，磨炼自己的手艺。

笃藏的这种想法，主厨似乎也感受到了，因此他推荐笃藏加入工会。笃藏是工会中为数不多的外国人，更是第一个日本人，更重要的是他获得工会会长的推荐，因此没有异议，一次就通过了申请。

工会成员拥有各种特权。首先是拥有医疗保险。不论是突然生病还是受伤，只要打一通电话，医生就会来家里诊治，住院也是免费的。这样的服务在现在的日本一点也不稀奇，但是对于七十年前的日本来说，这听起来简直像天国一般。

此外还有养老年金制度。工会成员在年老无法工作后，每个月依然可以领到钱，不用仰赖别人照顾也能生活下去。这个制度在现在的日本也不稀奇，在当时却宛如做梦一般。毕竟在那个时候，根本没有人想到老年后的保障，厨师之间甚至流传着这样一首歌：

> 厨师四十九岁死于荒野，
> 服务生一百岁桌边乞食。

而厨师的社会地位，在日本和法国也有天壤之别。

日本继承了封建时代的传统观念，专业技术人员相当于"士农工商"的"工"，在社会上并不受尊敬。可是在法国，优秀的厨师能够获得与艺术家同等的尊敬，知名餐厅还会将主厨的名字写在店门口菜单的下方，吸引客人慕名而来（这种情形在现在的日本也很常见，从这一点看来，或许可以说日本受欧洲的影响十分深远）。

每个加入厨师工会的厨师，都能获得一张职业适任证书。职业适任证书相当于资格证书，亦可说是执照，证明此人技术的等级。拥有这张证书，不管到哪里都能抬头挺胸，以优秀的厨师自居，同时也能获得相应的报酬。

笃藏得到的职业适任证书是"premier commis"。所谓的"premier commis"是副手，也就是在主管之下辅佐其工作的职位。对厨师而言，这样的地位已经相当风光了。

笃藏在巴黎咖啡厅工作半年之后，便跳槽到丽兹酒店。丽兹酒店是一家高级酒店，面向著名的旺多姆广场。广场上立有为纪念拿破仑战胜而建的凯旋柱。这里的主厨叫埃斯科菲耶，是当时法国料理界的最高权威。

从巴黎咖啡厅到丽兹酒店，笃藏的月薪不断提高。从一开始的三十法郎到五十法郎、八十法郎，一转眼又升到了一百五十法郎。这意味着他的勤勉和才华终于受到了肯定。

一百五十法郎在当时等于五十日元，这样的金额对于一个二十五岁左右、大学刚毕业的年轻人来说，已经是超乎想象的高薪了。虽然不至于花不完，但就算过得奢侈一点也很轻松。

他已经不需要每个星期日都跑到日本大使馆，趁女佣去叫里见的时候偷罐头了，甚至还有余力偶尔去著名餐厅大快朵颐一番。

7

巧遇新太郎，对笃藏而言是一个意外的幸运，也就是俗话说的"在地狱里遇见地藏菩萨"。

在此之前，笃藏十分孤单。巴黎也有不少日本人，但大多数都和笃藏无缘。

外交官和留学生都是知识阶级，平时脑袋里想的事情和谈论的话题都和笃藏不同，没办法成为朋友。巴黎也有很多未来的艺术家。他们来到巴黎的目的也是学习技艺，这一点和笃藏是相同的，但这些学艺术的人却自成一个世界，笃藏不得其门而入。

新太郎是画家，也是和笃藏分属不同世界的人，但他们过去曾在华族会馆的餐厅同吃一锅饭，不仅如此，还曾在同一个炉子上煮过饭，两人对彼此了如指掌，所以新太郎是笃藏聊天的好对象。

当然，对新太郎来说，笃藏也是个聊天的好对象。刚来巴黎半年的他，只知道这个城市的大致情况，对许多细节仍茫然不知。在巴黎待了两年的笃藏便成了他的向导。

"高滨，我想尝尝用鸭肉做的菜，你可以带我去吗？"

新太郎已经不叫笃藏"笃公"，而是称呼他的姓氏，因此笃藏也称呼他"矢岛先生"。

"说到鸭肉做的菜，那应该就要去银塔了吧？"

"对。就是那家据说客人吃的每一只鸭子都有编号的餐厅……"

"其实我也没去过。"

"哦，真是太意外了。你是来学厨艺的，我还以为你一定去过。"

"那儿不是随随便便就能去的，很贵……"

"要多少钱？"

"我不知道，因为从来就没打算去……身为厨师，我也觉得应该去吃一次，只是没有必要非得马上去不可，本想等去的时候再问问朋友价钱……"

"嗯，说的也是。不过我倒很想去吃吃看。你陪我去？"

"好啊，我很乐意。我也一直很想去看看。"

"我请客吧。我昨天才收到家里寄来的钱。"

"我看你肯定会乱花，两三下就没钱了。没关系，你好好把钱留着吧。我昨天也刚领薪水，最近不知道吹什么风，连续两三次都获得加薪，现在稍微奢侈一点也无妨。我还没替你办欢迎会呢，今天就让我请客吧。"

"你才应该把钱留着。要是你突然想回日本,却没钱买船票,可就糟了。"

"我一点也不想回日本。不知道为什么,每次一想到日本,脑中就会浮现一个画面——在一个不见天日的阴暗洞穴里,挤满了很像人类的生物,不停蠕动着,互相践踏、踹踢……"

"这是个作画的好主题。我能偷走这个点子吗?"

"当然可以,但是,现在不是不流行这种抽象画吗?"

"没关系,很快就会开始流行了。要是不走在流行的尖端,就不能称作真正的艺术家。"

"每个卖不出去作品的艺术家都这么说。"

"你这家伙!"

新太郎握起拳头,作势要打他。

银塔位于塞纳河的左岸,面向圣路易岛,可以远眺巴黎圣母院,饱览美景。

这家餐厅原来是旅馆,从十六世纪开始营业,后来因为这里的餐点在挑嘴的巴黎人之间颇受好评,于是声名逐渐传开,尤其是用鸭肉做的菜更有天下一绝的美誉。

将法国的餐厅和酒店分为一等、二等、三等,并用星星的数量来表示等级的《米其林指南》,在笃藏前往巴黎的明治四十二年(一九〇九年)前几年开始出版。而自从启用"三星"的评价方式后,银塔便始终稳坐三星的宝座。

这家餐厅的主人是一位叫弗雷德里克的老爷爷,原来是这里的经理,后来买下这家餐厅,成为经营者。这个人似乎非常擅长抓住顾客的心理,他为客人吃的每一只鸭子编号,在客人离开的时候,送给客人一张卡片,上面写着:

"您今天享用的鸭子,是本店创业以来第 ×× 只。"

据说这家店从一八九〇年左右便开始这么做,根据记录,在第十年,也就是一九〇〇年,俄国革命前的弗拉基米尔公爵拿到的卡片是第六〇四三号。

这家餐厅原先一直开在面朝塞纳河的一楼。弗雷德里克老爷爷退休,将经营权转交给安德鲁·特瑞尔后,特瑞尔便将店面移至六楼,并将内部改装为现代风格。另外,他将原来的餐厅店面改名为"小餐桌博物馆",展示酒类、与料理相关的古老文献、器具、古董及美术品等。每一项展示品上,都有曾经来餐厅用过餐的各国国王、总统、首相、大政治家、富豪及著名演员的签名,不但引发客人的好奇心,也让餐厅的评价越来越高。

新太郎和笃藏抵达银塔时,已经八点多了。在服务生的带领下,他们坐到可以将巴黎圣母院尽收眼底的窗边座位。餐厅里没有豪华的装饰,空荡荡的,不见其他客人的身影。

"我们是不是来得太早啦?"新太郎说。

"巴黎人都不急着吃晚餐。这应该是风俗习惯不同吧,在日本,不管是餐厅还是酒店,一到六点就挤满了人,对吧。可是在巴黎,没有人在六点吃饭。一般而言,餐厅要到九点才会客满。"

笃藏看着服务生送来的菜单,说:

"好吧,那我们要点什么呢?到这里就应该吃鸭肉。既然要吃鸭肉,就该吃血鸭啰?"

"这是这家店的招牌菜,就选它吧。"

"那鱼呢?"

"舌鳎鱼。"

"要炸的,还是要煮的?"

"这里有龙利鱼鱼片佐龙虾酱。只有这道菜是用红字写的,一定是特别推荐的菜。"

"应该是吧。那鱼就选这个。那汤呢?"

"该选什么好呢？交给你吧。"

"我不是小气，但这里的菜量很多，要是点太多，我怕会吃不完。我在酒店工作的时候，偶尔也有日本客人来。日本客人点了套餐，后来收餐具时，发现竟然剩下了一大半。大部分客人都会把前菜吃光，把汤喝得一滴不剩，可是到了鱼和肉上来的时候，就开始渐渐不对劲，到了最后甚至连碰都不碰了。"

"可是点的太少，会不会不太好？"

"没关系。我觉得点了一大堆结果吃不完才蠢呢。毕竟日本人和法国人的体型不同，简直像格列佛跑到大人国去似的。虽然觉得自己也是堂堂男子汉，但身高的差距是不争的事实。"

"那剩下的就交给你定吧。"

服务生送上了龙利鱼佐龙虾酱。这道菜的做法是先将龙利鱼切成三片，涂上龙虾酱，对折后煮熟，再穿插切成圆片状的龙虾，摆成一个圆，最后在中间放上蘑菇、橄榄油和番茄丁。

服务生从身后伸出手，淋上酱汁。新太郎切下一块，送进嘴里。

"嗯，真好吃。这是上等的龙利鱼。"

笃藏也说："真的，和我们在日本吃的舌鳎鱼完全不一样。"

"问题就在这儿。我们因为法国的龙利鱼和日本的舌鳎鱼颜色和形状相似，就以为两者是一样的，但它们其实是截然不同的东西。"

"这么说来，两者的差别就像大人和小孩一样。"

"就算说是裈担和横纲①的差别也不为过。这里的龙利鱼，肉又厚又结实，油脂丰富，紧实饱满。而日本的就像营养不良的病人一样，骨和皮之间没有什么肉。"

"其实我在日本的时候，一直以为舌鳎就应该是这样，可是来到这里，吃过真正地道的多佛海峡的龙利鱼，才发现两者之间的差异竟

---

① 相扑中位阶最低者称裈担，位阶最高者称横纲。

然这么大。"

"这和日本的法国菜未来该怎么发展也有关系，是个大问题哟。"

"我也这么认为。"

在舌鳎鱼之后上来的，便是这家餐厅最自豪的鸭肉。主厨推着餐车出来，将放在餐车上的鸭子拿起来给客人看。鸭子烤得表皮金黄，发出油亮的光泽。主厨的意思是让客人们知道——这就是各位即将品尝到的鸭子。

主厨的态度和表情、一举一动都很严肃，充满威严，宛如正在执行某种神圣仪式的神职人员。

当客人点头后，俊俏的年轻厨师便拿起银菜刀将鸭胸肉削下。主厨面带虔诚的表情看着年轻厨师，要是他恍神或是出了差错，便在一旁轻声斥责他。

至于内脏部分，厨师只将鸭肝切下，盛在盘中，淋上马德拉酒和干邑白兰地。

其余的内脏和骨头，全都放进闪着银色光芒的机器中。那台机器闪闪发亮，甚至带点神秘感，但原理其实和绞肉机相同。转动上方的把手，刚才放进去的骨头和内脏便逐渐被绞碎，血红的汁液从下方的开口流出。那鲜红的液体就像葡萄酒一般。

绞完后，厨师再将这些汁液加到刚才淋了马德拉酒和干邑白兰地的鸭肝上，用酒精灯慢慢加热。等鸭肝煮至浓稠，再淋在一开始削下的鸭胸肉上，端上桌给客人。

新太郎专心地看着，不错过一秒，最后他看着送上餐桌的菜，说：

"这和我们以前做的一样嘛，也不是什么特别的菜。"

"对呀。这道菜我们做过，巴黎其他的餐厅也会做。只不过我们是在厨房做，而这家餐厅是在客人的面前，当作一种严肃的仪式来进行，差别只有这个。这家餐厅的老板厉害的地方，就在于发现了这件事可以当作一种表演，华丽地展现出来。"

"而且现在人们只要一说到鸭肉，就会想到银塔，这一点也真了不起。"

"不过这里的鸭肉很好吃，也是事实。"

"这么说也没错。虽然那种装模作样的仪式有点多余，但撇除这一点，餐点的口味也是无可挑剔。"

等到甜点冰淇淋送来的时候，空间不算大的餐厅里已经座无虚席，欢乐的谈笑声此起彼伏。

走出店外，月亮不知不觉已经高挂在夜空中，将塞纳河的河水照亮。树叶的香味随着夜风扑鼻而来，吹散了葡萄酒带来的醉意。真是个令人心神浮动的夜晚。

"我们去附近散散步吧。"

听见新太郎这么说，笃藏也应道："总觉得就这么回去太可惜。"

耳边传来马车的声音。笃藏举起手，招来一辆马车。

"去玛德莲教堂。"笃藏吩咐车夫。

"去哪里？"新太郎问道。

"去一个我很熟的地方……"

"那里好玩吗？"

"好不好玩，我想要看当事人的心态吧。"笃藏故意装模作样地说，"如果你不喜欢的话，随时都可以离开。"

马车在玛德莲教堂前停了下来。笃藏带头，转进一条巷子，推开了一扇门。

笃藏沿着楼梯往下走，面前又出现一扇门，门里似乎是酒吧，昏暗的灯光下，几个女人或坐或站。

看见这两个刚走进来的人，有的女人毫不关心，也有的女人从角落对他们投来热切的视线。其中一名女子引起了笃藏的兴趣。

8

那个女人与笃藏的前妻阿藤有几分神似。

虽然一个是法国人,一个是日本人,肤色和发色不同,但那种一脸率直、个性温和的样子,让他不禁想起了阿藤。这种地方的女人,鲜少有像她这样没有浓妆艳抹,像良家妇女一般的。

有很长一段时间,笃藏都觉得法国女人很有压迫感。她们个个都身材高大,扬着下巴,总是露出一副看不起人的模样,有些女人看起来甚至很凶悍。笃藏早就习惯被同事们轻视,所以认为女人也一样。

但并不是每个女人都是这样,也有一些女人显得朴素而温婉。现在出现在笃藏面前的,就是这样一个女人。

笃藏对她抱有好感,因此时不时将视线投向她。这个女人发现笃藏一直在看她,也不时望向笃藏。她的视线中并没有不悦,而是带着好感。

反正她的目的只是钱。就算是这样也没什么。要是除了钱以外还有别的目的,那更好。每个人喜欢上另一个人的原因都不一样,既然对方用充满好感的视线看着自己,那么欣然接受就行。

音乐响起。在场的客人全都站起来,开始跳舞。笃藏不太会跳舞,但至少不会踩到对方的脚。他径直走向那个女人。

"要不要和我跳支舞?"

"好啊。"

女人干脆地站了起来,靠向笃藏。"你是日本人?"

"对,我叫笃藏。你呢?"

"我是弗朗索瓦丝。"

笃藏很久没有拥抱女人的身体,觉得那躯体温暖、柔软而芬芳。那虽是香水的香味,又掺杂了一点大蒜味和腋下的味道,却挑动着他的情欲。

笃藏开始感到晕头转向。他本能地感受到对方是女性，自己是男性这个事实。事到如今，他想要的只有这个了。

他一心想要的东西，在脑海中逐渐成形，变成鲜艳的火红色。

"弗朗索瓦丝这名字真好听。"

笃藏本想这么说，但弗朗索瓦丝其实是法国随处可见的名字，一点都不稀奇。更重要的是，笃藏不知道法国人有没有说这种恭维话的习惯，也不知道说了之后，对方会不会高兴。但他觉得还是得说些什么，于是开口道："你真漂亮。"

女人露出开心的表情。

"你感觉很好相处。"笃藏本想这么说，但他不知道法语的"好相处"该怎么表达。平常在厨房使用的法语中，根本不会出现"好相处"这个词。

可是现在已经不需要言语了。他只要用温柔的眼神注视着她，温柔地抱着她就好。男女之间，这样便足够了。

"你来法国多久了？"

"才两年……"

"你什么时候回日本？"

"我不知道。应该还会在这里待一阵子。"

"一阵子是多久？"

"至少一两年吧，或许会待更久。等我想回去时就回去，但现在还不想。"

这的确是笃藏的真心话。他总有一天必须回日本，但目前还不想回去。因为他刚成为一名厨师，刚开始以独当一面的厨师之姿在法国受到认可。

对日本，他只有不好的记忆。不管到哪里都只能当个见习伙计，老是做些杂务。假如现在回日本，或许会因为在法国待过受到重视，但也可能根本没有人愿意理他。他不在日本的这段时间，那些家伙也许已经形成一个小圈子，没有让笃藏打进去的空间。与其回到这样的环境，倒不如留在巴黎轻松地工作，更能学到东西。

但是，对这个一无所知的女人说这些也没用。

"我暂时还不打算回日本。"他这么说，便结束了这个话题。

一首曲子结束后，笃藏便带着弗朗索瓦丝回到了座位。在这段时间，新太郎似乎也找到了一个中意的女人，正和她一起喝酒聊天。新太郎一看见笃藏，便用日语调侃他：

"高滨，你挺有两下子的嘛。"

笃藏说："你的动作也很快呀。你来巴黎不是连半年都不到吗？"

"这种事不用花多少时间就能学会。更重要的是，要是我们再继续说日语，两位小姐会很无聊的，我们别说了。"

"说的也是。"

接着，他们四人便用法语闲聊了一阵。忽然，新太郎再次用日语说："高滨，我们差不多可以自由行动了吧？"

"好啊。不过，你没问题吗？你的钱要是不省着点花……"

"没关系，我只带了今天需要的钱出来。要是不够的话，叫她算便宜一点。"

"那我就放心了。请自便吧。"

四人走出店门外，便分头离开。笃藏与弗朗索瓦丝手挽手走着。

"你肚子饿不饿？"

"有一点。"

"我们去吃点好吃的怎么样？"

笃藏刚刚和新太郎一起吃过鸭肉，但还不至于吃不下，而且这个女人平常可能没什么机会品尝佳肴，所以笃藏想带她去吃点什么，哄她开心。

弗朗索瓦丝高兴地说："听说这附近有一家餐厅的猪脚很好吃哟。"

"时间不会太晚吗？"

"不会，那家餐厅营业到很晚。"

"是吗，那我们就去那里吧。"

走了一小段路，前方出现一间古老破旧的餐厅。外面看起来黑乎乎的，门框、窗框都有些损坏，还会轧轧作响。但是仔细一看，才发现原来所有的细节都保养得很好，之所以看起来像是损坏的，其实是为了营造出怀旧感刻意设计的。

"比起那种擦得亮晶晶、一尘不染的店，这种餐厅更好吃。"弗朗索瓦丝像找借口似的说。

"我知道啊。我是这方面的专家。"

"专家？"

"我是厨师。"

"哇……那你会做很多好吃的东西啰？"

"算是吧。不过比起自己做，在外面吃更好。"

猪脚是一种很油腻的菜，笃藏本来以为自己的肚子还有空间，结果只吃了一半就吃不下了。弗朗索瓦丝吃光了自己盘里的餐点后，问："那些你不吃吗？"

"嗯。"

"日本人食量真小。"

"嗯。"

笃藏本想坦承其实刚刚才吃过银塔的鸭肉，但要是这么说，大概会让平常鲜少去那种餐厅的弗朗索瓦丝（其实笃藏也不常去）心生羡慕。笃藏扬起一抹日本人独特的笑容，也就是那种让西洋人觉得有点诡异的笑容，默不作声。

弗朗索瓦丝眼睛发亮："那可以给我吃吗？"

"当然可以。来，给你。"

"谢谢。"

她一眨眼就把剩下的猪脚吃光了，接着像意犹未尽似的舔着嘴唇。

她不只是外表看起来朴素乖巧，就连身材在法国女性当中也算是娇小的，就算和笃藏并肩而行，看起来也不会太不相称。不过她吃东西时狼吞虎咽的模样，在优雅的日本女性身上绝对看不到。笃藏心想，要是不先做好心理准备，也许会被吓住。

离开餐厅后，两人便搭上了马车。弗朗索瓦丝告诉车夫地点后，马车便往前驶去。

马车停下的地点，是个笃藏没来过的地方。从大概的距离和方向来看，大约是蒙马特一带吧。

弗朗索瓦丝的房间很整齐。家具和装饰品虽然都是便宜货，但都很干净。桌上放着花，墙上挂着一些装饰，看得出这个女人平常努力让自己过着干净舒适的生活。

一走进房里，她就立刻把帽子、外套、裙子全部脱下，扔向一旁，变成一头雌性动物，扑向笃藏，把他身上的衣物一件件剥下，使他也变成一头雄性动物。她的外表看起来像是乖巧内敛，才让笃藏想起他的前妻阿藤，对她一见钟情。然而她此刻粗野的动作让人不禁诧异，这个看似乖巧的女人，内心竟然藏着这么强烈的性情。

她那拼命的态度，仿佛想仔细品尝这欢愉的美酒，连最后一滴都不放过。她似乎想在对方全身上下每一个角落制造出快感，并献出自己的全部，让对方陶醉其中的同时，自己也尽情享受，让自己的快乐倍增。

当然，这是她的工作，她也许只是单纯地在尽义务。然而这种行为的秘密，就在于一种不可思议的相乘作用——若想点燃对方的情欲，就必须先燃烧自己，当对方感染到自己的快乐时，也会感到快乐。假如只抱着尽义务的态度，是做不到这一点的。唯有全心全意投入，才能达到这样的境界。从这个角度而言，她或许是一个完美的卖身女。

而且，欢愉并不止一次。当快乐的火焰燃烧殆尽，达到疲劳极限的笃藏即将入睡时，弗朗索瓦丝却说："不能睡！"

她把笃藏摇醒,激烈地吻遍他全身柔软的地方。光是亲吻还不够,她咬了他。

"好痛!"

笃藏四处逃窜,弗朗索瓦丝追着他,伸出手用指甲抓他。

"好痛,放过我。"

"你振作一点!"

"我已经不行了。"

"你不是日本人吗?"

"是日本人又怎么样?"

"日本人不是号称不会输吗?这里是巴黎。巴黎是个和平的城市,在和平的城市,就有和平的战法。"

"是这样吗……"

于是笃藏重振精神,斗志昂扬。

第二天早上,一睁开眼,笃藏便发现弗朗索瓦丝蜷缩在他的怀里,睡得香甜。她的睡容看起来纯真无邪,笃藏用手指轻轻地碰了一下她的脸,她便张开双眼,扬起一抹微笑,接着抱住笃藏向他索吻。吻着吻着,原本还残存的睡意也完全消散,全身的细胞开始蠢蠢欲动。

弗朗索瓦丝似乎也和他一样,亲吻的时候,他可以感到弗朗索瓦丝的呼吸变得急促。

这或许也是她服务的一环吧,不过以买卖而言,这样的服务未免太热情了。

当他们准备起身下床时,太阳已经高挂在天空,清爽的空气从窗外透进来。

"我肚子好饿。"

"我做点东西给你吃吧。别看我这样,我可是丽兹酒店的厨师。"

"真是太了不起了,那么高级的地方,我连进都没进去过。但就算是丽兹酒店的厨师,只有马铃薯,也做不出什么好吃的东西吧。"

"你家里有胡萝卜吗?"

"没有。"

"牛肉呢?"

"吃光了。"

"黄油呢?"

"我没买。"

"鲜奶呢?"

"我不太喜欢。"

"盐呢?"

"有一大堆。"

"那就只能做盐水煮马铃薯了。"

"这种东西,就算不请丽兹酒店的厨师出马,好像也能做。"

"感觉上是这样,不过削皮的方法和火候的拿捏应该多少有些秘诀。交给我吧。"

就在两人一起吃着盐水煮马铃薯当早餐的时候,笃藏渐渐对弗朗索瓦丝产生了情愫——我说不定会在这个女人身上花很多钱。

弗朗索瓦丝则说:"你的生活起居都没有人照顾吧。你的衬衫最下面的扣子掉了,要不要帮你缝一下?"

"反正衬衫的下摆会扎进裤子里,最下面的扣子无所谓。"

"可是你和别的女人睡觉的时候,会丢脸吧。"

"我只要你就够了。"

笃藏想起昨晚,觉得自己应该没有力气再去找别人了。

"真开心。这表示你还会再来找我啰?如果是这样的话,我就不帮你缝扣子了,这样脱衣服的时候更快。"

这应该就是所谓的灌迷汤吧。

9

时间到了明治四十五年。笃藏来到巴黎已经整整三年。

七月传来天皇身体不适的消息，法国的报纸上还刊出了国民们跪在二重桥前，一同祈祷天皇早日康复的照片。

笃藏也甚感忧心，在厨房工作时都不太和同事们说话，甚至食不下咽。

听到天皇逝世的消息时，笃藏正在切炖煮用的牛肉。他当场扔下菜刀，掩面大哭。那两三天，他就像行尸走肉，不管做什么都提不起劲。同事无不大感惊讶，直说日本人是个奇怪的民族。

在天皇大葬之日，传来了乃木大将自刎的消息。对于和明治时代共同成长的笃藏而言，这又是一个让他丧失动力活下去的事件。

笃藏曾向位于尼斯的马杰斯提克酒店（与巴黎的属于同一集团）求职，刚好就在此时，对方表示有厨师的空缺，他觉得这是个转换心情的好机会，便临时决定前往。

尼斯是位于法国南部的避暑胜地，面向地中海，有许多富豪聚集在这里。此外，这里也拥有丰富而新鲜的海产品，说不定能学到在巴黎学不到的鱼类菜肴做法。笃藏这样想，所以很久以前便通过大使馆向这家酒店求职，而他的愿望现在突然实现了。

他唯一挂心的只有弗朗索瓦丝。她纯情得一点都不像妓女，个性温和，又不求金钱回报，只是一味地对他好，所以笃藏经常去找她。但假如要前往尼斯，就必须分隔两地。虽然弗朗索瓦丝说可以跟他去，但他当然不可能让她在尼斯继续接客。而不让她接客，笃藏就要负责照顾她的生活。他目前经济无虞，照顾一个女人当然不成问题，只是如果和她深入交往，等到必须分开的时候会产生许多麻烦。笃藏并不打算立刻回日本，甚至觉得半永久地在法国落地生根也不错，只是那传统的伦理道德观念不允许他和一个明知是娼妓的女人像夫妇一样同居。虽然他对弗朗索瓦丝充满了不舍,但还是独自前往尼斯。

半年后,笃藏收到一封来自巴黎日本大使馆的参事官安达峰一郎的信。信上是这么写的:"我有一件和你个人相关的事想和你商量,但不太方便通过书面说明,所以我想和你当面谈谈,请你找个时间回巴黎。"

笃藏不知道那是什么事。不能写在信上的事究竟是什么呢?"和你个人相关的事情"又是指什么? 所谓的和个人相关,是要帮我说媒,还是替我找工作,或是把我免职?

我有事找你,你过来一趟——这真是太自以为是了。笃藏这三年来受到大使馆许多照顾,虽然是在没有得到允许的情况下,也因为罐头得到了许多营养。马杰斯提克酒店(巴黎和尼斯两者皆是)的工作也是大使馆介绍的。所以参事官让他去,他就非走这一趟不可。他只好心不甘情不愿地出了门。

安达参事官一看见笃藏,便招呼他进自己的办公室。

"真抱歉,把你叫到这里来。因为这件事关系重大,所以想当面跟你谈。"

"您一直说事情很重大,请问到底是什么事?"笃藏的语气带着一丝不悦。

"其实……是和皇宫有关的事。"

"皇宫? 是和天皇陛下有关吗?"

"是的。"

"您是说我对天皇陛下做了什么吗? 我可没有做出会被天皇陛下责骂的事情哟。"

"不是要骂你,是要你去侍奉陛下。"

"这是什么意思?"

"你愿不愿意到陛下身边,每天给陛下做菜?"

"我吗?"

"是啊。"

"也就是当御厨啰？"

"没错。"

"不行。"

"为什么？"

"这工作给我实在是糟蹋了，我的眼睛会瞎掉的。"

"没关系，不会瞎的。"

"不，一定会。要是像我这种既没有学问又没有品德的人替天皇陛下做饭，实在是大不敬，一定会遭天谴的。"

"厨师不需要学问，也不需要品德，只需要厨艺和发挥手艺的真心就够了。"

"如果只需要这些的话，我倒是都具备……"

"另外还有一个重要任务。皇宫有时会召集群臣，举办宴会。此外，当外国皇室、总统、首相、大使、公使来访的时候，皇宫也会举办欢迎宴会。届时，烹制宴会的餐点也是御厨的任务。"

"原来如此。"

"陛下很快就要即位，成为当今天皇，到时候会举办盛大的仪式，而你的任务就是准备庆祝宴会的菜式。怎么样，你愿意吗？"

"不，我不愿意……"

"这样啊，真是可惜。我认为这个工作非你莫属，才极力推荐你。假如你无论如何都不愿意，那也没办法。我去问问别人吧……"

安达参事官的表情突然变得冷淡。笃藏见状，也不禁觉得可惜，说："是安达先生您推荐我的吗？"

"嗯，没错，可如果你说什么都不愿意接受，我也没办法。"

安达不愧是外交官，十分擅长攻守进退。他故意站起身，表现出谈话已经结束的样子。笃藏发现要是让他现在离开，可就不得了了，赶忙问："请问您为什么要推荐我？"

安达依然一脸遗憾的表情。

"不只是我，栗野先生也很热情地支持推举你……"

笃藏刚来到巴黎时的大使栗野慎一郎，约莫在半年前晋升为子爵，退休回到日本，由石井菊次郎继任大使。

"宫内省从栗野先生还在巴黎的时候，就一直请他推荐适合的厨师人选，而栗野先生和我讨论之后，觉得除了你之外没有第二人选，所以极力举荐你。我相信他回到日本之后，一定在宫内省做了很多努力。所以现在几乎已经内定是你了，只是问一下你的意愿。"

"这样啊……原来你们为我做了这么多……"

"可是，要是你不愿意，也没办法……"

"不，如果是这样的话，我愿意重新考虑。"

"哦，你愿意重新考虑吗？"

安达发现总算逼笃藏答应了，于是会心一笑。

"为了保险起见，我先问你，我可以当作你接受了，对吧？我必须立刻向东京报告，要是你事后反悔，可就麻烦了。"

"是的，我愿意接受。虽然总觉得有点不知天高地厚，对未来也很不安，但既然您都这么说了，我一定会竭尽心力做好这份工作。"

"听你这么说，我就放心了。你接受这份职务后，我想你应该先回日本，以便皇宫找你的时候，你能立刻过去。"

"我知道了。那我立刻准备回国。"

两人接着又讨论了一些细节，之后笃藏便离开了大使馆。走出大使馆时，他觉得自己的双脚仿佛腾空一般。

在天皇陛下的身边担任御厨，是他从来没有想过的事。要说光荣，这当然是无上的光荣，但相对的，责任也极为重大。像自己这种没有学问也没有教养的粗人，真的能胜任吗？

笃藏不免害怕起来。一整年待在天皇的身边，思考着该做什么给陛下享用，总觉得会让人短命。他甚至觉得，与其每天处于这种胆战心惊的环境中,还不如拿着一把菜刀玩遍法国,享受漂泊四海的自由更快乐。

笃藏还不想回日本。他总算能说一口流利的法语,也学会了怎么和法国人相处,才刚开始享受这里的生活。

他的厨艺也已经有一定的水平,做出的法国菜有时甚至比法国人做的更美味,令他引以为傲。但是另一方面,在法国待五年,能学到的一定比待三年多;待上十年,能学到的又一定比待五年多。要是就这样回日本,实在可惜。

然而对日本人来说,没有比成为天皇陛下的御厨更荣耀的事了。这是全日本第一的厨师,任何人都无法反驳。被推荐担任这么光荣的职务,要是推辞了,只会让人认为是头脑有问题。这就像一口气跳过了十个台阶,一举出人头地一样。

想着想着,笃藏这才发现自己有多么幸运。

"怎么样!我已经不是普通的厨师了。虽然诚惶诚恐,但我可是天皇陛下的御厨!太棒了!"

他兴奋得想对每个经过的路人骄傲地大喊。但走在路上的都是法国人,他们不知道成为天皇的御厨是一件多么光荣的事。就算他在路上自豪地大喊,路人也不会惊讶。

笃藏很自然地走向弗朗索瓦丝的家。他离开尼斯时,就打算等处理完大使馆的事情后,便立刻去找她。

我要突然出现,让弗朗索瓦丝吓一跳。

他一直想象着弗朗索瓦丝又惊又喜的模样,心中满是期待。

然而,笃藏此刻的心情却很复杂。他们在体验久别重逢的喜悦时,也必须承受再也无法相见的悲伤。

干脆不让她知道我要回日本好了……

这也不是做不到。只要告诉她,自己只是来巴黎一趟,享受一下重逢的欢乐,再一声不响地回尼斯就好。就算直接从尼斯回日本,短期内她也会以为我还在尼斯。这感觉像是在欺骗她，让笃藏心里很不好受，但如果告诉她自己必须回日本，更是残酷。

既然如此，那么干脆不要去找她，直接回尼斯也可以，但笃藏却做不到。

到底该不该告诉她呢？笃藏犹豫不决地立在弗朗索瓦丝的家门口。

然而他敲门后，出来的却是一个陌生女人。他问到弗朗索瓦丝，对方却一概不知，只是一脸疑惑地注视着眼前这个东方人。笃藏得知，弗朗索瓦丝不知什么时候搬家了，之后住进来的这个女人对前一个房客一无所知。

好吧，这样也好。

这么一来，笃藏便整理好自己的心情了，因为让他想留在法国的主要因素已经消失了。

事实上，还有别的东西将他的心留在法国。

那就是巴黎的空气。这个全世界最美丽、最时尚、最精致的都市，以那难以言喻的温柔与风雅魅惑着人心。笃藏一直想再次回到这里生活，呼吸这里的空气，一想到现在必须离开巴黎，一阵莫名的寂寥便涌上心头。

我一定还要再来巴黎……我一定会想办法，找机会再回到这里。

他在内心立誓。在宫内省工作几年，等即位大典的宴会顺利结束，如果手头充裕……不，就算手头不宽裕，也要想办法筹钱，向宫内省请假，再来巴黎一趟。

在回日本前夕，笃藏必须前往各处辞别。

他去拜访了马杰斯提克酒店、巴黎咖啡厅和丽兹酒店的同事。不管到哪里，每个人都为他的成就感到高兴。

"能当上天皇的厨师，真是太了不起了。可是真舍不得你走。你一定要再回来。"

"我一定会再来的。要是不时常回这里锻炼手艺，我就会变成井底之蛙。"

"只是下次你来的时候,可不要随便亮出刀子吓唬同事,或是把整锅汤打翻。要是你再这么做,我的心脏可受不了。"

"好,我知道了。那我也有要求——你们不能因为我个子矮、肤色和你们不一样,就拿我当笑柄。"

"那是当然。"

新太郎也非常替他高兴。

"你真的办到了。虽然我半途就脱队了,可是看见你心无旁骛地朝着理想迈进,就觉得你很了不起。"

"你打一开始目标就和我不一样,不能这样比较。很多人就算察觉到自己走错了路,也没有勇气重新来过,你却做到了,所以我很尊敬你。未来请继续加油。"

"谢谢。"

大正二年三月,笃藏回到尼斯,整理好行李,从马赛搭上了前往日本的轮船。

船离开法国越远,笃藏的内心越感到依依不舍。当船经过苏伊士运河的时候,他甚至几次想干脆跳进水里,游到对岸,再走回法国,不过船驶入印度洋之后,他就打消了这个念头。

皇宫之中

1

笃藏在神户靠岸后，便直接返回老家武生。

从米原进入北陆线后，便能看见群山的山顶上残雪闪闪发亮，沿线农家的庭院里盛开着梅花。

啊，我总算回到日本了。

笃藏深深叹息。之前明明那么舍不得法国，但是一回到日本，看见熟悉的田园景色，依然不由自主地打心底感到安心。

武生的父母、哥哥、姐姐、弟弟全都来到车站迎接他。哥哥的病情已经好转许多，尽管依然称不上恢复健康。哥哥一直想回东京完成学业，但医生说什么都不允许。

笃藏上面的姐姐阿初个性很踏实，大家都说兄弟姊妹中，她和笃藏最像。打她嫁到武生车站前的油纸伞店那一天，她就把家里的大小事务全都学会，手脚利落地一一打理。不仅如此，她也能对镇上的所有事情说出一番道理，因此镇上的人们不管遇到什么事，都来找她商量。她听过的事就绝不会忘记，即使足不出户，也能掌握镇上每个角落的情况。笃藏小时候曾对村里的乞丐恶作剧，结果对方穷追不舍，当时让他躲了好几天的，就是这个姐姐的家。

从火车下来的笃藏和以前简直判若两人,俨然成了一位优雅的绅士。他的帽子、领带、鞋子都完美无瑕,充满海外归国者的风采。在当时,"海外归国者"这个名词,意味着理想的男性形象。

笃藏一看见家人,脱口而出的不是问候,而是:"妈,现在还有螃蟹吃吗?"

"哎呀,这孩子真是的……"妈妈笑着说,"螃蟹是冬天的食物,现在已经过了产季,不过有时还能抓到质量不错。我去问问鱼店。"

"我在法国的时候,经常想着'啊,好想吃越前的螃蟹'。"

姐姐说:"你明明在全世界食物最美味的地方学习,还这么想吃这种乡下的东西?"

"不,那是因为我们的螃蟹太棒了。这么好吃的螃蟹,全世界都找不到。"

"既然你都这么说了,那我跑遍整个武生的鱼店找找看。"

当晚,笃藏一边大快朵颐地享用家人幸运地买到的螃蟹,一边说:"就像我在信上说的,我就要成为天皇陛下的御厨了,虽然很想继续留在法国……"

父亲面带严肃的神色说:"这件事非常值得庆贺,我想没有比这更光耀门楣的事了,可是你天生鲁莽,我担心你会不会捅出什么大娄子来。"

"其实我也没什么信心。我每次一生起气来,常常不顾一切地对人破口大骂或是拳脚相向,我自己也很注意这一点……"

"唉,你还小的时候,就算稍微粗鲁一些,或是做出什么恶作剧,只要对方知道你没有恶意,都会原谅你。可你现在已经是大人了,道歉也未必能获得原谅。而且,你接下来要在天皇身边工作,就算你犯的错在其他地方不算什么,在那里也可能造成无法挽回的后果。一想到这里,我就担心得夜不成眠。"

"我知道了。我会非常注意的,请放心。"

可父亲的脸上还是写满了担心。

笃藏在老家待了四五天,享受了许久未尝到的螃蟹、豆腐味噌汤和腌萝卜后,便前往东京。

笃藏本以为一回到日本,第二天就得去宫内省工作,但事实并非如此。他搞不清现在的状况,便决定去拜访前大使栗野先生,顺便向他打个招呼。栗野先生现在已经是子爵,住在青山一栋气派的宅邸里。

"哟,你回来啦,辛苦了。"栗野先生带着温和的微笑说。

"这次得到您各种照顾,实在非常感谢。目前宫内省什么都没通知我,请问现在是什么情况呢?"

"政府机关就是这样,什么事情都慢吞吞的,很难有进展。他们经常花很多时间进行各种调查和手续,等到当事人都忘记这回事了,事情才会有个结果。我想现在大概正在照会福井的警察局,调查你的身家。"

"警察局?"

看见笃藏大吃一惊的模样,栗野先生笑了笑。

"没错,就是调查当事人有没有前科、家人当中有没有人行为不检,还有当事人的思想倾向正不正确……毕竟皇宫是一个特殊的地方,比一般的地方更小心谨慎……"

"这样啊……"

笃藏突然变得无精打采。于是栗野先生说:"难道你有什么不可告人的事情,怕被调查出来?"

"是的,我在老家,是全村最粗鲁的暴力分子。"

"光是粗暴,还算不上缺点。只要没有伤害过人或是引起过什么骚动就好。"

但是笃藏心里却直冒冷汗。说到警察局,他就想起警察局长的千金八千代小姐。笃藏实在不希望由她的父亲来调查自己的身家。虽然局长不可能亲自调查，应该会吩咐手下，可报告书出来时，局长会露出什么样的表情，清晰地浮现在笃藏眼前。

那个以前老爱恶作剧的小鬼，竟然要当天皇陛下的御厨了？啊哈哈哈……

不久后，八千代小姐应该也会耳闻这件事。八千代小姐出现的时候，笃藏都像触电一样，站在原地发抖，从来没有做出什么粗暴的举动，不过对方一定听过他的名声。笃藏压根儿没想到会由她的父亲负责调查自己。

看见笃藏无精打采，陷入沉思，栗野先生说：

"哎呀，虽说是调查，其实也不是多么严重的事情，你放心。我想接下来应该会有消息了，你只要悠哉地等着就好。"

听栗野先生这么说，笃藏总算打起精神，向他告辞。

笃藏作为海外归国者，不管到哪里都大受欢迎。在外国人手下学厨艺并不稀奇，可是在巴黎待了五年，还在马杰斯提克酒店、丽兹酒店等顶级酒店从基础开始学习正统法国料理的人，却只有笃藏一个。许多餐厅都表示能提供比其他地方更优渥的薪水，希望聘请他工作。

但是笃藏已经决定进入宫内省了。虽然宫内省的薪水并不高，可名誉才是最重要的。栗野子爵特别提醒笃藏，在正式决定之前，不能将这件事泄露出去，所以他没有告诉别人。但他即将进入宫内省这个秘密，已经自然而然地在亲友之间传了开来。即使如此，仍然有许多餐厅不断央求他："当作暂时的跳板也没关系，请你来我们这里工作，指导我们的年轻厨师。"对笃藏来说，宫内省的工作不知什么时候才会正式决定，另外，无论怎么受欢迎，要是不在某个地方工作，每个月领到固定的薪水，也无法生活。于是，他决定前往这些邀约中最有诚意的东京俱乐部，担任料理部长。

一旦定下了工作，一直住在旅馆也不是办法。正当他到处寻找合适的房子时，一位前辈介绍他去赤坂溜池的秋泽家。

秋泽家的主人也是厨师,在俄罗斯大使馆担任主管。这户人家拥有一家规模很大的餐厅,生意很好,不过主人在大使馆工作,从早到晚都不在家,餐厅一直以来都交给老板娘经营。

说到赤坂溜池,现在已经是日商岩井大楼以及其他高楼大厦林立的商业区,但在大正初期,有一条河从赤坂见附的清水谷公园流至虎门一带,河岸边有市内电车行驶,餐厅林立,秋泽家的店也在其中。这里邻近赤坂的红灯区,山王神社前是一个小型的观光景点,人潮汹涌,所以秋泽家的餐厅也门庭若市。

主人重次是个身材肥胖的彪形大汉,他个性豪迈,乐观开朗。在笃藏搬来两三天后的一个傍晚,他来到笃藏的房门口,从纸门外喊道:"高滨先生,我可以进来吗?"

"请进。"

日本人并没有这种习惯,但重次不愧是在俄罗斯大使馆工作的人,没忘记在进入别人的房间前先打声招呼。

重次进来后,笃藏便把桌上的书收拾好。

"哎呀,你在看书?抱歉,打扰你了。"

"不,反正只是我打发时间的工作。"

"那是什么书?看起来像是用洋文写的。"

"是啊,这是一个叫埃斯科菲耶的人写的书,叫《烹饪指南》。"

"我也听过埃斯科菲耶这个名字……听说他是法国厨师中像神一样伟大的人物。"

"我在巴黎的丽兹酒店时,就是在他的手下做事。待在他身旁,我发现他并不是什么神,只是个普通人,而且非常亲切、待人和善。"

"能跟着这么了不起的人学习,你真幸福。这就是他写的书吗?"

"嗯,这就像厨师的秘籍宝典,或者是指南。书里写着各种料理的做法和技巧,对于我这种曾经跟着师傅学习,日后却忘光了,怎么都想不起来的人来说,这本书非常方便。我打算把它翻译成日文出版。"

这份工作正好可以打发等待进入宫内省的空当。这位叫埃斯科菲耶的厨师是法国料理界的权威,如果把这本书翻译成日文出版,日本的厨师们一定很高兴,译者一定也会被视作刚从国外回来的新知识分子,受到社会的敬重。

重次说道:"高滨先生,我这里有地道的伏特加,要不要一起喝一杯?"

"谢谢你。你在俄罗斯大使馆工作,一定有很棒的酒。"

"怎么样,要不要来我房间?"

重次的房间是一间八叠大小的和室,一般书房里放书柜的地方,放着一个用橡木打造的精致洋酒柜,里面摆着满满的陈年干邑白兰地和威士忌。

重次从酒柜里抽出一瓶伏特加,酒标上写着颠倒或横卧的ABC似的俄罗斯文字。他把酒倒进玻璃杯,放在笃藏的面前。

"怎么样?"

笃藏喝了一口。舌头和喉咙的黏膜觉得刺刺的,却有一股难以形容的芳香和浓郁的风味,给人一种轻轻摇曳的陶醉之感。

"这酒真不错……只有俄罗斯的大地能孕育出如此的滋味……"

重次说:"俄罗斯就是这样的国家……对了,不知道有没有什么下酒菜。"

他拍拍手。拉门打开,一张白皙的脸庞浮现在傍晚昏暗的天色中。

"有什么事吗?"

"就是有事才叫你。你去拿点能嚼的东西来。"

"能嚼的东西?"

"饲料呀。"

"呃……是兔子或是鸡吃的东西?"

"不是,是伟大的人类品尝的东西。"

"我知道了。"

拉门咻地关上。笃藏感觉像是在做梦一样。刚才那个人不是八千代小姐吗?

可八千代小姐是武生警察局长的千金,不可能出现在东京的餐厅。所以她是另一个人?话说回来,她们长得还真像,实在太像了,都是白皙纤瘦,又有气质。

笃藏又喝了一杯伏特加。酒浸润了喉咙,渗入腹中。

拉门开启,刚才那张白皙的脸孔再次出现。她端着一个放着鱼子酱和腌小黄瓜的托盘。

"这位是高滨先生吗?"

重次说:"哎呀,你不认识他?"

"他是在我上学的时候搬进来的,每天我还在睡觉的时候,他就出门了,晚上我睡了之后,他才回来……"

"这是我女儿,叫敏子。"重次说。

笃藏想说些什么,却紧张得连一句话都说不出来,这并不仅仅是伏特加的关系。

2

大正三年对笃藏来说,是好事不断的一年。

其一,是他埋头翻译的《法兰西料理全书》出版了。此书的原作者是有法国料理界权威之称的埃斯科菲耶,但是书的封面上却只写着"高滨笃藏著",没有提到埃斯科菲耶的名字。这是因为笃藏在翻译的时候加入了许多自己的想法,此外,在日本难以入手的食材,他使用其他的食材来代替,所以不全然是翻译。

当笃藏遇到看不懂的法文,就去请教筑地明石町的谷川老师。谷川老师当时收了许多学生,十分忙碌,但他一见到笃藏,就高兴地把他让进书房,兴致勃勃地听他说巴黎的事情。

"毕竟我去巴黎已经是十年前的事了,巴黎现在应该变了很多吧。"

接着,他又问起某条路上的某家店,某个广场上的餐厅。

"好像没有什么改变。我真想再去一次,坐在那家咖啡厅的椅子上,悠闲地看看路过的人。"谷川老师感慨地说。

"老师,我应该怎么对埃斯科菲耶先生说才好?"

"法国人对著作权很啰唆,可是在日本这么远的地方,应该不会影响原著的销量,还能让自己在世界上更出名,他说不定会很高兴。我想,你写一封谦虚有礼的信,再附上一本出版的书送他吧。"

于是,埃斯科菲耶那边的问题就解决了。

这本书在厨师界引起了一阵小小的话题。厨师普遍对自己的手艺充满信心,但是大部分人对读书写字不在行,光是看见皮革封面上用金字写着"高滨笃藏著"这几个字,钦佩的心情便油然而生。

第二件值得庆贺的,就是他的婚事。

笃藏住宿的秋泽家的主人重次是入赘的女婿,而他们夫妇膝下只有一个独生女,也必须招赘。他的女儿就是笃藏刚搬来两三天时,重次吩咐端下酒菜给他们配伏特加的敏子。

敏子在六番町的双叶女校读五年级。双叶女校是一所教会学校,敏子在家也经常吟唱圣歌。她并不是基督教徒,但非常喜欢唱歌,几乎天天都在唱。她的歌声嘹亮又优美,洋溢着青春少女丰沛的感情。

双叶女校原本在筑地的明石町,笃藏前往法国前在华族会馆工作期间,每次到谷川老师家学法语时都经过那儿。学校有时直到深夜都灯火通明,传出用风琴伴奏吟唱圣歌的声音。笃藏对她们充满了憧憬,心想,在那里唱着那些歌曲的,不知道是多么美丽的少女。但一想到她们就像是另一个世界的人,对于自己这种乡下厨师来说根本遥不可及,就不禁悲从中来。

现在,那所女校的学生竟然和自己住在同一个屋檐下,每天开心地唱着歌。每次听见她那青春洋溢的歌声，笃藏都感到心神荡漾。

她和武生警察局长的千金八千代小姐神似得令人惊讶。八千代小姐是个优雅、乖巧又端庄的少女，敏子虽是个新潮明丽的都会少女，但她那娇弱纤细的模样，看起来简直和八千代小姐像是同一个人。

她非常漂亮，有"溜池小町①"之称，每个和她擦身而过的人都会回头再看她一眼。许多美人都态度高傲，喜欢装模作样，可是敏子的优点是没有一丝娇气，每个人都能轻松地和她聊天，一下子就熟络起来。所以她和笃藏也很快相熟了。

笃藏从来不曾和八千代小姐说过话。别说交谈了，连只是远远地看着她，都会像触电一样，双脚僵硬，全身动弹不得。然而敏子是个活泼又新潮的东京女孩，总是大方地主动和笃藏攀谈。

"听说高滨先生在巴黎住了五年这么久？"

"是啊。"

"真棒。你一定每天都和巴黎的美女手挽着手，在香榭丽舍大道上散步吧。"

"我才没那种闲工夫，每天从一大早就待在厨房里。"

"那里是制作最地道的法国料理的厨房吧，太厉害了。"

"全世界的厨房都没什么差别。"

话虽如此，笃藏很以曾在法国学习厨艺的厨师身份自豪，面对她尊敬的眼神，当然不会不高兴。

得知笃藏即将在皇宫工作的事情后，敏子对他的尊敬更是达到了顶峰。敏子的敬仰逐渐转为爱意，而笃藏也将对八千代小姐那无法开花结果的情愫，转移到了敏子的身上，两人很快成了互相托付终身的伴侣。

---

①日本平安时代，有一位以美貌著称的女歌人小野小町，后世以地名加"小町"的称呼来指代美女。

一直希望女儿能找到一个好夫婿的重次，当然也没有任何异议。幸好笃藏是次子，没有继承家业的义务。就算体弱多病的长子出了什么万一，家里还有三儿子，不用担心没有继承人。

笃藏曾经两度入籍别人家，不过那已经是好几年前的事了，户籍也已取消，不会对未来造成问题。两人在亲友的祝福之下结为连理。

同年十一月，笃藏终于接到引颈期盼的宫内省录取通知书。

穿过坂下门，再顺着右边的缓坡走上去，就是宫内省所在的建筑。左边是丰明殿，中间是红砖砌成的大膳寮①。大膳寮也是宫内省的一部分，只有这里是独立的建筑。

笃藏先被带往大膳头②的办公室。他原以为大膳头会像戏剧或曲艺中的人一样，不是束带顶冠，就是穿着正式的和服，没想到他竟然是一位穿着普通西服、戴着金边眼镜的绅士。

"你就是秋泽吗？欢迎你。"

他说话的措辞也和一般人没有两样。

此人名叫福羽逸人，是一位子爵，同时也是农学博士，但除了看起来既有气质又稳重之外，和一般人没有什么差别。

"大膳头"的正式读法是"daizennokami"，但在皇宫中，大家习惯称之为"daizentou"。这是因为人们平常称呼天皇为"okami"，因此名称中若有"kami"二字，容易搞混，同时也对天皇不敬，再加上"tou"容易发音，所以才这么称呼。将"主马头"念作"shumetou"，将"图书头"念作"zushotou"，对听不惯的人来说很奇怪，但在皇宫里是很普遍的称呼。

大膳头手下除了事务官、属官之外，还有主膳、膳手、厨司等职

---

①日本宫内省部门之一，负责天皇的膳食与皇宫宴席，后改称为大膳职。
②大膳寮的最高领导。后文中"主马头"为管理宫中马匹的部门马寮的最高领导，"图书头"为管理国家藏书的图书寮的最高领导。

员，总共约一百七十人，人数相当可观。

所谓的主膳与膳手相当于民间的服务生，也就是负责送餐的人。"膳手"正确的读音应该是"zenshu"，但在官厅里，却称为"zente"。就像一般的公务机构里将"技手①"念作"gite"一样。

而相当于民间厨师的职位，在皇宫里叫作厨司。厨司大约有二十位，分别负责日式餐点和西式餐点。

笃藏曾经任职于多家酒店和餐厅，却没有收到过任命状。而这一次，他从大膳头手中领取了写着"任命为厨司"字样的任命状，才实实在在地感受到自己真的成了天皇的御厨。虽然那只是一张宛如小学毕业证书的纸，可一想到这张纸承载着他迄今为止付出的血汗与泪水，便觉得必须慎重以待。

笃藏的月薪是七十五日元。这样的薪资，大概和大学毕业的年轻官员或上班族差不多。笃藏只是小学毕业，以学历而言，七十五日元堪称破格的薪资，不过他拥有在巴黎待过五年磨炼手艺的经历，领取这样的薪水也是理所当然。

民间的酒店或餐厅说不定会提供更高的薪水。只要笃藏点头，就算是一百日元、两百日元，对方一定也乐意奉上。不过站在权威的角度来看，还是大膳寮的厨司最具权威性。

而且，笃藏不是一般的厨司，而是将近二十名厨司的领导，级别相当于民间的主管，只是在宫内省并没有主管或主厨之类的职称，大家的职称都是相同的"厨司"，不过实质上的地位等同于主管。

笃藏收到任命状后，便依照官厅的惯例，前往相关各部门打招呼。虽说是宫内省，但不是每个人都像公卿大臣或仙人一样温和，看起来心眼坏、个性强势或脾气暴躁的人比比皆是。也有不少戴着老花眼镜的老人，仔细盯着笃藏瞧，说：

---

①官厅、公司中担负技术工作的职员。

"什么，竟然是这种初出茅庐的小鬼……"

这二十位厨司也大多比笃藏年长。纵使笃藏在法国待过，以厨师的年资来说，他们都是笃藏拼尽全力也追不上的老狐狸。

"什么？你在巴黎磨炼过手艺，还写了食谱？这有什么好神气的。你以为光有头衔或漂亮的履历就能做出好菜吗？"

好几名厨司的表情中流露出这样的态度。在这个职场工作多年的厨司就算还不到领导者的地位，心态至少也像个小主管，现在竟然被一个乳臭未干的小鬼压到头上，他们当然不高兴。

不过，笃藏也不是为了出风头或好玩，才去巴黎观光游览。虽说是在天皇身边工作，但厨师这份职业，斯斯文文是没办法做下去的。他们全都有一种类似流氓的豪迈气势，只要怀里揣着一把菜刀，就天不怕地不怕。最后取胜的都是不怕死的勇气和挺身冲撞的不服输的精神。

别小看我！

笃藏在心中暗自呐喊，表面上则若无其事地进行每天的工作。

厨师的工作是制作让人吃下肚的东西，所以最重要的是注重清洁，保持卫生，尤其是宫内省的大膳，要烹调让天皇陛下享用的食物，必须格外谨慎。因此在大膳，厨司必须在门口脱下鞋子，换上这里准备的拖鞋。

另外，在进入厨房前还必须清洁全身。厨房一进门有一间浴室，厨司在这里先把身上原本的衣物脱下，梳洗之后，再换上干净的工作服，才能开始工作。

笃藏来到这里工作还不满一个月，一天，有四五个人一边大声喧哗，一边从厨房的后门走进来。他们都是穿着西服的绅士，脚上穿着皮鞋。笃藏赶紧挡在他们面前，大喊："你们是谁？"

"我是片山。"

正中间那位老绅士悠然地回答。这位绅士看来地位很高，其他人大概都是他的跟班。

笃藏说:"你们以为这里是哪里?这里可是烹调天皇陛下御膳的地方。"

"我当然知道。我们是来执行任务的。"其中一个跟班答道。

"我不管你们有什么任务,穿着鞋子进来成何体统!混账东西!赶快出去,把全身洗干净再进来!混账东西!白痴!赶快给我滚!"

笃藏把能想到的所有粗话全用上,破口大骂。

"阁下,现在该怎么办?"一个跟班问道。

老绅士说:"看来好像是我们不好。我们先回去吧。"

"话虽这么说,这个人也太没礼貌了。只不过是个低等的小官,竟然敢对阁下口出恶言,这像什么话!要不要我给他一点教训?"

"不,那可不行。总之我们先走吧。"

一行人便这样离开了。

"活该!"

笃藏放声大喊,正感到神清气爽的时候,一位资深的厨司对他说:"秋泽先生,你干了一件不得了的事。那位是片山内匠头。"

"内匠头是什么?"

"就是内匠之首啊。"

"内匠之首,是《忠臣藏》里的那种吗?"

"是的,就是浅野内匠头那种。他是内匠寮官职最高的人,也就是皇宫建筑方面的头头。"

"浅野内匠头在《忠臣藏》里闹事了呢。我刚才破口大骂的就是那个内匠头啰?"

"对方是有点太跋扈了。"

"可是我又没说错什么。"

笃藏虽然嘴上逞强,但还是显得有点垂头丧气。就在这时,刚才的一行人又从正门走了进来。他们穿着正规的白长袍,换上了拖鞋,而且大膳头福羽子爵还走在最前面领着他们，这次笃藏无话可说了。

过了一个小时，大膳头把笃藏叫到他的办公室。笃藏已经有了被臭骂一顿的心理准备，没想到大膳头只是说：

"你做的事，只是因为尽忠职守过头了，我不会怪你。不过这里距离陛下很近，你必须注意一下说话的音量。另外，在宫内省的字典里，可没有'混账东西'或'白痴'这种词。"

3

日本人相信天皇是神的后裔，因此制作天皇的御膳这件事，想一想就令人惶恐。

然而大膳的工作，是每天做三次这件神圣的事情。而制作现场的负责人正是笃藏。

一开始，笃藏几乎觉得自己的寿命都要变短了。与其他工作不同，这份工作攸关天皇的身体健康。一想到绝不能出任何差错，拿着菜刀的手就会发抖，全身紧绷。

但是渐渐地，他发现这样不行。再这样下去，就要变成神经病了。怀着这种战战兢兢的心情，做出来的东西绝对不会好吃。如果不能用更轻松自在的心情来面对，根本无法做好工作。要保持平常心，要更大胆……

于是他努力地忘记自己在为天皇做菜，让自己保持淡然。

虽说是天皇的御膳，但事实上和一般国民平常吃的东西差不多。用镶着金银的餐具盛着满满的珍馐佳肴，再用金筷子享用——这只是孩子的幻想。天皇平常吃的，其实和民间小康家庭吃的东西无异。早餐若是西式，就吃燕麦片、鸡蛋、火腿或香肠等。若是日式，就吃味噌汤、海苔、白萝卜泥、鱼干等，没什么特别的。

平常午餐和晚餐吃的，也和一般家庭的差不多，并没有特别的食材端上餐桌。

唯一的不同，大概是制作这些餐点的，是一个叫秋泽笃藏的超级名人。

另外，蔬菜、肉和鱼等食材的种类也不同。蔬菜大多是自己种植的。位于千叶县三里冢的御料农场种植了许多供皇宫使用的蔬菜，每天将新鲜的蔬菜送到皇宫。宫城里的田地也栽培了一些农作物，有时也使用这些农产品。

肉类起初是向民间的御用商人购买，但第二次世界大战爆发后，管理变得困难，产生许多不便，也改为使用自己饲养的。三里冢的牧场养着品种繁多的牛、羊、猪、鸡，需要的时候就将适当的分量送到皇宫。那里还有专门的技术人员，不断研究，使用最新的制作方法与最好的材料，制作火腿、香肠、培根、酸奶、黄油等食材，不容许一丝懈怠或是退而求其次。从这一点看来，这或许是"奢侈"这个词的本义。

与民间截然不同的，只有过年时的菜式。从元旦到初三每天的早晚，都必须献上叫作"式膳"的宫中年菜。

根据入江相政先生编著的《宫中岁时记》，皇宫里的新年据说是这么过的。

元旦，天皇在清晨四点起床，在宫中三殿（贤所、皇灵殿、神殿）的西方，也就是神嘉殿的前庭，进行"四方拜"仪式。所谓四方拜，是祭拜神宫、山陵以及四方诸神，祈求消灾除厄、五谷丰收、皇室繁盛、国家昌隆与国民幸福的仪式。

在铺满白沙的前庭，摆上边长三尺的厚榻榻米，当作跪拜用的座垫。两对屏风围绕在榻榻米的四周，只在西南方开一个缝隙。西南方正是伊势神宫所在的方位。

天皇在贤所内的绫绮殿，由三名侍从协助将晨礼服换下，穿上束带与黄栌染御袍，漱口、洗手之后再出门。

接下来，宫中三殿会举行"岁旦祭"。岁旦祭是感谢天皇祖先，祈祷国运昌隆及国民幸福的祭典仪式。

四方拜和岁旦祭都是在破晓前的黑夜中，就着庭燎（火堆）与金烛（立式灯笼）的微弱灯光进行，气氛庄严。等仪式结束，天色也渐渐亮了。

接下来要在凤凰间举行"晴御膳"仪式。天皇座位前的桌上摆着许多菜肴，但大多类似下酒菜，天皇并不会真吃，只是动动筷子而已。据说过去天皇真的要吃，但到了后世只留下形式。

之后，天皇就和皇后一起吃真正的早餐。这时会上一种名为"菱葩"的食物。菱葩是新年祝膳的菜色之一，江户初期的记录上就有它的存在，据说与源自平安时代的"固齿"仪式有密切关系。《源氏物语》中记载，固齿仪式的食物包括白萝卜、盐渍香鱼与镜饼。

菱葩是年菜的主体，在皇室中也称为"お祝いおかちん"。"おかちん"是皇宫用语，意思是麻糬。皇宫中有许多只有在宫内通用的独特用语，例如将豆腐称为"おかべ"，将米称为"およね"。"おしだし"（酱油）和"おつゆ"（鲣鱼露）原本也是皇宫用语，后来在民间也通用了。

回到主题，菱葩的做法是先将厚两分[①]、直径五寸的圆形麻糬烤过，再叠上厚三分、长约四寸五分，同样烤过的粉色菱饼。在用砂糖煮过的细牛蒡上，淋上熬好的甜味白味噌，摆在麻糬上，再将麻糬对折，把牛蒡包住，捏成"赶鸟斗笠"的形状。端上桌时，用美浓纸包裹。

菱葩象征的是梅花，应该是取梅花在初春时，领百花之先绽放的清雅与高洁之意。

皇宫中的年菜由本膳与二膳构成。本膳除了菱葩之外，还有将两块鲷鱼肉叠在盘中、佐两块腌萝卜的菜肴。二膳则是以小伊势龙虾佐糖煮栗子以及雉子酒。除此之外，还有一些庆贺用的甜点。这就是正

---

① 长度单位。1 寸等于 10 分，1 分约等于 3.03 毫米。

式的年菜。

雉子酒的做法是将雉鸡的胸肉加盐烤熟后，切成薄片，再倒入加热后的酒。据说古代曾用鹤肉，或是用鲑鱼等鱼制作。

菱葩吃完后可以再续一份，每次食用时都必须搭配一杯雉子酒。不过当今的天皇不喝酒，所以只有形式而已。

在新年吃菱葩的惯例也流传到民间，在茶道界，新年初釜①的怀石料理中，也有食用与菱葩类似的"花瓣饼"的惯例。

另外，在夜晚吃的"入夜御杯"就和一般的杂煮一样，而这道菜也有吃两份的惯例。

用来制作菱葩的牛蒡，每一根都是完整的。牛蒡的长度必须约为四寸二分，从根部到尖端都不能切断。为了让牛蒡在过年的时候正好长到这样的长度，播种的时期要谨慎选择。大膳所付出的苦心，也体现在这种地方。

不只是过年的年菜，用于招待外国宾客的宴会使用的蔬菜，以及肉和鸡，也都要花相同的苦心来种植和饲养。通常在几个月前就会通知外国宾客来访的事宜，因此在准备时，从作为配菜的菠菜、高丽菜，到雏鸡、小牛的成长状况，都必须充分考虑。通过恰到好处的栽培、饲养和保存，才能让所有的食材在当天发挥极致的风味。

切蔬菜的刀工中也满含苦心。假如一道菜肴里同时使用了马铃薯、胡萝卜和四季豆，那么这三种食材的大小必须统一。食材的原貌有大有小、有圆有长，可是最后呈现的大小必须相同，所以要切掉许多部分。这些切下的部分不是扔掉，就是做成其他菜给工作人员吃，总之端上桌的食材一定处理成同样大小。普通家庭做四季豆时，通常会对半切或是切成三段，但在大膳则是将头尾切掉，使用剩下的一整条，如果是比较长的四季豆，可能三分之二都得舍弃。

---

①指新年初次点炉举行茶会。

如果觉得将四季豆切成条状有点了无新意，想更讲究，厨师便竭尽心力，刻意收集长得比较短小的四季豆，如此便能不切掉头尾，直接将整条送入口中。若以小黄瓜来比喻，就类似一般用来搭配鲔鱼生鱼片的迷你黄瓜。

马铃薯也是一样，假如要制作大小一致的法式薯条（将马铃薯切成长约五厘米，宽约一厘米的方条，用高温橄榄油炸得内软外酥，再撒上盐），那么一整袋马铃薯就必须扔掉三分之二。倘若民间的餐厅这么处理，没订出一般价格的三倍、五倍，绝对收不回成本。然而二次大战前的宫内省拥有自己的牧场和农场，专属的技术人员与职员可以不必考虑金钱、时间和劳力，宛如艺术家般投注心力，创造出让自己满意的东西，不像现在的宫内厅要以拮据的预算来做事。那个如今难以想象的时代，美好得仿佛是另一个世界。

担任大膳头的农学博士福羽，也非常适合这份工作。

福羽博士是幕府末期尊王派的学者——福羽美静子爵家入赘的女婿。福羽美静的个子比一般人矮小很多，而逸人博士的身高却有六尺以上，因此有些嘴巴恶毒的人总开玩笑说，子爵是为了自己的后代，才让这位高个子农学家入赘到家里。

福羽美静有一段这样的逸事。

由于他在明治维新时有功，当上了元老院议官。一天，元老院开会时，议长要求全体起立，却有一个人没有站起来。议长便问："你为什么不站起来？"

对方愤然回答："我早就已经站着了！"

议长一看，原来那是福羽议官。他的确站起来了，只是他站着的高度跟其他人坐着的时候一样。

然而尊王派的福羽非常活跃，在明治维新后担任神祇官，率领众人排佛弃释，让全日本的佛教徒心生恐惧。

他的长女，也就是福羽夫人，个头也很娇小，与身高六尺多的福羽博士站在一起时，形成强烈的对比。当时的电话并不像现在一样到处都有，是一种贵重物品。家里有电话，象征着这个家庭属于贵族阶级或富裕阶级。这样的人家都设有电话室，并用玻璃门隔开，不过福羽家的电话室里竟然放着一张小踏台，相当稀奇。这是因为博士的身高太高，夫人的个子又太娇小的关系。要是配合夫人的身高，那么博士就必须缩着身子打电话，而要是配合博士的身高，那么夫人就算踮起脚也够不到，所以才设置了踏台。这个入赘女婿的笑话其实不是毫无根据的。身高同样不高的秋泽笃藏造访福羽家时，若是想借用电话，也会用这个踏台。

对笃藏而言，这位福羽博士堪称他心目中最理想的男性形象，又或者是笃藏认为应该效法的人，是他憧憬和崇拜的对象。

福羽博士在栽培果树和蔬菜的领域是日本首屈一指的名人。论嫁接技术，也无人能出其右。他嫁接的树木没有一棵失败的。

除此之外，福羽博士也是位一流的学者。一般而言，拥有优异实务技巧的人通常疏于学问，学者则不擅长实务，但是福羽博士却两者兼备。

此外，他为人处世也非常高明。片山内匠头穿着鞋进入厨房时，笃藏对他口出恶言，大骂他混账东西、白痴，是个不懂得看场合的乡下人。他不懂得皇室的礼仪规范，与落语中一天到晚满口敬语、嚷着"噢，我的夫君"的女人恰恰相反，是个木工八五郎一般的粗人。换成别人一定会臭骂他一顿，以免下次再发生同样的事，可是福羽博士只说了笃藏一句，之后便像是什么都没发生一样。他那种不拘小节、大而化之的个性，深受笃藏喜爱。

而最令笃藏感动的，是福羽博士对工作投注的热情。

有时候，他会邀请笃藏："秋泽，我们去新宿看看吧。"

新宿御苑有一片博士用来做实验的田地，里面种植了各种蔬菜和果树。博士走进草莓园，摘下一颗熟透的红色果实，用手掌压扁之后，闻一闻,又舔了舔。

就算笃藏说:"大膳头,这草莓不是很漂亮吗?"博士也会说一句:"不,还不够……"

"可是这么漂亮的草莓,哪儿都找不到。"

"不,这还没达到我的目标。必须再红一点才行……"

"这已经很红了。"

"不,我想要的不是这种东西,而且甜味也差一点……"

博士似乎是个不满足眼前的现状,将希望寄托在未来的梦想家。

一天早晨,笃藏来到大膳上班后,发现平常总是比大家晚到的博士,正满脸倦容地坐在自己的办公桌前。

"您怎么了?怎么这么早就到了?"

"哦,昨晚的天空看起来怪怪的,好像有暴风雨,所以我连夜赶了过来,以免好不容易成熟得恰到好处的草莓都毁了。现在困得不行。"

在这样的过程中培育出来的,就是博得全世界好评的福羽草莓。

4

秋泽笃藏因为大骂片山内匠头混账东西、白痴,被福羽大膳头斥责,他虽感到歉疚,收敛了一些,但并没有打心底觉得抱歉。

福羽先生说宫内省的字典里没有混账东西、白痴这类词,但就算字典里没有,实际上也有一大堆这样的人吧?明明有这么多混账和白痴,字典里却没有这类词,那应该是字典的问题。还有,他说我们离天皇很近,所以必须保持肃静,其实在这种距离之下,就算说话声稍微大一点,也不用担心吵到天皇。况且让天皇听见了,又有什么关系。让天皇知道国民之间平常都用这种言辞互骂也不是坏事。

正因为笃藏这么想,他动不动就大声骂人的坏习惯老是改不过来。

此外,对笃藏而言,那些粗鲁的言语也是一种有利的武器。大膳有许多仿佛龟背上长满青苔的乌龟一般年长的厨司，对年纪轻轻就从国外回来，又空降成为他们上司的笃藏总是白眼以对。笃藏隐约能感受到，他们表面上装作顺从，内心却相当不满，默默地流露出抵触之意。当笃藏交代什么时，他们不是很慢才回应，就是故意磨蹭，迟迟不去做笃藏吩咐的工作。

可恶，竟然瞧不起我！你们以为我是谁？

在武生山上的寺院当小沙弥时，曾经对师兄不合理的压迫奋起反击；在巴黎的酒店工作时，曾经用刀子威吓取笑他的彪形大汉——笃藏这种不服输的脾气，此时再次抬头了。

然而笃藏并没有立刻发怒。他始终在观察大家是否愿意投降，从此跟随他。

如果他们一直抱着反抗的态度，笃藏绝不原谅。不管品德高尚的大膳头再唠叨什么字典，不管你们是不是会吓得直冒冷汗，双腿打战，都不干我的事。

笃藏大声痛骂了他们一顿，逼得他们不得不辞职。就这样，好几名资深的厨司离开了。反正这些家伙总有一天会扯笃藏的后腿，在反抗的火势愈烧愈烈之前，扑灭它最好。

可是这些厨司辞职后，也不能对他们置之不理。厨师的世界看似很大，其实很小。多年来一直当厨师的人，日后不管去哪里，也只能靠当厨师谋生。要是被人知道他们是被秋泽赶走的，未来想再找工作，一定会遇到困难。笃藏一方面毫不留情，另一方面却偷偷帮他们找到足以维生的工作。

留下来的厨司中，如果有特别热忱、认真上进的人，笃藏会特别关照。就算被人说偏心，他也不在乎。区别对待工作能力强的人和能力差的人，本来就是天经地义的。官厅存在的意义并不是为了支付高薪给没有能力的人。有能力的人理应获得相应的报酬。笃藏也是靠着自己的本领爬到今天的地位。他的态度就像是对他们说："你们好好向我学习，跟上我。"

对于可造之材，他总是带着严厉的态度，毫不留情地喝骂："混账东西，你在做什么蠢事！"

以结果而言，不管是否得到笃藏的赏识，都会被他臭骂。而这些厨司当中，也有脾气比笃藏还暴躁易怒的人，脸色大变地喊道：

"这种鬼地方，谁还想待！我不干了！"

于是脱下工作服，换上自己的衣服，准备回家去。

"好啊，你回去啊！回去啊！这里不缺你这种家伙！"

笃藏嘴上这么说，还放声大笑，可是不一会儿，他就打电话到坂下门的皇宫警察哨所，说："刚才大膳厨司××回去了，不过我有事跟他说，麻烦帮我转告他，请他回来。"

宫城很大，从大膳走到坂下门需要一点时间。就算气冲冲地夺门而出，过一会儿，头脑也会渐渐冷静下来，反省自己是不是太冲动了。对方最后通常会叹口气，拍拍胸口，回到大膳寮。

欧洲爆发战争的时候，笃藏已经回到日本，但还没进入宫内省，正在东京俱乐部工作。

六月二十八日，奥匈帝国皇储被一名塞尔维亚青年枪杀，以此为导火线，战火迅速蔓延至整个欧洲。接下来的四年内，欧洲无处不是枪林弹雨，民众的生活窘迫至极。换言之，笃藏可以说是在恰好的时间点回了国。

十二月九日，皇宫邀请第二舰队司令官加藤定吉、东乡元帅以及英国海军上校布兰德等五十多人，在千种厅享用午宴。

策划这场宴席的菜单，是秋泽笃藏在宫内省的第一个重要任务。笃藏接到命令后，不禁紧张得全身颤抖。制作天皇的御膳责任固然重大，但制作以东乡元帅为首的海军将领及英国海军代表的餐点，更是攸关皇室名誉的大事，肩负的责任何其重大。笃藏彻夜未眠，想出如

下的菜单:

鸡肉羹

洋酒煮舌鲆

麦粉包鹧

牛酪煎牛纤肉

煮冷雏鸡沙拉

乳酪煮荚隐元

甜点
Bavarois de fruits

在日本的西洋料理界,有个不知从何时开始的有趣的惯例,那就是全部以日文汉字书写法文的菜名。或许是因为夹杂着假名的日文看起来太口语化,不够雅致。如果将上述菜单翻译成简单易懂的现代文,即是:

鸡肉汤

红酒炖龙利鱼

派皮裹山鹧

黄油煎牛腰肉

雏鸡冷盘沙拉

黄油煮四季豆

甜点
巴伐利亚综合水果蛋糕

由于是午宴，菜色较为简单，但是对秋泽笃藏而言，这是他担任天皇御厨后的第一个重大任务，所以他费尽心思，非常用心地制作。

接着，在十二月十五日，英国陆军少将巴纳迪斯顿与两名幕僚造访皇宫，在凤凰厅拜谒大正天皇，再到丰明殿接受午宴招待。这场午宴的菜单，也是笃藏设计的。内容如下：

前菜
牛尾汤
龙虾圆片　巴黎风味
嫩鸭圆馅饼　财政家作
小牛胸腺　元帅作
酿山鹬　墨西哥风味
时令沙拉——芹菜芯
杏仁慕斯　弗洛里安作
甜点

所谓"财政家作""元帅作""弗洛里安作"等，意指发明该菜的人，或是特别喜欢这道菜的人的身份、地位或名字。

另外，这场宴席上，还有伏见宫贞爱亲王、闲院宫载仁亲王、内大臣大山岩公爵、首相大隈重信侯爵、宫相波多野敬直子爵、外相加藤高明男爵、参谋总长长谷川好道元帅等陪同出席。

大正四年十一月十日，大正天皇在京都御所举行即位大典。按照原计划，即位的时间应该更早，秋泽笃藏也是为此回国的，但是由于昭宪皇太后去世，所以延至此时。

即位大典是每代天皇只会举行一次的盛大仪式，而对于为这项仪式工作的人来说，也是一生只有一次的经历。然而秋泽笃藏很年轻的时候就进入皇宫工作，得以亲历大正天皇与昭和天皇两次即位大典，可谓极为罕见的荣耀。

最令笃藏伤脑筋的，照例还是菜单的构思。

构思菜单时，必须考虑到方方面面。这是最隆重的仪式，当然应该端出最豪华的菜色，可是所谓的豪华，并不是拼命拿出许多珍奇的、味道浓厚的、昂贵的东西就好。

最重要的是协调。重的东西和轻的东西必须取得平衡，必须展现出高低起伏。例如在脂肪较多的肉类之前，必须端出清爽的鱼类或是调味清淡的鸡肉，否则味蕾无法接受。

另外，也必须考虑到季节，挑选在这个时间点能发挥最极致美味的蔬菜、鱼类等入菜。

食材分成事前可以准备的，以及当天才能到手的。生鱼容易腐坏，原则上都使用当天现捕的新鲜的鱼，然而当天能否买到大小一致，并且分量足够的鲜鱼，没有人知道。要是鱼不进渔网，也无计可施。因此必须预先做好准备，万一当天的鲜鱼不足，得立刻换成其他鱼类。

不论再怎么当心注意，也难免会犯错。而且往往是在不能出差错的时候出错。宴会即将开始的时候，万一整锅汤被打翻会怎样？当然不能让今天的宴席上没有汤。这种时候，迅速做出另一锅添加味精的汤来替代，也是变通方法之一。为了预防出乎意料的事故发生，事先做好最低限度的准备，是名厨都应具备的能力。

同时，菜色也必须令人耳目一新。如果只是用一般的方法烹制随处可见的食材，吃的人八成也会兴味索然。可是话说回来，倘若把蛇头或青蛙眼珠这种稀奇古怪的东西端上餐桌，也只会倒人胃口。

笃藏反复思考，写写删删，不停推翻自己的想法，一个月后终于策划出下面的菜色。

大正四年十一月十七日于京都二条离宫大飨赐宴菜单

鳖清羹（鳖肉清汤）、蜊蛄浊羹（螯虾浓汤）

蒸茹鳟（酒蒸鳟鱼）

被包肥育牡鸡（袋蒸鸡）

烹炙牛纤肉（烤牛腰肉）

煮熟冷鹑（山鹑冷盘）

椪柑冻酒（柳橙红酒冰沙）

燔烧吐绶鸡　交品鹑、生菜（烤火鸡　佐鹌鹑、沙拉）

汤沦溏蒿（煮芹菜）

冰菓（冰淇淋）

后段果实生菓各种（甜点）

酒类

阿蒙提拉多赛尔利酒（雪利酒）

千九百年酿依坤官（白葡萄酒）

千八百七十七年酿玛歌酒庄（红葡萄酒）

千八百九十九年酿伏旧园（红葡萄酒）

伯瑞·格雷诺三鞭酒（香槟酒）、面包、咖啡及烧酒数品

在这份菜单中，尤以螯虾浓汤堪称笃藏的呕心沥血之作。现在全日本都有螯虾栖息，但螯虾原产自美国，是在大正年间才引进日本的。用来做菜的螯虾，品种和生长在水沟里的不同，是生长在北海道深山溪谷中的高级品种，而弄到这些螯虾的过程一点也不轻松。受邀参加即位大典的宾客约莫有两千人，为了以防万一，至少要准备三千只螯虾才行。

幸好大膳头福羽博士的朋友正巧在旭川担任师团长，他特地央求朋友派出军队帮忙捕捉。对军人来说，这个任务也真是令他们哭

笑不得。

这些鳌虾先被送到日光的田母泽皇家山庄，在附近的大谷川设置临时养殖场，将鳌虾养在河里。

等临近十一月，笃藏再派人把鳌虾送至京都。宴会场附近建了一间临时厨房，笃藏便将鳌虾放在厨房一隅的水槽中。水槽四周用铁丝网紧紧围住，同时不断注入自来水，因为鳌虾必须在流动的水中才能存活。

飨宴的日子已经近在眼前，一天早上，一名厨司大喊道："厨司长，不好了，鳌虾被偷走了。"

"你说什么？怎么可能有人偷那种东西？"

"可是水槽里一只都不剩了。"

"真的？"

笃藏一看，水槽里只剩下清水，不见半只鳌虾。

"难道真的被偷走了……"

笃藏不知该如何是好。就算再从北海道送过来，时间也不够。要不要紧急变更菜色呢？可是彩色印刷的精美菜单已经制成。就算重印，时间上也来不及。

话说回来，窃贼偷走那么多鳌虾，到底想干什么？

皇宫警察来到厨房调查，但没发现窃贼的脚印，现场也没有留下指纹。

过了约莫三个小时，一名厨司忽然喊道："我找到鳌虾了！"

笃藏跳了起来。"找到了？在哪儿？"

"在这里。"

笃藏走上前去一看，只见五六只鳌虾正躲在堆在厨房墙边的物品和容器之间的阴暗处。这名厨司说，他要找东西，把物品移开，才赫然发现鳌虾躲在这里。

笃藏心想，既然如此，那么其他东西下面可能也有鳌虾，于是众人像大扫除一般，把所有东西挪开，这才发现这里躲着十只、那里躲着二十只。全部集中起来后，几乎一只不少。

"呼，我差点就得切腹了。"笃藏险些当场瘫坐在地。

不过，这些鳌虾为什么会逃出来呢？众人推测事情大概是这样发生的。

值夜班的职员就睡在厨房隔壁的房间，而一直开着的水龙头很吵，害得他晚上无法入眠。因此他将一条布绑在水龙头上，再把布的末端垂入水槽中，这样一来自来水就会顺着布流下，不会发出声响，他也能顺利入睡。

然而鳌虾生性喜欢阴暗处，平常厨房总是开着灯，它们一直想从水槽爬出来。这时刚好有一条布垂下来，它们便顺着布爬出去了。

这一天的宴席，可以说是日本史上最盛大的西式宴会。就在万事顺利结束的那天，福羽大膳头把笃藏叫过去，对他说："这次辛苦你了。这场宴席从头到尾都非常成功，据说各方人士都对现任的厨司长赞誉有加，陛下也很满意，我也沾了你的光。"

笃藏听见天皇的称赞，鼻头一酸，差点流下泪来。

5

大膳头福羽博士仿佛是为了水果和蔬菜而生在世上的。福羽草莓在全世界声名远播，每个人都不由得感叹："竟然能栽培出这么大的草莓，想必付出了许多心血。"除此之外，无论是哈密瓜还是葡萄，只要经过博士的手，就能结出难以想象的甘美果实。

笃藏觉得这一定是他付出了爱与热情的缘故。世上所有的生物都靠自己的力量成长，但一株植物会结出漂亮的果实还是赢弱的果实，甚或在中途枯萎，都取决于身旁是否有爱在支撑它。从这一点看来，福羽博士的爱与热情，着实令笃藏佩服得五体投地。

哈密瓜并非日本原生的水果。过去，日本人一直都有食用香瓜和西瓜的习惯，直到西洋料理传入日本，人们开始将网纹哈密瓜当作甜点食用，这种充满丰沛香气的甘甜水果才逐渐为人所知。自此以后，哈密瓜成为奢侈与新潮的象征。哈密瓜那清新的香味总是令日本人心驰神往。

于是全日本的专家展开了一场栽培哈密瓜的竞赛。农科大学、岩崎家与大隈侯爵家等，都拥有自己的温室，开始实验性的栽培。

最早种植哈密瓜的人就是福羽博士。据说在明治十七年、十八年左右（笃藏是在三四年后才出生的），当时担任宫内省内苑头的福羽博士已经从欧洲买回哈密瓜的种子，播种在宫内省的御苑，以及自家位于四谷角筈的温室，开始栽培。他正是栽种哈密瓜的先驱。

当笃藏来到宫内省任职时，福羽博士已经累积了三十年的哈密瓜栽培经验，是专家中的专家。

走到田里一看，满满的哈密瓜，每颗都有将近一贯[①]重。笃藏忍不住高声感叹：

"哇……这是哈密瓜吗？老师，这大小简直像西瓜一样。"

福羽博士说："如果因为哈密瓜很大就佩服，那种植的人可是会失望的。你吃吃看味道怎么样。"

他随意拿起一个，当场切给笃藏吃。笃藏吃了一口。"太棒了。这高贵的香气！这甜美的滋味！我从来没吃过这么美味的哈密瓜。这真是理想的作品。"

"不，这还称不上理想哟。"

"为什么？"

"我的目标是种出更大、更香更甜的哈密瓜。"

"这样您还不满意吗？"

[①]日本重量单位。1贯相当于3.75千克。

"我还不能满意。我想人的一生中，大概没有满意这件事吧。当我们达成一个目标之后，前方就会出现一个更大的目标，我们必须朝它迈进——我们都是这样被命运牵着走的。其实我刚开始种哈密瓜的时候，目标只有这个的一半大，对甜味的要求也更低。即使如此，那也远远超过当时一般的水平，我也没想到能栽培出更棒的成果。可当我走到现在这个地步，眼前就会出现更理想的哈密瓜，对我招手，叫我过去。在登上那个台阶之前，我们根本没有时间休息。"

博士的话总是蕴藏着人生哲学。他不仅仅是一个技术人员，更展现出一种为了追寻人生的真谛不断累积经验的热情。笃藏正是被他这一点深深吸引。

福羽博士也对笃藏特别信赖。虽然他对笃藏那种不服输、充满野性、有时不管对方是谁都破口大骂、口出恶言的性子十分头痛，不过笃藏骨子里并不坏，而且从来不贪图一己之利，或是费尽心思爬到更高的地位，个性坦荡爽快，很好相处。在皇宫这种表面上和平，凡事温和以对，仿佛泡在温水里的安稳气氛中，有一两个像笃藏这样脾气火爆的人，说不定反而能带来一些刺激，如同闷热的午后下一场雷阵雨一样，能让人更清醒。

福羽博士是个温厚柔和的人，不会使用粗暴的言辞，做出不良的示范。但他也不反对笃藏的行为，所以无论是公开还是私下，他都支持笃藏。

最重要的是，笃藏工作非常认真，总是诚心诚意地面对每一件事。他对手下生气、破口大骂，也是因为他们没有专心工作、敷衍马虎、没有尽全力的缘故。笃藏从年轻时起就满脑子只有工作，连睡觉也不忘思考与学习，他希望手下也能抱持这种态度，看见那种不求上进、只会耍小聪明的傲慢年轻人，就气得臭骂他们一顿。

笃藏大骂的还不仅是自己的手下，即使是其他部门的人，只要他看不顺眼，也会闯进去大骂"混账东西"、"白痴"。

一般在官厅中，每个部门的权限和责任范围（也可以说势力范围）都划分得很清楚，不论别的部门做出什么事，习惯上都不会互相干预。然而笃藏无视这种习惯，就算是其他部门的事，只要不合理或不顺他的意，他也大声怒骂。

宫内省这么大，笃藏几乎是天不怕地不怕，但唯有一个人，让笃藏在他面前抬不起头。那就是侍从松平庆民子爵。

庆民是幕府末期越前藩主松平庆永的嫡子。庆永又名春岳，他重用桥本左内与横井小楠，是众所皆知的贤者。庆民子爵也不愧继承了春岳的血脉，个性豁达豪迈，日后当上了宗秩寮总裁、宫内大臣。在他担任宫内大臣时，曾与麦克阿瑟将军发生冲突，于是被迫辞职。后来宫内省改为宫内府，也不再有大臣的称号，庆民子爵便成了日本最后一位宫内大臣。

宗秩寮是管理皇族及华族的部门。要是他们在财产或品行上有什么问题，就会将他们请来宫内省，予以警示——这就是宗秩寮总裁的任务。华族的公子哥儿被叫来后，通常会害怕得发抖。但若是皇族，就算是宗秩寮总裁，也会多少睁一只眼闭一只眼，态度和措辞也更委婉一些。然而轮到庆民当上总裁后，完全不客气，不管对方是谁，都严厉训斥，大家都说这次的老大是个难缠的老头。周围的人很担心他，说：

"面对皇族的时候，您要不要稍微手下留情？"

庆民哈哈大笑，说：

"没事，我平常都'喂'他们吃越前的螃蟹，不要紧。"

所谓"喂"是马术用语，意指喂马匹吃干草饲料。他话中的意思，应该是指他每年都送家乡的名产——螃蟹给那些皇族，来安抚他们。

每次来到庆民子爵面前，笃藏连吭都不敢吭一声，只能毕恭毕敬。庆民是越前福井藩的太守，笃藏则是其支藩武生藩的百姓之子，如果放在过去，笃藏根本不可能亲眼见到他。即使是号称天不怕地不怕、动不动就开口骂人的笃藏，在前藩主面前也手足无措。早在庆民子爵成为宫内大臣之前，还是个年轻侍从的时候，笃藏就对他敬畏三分了。

"他平常总是盛气凌人，但每次一见到庆民先生就没辙了，简直变成了推手游戏中一推就倒的人。"

这是现任侍从长入江相政对笃藏的评语。

大膳头福羽博士对笃藏而言，也是一位值得尊敬的人，但笃藏对他的感觉，倒不像面对庆民时那样敬畏，而是因为仰慕他的人格，对他心悦诚服。一个人的专业是农业，另一个人的专业是厨艺，两人的领域不同，互相却有密切的关联，对各自的工作同样尽心竭力，所以才能相知相惜。从职务来看，他们两人的关系是上司和下属，但从工作的内容来看，他们更像是同志或同事。

那么是否可以由此认定，福羽博士非常适合担任大膳头一职呢？这一点确有值得商榷的地方。大膳头的地位相当于其他中央官厅的局长，必须具备处理事务的能力。居于这种地位的人要管理许多职员，同时处理人事、预算、与其他部门的联系、磋商等行政事务。

负责这些事务的人竟然沉迷在栽种草莓和哈密瓜之中，一年到头都待在田里，那这些行政事务怎么办？会有这样的疑问，也是理所当然的。

事实上，官厅的事务，大多由熟悉这类公务的事务官或书记官来处理，他们会把细节处理好，局长或科长不需要一一亲自处置。话虽如此，当遇到某些需要紧急裁决的文件时，若是听到"阁下在哈密瓜田里"的答案，想必很伤脑筋。纵使是世界知名的农业专家，又受到笃藏无尽的赞叹与敬仰，但身为事务官僚，他的表现却颇有争议。

大正八年，宫内省宣布了职务变更的消息，新宿御苑自此成为内匠寮所属。内匠寮就是现在的管理部，相当于一般官厅的营缮科或建筑科。

新宿御苑是福羽博士过去担任内苑头的时候，花了许多年的时间，费尽心血打造而成的，里面的一草一木都有博士投注的爱。知名的福羽草莓和重达一贯的哈密瓜，都是在这片田地栽培出来的。

御苑中还种植了皇宫中用的花卉、平常食用的蔬菜和水果，也都是由福井博士亲自管理。

然而经过此次职务变更，这些全都不再归大膳寮管辖。这就好比从襁褓中就一手带大的孩子，突然被人抢走，送去别人家当养子一样，原本的双亲无从置喙。

对于在养育过程中事无巨细地照料孩子、熟悉孩子身心状态的父母来说，这实在无法忍受。显而易见，无论是草莓或是哈密瓜，一旦离开了福羽博士的照料，便只有枯死一条路。

博士只能接受御苑由内匠寮管辖一事，但他提出恳求，至少让大膳寮继续管理他一手栽培至今的水果、蔬菜和花卉。

然而他的请求遭到了拒绝。拒绝的理由不明。在对博士所做的事情毫无兴趣，也毫无同情心的人眼中，他就像在利用自己的地位，沉迷于休闲娱乐之中。或许大部分人都认为，大膳的本职并不是栽培出受人夸赞的草莓和哈密瓜。甚至，这件事或许是对博士反感的某个人或某股势力故意促成的。

无论如何，对福羽博士来说，新宿御苑的管辖权被剥夺，就等于全盘否定了他长久以来在宫内省的业绩，作为一名学者的功绩也遭到了漠视。换言之，就如同被宣判了死刑。

福羽博士递交了辞呈。

博士离开大膳的那一天，他集合了所有职员，向大家告别。

"必须与诸位告别的日子终究来临了。我满心遗憾，但别无选择。我离开之后，诸位……"

博士说到这里，就说不下去了。光是压抑住泪水，就让他用尽了全力。

再继续待在这里，能留下的也只有泪水吧。

博士默默地向众人鞠躬后，便转身离去。

当晚，笃藏造访了福羽的宅邸。

"老师，这到底是怎么回事？世上怎会有这么过分的事。没有老师在的官厅，我也不想待了。我也要和您一起辞职。"

博士说："你不能有这种愚蠢的想法。我已经是一把老骨头了，就算没有发生这次的事情，总有一天也必须离开。这次甚至是一个让我离开的好机会……"

"不，我要辞职。然后我要昭告天下，宫内省做出这种愚蠢的改革，赶走了老师这种世界级的瑰宝……"

博士突然转过头去，脸颊抽搐，流下两行清泪。

笃藏吓了一跳，赶紧低下头。他本来还有好多话想说，但是一看见博士的眼泪，就什么都说不出口了。

笃藏站起身，不发一语地朝博士一鞠躬，便离开了。

第二天，博士打了个电话给他。

"秋泽，你昨天说要辞去宫内省的职务，我希望你重新考虑一下。"

"不，我的想法不会改变。这么愚蠢的地方，谁还待得下去。"

"就是因为愚蠢，我才希望你留下。要是你不在，那里会变得更糟糕。对宫内省来说，你是不可或缺的人，未来还有很多事情必须借助你的力量。你一定要留下来，绝对不能想着辞职。"

于是，笃藏听了博士的话。

6

离开巴黎的时候，笃藏心想此生可能再也没有机会来到这里，满心遗憾与不舍，没想到他竟然又得到一次前往巴黎的机会。

第一次世界大战结束，欧洲恢复了和平，皇太子（日后的昭和天皇）决定出访欧洲，笃藏也是随行的一员。

这是笃藏想都没想过的事。

回忆一一涌上心头。当年从欧洲返日时，由于太不舍，经过苏伊士运河的时候，他甚至认真想过跳进河里，游到岸边，再走回巴黎。

笃藏的个性是一开始想，就停不下来。当时要是真的跳进了河里，现在是什么情况呢？

可能有很多法律和法规上的烦琐问题，不过我大概会吵着回巴黎，再伺机逃走，回到巴黎后，会找到弗朗索瓦丝，和她同居吧。

笃藏之所以没有这么做，乖乖地回到日本，是因为他获得内定，即将成为天皇陛下的厨司长。假如没有这份工作，他或许真的会跳下苏伊士运河。

但是他深深地庆幸当时回来了。他根本没想到，竟然这么快就能再去一次巴黎。第一次世界大战是在笃藏回到日本第二年的夏天爆发的，在那之后的四年，整个欧洲都成了战乱之地。

大正七年战争结束，第二年签署和平协议。到了大正九年，皇太子便决定前往欧洲。这次访欧的目的，是逐一拜访大战中的协约国，不过主要拜访英国王室，希望能加深彼此的关系。

然而有一派人马反对皇太子出访。顽固的排外派结合了幕府末期的攘夷派，他们认为踏入蛮夷之邦，会玷污神圣的皇室传统，恳求皇太子取消出访行程。

皇太子出访海外，其实早有先例。大正天皇还是皇太子的时候，曾访问过"大韩帝国"。不过这次的目的地是遥远的欧洲，若要说是首开先例，或许也算，而且出访的时间长达半年之久，可以想见会遇到诸多困难。但是宫内省认为，在交通发达、国际交流如此频繁的现代，还认为出国是件危险和忌讳的事，未免太落伍了，因此无视反对的声音，继续策划出访行程。事实上，除此之外，也因为其他各种因素，使得出访的日期从原定的大正九年延至大正十年的三月。

在皇太子即将出访的二月二十六日早上七点左右,几名壮汉闯进了位于麻布饭仓的西园寺八郎宅邸。八郎是公爵西园寺公望的嗣子,是宫内省的主马头,负责这次出访的各项事务。他其实并非公望的亲生儿子,而是来自毛利公爵家的养子。

女佣阿袖来到玄关应门,一个似乎是带头人的壮汉说:"我们是爱国团体抹杀社的成员,想见西园寺先生,有事想跟他说,你帮我们传话。"

"我家主人还在休息,不能见客。"

"什么?还在休息?我们是为了皇室的大事,特地来请西园寺先生下重大决定的。在这种时候还睡什么觉!叫他给我赶快起床!"

阿袖愤怒地说:"我家主人早就交代过,他睡觉的时候,不管是谁来求见,都不准去禀告!"

壮汉露出凶恶的眼神。"什么?不能帮我们传话?好,你不传话也行,我们自己进去。"

壮汉突然踏上玄关的台阶,后面的四五名壮汉也跟进来。

"你们不能擅自闯进来。"

阿袖试图挡住他们,但是壮汉一把将她推开,"啰唆!别碍事!"接着大摇大摆地闯进屋内。

在寝室休息的主人八郎听见吵嚷声醒了过来,刚从床上坐起。

"你就是西园寺?听说你是策划这次皇太子访欧计划的核心人物,这种暴行会玷污我们藏于九重深宫、覆盖着神秘面纱的日本皇室传统。我劝你立刻反省,并且取消这个计划。"

八郎说:"本次的出访计划是基于各方热切的期待,并经过反复慎重讨论才决定的结果,就算我一个人改变心意也没有用。这件事已经得到天皇的恩许,启程的日子也近在眼前了。事到如今才说这种没有意义的话,只会招致无谓的混乱。你们请回吧。"

"什么?你叫我们回去?就是因为国家权力被你们这些留洋回来

的腐败家伙掌握，我们皇室的尊严才会扫地。你必须立刻反省。"

"你们才需要反省吧。"

壮汉怒不可遏。"你还得寸进尺了！像你们这种人就叫作奸臣。你赶快自我了断吧。"

壮汉从怀里拿出一封写着"斩妖状"的信，猛地举到他面前。

"很遗憾，我的想法和你们彻头彻尾地不同，没法接受你们的意见。更重要的是，你们进我家经过了谁的同意？我国的法律禁止擅闯民宅！"

"不准啰唆！眼看着我们皇室的尊严受到侵犯，光辉的传统遭到玷污，谁还有闲情逸致管什么法律、什么民宅！如果你不愿意自我反省，那就由我们进行处分！"

几名壮汉不约而同地从怀中掏出短刀，拔刀出鞘。

就在此时，一群接到紧急通报、从鸟居坂警察局赶来的警官也抵达宅邸，将一行人逮捕。壮汉虽然拔出了短刀，但似乎并没有想伤人的意思，就这样随警方离开了。

皇太子的出访成为当年最大的新闻，引起全国关注，甚至发生了这种前夜祭般的余兴事件。笃藏的第二次欧洲行正好在这个时间点。

其实笃藏并非以厨司长的身份正式加入皇太子的访问团。他是独自以研究料理的名义被派遣至欧洲（话虽如此，人们认为笃藏八成又是以他执拗的个性，努力表达非去不可的意愿，才为自己谋得了这个好机会）。他停留在伦敦的时候，皇太子一行正好来访，所以他获准中途加入访问团，陪同皇太子造访巴黎至那不勒斯各地。

皇太子的访欧之行，的确是日本历史上空前的大事，也难怪右翼分子会将之视为一个问题。当时要前往欧洲，一般都是搭乘轮船，不过这次的访问团特别出动了海军的香取号和鹿岛号战舰。皇太子搭乘的香取号，是所谓的御召舰，而鹿岛号是供奉舰，供随行人员搭乘。香取号的排水量为一万五千九百吨，鹿岛号的排水量为一万六千九百吨，两者皆为搭载着四门十英尺主炮的中型战舰。

这两艘战舰是在日俄战争期间，分别由英国的阿姆斯特朗造船厂和维克斯造船厂造的。

两艘战舰在大正十年三月三日从横滨港出海，经过苏伊士、地中海，于五月七日抵达英国朴茨茅斯海军基地。

九日，皇太子一行搭乘英国王室专列前往伦敦，在刚过晌午的时分抵达了维多利亚车站。在英王乔治五世的迎接下，皇太子下榻于白金汉宫。

在这之前，笃藏先行抵达了巴黎，拜访马杰斯提克酒店和巴黎咖啡厅的老同事，久别重逢，大家都非常开心。他们齐声对笃藏的成就表示祝贺。

"你果然和普通的厨师不一样。"

他们不无恭维之意地说。打笃藏立志踏上厨师这条路开始，他的内心深处就藏着"怎么能把我当作普通厨师"的自负想法。如今他的努力总算开花结果，又受到老朋友们的肯定，心情当然不错。

不过他的心里还有一个遗憾，就是不知道弗朗索瓦丝的下落。

上次离开巴黎之前，他曾去弗朗索瓦丝的家里找她，但她已经搬家了，两人再也没能取得联系。当船经过苏伊士运河的时候，他萌生想跳进海里游上岸，再走回巴黎的念头，其实就是因为舍不得弗朗索瓦丝。

笃藏现在已经有敏子这位妻子，生活无虞。他宠爱着这个美貌出众的妻子，把让她开心、实现她所有的愿望视为人生最大的价值。

既然喜欢，就不用顾忌别人的眼光，尽情地宠爱女人，男人才有面子，不是吗？

他抱着这样的想法，不管身旁有谁在看、说些什么，他总喜欢抱着敏子，亲吻她，或是用脸贴着她的脸颊。敏子有时会感到难为情，说：

"不要啦……有人在看。"

"有人在看又怎么样？在巴黎，大家都这样。"

但敏子依然扭着身子。

"这里又不是巴黎。这样卿卿我我的，大家会笑我们的。"

"想笑的人就笑吧。我要让全世界都知道我有多么爱你！"

"哎呀，好痒。可是我真开心。"

他的心看似已经被敏子填满，根本没有多余的空间想别的女人，但他仍然难以忘怀过去和弗朗索瓦丝共度的甜蜜时光。这可能就是所谓男性心理（女性或许也一样）的奇妙之处。

这次他再访睽违已久的巴黎，第一件事就是寻找弗朗索瓦丝的下落。然而他连弗朗索瓦丝搬去了哪里都不知道。

随着时间的流逝，皇太子抵达伦敦的日子越来越近。他必须去伦敦迎接皇太子的到访，并加入访问团同行，只好抱着遗憾离开了巴黎。

笃藏在伦敦有一件非做不可的事。皇太子抵达的当天，白金汉宫会举办一场官方的欢迎晚宴，笃藏无论如何都想看看这场晚宴。如果是别人就算了，身为日本皇室的厨司长，没有理由不去参观。

这是因为日本皇太子访问英国之后，大约在明年，英国的王储也会出访日本。届时负责筹划和举办官方晚宴的，就是厨司长秋泽笃藏。换言之，日本必须回礼。而要回礼，就得详细掌握己方受到了什么样的招待。这并非单纯的好奇心，而是身为厨司长的职责。

当然，假如当天笃藏能作为受邀宾客出席晚宴，可以获得许多信息。然而不巧的是，厨师并没有受到招待，他得前往厨房或是晚宴会场实地参观。在事后听取报告，固然也是一种办法，但能现场参观当然最好。因此笃藏通过大使馆，向对方传达想参观的请求。

可是等了很久，对方都没有回应。照理说，对方应该会通知笃藏当天几点到哪里去找谁，却毫无回音。

笃藏等得不耐烦，直接前往大使馆询问，这才发现偌大的大使馆上上下下全都忙成一团。毕竟皇太子殿下来访，不但是一件历史大事，更是整个世纪可能只有一次的盛事，每个人都绷紧了神经。笃藏找到当初联络对方的年轻书记，问道："那件事后来怎么样了？"

"对方没有回应啊。"

"那可伤脑筋了。我是为了今天，才特地从日本来的……"

"大家都是为了今天。我们没有时间管你一个人的事情。大家都忙得四脚朝天，料理这种事根本无关紧要！"

"你这个混账东西！我不拜托你了！"

笃藏气冲冲地闯进大使林权助男爵的办公室。晚宴的时间快要到了，林大使正在换礼服。

"林先生，我之前提出参观厨房的请求，请问后来怎么样了？"

"嗯……对方没有回复。"

"没回复，是叫我别去的意思？"

"这个嘛……很难说……"

"我都那么诚恳地拜托了，你总要给我想想办法。"

"伤脑筋……事到如今，也没有办法了。"

"那么，林先生，你的意思是，要是因为我无法参观今天的晚宴，等下次轮到我们举办晚宴答礼的时候，做出让日本皇室蒙羞的烂东西也无所谓吗？"

"呃……不好意思，我现在没有空管料理的事情。"

"可恶，你这家伙竟然和下属说一样的蠢话！你还配当大使吗？你这个混账东西！白痴！老古板！短茄子！"

笃藏连珠炮似的骂了一串宫内省的字典里没有的词儿，大使吓了一跳。

"这个，所谓的短茄子，是什么样的茄子？"

"看起来和你一模一样。下次烤给你吃！"

笃藏说完，便离开了大使馆。

7

秋泽笃藏发现林大使也不值得信赖，便冲出大使馆，拦了一辆出租车，直奔白金汉宫。他从后方的便门进入，找到一个像是厨房的地方，抱着姑且一试的心情闯了进去。

"我想找这里的主厨。"

笃藏虽然不会英语，却能说一口流利的法语。他心想，在白金汉宫这种地方，肯定有人听得懂法语，还是用法语开口了。

"你是……"

"我是日本宫廷的厨司长。"

"请稍候。"

出来的主厨正好是一位法国人。

"欢迎你，请问你有何贵干？"

"我想参观一下今天晚宴的菜式。我已经通过大使馆转达了请求。"

"我没接到这个消息。可能是因为转了太多手，最后根本没传达到吧。不过很乐意让你参观。能让天皇的御厨参观我精心制作的料理，是我的光荣。"

对方非常和善，热情地带领笃藏进厨房参观，只差没牵起笃藏的手了。

这里不愧是英国引以为傲的宫殿，厨房的天花板很高，墙壁厚实而坚固，流理台、炉子和锅全都整洁干净。众多的厨师正井然有序地忙碌着。

这些厨师们一听笃藏是日本的宫廷厨师代表，立刻对他表现出极大的好感，不但毫不藏私，更针对每一道菜为他详细说明。

笃藏吃厨师这行饭也十多年了，并没有觉得有什么值得吃惊的地方。大家只是用规规矩矩的方式，制作着中规中矩的宴会菜式。只不过整体的成果看起来优美、丰富而豪华，令人佩服。

尤其令人吃惊的是金光闪闪的餐具。不仅是刀子、叉子和汤匙，连盘子、茶壶和大碗都是黄金制的。

笃藏问："这些全都是真的黄金吗？"

"全都是纯金。这些餐具平常都收在温莎城堡，极少拿出来使用，只有像今天这种特别的盛宴，才由特别专列运送过来。您可以拿起来看看。"

主厨从手边堆叠整齐的盘子中拿起一个，递给笃藏。原来这些盘子的重量和陶瓷制的盘子不同。笃藏平常能单手拿起四十个、双手拿起八十个盘子，但黄金盘子只要二十个，他就拿不动了。

"这真是不得了。"笃藏感佩地说。

"纯金很软，每用过一次都会受损。所以我们用完后会仔细抛光，再次镀金，才收起来。"

"原来如此，在黄金外面再镀一层金？哎呀呀……"

参观过厨房后，接着来到配膳室。笃藏发现配膳室的墙上有一扇小窗。

主厨朝笃藏招手，他探头一看，原来从窗户可以将宴会会场一览无遗。

这时宴会正好开始了，主桌摆在璀璨辉煌的水晶吊灯下，坐在主桌的有日本皇太子、英国国王乔治五世、玛丽王后、王储威尔士亲王及其他宾客。

宴会厅的天花板、墙壁、梁柱都装饰得金碧辉煌，耀眼夺目。桌上处处放着几尺高的桌花，这也是黄金制成的，黄金的枝叶往四方伸展，顶端装饰着盛开的花朵。

在大约一百名宾客当中，日本人除了皇太子之外，只有闲院宫载仁亲王、供奉长珍田舍巳、东宫侍从长入江为守、东宫武官长奈良武次、驻英大使林权助等七八位。当中最年轻的皇太子展露出堂堂风范，气度不凡，威严沉稳，让笃藏难以压抑心中涌上的一股暖流。

同样望着小窗外的主厨问笃藏：

"你平常为那位王子做菜吗？"

"不，那位殿下住在别的宫殿，有专属的厨师。但是殿下经常来找父亲，也就是天皇陛下，并和陛下共同用膳，这时就会品尝我们做的御膳。日后等殿下成为天皇，就由我来替殿下制作御膳了。"

"那可真是重责大任，你要好好干哟。"

笃藏仔细一看，不但宴会厅富丽堂皇，餐桌的装饰也相当豪华，餐具全都是黄金制的，简直无可挑剔，没想到连在桌边服务的人也个个是身材高挑的美男子。他们不是那种俊美而柔弱的类型，而是无论从事什么行业都能成为一流人物，具有内涵与胸怀的堂堂男子汉。这些男人戴着洒上白粉的假发，身穿用亮闪闪的金线装饰的传统礼服，在餐桌之间穿梭，一举一动都是那么优雅，让人觉得就像在欣赏歌剧或是一两百年前的历史画作，难以相信这是发生在二十世纪的现实。笃藏只能不住地感叹。

假如让我做出一样的菜色，也不是做不出来，但是与宴席相关的一切——从宴会厅的装饰、餐桌的准备，到服务人员的态度、应对进退等等，都很难与其相提并论。这大概就是传统的深度。

笃藏说："你们能找到这么多体面的服务员，真是太厉害了。不管把哪一个人挑出来，看起来都像是某个官厅的高官或一流的学者。"

带笃藏参观的主厨说："事实上真有这样的人。他们平常可能是公司的高层、律师，每个人都有自己的工作，只有在这种时候才临时来帮忙。当然，他们每年只能领到一点点薪水，几乎等于是无偿工作。但他们对被挑选为服务员一事十分骄傲，很期待参加这样的宴席。"

原来如此，这办法真不错，笃藏心想。日本宫廷在举办大型宴会时，光靠专业的服务员人手不够，会临时动员大膳或其他部门的职员来帮忙，但还是无法做到这种地步。除了国情不同，不能让闲杂人等随便进入皇宫之外，还与这种职业的社会地位、服务员对这项专业技术的自我认知与职业自豪感有关，不可能在一朝一夕达成。即使如此，也应该将它当作目标来努力。

这种历史性的宴会难得一见，而且明年英国王储造访日本的时候，笃藏也得负起责任，举办一场不输给这场盛会的宴席，因此他抱着打破砂锅问到底的精神询问各种细节，一会儿尝尝锅底剩下的汤汁，一会儿去翻看厨余桶，研究他们切菜和切肉的刀法，等到宴会结束，宾客归去后，又在会场来来去去，仔细地做笔记，迟迟不愿离开。

带笃藏参观的主厨说："你这种研究的热忱真是令我惊讶。我从来没遇到过连这么琐碎的细节都想知道的人。"

"敝国还不是发达国家。你们有好几个世纪的传统的基础，但对我们而言，这一切都是第一次经历。毕竟在五十年前，我们都还只知道用筷子吃米饭。敝国要邀请贵国的王储殿下来访，而且还要想办法端出像样的餐点，我们要付出的苦心可不是一般人能想象的。"

"我想，那是因为你想用正统的西式宴会来一决胜负的关系。与其这样，倒不如用贵国的传统菜肴来招待王储殿下？"

"类似的意见也有人提出过。有人认为，我们不能模仿别人，将最地道的日本的味道呈现给宾客，才是最顶级的招待。然而问题在于，不习惯这些食物的宾客到底能不能开心地享用呢？我们平常吃的食物包括生鱼、烤鱼、海藻汤、大豆酱糜和发酵的大豆酱汁，整体来说，几乎不使用家畜的肉。这样的饭食能够引起您的食欲吗？"

"听起来，的确不怎么想吃。"

"这就是我们的烦恼所在。显然，就算端出敝国传统的料理，也无法让宾客尽兴。所以我无论如何都必须制作西洋料理。然而，敝国西洋料理的历史还太短，这也是我今天来这里学习的原因。老实说，参观了今天这样盛大的宴会，我只觉得我们输得太彻底了。"

"或许就像你说的，我们只要按照数百年来的惯例做就行了，但你们可以先从我们身上学值得学习的优点,再加入贵国民族的传统。站在某种角度而言,我认为你们可以在传统的基础之上,开拓一条新的发展之道。"

"您的这番话,对我们来说是莫大的鼓励。但对我们而言,当务之急还是先学会西洋的传统料理,制作出不分轩轾的餐点。我是抱着这种心情来到这里的……"

"你的想法是正确的,我会尽量帮你。"

笃藏决定对他坦白自己长久以来的烦恼。

"我们学习过每一道菜的做法,有信心做出不差的东西来,可是在构思宴会的菜单时,我总是伤透脑筋。鱼类、鸡肉、肉类的组合,餐前酒的挑选,整体菜色的重点配置,我都没有什么经验,总是设计不出理想的菜单。请问有没有什么值得参考的指南之类?"

"我想这是所有厨师共通的烦恼。如果能策划出理想的菜单,称为名厨也不为过。话虽如此,我们也没有什么家传秘方或技巧,到最后也只是参考前辈的菜单,或是自己到处寻访,多看多问,将这些经验作为自己的基础,再自行变化。"

"话是这么说,可是我没有那么多机会到处参观宴会呀。"

这时,主厨说:"对了,白金汉宫将这七八十年来举办的所有宴会的菜单,全都保存了下来。如果你浏览一下这些菜单,或许能稍稍了解英国宴会的状况。"

对于笃藏而言,这简直是梦寐以求的事情。他现在最渴求这种类型的文献。

"我可以看看吗?"

"当然可以。"

主厨带笃藏前往自己的办公室,从书架上拿起五本用精致皮革书封装订、编辑成册的菜单。这些豪华的菜单,仿佛把大英帝国那繁荣的历史娓娓道来。

"这实在太棒了,简直是宫廷宴会的范本。"

对方笑着说:"其实我们构思菜色的时候,也会来翻这些资料,作为参考。有时甚至还直接照抄这上面的菜单呢。毕竟想发明什么特别的菜色,人类的智慧也是有限的。"

笃藏下定决心,问道:"请问我能把这些菜单抄下来吗?"

笃藏心想,对方可能会面露难色拒绝,或是含糊其词,不做正面回答,然而结果却出乎意料之外。

"好啊,你就带走吧。"

"我可以带回酒店吗?"

"这样对你来说应该最方便吧?"

对方的态度,就像在说"这么理所当然的事情,何必问呢"。笃藏原以为对方会表示,"这些菜单是不能外借的,你必须每天来这里看",没想到对方看来丝毫不介意。

笃藏想起还在精养轩工作时,偷走西尾主厨的笔记、引起一阵骚动的事。两者相比,实在是有天壤之别。

事实上,当时的笃藏只是一个初出茅庐、名不见经传的小鬼头,而西尾先生是日本第一个从国外学艺回来的厨师。对西尾先生来说,那本笔记本简直是魔术技法大全,自然跟眼下的情况不同。

"那么请借我两三天,我一定会还给您的。"

听见笃藏这么说,对方反而笑了:

"我不认为日本天皇陛下的主厨,会把别人的东西据为己有。"

笃藏觉得自己好像失言了,不禁冷汗直流。

第二天,日本皇太子预定在威尔士亲王的陪同之下,前往温莎城堡。那位主厨问道:"你也要一起去吗?"

"是的,我打算参观各种不同的地方。"

"如果是这样,你和随行的人一起行动,应该很无聊吧。这样只能看见表面,倒不如我先带你去看看准备室。"

第二天，在皇太子一行出发前，主厨就开车来接笃藏，在火车发车前，亲切而贴心地为他介绍王室专列，以及当天的菜色等。

等皇太子一行依照预定时间抵达车站时，秋泽厨司长早已在车站迎接。林大使说：

"秋泽，昨天真是抱歉。你参观厨房还顺利吗？"

笃藏也觉得自己昨天说的话太重了，正感到后悔，难为情地说："我自己去交涉，请对方让我参观了。"

"那太好了。我很期待有一天你做短茄子给我吃。"

他面无表情地说完，便走开了。

8

皇太子一行花了大约三周的时间走访英国各地。

在这期间，每天的餐点几乎都是由当地的官方或民间组织招待，厨司长秋泽笃藏完全无事可做，但他依然跟着访问团行动。他总是提早一步到达宴会会场，参观厨房，看他们怎么摆设餐桌。

对笃藏而言，这是千载难逢的机会。在日本，他是宫廷料理的第一把交椅，堪称众人的模范，却没有机会向别人学习。日本应该还有许多资历比他深、技术比他老练的厨师，但只要他还在宫内省的大膳一天，他就是全国最高的权威。

然而来到欧洲就不同了，这里才是西洋料理的发源地，拥有悠久的历史传统。这里有数不清的东西值得他学习，一旦回国后，就算想再看一次，也不能马上再来。所以笃藏不管到什么地方，都抱着最后一次造访的心情，在厨房里跑来跑去，拼命地做笔记。

五月三十日，皇太子即将告别英国，前往法国。一行人预定从朴茨茅斯海军基地搭乘军舰香取号前往勒阿弗尔。

在出发前几天，西园寺八郎把笃藏找了过去。西园寺是这次出访的策划者，如前所述，他在出发前甚至遭到狂热分子的威胁。即使如此，他也毫不退缩，暂时躲到式部长官户田伯爵的宅邸，每天偷偷地去宫内省办公，继续准备出访事宜，最后以供奉员的身份随行。

笃藏眼中的西园寺八郎，和其他人有些不一样。一言以蔽之，他个性豪爽，不拘小节，穿着沾了泥巴的西服来官厅上班也不以为意，宫廷礼服的线头松了，他也会自己一针一线地缝起来。

一行人每参观一个地方，都在当地拍摄纪念照。这种时候，人们的性格便表露无遗。越是平常不太有贡献的人，越喜欢跑到前面去，想站在皇太子的身旁，寻求露脸的机会。可西园寺总是站在最后一排，只露出头，一点也不想引人注目。这些笃藏都看在眼里，不由得感佩他是个完全没有私心、品格崇高的人。

西园寺对笃藏说："殿下离开英国时，要邀请朴茨茅斯的市长、各行政区区长、海军基地司令官等宾客，举办一场告别宴会。我想请你负责这场宴会的餐点。"

笃藏其实已经很久没有握菜刀了，早就觉得有点手痒，正想好好展现一下本领。但他却回答："有点困难啊。"

"为什么？"

"因为我没法准备食材。与伦敦相比，这里算是十分偏僻的地方，无论是肉还是鸡，质量都不太好。就算想大显身手，也有点困难。"

"别这么说，答应我吧。食材的事我来想办法，去伦敦买就行了。"

"可伦敦距离这里有五十英里。搭火车去的话，要花上两个小时。"

"没关系，我可以派人开车去，不用搭火车慢慢晃。你就搭车去买吧。如果一辆不够，我就派两辆车去。"

在当时，汽车是非常昂贵的东西。

"怎么能这么奢侈……"

"没关系，你就随意用吧。"

"嗯，既然您都这么说了，我怎么能不接受呢！就让我试试看吧！

所谓'人生感意气'①。若是为了您，嘿吼嗨咻！②"

"你有时会说出一些奇怪的话。'人生感意气'我还勉强听得懂，'嘿吼嗨咻'是什么意思？"

"我想宫内省的字典里大概没有这个词吧。如果要问我的话，我觉得宫内官和外交官这群家伙全都是短茄子。"

"这下我更听不懂了。"

"不过，你是里面还算不错的。"

"谢谢。总之，你愿意接下这个任务啰？"

"包在我身上。"

于是笃藏精心策划，驱车前往伦敦四处采购，带回了最高级的食材，做出了几乎无可超越的美味。

第二天，西园寺对笃藏说："昨天辛苦你了。多亏了你，让我赚足了面子。宴会上，海军基地的司令官向殿下身边的闲院宫亲王询问：'今天的餐点特别好吃，是哪一家餐厅做的？'亲王不知道，就去问了竹下大将，竹下先生也答不上来，因为知道答案的只有我一个人。所以我就这么说——这是我们的厨司长秋泽做的，而秋泽是个这样的人……"

"'这样'是什么样？"

"好啦，你就安静地听。我把你容易生气、老是对别人破口大骂的事情隐瞒了，没有说出来……"

"就算说出来也没什么。"

"我可是好意不说的……反正，我说秋泽是当今日本第一的厨师，他特地开车到伦敦购买食材，替我们制作这些餐点。对方听了，还说很少吃到这么棒的菜。"

---

①出自魏征诗作《横吹曲辞·出关》"人生感意气，功名谁复论"一句。
②众人集体劳动中一同使劲时所喊的号子。

"真是太感谢了。"

"应该是我感谢你才对。总之,托你的福,这次真是太有面子了。"

"不,是我要感谢您的提拔才对。"

"对了,这么说或许有些得寸进尺,能不能劳烦你再发挥两三次厨艺?"

"这是何意?"

"等殿下离开法国和意大利的时候——我们预定从土伦海军基地离开法国,从那不勒斯离开意大利——在启程的前一晚,也会邀请当地的官方和民间代表来参加晚宴。到时候能不能请你像这次一样,发挥你精湛的厨艺?"

"遵命。"

就这样,笃藏在土伦与那不勒斯,也负责制作了最后一晚的宴席。

五月三十日,皇太子一行人抵达巴黎,下榻于奥什大道上的日本大使馆。

数年前笃藏在巴黎时,对他照顾有加的参事官安达峰一郎已经晋升为大使,在皇太子一行停留时负责接待他们。笃藏的心情就像回到了老家一样。

在供奉员当中,姑且不论年长者,年轻人一到晚上便不免蠢蠢欲动。被选上的这些人都对外国事务比较了解,但仍有不少人是第一次来巴黎。

来到巴黎这个世界著名的欢乐之城,谁都想去看看夜晚的城市风貌。然而大家都不认识路,没法随便出去乱逛。

这时,像笃藏这种在巴黎住过好几年、熟悉大致情况的人,就成了众人仰赖的对象。年轻人接二连三地请笃藏带路,到处去喝酒。大家请皇太子早早休息,便一起出门了。

一天夜里,皇太子醒来,唤了侍从,却没人回应。他好不容易找到了一个人，问道："大家去哪里了？"

"呃……这个……那个……"

他当然不能说"大家去游览夜晚的巴黎了"。

玩到早上才回来的人们听到这件事，不禁嘿嘿笑着面面相觑，同时难为情地搔着头。

笃藏也还年轻，玩心很重，所以大家拜托他带路，他也欣然接受，俨然一副"有关巴黎的一切，都包在我身上"的模样，每天带大家出去玩。不过他内心深处还是没有忘记弗朗索瓦丝。

她是个好女人，只是不知道她现在在哪里，在做什么？如果她还活着，可能在巴黎的任何地方……她还在做和以前一样的生意吗，还是已经嫁为人妇了？

笃藏无论是走在街上，还是走进咖啡厅或酒店，总是在寻找她的身影。

距离分别已经过去八年，中间还发生了战争，每个人的人生都可能有翻天覆地的变化，但只要她还活着，相信我们一定能在某个地方重逢。她是个坦率、温柔又多情的女人，或许已经嫁给一个好男人，过着幸福快乐的日子。

笃藏一边这么想着，一边走在巴黎的街上。年轻人央求："带我们去一些好玩的地方嘛。"

于是笃藏便带着他们，去他第一次遇见弗朗索瓦丝的玛德莲教堂附近的酒吧。他在心底暗自期待，或许可以再见她一面，但她当然不可能出现在八年前的地方。

矢岛新太郎也是他想再见一面的人。笃藏回国后不久，大战就爆发了，许多当时从日本到巴黎学画的人也都回来了，可是新太郎似乎没有回来。

如果他没有回来，那么他在大战期间应该还留在巴黎。不知道现在是不是还在继续学画？

笃藏很快问到了新太郎的住址。他就住在蒙帕纳斯一带有许多画家和雕刻家居住的公寓里。

看见突然造访的笃藏,新太郎又惊又喜。

"谢谢你来找我。听说你是和皇太子殿下一起来的?"

"你早就知道了吗?"

"嗯。因为你的名字出现在报纸上了。听说你是天皇陛下的御厨?"

"是啊。"

"你真是出人头地了。如果我没有放弃当厨师的话,现在……"

说到一半,新太郎露出了苦笑。

"不,并不是每个人不放弃当厨师,就能够成为主厨。你确实有这方面的才华,而且你的态度也和大家不一样。像我这种人……"

"你走上了自己最爱的画画这条路,不是也很好吗?"

新太郎的脸却沉了下来。"其实并不是很顺利。"

听他这么说,笃藏环顾了一下四周,发现他的日子过得似乎不太好。家里的家具和物品都是便宜货,也没有多余的装饰品。

墙上挂着几幅画,应该是新太郎的作品。就连笃藏这种外行人,也看得出那些画很平凡,没有震撼力,漏洞百出。

新太郎看起来很疲惫,仿佛丧失了活下去的动力,已经放弃了一切。

"你在战争爆发后也没有回日本,我以为你留在这里继续学艺术,还暗暗期待你有很好的发展……"

"是啊,我的确留在巴黎,但并不是为了艺术。"

"请让我看看你的作品好吗?"

笃藏其实不是很想看,但他觉得这是对一位艺术家的礼貌,还是这么说。

"我没有什么能让人看的作品……"

新太郎带笃藏来到隔壁的房间,将放在墙角的画作一幅一幅拿出来给他看,但每一幅都是想恭维都难以开口的作品。新太郎用辩解的口吻说："如果一心想着把画拿去卖钱，就只会画出这种东西来。"

"我觉得这些作品还是很有你的风格。"

笃藏一张一张地看，忽然心头一震。

"这是……"

"这是我已经去世的太太。"

在这幅画里微笑的人，毫无疑问就是弗朗索瓦丝。

"这是你太太吗？"

"是啊，她去年过世了。"

"抱歉，我不知道……请问她叫什么名字呢？"

"她叫弗朗索瓦丝，是一位很好的妻子。战争爆发之后，我之所以没有回日本，就是为了她。"

"原来是这样。"

"大家都说要回去，我也曾经考虑过是不是该回去，但觉得她可能无法融入日本的生活，也想过和她分手，自己一个人回去，但她哭了几天几夜，不愿意和我分开。"

笃藏忍住了几乎要脱口说出"其实我一直在找这个女人"的冲动。倘若说出这件事，除了对新太郎美丽的回忆造成伤害之外，并没有任何益处。

"我下定决心留在巴黎，可是接下来的生活过得非常辛苦。大战期间物资缺乏，画也卖不出去。弗朗索瓦丝说她要工作，但是我坚决不让她去。这件事我只跟你说，其实她本来是个卖身女……"

这根本不用新太郎说，笃藏早就知道了。非但如此，笃藏第一次遇见弗朗索瓦丝的那一夜，新太郎也在场。他大概已经不记得了，但笃藏在心中暗自决定，就装作什么都不知道。

"结果我们只好过着有一顿没一顿的生活。到了这个地步，已经不是追求艺术的时候了。只要能赚到一点点钱，我什么都做。就算是不敢让人知道、说出来很丢脸的画，只要有人买，我也高兴地画。即便如此，我还是没有足够的能力养她，最后她因为过度劳累和营养不良去世了。"

"哦……"

笃藏的眼眶渗出了泪水。新太郎大概觉得那是同情的眼泪，但是对笃藏而言，那是为了过去的自己流下的泪水。

"她去世已经一年了。这一年来，我就像行尸走肉一样，直到最近才找回一点活下去的力量。你来看我，我真高兴。"

"矢岛先生，你还有未来啊。请努力加油吧。"

笃藏故意开朗地说。

9

皇太子出访欧洲的第二年，也就是大正十一年四月，英国王储出访日本。

英国王储威尔士亲王当时二十八岁，是一位身材高大、气质高贵的王子。他比日本的皇太子年长七岁。

此人日后继承了英国国王的王位，但后来为了和美籍的有夫之妇辛普森夫人结婚，放弃了王位，全世界的新闻媒体都大幅报道了这场"世纪之恋"。

听闻大英帝国的王子即将来访，全日本上上下下都陷入兴奋状态。

自明治时代以来，英国对日本来说就像一位兄长。日本从英国学到了许多事情，逐渐成长。这个国家的王子要来访，日方绝对不能失礼，一定要比前一年皇太子访英时受到的招待更隆重地款待。这除了要表达对英国热情招待的由衷感谢，也直接关系国家的体面和荣耀。

迎宾宴会和一行宾客每天的膳食，都由大膳寮负责。秋泽笃藏大致订出了以下的计划：

一、第一周为官方宴会，提供传统法国料理。

二、之后提供日本料理，主要为调整过口味的各地名产、地方美食。但要避免乡土特色较强，不合外国人口味的菜式。

三、请宾客在长良川参观鸬鹚捕鱼，并提供香鱼料理；请宾客在京都享用附有二膳的正统日本料理。

王子预定在四月十二日抵达东京，当天晚上皇宫将邀请本国与外国宾客，在丰明殿举行欢迎宴会。这场宴会相当于去年皇太子首度访英时，对方在白金汉宫举行的晚宴，笃藏感到责任重大，绷紧了神经，决心打造一场与那场灿烂辉煌的飨宴相比毫不逊色的晚宴。

按预定计划，当天出席的人数，主客合计为一百二十名，每个人的预算为三十元。三十元这个金额是前所未见的，而且后世也不会再有如此尽善尽美的盛宴了。二次大战后，皇室预算遭到缩减，这样的菜式根本无法想象。

这期间，笃藏每天都过得痛苦万分，每时每刻都在思考该如何规划菜单。他回忆着自己看过、听过、尝过的所有菜式，犹豫着不知该选哪一道。

有时好不容易想到一个好点子，差点高兴得跳起来，但下一瞬间却又发现问题，失望透顶。

他会把已经推翻的想法再次拿出来重新推敲。有时候想法很好，但食材却不齐全，或是时令不对，无法付诸实施。

一年前白金汉宫那场华丽晚宴的景象，深深烙印在笃藏的脑海中，挥之不去。那炫目的水晶吊灯、闪耀的黄金餐具、缤纷的桌花，以及仪表堂堂的服务员……

如果要举办一场不输给他们的晚宴……

他绞尽脑汁、不断思索，最后想出的菜单如下：

大正十一年四月十二日晚餐
午后六时半于丰明殿

前菜
清羹碗盛（汤）
龙虾冷制（伊势龙虾）
牛肉熏腿寒天寄
肥鸡衣挂
冰菓
面包
果物　洋小菓子
红茶
白葡萄酒
香槟

以上为正餐，享用后休息片刻，八点半再开始进行夜宴。许多宾客在正餐的时候已经差不多饱了，不会再吃，所以夜宴安排的都是小食，不过依然尽善尽美。菜单如下：

前菜
鳖清羹（鳖肉清汤）
鲳酒蒸（酒蒸鲳鱼）
羊肉煎烧
肥育鸡炙烧
蔬菜
冰菓
面包　干酪、牛酪（芝士、黄油）

果物　洋小菓子　咖啡

饮料
雪利酒
红葡萄酒
白兰地（干邑、大香槟干邑）
茴香酒　玫瑰红酒　琴酒
修道院绿酒
平野水

这份菜单不仅品类繁多，每道菜的食材更是经过精挑细选。清汤使用的是七贯重的鳖，却入口即化，连经验老道的厨师都惊叹其美味。

而长约一尺的鲳鱼，每一条都像用尺量过一样，大小几乎完全相同。难以想象鱼贩究竟花了多少心思，才凑齐这么多大小一致的鲳鱼。

对商人来说，卖东西给宫内省，具有增加信誉的好处，商家总是想尽办法攀关系，希望将商品卖到宫内省。实际上商家赚到的钱并不多，只是宣传价值极高，因此大家不惜赔本也想与宫内省做生意。

有一家知名的鳗鱼店，只要是宫内省职员叫的午餐，即使只叫一份鳗鱼饭，店家也愿意一通电话就外送。可是在二战后，只送一两份便当，费用负担实在太大，店家便不再这么做了。宫内省（二战后改名为宫内厅）位于东京正中央，看起来似乎没有比这里交通更方便的地方了，然而越过护城河后，便像是进入了另外一个天地。坂下门的守卫仿佛是"忠心"和"尽忠职守"这两个词的化身，经过他的盘问调查，获准走进门内，便犹如进入了深山幽谷一般的静谧和森严之中。城里商家的真心话大概是，他们根本不想胆战心惊地端着一两份鳗鱼饭来这种麻烦的地方。不过二战前，日本以皇室为中心的思想基础仍非常稳固，只要能和天皇陛下扯上一点点关联，就算是宫内省职员的一份便当，也会毕恭毕敬地制作奉上。

而龙虾当然也不可能随便找一家店买。首先，这一百二十人份的龙虾必须大小一致。从主桌的摆盘到最后一桌的摆盘，看起来都得像是用同一个模子刻出来的。哪怕只是一根触角或一支螯有损伤、变形，都必须淘汰。

因此，这一百二十只龙虾的背后，其实还有好几百只不合格的龙虾。这些被淘汰的龙虾事后都以适当的价格卖到别处，但商家费心准备好几百只龙虾所付出的劳力，也必须获得应得的报酬。换言之，钱都是花在眼睛看不到的地方。

就这样，王子抵达东京首日的宴会举办得非常盛大。虽然没有黄金餐具，服务员也不是比宾客还风度翩翩的人，但笃藏费尽苦心策划的菜式完全不输给白金汉宫的飨宴，丰明殿的装饰也绚烂华丽。

第二天，王子便前往东京各地参观。

一行人造访东京大学时，王子穿着黑色外套配红色绶带的英国陆军上校正式礼服，腰间佩挂着长剑。他仿佛听腻了古在总长朗读的冗长的汉文欢迎词，一会儿左右张望，一会儿用闲着的双手摸摸绣在领口和胸前的金边，一会儿和随侍在后的侍从武官说话。他个性单纯开朗，但对东洋这种繁文缛节显得很不适应，更没有想适应的样子。不喜欢这些表面形式的年轻人看到这位王子平民化的反应，都很高兴，但注重仪式的年长者脸色却不太好看。

王子抵达东京四天后，也就是十六日的午后，日英交响乐团在日比谷公园举行了一场音乐会。就在音乐会进行到一半的时候，与日比谷公园只有一条马路之隔的帝国酒店，从地下室的服务生休息室附近蹿出火苗，整家酒店在一个半小时内便付之一炬。

这时约有两万名听众聚集在日比谷公园，但众人只是若无其事地望着在眼前熊熊燃烧的火焰与浓浓的黑烟，肃静沉稳地听完了整场音乐会。

当天，王子所搭乘的声望号战舰的舰长、三十多名将校及海军士兵，都下榻在帝国酒店。他们的行李来不及搬出，全都烧毁了。

火灾发生时，王子正在新宿御苑赏樱。

纪念和平的东京博览会这一年也在上野的不忍池畔举行。这个博览会是为了纪念第一次世界大战结束而举办的，吸引了众多民众前来参观。

王子在东京的最后一天，前来参观这个博览会。东京府知事依照惯例，来到王子的面前，恭敬地行礼后，便将手伸向一个盛装文书的漆盒，准备拿出欢迎词，开始朗读。这时王子突然伸出手压住盒子，不让他打开。这大概意味着他已经受够了冗长的欢迎致词。

同时，王子在侍从递给他的一张纸上签了名，交给府知事。那是一张事先用打字机打好的问候词，相当于对知事欢迎词的回礼。

之后，王子在闲院宫、东伏见宫的陪同下绕博览会场浏览了一圈，但他对展品一点兴趣也没有，几乎是一路小跑着逛完的。

第二天十九日，王子前往日光。他穿着浅橄榄绿的运动背心和高尔夫球裤，头上戴着粗格纹猎鹿帽，一身轻便装束。他对搭乘的人力车非常感兴趣，还特地下车，要求车夫坐在人力车上，由他拉着车到处跑。

在长良川观看鸬鹚捕鱼，是四月二十八日的事。鸬鹚捕鱼大多在七八月进行，四月其实还太早。最重要的是香鱼还没长大，身长只有三寸左右。鸬鹚捕鱼最有看头的，是鸬鹚的喉咙无法吞下五六寸的香鱼，只好将它吐出来的那一瞬间。然而三寸的香鱼会被鸬鹚整个儿吞下肚去，成不了渔获。

但鸬鹚捕鱼是日本宫廷的传统仪式，每当外国宾客来访，一定会招待宾客欣赏。于是众人绞尽脑汁想出了一个办法，用体型较大的鲤鱼和鲫鱼来代替香鱼，将它们放在竹笼里，沉入笃藏等人所搭乘的船下。

夕阳西沉，天色渐暗后，燃着篝火的船一艘接一艘地顺流而下。王子、随行人员以及日方的接待人员在下游处等候。

篝火照亮了澄澈的水面，让人觉得仿佛进入了梦幻之境。渔夫的动作宛如舞蹈般优美。

等捕鱼船逐渐接近，与笃藏他们的船保持适当的距离后，他便向年轻人们打暗号。他们打开船下的竹笼，鲤鱼和鲫鱼一齐游出。鱼儿游向篝火，鸬鹚则紧追其后。

鸬鹚可能一辈子都没见过这么丰盛的猎物。它们激动地试图将鱼儿吞下，但是这些鱼和平常瘦小的香鱼不同，鱼身更宽，根本吞不下去。

笃藏事前已经告诉负责接待的日方人员，现在还不是香鱼的产季，届时会用鲤鱼和鲫鱼来代替。不过王子的随行人员似乎以为本来就是这样，不管是香鱼还是鲤鱼，只要有趣就好，都显得非常满意。

也许鲤鱼和鲫鱼真的比香鱼有趣。鸬鹚无法一口吞下，便将不断挣扎的鱼抛向空中，再用嘴接住，再次试着把鱼吞下。

但鱼还是拼命挣扎，鸬鹚依然吞不下去。鸬鹚再把鱼往空中抛，等鱼挣扎的力道减弱后，再往下吞，但这些鱼的体型本来就比较大，鸬鹚怎么也无法吞咽。正如落语的桥段，这是名副其实的"鹈难仪"。

在众人哄堂大笑，差不多尽兴的时候，载着餐食的船便将盐烤香鱼、酒蒸香鱼、黄油烤香鱼、炸香鱼等一鱼多吃的菜送上来。这一天的饭菜由精养轩承包，在笃藏的指挥下，由与笃藏亲如兄弟的主厨铃本敏雄及其弟子关冢喜平等精心制作。

这一晚的表演极为特殊。宴会结束后，为了能在船上坐得更舒适，便把餐桌、椅子全都扔到河里，表现出极尽奢侈的态度，为后世流传。

不过这些桌椅漂到下游后，全被捞起来了。

10

英国王储在造访长良川之后，又前往京都，欣赏"都踊"，然后到奈良参观"鹿寄"，接着依次游览了大阪、神户、高松和广岛，在鹿儿岛搭乘声望号战舰离开日本。

这段时间，笃藏始终随行，负责制作餐食。

最后一天，王子下榻于鹿儿岛市外矶滨的岛津公爵家的别墅。隔着海洋，可以看见樱岛耸立在眼前。

王子与笃藏握手道别，说："秋泽，你做的料理太棒了。我真是没想到，来到了世界的尽头，还能吃到那么好的晚餐。"

笃藏高兴得说不出话来。王子接着说："其实我带来了一枚为你准备的勋章，但在火灾中烧毁了，现在没法当场赠送给你，真遗憾。等我回国后再寄给你。"

王子口中的火灾，是指他抵达东京四天后在帝国酒店发生的那场火灾。

王子依照约定，回到英国后寄来了一枚员佐勋章。其后笃藏陆续受到各国赠予的勋章，逐渐觉得不那么稀奇，也没那么激动了，但这是他第一次获赠勋章，而且是为了日本皇室的荣耀和他自身的名誉，费尽心血大展厨艺获得的正当评价，因此是难以忘怀的回忆。

招待英国王储的宴席，可谓是秋泽笃藏厨师生涯的分水岭。

在那之前，笃藏一直充满干劲，想在工作上好好表现，不负天皇主厨这个称号。当时他被任命为厨司长不久，在内部的人际关系也不够好，难免被当作新来的外人。

为此，他在工作上格外用心，也很注重人际关系，凡事小心翼翼。

有时虽然会脱口说出一些不合宫廷体统的粗话，或是发脾气臭骂一顿，但他从来没有把对方逼上绝路、做出彻底破坏双方关系的事。

他乍看之下似乎总是横冲直撞，事实上却很小心。他能敏锐地看穿对方的心情，冷静地判断、计算，该让步的时候一定会让步。换言之，他并不像外表看起来那么单纯、率直、横冲直撞，而是一个知道进退的人。

英国王储访日的欢乐庆典顺利结束后，笃藏的心里也有一颗种子慢慢萌芽。如今，他已经是名副其实的大膳厨司长，握有实权，同时也成为宫内省的老面孔，坐拥稳定的地位。他天生脾气暴躁，又喜欢在宫内省到处闲逛，连其他部门的事也要插嘴，一遇到不合意的事，就大骂混账、白痴。渐渐地，他也成了一个享受特别待遇的名人。

最根本的原因，是他对自己的本业——厨艺充满了自信，而且永远认真工作，不给任何人挑剔的机会，所以天不怕地不怕。

另一方面，他的交友范围越来越广。有些人听说他这个人很有趣，主动来和他交朋友，也有些人心里打着其他算盘，想和宫内省这个特殊的官厅搞好关系，因此送他许多东西，希望有一天能够成为御用商家。对商人来说，皇宫御用商家这块招牌具有极大的魅力，所以许多人聚集在笃藏身边，想尽办法讨好他，试图获得机会。不断有人为了讨他欢心赠送金钱或礼物给他。

在这一点上，笃藏比任何人都严格。每当他回家，看见家里有异常昂贵的东西，就会问妻子敏子："这是什么？"

"这是××商会的人送来，说要拜托你……"

"拜托我什么？"

"我也不知道……"

"我不能收这种东西，立刻送回去。"

"是。"

"其实收下这种东西就不对。你为什么没有当场退还给对方？你这个混账东西！"

"我不知道怎么判断到底该不该收下……"

"肥皂、毛巾或羊羹之类的，勉强还可以。如果是更昂贵的东西，就直接退还。"

"那到底是肥皂、羊羹还是更贵的东西,从外面根本看不出来呀。"

"你直接问那个送礼来的人不就得了。"

"每次都问吗?问对方'请问这是肥皂、毛巾,还是羊羹?'"

"对!"

"如果对方说不知道怎么办?"

说到这里,敏子其实有点故意找碴了。

"连自己送来的东西是什么都不知道,还算是跑腿的吗?"

"我应该这样和对方说吗?"

"对!"

敏子的太阳穴开始颤动,一个字一个字清楚地说:"我明白了。从下次开始,我一定会问对方,'请问这是肥皂,还是羊羹?'可万一既不是肥皂,又不是羊羹,也不是毛巾,又该怎么办呢?比方说……"

"比方说什么?"

"擦手巾……"

"笨蛋,擦手巾和毛巾一样。难道你连这都不晓得?"

"是的。反正我是笨蛋。对了,还有一件事想请教。如果不是羊羹,而是最中①,该怎么办呢?"

"你这家伙,是在捉弄我吗?"

笃藏打了她的头一下。

"你竟然打我!"

敏子扬起眉毛,嘴角几乎咧到耳朵,瞪了笃藏一眼,便走进里屋的卧室,气呼呼地钻进棉被里不肯出来。

笃藏感到后悔,便来到她身边,说:"哎,是我不好。别生气了。"

不管笃藏怎么努力讨好,她也无动于衷,每次得花上两三天,才能让她恢复心情。

---

① 一种在两片饼皮中间嵌入牛皮糖、栗子等馅料制成的日式点心。

渐渐地,敏子说身体不舒服的日子越来越多了。

英国王储来访的翌年,关东地区发生大地震,笃藏位于赤坂的家烧毁了,一家人只好去投靠同样住在赤坂的同乡前辈——桐冢尚吾,受到他许多照顾。敏子也许就是在这个时候积劳成疾的。

就算住处被烧个精光,笃藏还是不能休假。有别于其他工作,他的任务是负责天皇每天的御膳。他的部下当中,也有许多人的家人遭逢意外或丧失家财,出勤人手怎么都不够,因此笃藏不能擅离职守。

这段时间,敏子必须独自照顾父母亲、将满八岁的女儿和将满六岁的儿子,一个人打理全家的事务。他们唯一能依靠的一家之主说:"就是在这个时候,我才更应该放下自己的私事,好好地侍奉陛下。"始终没有回家。

敏子很清楚,自己的丈夫拥有比别人强烈一倍的忠诚心,又被大家称为工作狂,这也是无可奈何。可是身为一个妻子,她仍不免觉得自己被抛下,满腔的怨怼不知该往何处发泄。

到了凉爽的秋风吹拂的季节,敏子感冒了。一开始她以为没什么大碍,没去看医生,只吃了一些成药,像平常一样忙里忙外。然而过了一个星期、过了十天,她依然没有退烧,同时咳个不停。她一直没有食欲,半夜盗汗,只好去了附近的诊所。医生皱起眉毛,说:

"这不是普通的感冒,已经影响到支气管了。你一定要好好休息才行。"

敏子赶紧回家,铺好床,躺下来休息,可是身为家庭主妇,就算医生嘱咐必须静躺休养,她也很难躺着不动。更别说一家人因为火灾流离失所,寄人篱下,她更是觉得过意不去,浑身不自在,很难保持精神平静。这样的心情也反映在健康状况上,她的病情不断恶化。

等到他们在离原来的家不远的赤坂表町买下一栋新房子,顺利搬进去的时候,震灾造成的混乱也大致恢复正常,笃藏总算能在正常的时间准时上下班了。

可是敏子的体力越来越差，病情每况愈下。

过了两年左右，她已完全卧病在床，连起身的力气都没有，靠着别人的搀扶才能从被褥中坐起。现在的敏子，和过去那个被称为溜池小町，拥有盛开的牡丹花般动人的美貌，每天像小鸟般快乐歌唱的她，简直判若两人。

笃藏觉得世界仿佛变得一片漆黑。他对任何事情都比别人热情，总是全心全意地付出，在爱人这件事上也比别人更激烈。一想到爱妻的生命之火正在逐渐微弱，不知道什么时候会熄灭，他就坐立难安，想用力跺脚，大声哭喊。

笃藏每天从官厅下班回来后，连衣服都来不及换下，就坐到妻子的枕边，问道："今天感觉如何？"

"嗯……"

假如她回答"今天还蛮舒服的"，他便笑逐颜开。

但假如听到"今天总觉得不太……"，他就像小孩一样哭丧着脸。

妻子的病情时好时坏，但整体而言，很明显是一直在恶化。慢慢地，她就算有痰卡在喉咙里，也没有力气自己吐出来。以前至少还能咳出痰来，由看护的人替她擦掉……

于是笃藏只好嘴对嘴地替她将痰吸出来。在两个人都还健健康康、充满年轻活力的时候，笃藏曾经热情索求的美艳红唇，如今竟然变得如此虚弱无力，令他实在无法接受眼前的一切。

绝望的那一天，比想象的还要来得早。

最后那一天，妻子将笃藏唤到枕边。她气若游丝地说：

"我们就快要分开了。"

"没有这种事！你振作点。还不到时候、还不到时候……"

"不，我很清楚自己的身体状况。我很想为了孩子们活得长久一点，可是我已经不行了。以后就拜托你了。这么久以来，你一直疼爱着我，谢谢你。"

"我经常生气,对你破口大骂,真是个坏丈夫。"

"不,你就算生气,也总是认真、率直,不顾一切地横冲直撞,很了不起。"

"……"

"我只有一点放心不下。你的个性急躁易怒,动不动就开口骂人,如果对方像我这样习惯了倒还好,但如果面对的是陌生人,真的会吵起来。我担心你会不会造成无法挽回的结果。你的工作和别人不一样,你侍奉的是天皇,对别人而言无关紧要的事情,也可能成为大过失。请你一定要小心。"

"嗯,我知道了。"

她拿出一个小小的铃铛。

"这是我一直绑在钱包上的铃铛,我不在了以后,请你把它放在口袋里。当你听见铃铛声,就请你回想起我刚刚说的话,在心里想着:'啊,是那家伙在叫我别生气。'"

"嗯,我一定会照做的。"

没过多久,她便咽下了最后一口气。

笃藏感到世界仿佛被黑暗笼罩。毕竟他的感情比一般人激烈得多,悲伤的情绪当然也非常强烈。他每天以泪洗面。

大膳给了他三十五天的丧假。丧假的原意是为了避讳带丧之身带来的秽气,即使不是这样,在这种颓废的状态下,笃藏也无法专心工作。

等到守丧期结束,总算能上班后,笃藏便造访了青山的大宫御所。他在守丧期间接到了皇太后宫捎来的慰问,特别前来答礼。

没想到皇太后通过皇太后宫大夫入江为守子爵,赏赐了笃藏一尊人偶。当时大正天皇去世不久,日本的年号刚改为昭和,皇太后也刚刚面临丧夫之痛。笃藏退下后,在回家路上想了很多。

皇太后一定也很悲伤。相信皇太后一定为了我的丧妻之痛,流下了同情的泪水……赏赐我这尊人偶,应该是叫我好好将孩子们抚养长大吧……

想到这里，笃藏就再也忍不住泪水。

路上的行人都用疑惑的眼神望着他。他故意避开灯火通明的路，选择一条黑暗的小路，放声大哭，一边擦泪一边往前走。

第二天，笃藏再次拜访大宫御所，对入江子爵说："我想皇太后一定因为陛下去世悲痛不已，因此对我的悲伤感同身受。请阁下替我向皇太后陛下表达问候之意。"

入江子爵在一张方形色纸上写下这样的诗歌，送给笃藏。

亡妻之灵亦有情，
代代相传此人形。

笃藏把这尊人偶与这张色纸视为传家宝，非常珍惜。

11

人的一生中最令人悲戚的，莫过于心爱的人死去。然而随着时间的流逝，无论多么沉痛的悲伤，也都会逐渐淡去。

只不过每个人需要的时间不同，有些人只需要很短的时间就能淡忘，有些人则会不停追寻逝者的虚幻身影，终日以泪洗面。

秋泽笃藏属于后者。过了三个月，过了半年，他依然思念着亡妻，沉浸在悲伤之中。

或许是因为他对妻子的爱比别人还要多出许多倍。俗话说狮子哪怕是猎捕一只兔子，也会竭尽全力，而他也一样，将所有的注意力都集中在工作上，有人不合他的意时，他会全力责骂对方，当然也竭尽全力深爱着妻子。

一天，笃藏的友人安东鼎造访大膳。安东是味之素总店的业务拓展部长。

味之素的主要成分是农学博士池田菊苗从甘蔗的蛋白质中萃取出的谷氨酸钠,正在四处推销贩卖,号称只需要用掏耳棒挖一匙的分量,就能发挥与大量柴鱼或昆布一样的效果。然而贩卖柴鱼的店家感受到市场可能被抢走的威胁,多方阻碍,使得味之素的销路不如预期,陷入了困境。不过所谓的困境,其实也只是业绩没有飞跃式的增长,他们总公司在京桥拥有一栋三层的办公楼,聘用了许多工作人员,一直经营得很顺利。

笃藏可以接受味之素。不少传统厨师对这种带有化学味道的西洋式东西抱有反感,认为它与料理的精进精神背道而驰,加以排斥。但笃藏对新事物比较宽容。他从欧洲回来一段时间后,出了第二本著作《实用法国料理辞典》,在书的最后一页刊登了"味之素"的广告,并特地撰写了推荐文。

因为这层关系,味之素认为秋泽笃藏对他们有一份特别的恩情,同时也期待将来能够得到他更多的协助,因此业务拓展部长安东经常来拜访秋泽。业务拓展部长的职责,包括拓展销售渠道和对外事务等。安东经常造访大膳寮,约笃藏去喝酒。这次隔了一段时间没见,他发现笃藏无精打采,面无血色,眼睛无神,不管对他说什么都心不在焉,好像提不起劲。

"秋泽老师,您看起来没什么精神啊。"

这些年轻人都尊称秋泽为老师。

"……"

"您还在思念着夫人吗?"

"嗯。"

"一直思念着故人,是一种非常美好的情怀,可是如果一直沉浸在悲伤之中,反而无法为对方增添功德,不是吗?"

"安东,别看我这样,其实我以前当过和尚哟。要说功德或供养什么的，可是我的本业。"

"哎呀，我真是糊涂。我想起来了，这件事您以前跟我提过。不过，如果您是和尚，不是更应该去安慰和鼓励沉浸在悲伤中的人吗？要是连和尚都这么消沉，可怎么是好。"

"你说的也没错……"

"尤其是老师您的工作那么重要，又必须指导年轻厨师。身负如此大任的人一直闷闷不乐，不但会对手下的人带来很大的影响，对享用御膳的人也不太好吧？"

"或许是这样。"

"您要不要考虑去学点什么东西，转换一下心情？我的兴趣是哥泽①，我觉得很好。下班回家前去练习一下，不但能转换心情，对健康也很有帮助。"

"是吗？"

安东像是用绳子把提不起劲的笃藏拉着走似的，带他去找教哥泽的老师。

哥泽老师名叫芝缔松，住在银座松屋的后面。笃藏从大膳下班之后，便前往日比谷，这样的距离刚好适合慢慢散步过去。

哥泽是从端呗②衍生而来的歌谣艺术，有芝派与寅派两个派别，两派分别在名字前加上芝字或寅字，而芝派习惯写作"哥泽"③二字。芝缔松是芝派的重要骨干，她的歌大受好评，甚至有人称赞她唱得比本家还要好听。她有时还会上广播节目表演，她的弟子有小呗胜太郎（在哥泽界的艺名为芝缔胜）以及宝丽多唱片公司的歌手缔香（芝缔香），形成一股庞大的势力。

二战之后，一般一星期上两次课，不过当时几乎天天开课。有人

---

① 江户后期产生的一种短歌谣。
② 江户时代流行的一种歌曲，多以三味线演奏。
③ 寅派写作"歌泽"。

闲着没事想打发时间，只要去现场，一定有人在，不缺说话的对象。

一同学习的徒弟们，包括银座老铺的老板和少东家等，每个人都是充满自信与骄傲的专业人士，学徒的特色之一是有许多料理界的名人。秋泽笃藏总是被同行的前辈和晚辈团团围住，众人一直"大膳、大膳"地喊，让他感觉还不赖。

最重要的是，包括SANTOMO、银食、宝亭、亚寿多等日式、西式、中式料理店的名人全都齐聚在此，每次上课时的便当都非常豪华，说是日本第一也不为过。甚至有许多人不是为了学歌，而是专程为了便当而去的。

老师芝缔松是位三十五岁左右的才华洋溢的女子，因为脱俗的气质、过人的才气以及精湛的歌艺而广受欢迎。

同时，她也是知名戏剧评论家、著有《日本戏剧史》的木原菁菁园的情妇。这是一个公开的秘密，但她的弟子们从来没见过菁菁园。只是有时候玄关的伞筒里面，会插着一根手杖，这时大家就知道今天老师来了，不过芝缔松绝对不会让弟子见到他。

味之素的第一任老板铃木三郎助是一位疯狂的哥泽爱好者，所以许多员工也跟着他一起学习哥泽。业务部长高崎实曾经和前辈安东在芝缔松这里上过一段时间的课，但他也从来没见过木原老师。有一次芝缔松生病了，必须住院治疗，高崎正好有圣路加医院的人脉，帮了她很多忙。芝缔松非常高兴，说：

"我家老爷要我向你问候，他希望能找个机会当面向你道谢。"

高崎满心期待着见到菁菁园老师，但是芝缔松却从此假装没有这回事，再也没有提起。高崎和芝缔松相识了好几十年，最终一次也没见过菁菁园老师。

学了歌，自然想唱给别人听。唱歌或是发出声音这件事，本来就是以对着听众为前提。如果在没有人听见的地方发声，等于违背了本来的目的。但是，自己想唱歌给别人听，不代表别人就想听，也没有听的义务。听见难听的歌，实在是令人伤脑筋。但偏偏是意识不到自己唱歌很难听的人，才更想唱给别人听。

秋泽笃藏唱的哥泽并不好听，但他和别的不会唱歌的人一样，完全没有自知之明，老是喜欢唱给别人听。

这个时候愿意听他唱歌的，就是那群年轻的酒友了。日本人习惯听年长者的话，想让他们听难听的歌，最好的方法就是请这些年轻人去喝酒。

笃藏对酒友非常挑剔。他绝不会约自己讨厌的人，讨厌的人约他，他也一定会拒绝。他尤其讨厌和商人打交道。在宫中工作，总是有许多人为了利用他而请他喝酒。像味之素那样，不但彼此是真正意气相投的朋友，笃藏本身也认同其商品价值的企业，倒另当别论，但如果是完全陌生的对象，他一定会婉拒。

其实对味之素，笃藏也不是一开始就给好脸色。和他一起学哥泽的同学，也就是业务部长高崎实，就算挑笃藏心情好的时候，对他说："能不能拜托您帮我们牵个线，让我们成为大膳寮的御用商家？"笃藏也会斩钉截铁地拒绝。

"不行。你们的东西颜色看起来脏兮兮的，而且还有味道。这种东西怎么能呈给陛下！"

的确，当时的味之素颜色就像耳屎一样又黄又浊，还散发着一股怪味。后来又经过不断研发改良，才变成像现在一样的白色结晶体，得到宫内省的惠顾。

假如对方非常缠人，屡次邀约，笃藏也答应赴约。但他会坐得稳稳的，到了十二点、一点也没有要回家的意思，让招待方伤透脑筋，只好主动说："呃，我们是不是差不多该……"

笃藏还是纹风不动。他是故意恶作剧，好让对方学到教训，下次不敢再招待他。

相反，如果是他中意的对象，他也会主动找对方出来，到处喝酒。这时他依然迟迟不愿回家。以结果来说，不管笃藏是否喜欢对方，他都会在外面待到很晚。或许可以说是个难缠的酒鬼。

时事新报的记者多田铁之助等人对料理很有研究，写的东西也很有趣，笃藏非常喜欢他们，把他们当作很好的酒友。多田记者比笃藏年轻十岁左右，但因为学识丰富，笃藏十分尊敬他，在人前都尊称他为"老师"。

一次在酒席坐下后，笃藏盘起腿，脱下西装外套，解开衬衫的袖扣，卷起袖子。多田吓了一跳，还以为他是不是要动粗，这时候，笃藏把手臂伸出来，说：

"多田先生，你看，我的肤色很漂亮吧？连医生也说没看过这么健康的皮肤。我因为皮肤白里透红，以前还被取了个'新马铃'的绰号。来，多田先生，干了这杯吧。"

笃藏一开始称呼他为"老师"，不知不觉间竟变成了"多田先生"。

几杯酒下肚后，笃藏开口了：

"我唱首哥泽给你听吧。"

"不，不用了。"

"哎呀，不用客气啦。"

笃藏坐正，把手放在膝上，开始唱起最近新学的《梦之痕》。

> 梦醒徒留梦痕，
> 乱发如青柳，
> 今晨莺未啼。

这首歌的歌词是怀念过去与心爱的人共度的时光，然而唱着唱着，笃藏不由得想起了亡妻，歌声哽咽起来。

"多田老弟，你有太太吗？"

这次变成了"多田老弟"。

"我还是单身呀……你不是知道吗？"

"哦？我忘记了。你娶了太太之后，一定要好好疼爱她。"

"我会的。"

"你绝不能对她冷淡，或是拳脚相向。"

"我才不会动手打人呢。"

"那就好……毕竟等她死后，一切就来不及了。"

"秋泽先生，夫人是被你打死的吗？"

"也不是……"

他似乎越来越难过，最后开始啜泣起来。说起来，他一喝醉就开始哭的毛病也是众所皆知。

"唉，敏子，你还那么年轻，就遭遇这种不幸。人死了，就什么都没有了……我真希望你活得久一点啊……"

笃藏哭了一阵之后，突然抬起头来。"小田……"

现在又变成"小田"了。

"你去我太太坟前祭拜过吗？"

"没有。"

"哎呀，那怎么行。你下次一定要去。"

"好的。"

"不，我们现在就去吧。我带你去。"

"现在已经十二点多了。有人在这种时间扫墓吗？"

"又没有人规定夜深了就不能去扫墓。她的墓离这里很近，我们坐车去吧。"

他们叫了车，来到青山墓地，但笃藏连走都走不稳，一下撞到那里，一下勾到这里，好不容易来到了墓前。

"就在这里。来，你向她鞠躬吧。"

多田行了一个礼，但笃藏站在一旁看着他，说："喂，头要更低一点！你把我太太当什么了！你的头太高了，田公！"

现在竟然不客气地叫他"田公"。多田又鞠了一个躬，笃藏说："虽然头还是不够低，不过算了，这次就放过你吧。一直要求下去，会没完没了。"

正当多田以为得到了认可，松了一口气时，笃藏思忖了一番，说："哎呀……我好像走错路了。"

"你说什么？"

"我好像拐错了一个弯，因为这些墓长得都很像。"

"那这个墓是……"

"是陌生人的墓。"

多田也生气了。"秋泽先生，你太过分了吧，害得我在一个陌生人的坟前鞠躬，连鞠躬的角度都被挑剔……你真干得出来。"

"哎呀，偶尔来祭拜一下陌生人，也是一种功德。先别管这个了，我去找我太太的墓，你在这里等一下。"

笃藏把多田留在原地，独自东倒西歪地走向另一头，过了半晌才回来，说："太黑了，我看不清楚。看来扫墓还是要趁白天来。"

"这不是废话吗！"

"下次白天我再带你来，今天就先这样吧。"

"真是的。"

"你可以回去了，再见。"

多田在深更半夜被扔在青山墓地，这里根本没有出租车经过，他只好走到霞町有电车经过的大路边，好不容易拦到一辆出租车，回到家已经三点多了。

五点的时候，电话突然响起。多田接起电话，是一个年轻女子的声音。

"请问多田先生在吗？"

"是我。"

"我是替秋泽打来的,现在请他来听……"

接着传来笃藏的声音:"你平安到家了吧?"

"我到家了,不过托你的福,我吃足了苦头。"

"抱歉、抱歉。我等下洗个澡,就要去上班了。"

"你现在在哪里?"

"不用你多事。"

看来他似乎有另一个秘密住所。

"你都没睡一会儿吧?这样对身体不好哟。"

多田故意酸了他几句,便挂上了电话。

到了七点,多田的电话又响了。

"我已经到大膳了。虽然有点困,不过工作还是要好好做嘛。"

12

秋泽笃藏的酒友们,全都知道他一喝醉就会哭。

一开始他总是高高兴兴地喝酒,但是喝了一阵子,他就说要唱哥泽给大家听。有时候是他主动要唱,有时候则是对方为了讨他欢心,故意说想听他唱。

唱着唱着,他就会想起亡妻,越来越难过,最后开始啜泣。这时,有的人会在心里不耐烦地咕哝"又来了",有的人则是拼命憋着笑。

有一次,他们在葭町一家名叫"百尺"的餐厅喝酒。这里是一流的割烹店①,有艺伎作陪助兴。笃藏照例又唱起了哥泽,接着开始抽噎,这时他赫然发现,席间竟然有一个人也流下了泪水。她叫作阿菊,是个身材娇小的美人。

"阿菊小姐,你在哭吗?"笃藏问道。

---

①提供高级日式料理的餐厅。

"哎呀，您看见了……真是难为情。"

"你也替我难过吗？"

"我看见您这么难过，也跟着哭了。"

"谢谢你。"

"您已经过世的夫人真是幸福……竟然有人为她这么伤心。"

"人死了，就什么都没用了。"

"没错，还是要活着才有意义。"

同情逐渐转化为恋情，没过多久，笃藏就成了百尺的常客。

一天，笃藏说：

"阿菊小姐，你要不要做我的太太？我已经四十二岁了，虽然年纪比你大很多，可身体还很健康。医生也说我的身体不输给年轻人。我的月薪有两百日元。我是入赘的，有两个小孩，可能无法让你过太奢华的生活，但至少买得起明天吃的米。你怎么想？"

阿菊认为笃藏是个正直的人。虽然他的脾气不好，个性又急躁，但同时也很爽朗，很有男子气概。

这时阿菊二十四岁。她结过一次婚，但与丈夫处得不好，便离开了他，来到百尺工作，但她总有一天得找一个依靠才行。阿菊的双亲因为笃藏比她年纪大很多，又有两个小孩，表示反对，但还是撼动不了阿菊的决心。

当时还有知名的歌舞伎演员和大公司的高层向阿菊示好，但她选择了笃藏。

就像所有夫妻一样，阿菊和笃藏结婚之后，可说是苦乐参半。阿菊迷恋着笃藏豪迈的男子气概，以及对工作的认真，但是笃藏爱玩的个性却令她吃了不少苦。

笃藏曾在半夜两三点带着艺伎回家，说："我们还要继续喝，你去帮我们准备一些下酒菜。"她只能强忍着满腹的怒火，装出笑脸迎人的态度招待对方。所以，阿菊在艺伎之间的评价极高，大家都说：

"秋泽先生的夫人真是太明事理了……"

但她内心的不甘,却没有人知道。

笃藏有时会连续两三天住在外面不回家。她虽然很想知道笃藏到底去了哪里、做了什么,可只要稍微表现出一点这样的态度,笃藏就对她拳脚相向、把碗砸向她、把饭桶翻倒,阿菊害怕得不得了。

秋泽笃藏天不怕地不怕,他唯一害怕的就是天皇陛下。

笃藏在进入大膳工作之前,原以为厨司长可以每天见到陛下,问陛下今天想吃什么,听陛下说昨天的什么菜很好吃之类。

可是进来不久后,他就明白事情并不是他想象的那样。最重要的是,想亲眼见到陛下一面,根本是天方夜谭。平常连接近陛下的身边都不可能。

笃藏本以为至少可以在赴任的时候,向陛下打个招呼:"我是从今天起侍奉您的秋泽笃藏。嘿嘿。"但也没有这个机会。顶多只是每年有几次,让新赴任的人全部集合在一起,站在陛下面前,由事务官逐一唱名,让陛下知道而已。

除此之外,每年还有一次见到陛下的机会,那就是"御相伴"。宫内省各部门科长以上的官员,都有机会与陛下共进午餐。厨司长是高等官,待遇等同于科长,因此笃藏也有参加午餐会的资格。

当天中午约有二十人一起用餐,各部门的长官、次长、侍从等人员,也以主人的身份作陪,为陛下介绍出席者的人品、简历、工作内容等,有时也会说些无伤大雅的失败经验,或是让出席者自我介绍。

随着参会的时间越来越接近,秋泽笃藏显得越来越无精打采。对他而言,觐见天皇是一件痛苦万分的事。一想到他必须对天皇说些什么,就紧张得食不下咽。

与其说食不下咽,倒不如说发不出声音来。他的发声器官构造奇特,像"混账东西"、"短茄子"这类词,总是能够脱口而出;但若加上"敬请您"、"在下以为"等文雅用词,他说到一半就会卡住,讲不下去。尤其是在陛下面前,他更是呈现失语状态,只能发出"啊呃……啊呃……"的声音。

侍从山田康彦这个人更是大意不得。这个人不知该说旁若无人,还是瞧不起人,完全无法预料他会做出什么事情来。万一他说出"我听说秋泽在银座的'老虎咖啡厅'有一个漂亮的女朋友,来,秋泽,不要隐瞒了,老实招来吧"这样的话,该怎么办呢……看来得事先和山田说好,堵住他的嘴才行……

笃藏来到侍从职,对山田恳求道:"山田先生,拜托你,明天请尽量不要让我讲话。"

事后,山田说:"那个平常台风一样的人,竟然变得像腌过的青菜似的。这次卖他一个人情,以后就不用担心遭到那家伙的袭击了。"

侍从职的人们哄堂大笑。

天皇从来不曾对每天的御膳提出要求。笃藏会费尽心思,策划出一周的菜单,交给皇后。

天皇从来没说过他对食物的好恶,也就是什么东西好吃、什么东西难吃等意见。这或许是陛下对厨师的体恤,东西好吃就好,不好吃也罢,尽量不让厨师感到伤心或忧喜参半。

不过在御膳撤下之后,笃藏会仔细观察每一道菜,看看什么菜全部吃光了,什么菜似乎没动筷子,借此判断天皇的喜好。时间一长,自然能明白天皇的口味。

根据笃藏的观察,天皇似乎特别喜欢面类,尤其是荞麦凉面。因此大膳有时会手工制作荞麦面,呈给天皇。

天皇比较偏好清淡的调味,不过似乎也喜欢油脂多的食物,例如鳗鱼、中餐、天妇罗等。

另外,天皇特别钟爱烤番薯,也很喜欢当场现炸的天妇罗,因此笃藏经常炸给陛下享用。为此，他还屡次造访位于赤坂的天妇罗名店"花村"，与老板打好关系，在现场学习手艺。

有时笃藏会在店家即将打烊的时候前来，跑到油炸台前，自己试着炸天妇罗，直到深夜都不放店里的人回去休息。其实最好的办法，就是直接带天皇来到店里享用，但是到天妇罗店巡游是历史上尚无前例的事情，至今仍无法实现。

笃藏有时也会制作握寿司给天皇享用。无论他多么精通法国料理，还是得另外学习怎么制作寿司。既然陛下无法亲自前往银座的寿司店，就只能请他忍受笃藏这个门外汉的作品了。笃藏把胡萝卜切成寿司的大小，一连握几天，习惯那种大小的手感。晚上睡觉的时候，他甚至用绷带将握着胡萝卜的手缠起来，强迫自己熟悉寿司的大小。

到了二战后，皇族内部的游园会上，除了烤鸡肉串、关东煮之外，还有寿司的摊子，由名店的师傅当场制作，笃藏便不用这么辛苦了。

昭和七年，日本拥立清朝最后一任皇帝宣统帝溥仪为"皇帝"，成立"满洲国"。

昭和十年，溥仪访问日本皇室。

溥仪于四月六日从横滨入港，同日抵达赤坂离宫，当晚则按照惯例在皇宫中的丰明殿举行欢迎晚宴，天皇和皇后都会出席。

当晚主客合计共一百三十九人，笃藏费尽苦心规划的菜单如下：

燕窝清羹（燕窝羹）

鲷鱼酒蒸（酒蒸鲷鱼）

鹅肝冷制（鹅肝酱）

牛肉焙烧

球花甘蓝（羽衣甘蓝）

冰菓

酒类

赛尔利酒（雪利酒）

白葡萄酒（一九一七年）

红葡萄酒（一八八〇年）

三鞭酒（香槟）

铭酒

每个人都有拿手与不拿手的事情，秋泽笃藏很擅长酒蒸鲳鱼，所以在他的菜单里经常出现鲳鱼。这种鱼的肉质紧实，鱼刺容易剔除，细刺较少，因此方便烹调，也很适合用刀叉食用。或许是因为这些优点，他时常使用鲳鱼。

经常奉命陪天皇一同用餐的宫内官对笃藏说：

"又是鲳鱼？我已经吃腻了。你能不能换点不一样的？"

笃藏却嗤之以鼻："别开玩笑了。厨师的工作就是让客人永远享用最好的餐食。在有限的条件下，最好的食材已经固定了。如果是日式，就是鲷鱼，如果是西式，就是鲳鱼。"

"就算是这样，还可以有一些变化呀。"

"变化在客人身上。从外国来的宾客又不是一整年都在吃鲳鱼，如果他们在宫中接受招待后，留下鲳鱼非常美味的印象，那我的任务就达成了。你们可能觉得厌烦，但晚宴是为了宾客举办的，就算你们吃腻了，也不关我的事。"

"你还真有礼貌。"

溥仪一行人的行李中，有许多不可思议的东西。

首先是六十只鸭子。据说他们出发前将鸭子保存在大量的冰块里，但看来冰块似乎在半路上融化了，抵达东京时，鸭子已经腐坏，散发出一股恶臭。

"日本明明也有很多鸭子,你们为什么要特地带来?"

面对这个疑问,随行人员只是笑而不答。

溥仪的随行人员将一个奇怪的大木桶搬进他下榻的赤坂离宫。木桶的边框还镶了珍珠,看起来颇有些来历。随行人员把木桶搬到溥仪的房间旁,木桶里装满了蒸馏水。无论是饮料、茶还是咖啡,全都使用这些蒸馏水冲泡,不用其他的水。他们还带来了制作蒸馏水的装置,不断补充。

日本的接待人员说:"他们也太刻意了吧?难道他们认为日本的水难喝到喝不下去?"

"不,大概是因为他们那边的水质差,所以认为水这种东西一定要蒸馏过才能喝。"

"该不会是担心有人下毒吧?"

"这么说来……"

这么说来,那些随行人员随时随地都带着警戒的神色。两三个随从甚至跑进厨房,监视笃藏等人的一举一动。

当笃藏他们将做好的饭菜送到溥仪的房间时,不论是走廊的拐角还是楼梯上下,一路上都有许多人站在那儿监视,视线绝不离开。

溥仪住宿的房间隔壁,有两三名监视人员,用叉子在送来的菜里又戳又翻,还把菜肴切碎进行检查。笃藏他们辛苦制作的宛如美术品一般精美的菜肴,就这样被毁了。笃藏满肚子怒火,对溥仪的日本顾问说:"这是怎么一回事?这样让我们怎么有心情做菜?"

"这是习惯的不同。别看他们这样,他们其实也很拼命。毕竟他们国家自古就常有毒杀事件。而且看到九一八事变的做法,他们根本无法预料日本人会做出什么事情来,害怕也是难免的。"

"我已经服侍陛下二十年了,他们却不相信我,把我费心制作的菜肴翻得乱七八糟,这样算什么!"

"因为对方不了解这一点。我会努力想办法让他们理解的。"

来到了一个短刀、手枪与谋略横行的国家，要他们不必担心，似乎也说不过去。结果笃藏用心制作的美味佳肴都被毁了。

13

和笃藏结婚后，对阿菊来说最辛苦的，就是准备每天的三餐。

做菜是笃藏的本行，尤其是法国料理，更是被誉为全日本第一。他的舌头早就习惯美味，熟知所有的料理。到底该准备什么菜才能满足这种人的味觉？另外，制作这些菜肴的时候，又必须花多少心思呢？光是想到这些，阿菊就感到心情沉重。

于是，她战战兢兢地问道："你今晚想吃什么？"

笃藏不耐烦似的说："凉拌豆腐或者煎油豆腐就好了。"

"那么简单的东西就好了？要不要炒或炖些肉？"

"那种重口味的东西，想想都觉得腻。豆腐最好了。巷子里那家豆腐店的豆腐很好吃，今天晚上就吃那个吧。"

阿菊听见全日本第一的主厨说出这种话，不禁瞠目结舌。

"其他呢……鱼之类的……"

"对了，之前不知道谁从热海带回来送我们的竹荚鱼干……那个很好吃，还有吗？"

"应该还有两三片。"

"烤那个给我就好。这样就够了。"

"你平常只做这种东西给天皇吃？"

"不是只做这种东西，我也会做一些带油水的东西。可是每天吃那种东西，应该也会厌烦，会花心思在菜色上做一些变化。"

"那就好……"

笃藏在家里只想吃豆腐或油豆腐之类的东西，大概是平常总在思考奢华菜肴产生的反作用。他或许不想将工作的心情带回家。

当然，他在家的时候根本不下厨。所有的餐食都交给阿菊张罗，自己只当客人就好。

可是，当阿菊卧病在床或是外出旅行的时候，因为没有人手，笃藏还是必须进厨房。这个时候，家人总会凑上来看他切菜。他的刀法果然不比寻常，手的动作又迅速又漂亮。无论是白萝卜还是胡萝卜，都在一瞬间就削好皮，转眼间就切好，而且每一块的大小都一样，形状也很均匀。不止外行人感到惊艳，连专业厨师也不禁赞叹。

他对自己的手艺充满自信，所以不喜欢看到别人做事随随便便的样子。宫内省举办大型宴会时，笃藏手下的人手不足，会请精养轩、东洋轩、中央亭等民间的一流餐厅来分担工作。而哪一道菜要交由哪一家餐厅承包制作，则要各家餐厅按照笃藏设计的菜单，做出相同的菜式让大膳试吃后，才能决定。笃藏这时候的挑剔是出了名的，大家都胆战心惊，不知道会被他批评成什么样子。

例如三明治的切法，也有所谓的宫内省式切法，必须切成正方形，而且边长得像用尺量过一样精准。只要有一点点歪斜或是大小不一，耳边立刻就会传来怒骂声，所以大家都十分害怕。

不管被骂得多惨，大家都不能反抗。因为对民间的餐厅来说，得到宫内省御用具有极大的魅力，为了避免这个名誉被剥夺，就算被骂几句也只能忍耐。

不过，笃藏并不是仗势欺人。他有自信，如果是他来做，一定能做得更好，才无法忍受那些差劲的家伙。

随着年纪的增长，他渐渐不再亲自动手，把工作交给年轻人，自己只在一旁看着。可一旦他亲自握住菜刀，便能发挥无人能及的绝妙刀工。

可是，笃藏也曾犯过唯一的一次失误。

有一次，久迩宫家举办宴会，笃藏受托前往掌厨。他带着自己十分器重的在精养轩工作的关冢喜平一同前去。

这场宴会的菜单里有一道炖鳖肉。他事前对关冢这么说:"我们以前做鳖肉的时候,不都是先把头切断,再把壳剥掉吗?可是这样一来,鳖血就会流光。所以应该先把壳剥掉,再把肉切开。"

关冢说:"真的能这么顺利吗?鳖的动作非常灵敏,牙齿也很锐利,据说万一被它咬住,除非听到雷声,它才会松开。要不让那家伙咬到,剥掉它的壳,实在是太难了……"

"这就是厨师展现本领的时候。不能让血白白流掉。据说日本料理厨师在制作鲤浓①的时候,秘传的技巧就是不浪费一滴血、一片鳞。他们最自豪的,是可以在砧板上把活鲤鱼切开,再用菜刀和左手把血全部接起来,一滴不漏。我们也照这个方式来处理鳖吧。"

"可是我没什么自信……"

然而笃藏是个话一说出口就不肯改变的人,关冢也只能做好心理准备,姑且一试。

走进厨房一看,对方准备的鳖非常巨大,少说也有四百匁重,鳖壳长将近一尺。平常一只鳖大约可以做成四人份的菜,这只鳖大概能做出六人份的。

关冢抱着悲壮的心情面对着这只鳖,心想"得和这家伙搏斗了",这时,忽然有四五个人走进厨房。笃藏不知道这些人是谁,但一行人是由式部官带领,举止高贵,看起来应该是今天的宾客。

秋泽笃藏正经八百地说明:"各位贵宾正好可以参观我们处理鳖肉的现场。我们最高超的技巧是不把鳖的头砍断,就直接剥下鳖壳。"

事到如今,关冢已经没有退路。他战战兢兢地把鳖抓起来,而鳖也伸长了脖子,露出锐利的牙齿,作势要咬他的手。

鳖这种生物,平常都缩着脖子,就像人穿着高领衫一样(高领衫的英文名 turtleneck 的意思就是乌龟的脖子,这灵感或许正是从鳖身

---

①味噌汤煮鲤鱼。

上获得的),但是遇到危急时,它的脖子就会像辘轳首①似的伸长,长度甚至相当于自己的壳那么长。就算敌人从鳖壳的后方抓住它,它也可以转过头来咬住敌人,非常危险。平常杀鳖的方式,是先将它压在砧板上,等它的脖子伸到最长的时候,再将鳖头切断。但是笃藏交代关冢不准切断,让他一时不知所措。每当鳖用锐利的牙齿来咬关冢的手时,关冢就忍不住放声大叫:

"哇——"

他一下子把鳖扔掉,紧接着又立刻抓起来,但鳖的头一转过来咬他,他又把鳖扔掉。再加上面对达官显要,本来就很紧张,关冢完全慌了手脚。

笃藏原本只是板着一张脸,眼看他自豪的表演就这么泡汤,突然将关冢一把推开:

"混账东西!怎么搞成这样。你不行,让我来!"

他脱下外套,卷起衬衫的袖子。关冢爬起来,立刻脱下身上的半身围裙,替笃藏系在腰上。

笃藏右手握着菜刀,左手抓住鳖,但鳖才不管敌人是天皇的御厨,还是全日本最了不起的人,就像对付关冢一样,毫不客气地咬了过去。对被鳖咬这件事的恐惧,笃藏当然也和关冢一样,他"哇——"地大叫一声,把鳖扔了出去。他鼓起勇气,再次挑战,结果依然相同。不把头切断就直接剥下鳖壳,根本是不可能的。最后笃藏也放弃了,只好像平常一样,先把头切断再处理。

事后,他还嘴硬说:"今天的鳖是特大型的,个性非常凶猛,所以才没成功。平常不是这样的……"

这次的鳖是例外,平常笃藏的手比谁都巧,直觉比谁都敏锐。不过,双手的灵巧和歌喉似乎是两码事,哥泽他始终都唱不好。

---

① 日本传说中一种脖子可以伸长的妖怪。

笃藏有个兴趣是制作盆景。他并没有拜师学艺，只是靠自己花心思研究，而成果相当不错。这是他在思考宴会餐桌上的摆饰时想到的点子。西方国家都用桌花装饰，而他则用日本传统的山水意趣，格外受到外宾的赞赏。

用冰凿雕刻冰块，制作冰雕，也是他想出的主意。这种冰雕在餐桌上大放异彩，博得好评。

另外笃藏也很喜爱日本画。除了自己画之外，也喜欢收集名家的画作。

他最自豪的，就是拥有横山大观所画的富士山。大观很少动笔，却为笃藏画了这幅作品。这件事的来龙去脉是这样的。

笃藏赤坂的家隔壁住的是吉川英治，两家人经常往来。笃藏自信是日本西洋料理界的第一把交椅，他对各界的名人和巨匠都很尊敬，也喜欢和这些人来往。而吉川英治也是日本文坛一流的作家，笃藏和他特别熟。吉川英治又与大观熟识，所以这三个人常常到筑地的餐厅聚餐。

有一次，笃藏对大观说："老师，这个信封里有一笔钱。每年陛下都会给我们一些赏赐，我今年收到的就是这个。这笔钱和其他的钱不同，我想用它来买些具有纪念价值的东西，不知能不能请老师您画一幅作品？"

大观说："知道了，我会恭谨地画。"

他根本没打开信封数钱，就接受了这个请求。没过多久，笃藏收到了一幅富士山的画作。他将这幅画视为传家之宝，每次有客人来访，都骄傲地给客人看。

笃藏自己画的画也很不错。他画的都是水墨写生画，他没学过画，但水平远远超过一般人。

他最擅长画虾。他喜欢虾子那坚硬的壳、长长的触须，以及富有弹力的触感。

笃藏小时候经常到老家武生郊外的小河玩耍，轻轻将手伸进浮在水面的树枝或稻秆下方，就能捞到躲在底下的活蹦乱跳的小虾。他始终忘不了那种触感，因此动不动就画虾。有时是在色纸上画一只虾，有时则在较大的纸上一画就是好几十只。只要有人拜托他画，他就觉得自己的画功受到肯定，不管对方是谁，都乐意下笔。

有一次，川合玉堂拜访皇宫。玉堂是来指导皇后画画的。皇后有时会以"桃苑"之名，将自己的作品放在宫内省职员的作品展览会中展览，这时玉堂便前来评论皇后的画作，或是和皇后讨论。

秋泽笃藏听见川合玉堂来了，便来到接待室。笃藏和玉堂本来有数面之缘，也聊过几次，彼此并不陌生。

"老师，欢迎您大驾光临。"

"这不是秋泽先生吗，好久不见。"

"我今天有样东西想请老师过目。"

笃藏摊开带来的一张纸，放在玉堂的面前。玉堂一看，原来是笃藏最自豪的虾子画作。

"哦……这是你画的吗？"

"是的。"笃藏挺起胸回答。

"没想到你竟然有这种兴趣。"

玉堂端详了一会儿，就把画留在桌上，不置可否。笃藏在一旁屏气凝神地等着，他也不理会，竟与入江侍从长及其他人聊起了天气等无关紧要的话题。

最后，玉堂站了起来，准备离开。

笃藏追到走廊上，说："老师……"

"怎么了？"

"我想请您评论一下刚刚那幅画……"

"哪一幅呢？"

"呃，就是我画的虾。"

"哦，那幅啊……"

他思忖了半响，答道：

"这个嘛……如果把它做成天妇罗，想必一定很美味。"

等玉堂的背影消失在视线范围外，笃藏气得跺脚大骂："可恶的家伙！"

不过，笃藏并不是因为这么一点小事就灰心丧志的人。随着他身为天皇御厨的名声越来越响亮，他画的虾越来越受欢迎，拜托他作画的人也越来越多，笃藏甚至来不及画。而向他求画的人越多，他的心情就越好。

然而笃藏的名声未必能传遍每个角落。有一次，笃藏陪同天皇出巡，来到北海道一个偏远的小镇，当地没人知道笃藏画的著名的虾，也就不会有人来向他求画，这样他的心情会越来越差。

秋泽笃藏心情的好坏，对一行人的士气有莫大的影响，所以同行的事务官早一步到天皇要出巡的地方，事先告诉地方人士这件事。

"秋泽厨司长画的虾非常了不起。到处都有人想拜托他画，但他平时公务繁忙，很少有机会作画。幸好在陪同陛下出行的这段时间，他比较空闲，只要拜托他，他说不定就会帮你们画。现在可是大好机会哟。"

"那我也去求一幅画。"

"请一定要去。不过，秋泽先生有时候很难取悦，如果你们态度不够诚恳，他可能不会答应。"

事后，笃藏对这位事务官抱怨："你说我很难取悦，大家可能就不来请我画画了。你应该说不管几张，我都很乐意画……"

事务官耸耸肩："我只是想让大家觉得物以稀为贵，才这样说。"

战前与战后

1

溥仪访日两年后,日本和中国爆发全面战争。四年后,日本又与英、美两国开战。

日本在太平洋战线居于优势,只有一开始的半年,之后便节节败退。随着战争的推进,国内物资开始不足,粮食问题愈发恶化,国民过着一天吃二合三勺米的困苦生活。

皇室也不例外。日本国民的传统是将天皇神化,把皇宫当作另一个世界看待,但那只是宗教或礼仪层面的表现。在物质方面,皇室也和全体国民一样,要接受食物配给。

皇宫里的肉、蔬菜、鱼类等生鲜食材,一直以来都是向固定的御用商人购买,可一旦遇到供不应求的状况,这些食材转眼间就被一扫而空,若是用公价,连一个蛋、一条鱼都买不到。

因为多年来的合作,起初从业者还是用公价贩卖给皇宫,可是拿到黑市去贩卖,便能以两三倍甚至十倍的价格卖出,即使对象是皇宫,商人也不愿意做这么明显的赔钱生意。两次三次之后,商家的态度渐渐变得冷淡,最后甚至接连发生打过电话去,对方也推说负责人不在,或是到了约定送货的当天,货却没有送来等怪事。

话虽如此，皇宫也不能轻易地用黑市的价格来购买食材。毕竟宫中不比其他地方，要是与黑市扯上关系，问题非同小可。每个人都心知肚明，不用黑市的价格根本买不到东西，但是在公家机构却行不通。无论如何，在表面上都不能违背公价。然而以公定的价格，却什么都买不到。大膳最辛苦的，就是必须想法度过这样的境况。

话说回来，是不是真的全日本的存粮都见底了呢？其实在某些地方，储备粮食简直堆积如山。那个地方就是军队。军队有上前线作战这个冠冕堂皇的理由。

"岂能让前线将兵饿肚子。"

只要这么登高一呼，便什么都能到手。毕竟国家总动员法、物资统制令等，都是在战时以不让军队有任何不便为名目制订的。国内的一切物资全都集中在军队，军人从来不知道饿肚子是什么滋味。

话虽如此，军队底层那些受到征召的军人其实并没有得到足够的粮食——因为都被高层据为己有了。

军队的高层部门简直是酒池肉林。除了肉、鱼、蔬菜之外，还有味噌、酱油、砂糖、调味料，甚至连日本酒、啤酒和威士忌都堆积如山。

在一般人的想象中，皇宫似乎提出多么无理的要求都能被接受，然而事实却意外地窘迫。什么"皇室中心"只是漂亮的空话，根本无法解决物资问题，皇室成员每天的生活，唯有困窘一词可以形容。

在这样的状况下，秋泽骛藏付出的苦心实在难以言喻。在筹划英国王子的晚宴时，他固然花了许多心思，然而当时至少还能在充足的食材中选择。

战时让他绞尽脑汁的，是该怎么购买到哪里都找不到的食材，又该用什么方式来烹制。换言之，就是要无中生有，简直像制造超自然现象或施展魔法。

昭和十八年……十九年……战况有如从陡坡滚下的石头一般，不断恶化。

昭和二十年，包括东京在内，日本各都市遭到空袭，化为一片焦土。皇宫也数次成为轰炸的对象，宫殿烧毁，天皇和皇后只好将宫内省厅舍的三楼当作临时宫殿，暂居于此。

八月十五日，战争结束。日本恢复和平。

二重桥前的广场挤满了人，有的人泪流满面、俯首跪地，有的人垂头丧气、不发一语，有的人则不断行礼。

天空中昨天还有军机发出隆隆巨响、交错飞过，而此刻是一片寂静，晴空万里。偶尔有几架机身有美军标识的飞机飞来，不知是在警戒还是在监视。

每当美军的军机飞过，皇居内幸存的建筑的楼顶上，就有一个人挥舞着挂有白布的竹竿。他那头发稀疏的头上还绑着布条。

或许是他的行为成功吸引了美国军机的注意，原本飞离的军机，又再次折回，并且从低空飞过。飞机近得连飞行员的长相都看得一清二楚。

挥着竹竿的正是秋泽厨司长。侍从入江相政问道："秋泽先生，你在做什么？"

"我在用日之丸旗欢迎美国军机啊。"

"我还以为你想把敌机击坠呢。"

"用竹竿怎么能打得下来。"

"可是，你为什么想欢迎他们？你以前不是最讨厌美国吗？"

"我现在还是很讨厌他们，气得满肚子火。可以后就是美国的天下了，日本已经投降，再怎么嚣张也没用。如果不讨美国欢心，就无法确保皇室的安泰。所以我下定决心，只要是为了天皇陛下，不管多么屈辱，我都要设法让美国开心。"

像秋泽笃藏这个年纪的人，有许多人和他一样，是狂热的爱国主义者，但是没有人像他这么迅速地改变立场。

笃藏的天性是想到什么就立刻付诸实行。他一有机会，就前往驻日美军司令部，接近那些干部将校和夫人，送他们一些珍奇的礼品，或是教他们做菜。他所做的一切，是为了让他们对日本的印象更好，这样对皇室的处置可以更宽容。

讨美国人欢心最好的方法，是招待他们去猎鸭。

宫内省拥有两个鸭场，分别位于越谷和新滨。这里一直保留着传统的猎鸭活动。

首先，把一只家鸭放在大水池里的鸭群附近，作为诱饵。这只家鸭经过特别的训练，会将鸭群引到细细的沟渠里。

沟渠的尽头有一处竹林，人们拿着大网躲在那里等待猎物上门。鸭子穿过竹林，来到光亮的地方后，一看见人便吓得飞起来，自投罗网。虽然这种方法很阴险，但捕鸭的人没有熟练的技术也能成功，算得上一种有趣的狩猎活动。

第一批接受招待的美军向同伴们大力宣传这项活动的有趣之处，因此陆陆续续有许多人想参加。

猎鸭的准备工作很麻烦，以往每个月只进行两次，但现在申请者是握有实权的美军，对日本而言，讨好这些人是最要紧的事，当然不能摆架子。众人尽最大的努力，在每个周六和周日招待美军，能招待多少人就招待多少人。

抓到的鸭子在秋泽笃藏的指挥下，由大膳的职员当场烹制，做成铁板烧供美军享用，是名副其实的现猎现烤。

由于能享受狩猎的乐趣和当场烤肉的趣味，这项活动在美军内部大受好评。

遇到特别重要的人物时，不仅是招待他来狩猎，第二天笃藏还亲自带着鸭子登门拜访，让对方高兴。与对方熟识后，还替对方处理一些家事。如果对方要聘用女佣，笃藏就扮演中介的角色，替对方找人，甚至连厨师和洗衣工都安排好。

在猎鸭的时候，美国人总习惯夫妻同行，一起喝酒嬉闹。大男子主义的秋泽笃藏看在眼里极为不快，但此刻的日本就像被这些人用锁链拴住的奴隶，无论遇到什么事，都必须忍耐。于是他拼命告诉自己："一切都是为了陛下！一切都是为了陛下！"硬是将怒气吞下肚。

站在笃藏的立场，他是有一份忧国之心，才想讨好这些家伙，希望让占领政策往好的方向发展，因此他愿意替对方斟酒、陪对方干杯，提供无微不至的服务。不过对方却认为他顶多只是个爱拍马屁的家伙，或是想出风头的丑角。

有时夫人们唤他："Hey, my boy."

笃藏一来，她们便拍打或亲吻笃藏的秃头，在他的头上留下好几个唇印。甚至还有人拿出口红，在他的秃头上画上一轮红日，纵声大笑。

如果是以往的秋泽笃藏，绝不会默默忍受。他可是曾在巴黎酒店的厨房，让一个嘲笑他身材矮小的法国厨师向他道歉，还把一大锅汤打翻在地。

"你们在做什么！"

一股想大吼着让她们道歉的冲动涌上胸口，但他依然忍下来了。

不过，美军当中也不全是这样的人。驻日美军毕竟也是人，在屡屡见面交谈的过程中，笃藏也会对他们产生感情，变得亲近。

麦克阿瑟将军的儿子因滑雪致使腿部受伤时，笃藏带着花去医院探望他，这真的只是为了讨好他们吗？

这个将军的儿子看见法会上的万灯[①]，觉得很有趣，说也想要一个，笃藏便拜托灯笼师傅替他做了一个上等的万灯，还请日本画的名家西泽笛亩在上面作画，再送给他，难道这也是出于某种目的吗？如果另有目的，反正对方也不懂，他大可以随便请一个名不见经传的画家作画，何必特地去拜托西泽笛亩。这种时候依然诚心诚意地为对方着想，正是秋泽笃藏做事的态度。

[①]日本一种方形的灯笼。

春天将近，鸭子也快没了，于是宫内省带美军军士去下总的御料牧场参观。

来到上野车站一看，才发现普通国民搭乘的火车挤得水泄不通，车厢破旧不堪，窗户也破了。然而驻日美军搭乘的火车非常高级，擦得一尘不染。仔细一看，原来他们用的是战前天皇搭乘的列车。

一想到这就是战败的现实，泪水就涌上眼眶，但笃藏还是忍了下来，告诉自己，自己的工作就是讨好他们。他主动表示愿意同行，陪他们赏花，吃铜盘烤羊肉。

到了夏天，鸬鹚捕鱼深得他们欢心。天皇年轻时，英国的威尔士亲王曾经访日，当时对他尽善尽美的招待是笃藏一生的回忆，后来笃藏也招待了来自世界各国的宾客，现在却要招待驻日美军。想到历史的变迁，他不禁感慨万千。

日本战败翌年，陷入了空前的粮食危机。

五月，全国主食配给延迟的情况加剧，在北海道，札幌的粮食晚了三十五天才送达，北见则晚了七十四天。东京则平均延迟五天。

五月十二日星期日，工会成员、太子堂町会成员、报纸"赤旗"的相关人士，一共一千多人聚集在世田谷区下马的新生活集团内广场，召开"交出米区民大会"，喊出人们对粮食短缺的不安。

到了两点多，代表野坂参三出现在会场，跳上充当演讲台的卡车，向人们讲述粮食危机的严重程度，接着大喊：

"我们必须直接见天皇，要求他负起责任。我们的目的地是皇宫。"

这时，东宝的山田典吾临时提出建议，众人决定冲进宫内省，以岩田英一、大町米子为代表，分乘两辆卡车出发。一行人虽然在坂下门被皇宫警卫挡了下来，但他们拒绝离开，坚决要求见到天皇。

当天是星期日，宫内省的职员几乎都没有上班。值班主管岩濑事务官出面表示"由我来接受各位的陈情"。

但这些代表们仗着人数众多,直接闯入了皇宫。

一行人当中有戴着猎鹿帽、穿着西装的人,也有穿着军服、脚踩着军靴的人,还有背上背着婴儿的主妇,穿着大人草鞋的孩子。宫内省也是第一次有这种特殊团体造访,皇宫警卫不知道该怎么应对,再加上大部分职员都不在,便被这群人的气势压过,没能阻止他们。

岩濑事务官带着一行人来到自己的值班室。平常外来的客人应该去总务科的接待室,但今天是假日,宫内省里只有岩濑事务官一个人,只好把他们带到自己的办公室。

一行人开始轮番阐述粮食不足的现实,并要求见天皇,但岩濑只能说:"我没有这种权限,我的上司现在也不在,所以我先接受各位的陈情,之后再向各位汇报。"

2

不久,抗议队伍中出现了这样的声音:

"带我们去天皇的厨房!听说里面有堆积如山的米,快把那些米拿出来发给大家!"

岩濑事务官说:"没有那种东西,厨房里只有一些配给米。"

众人不相信。

"有还是没有,我们看了就知道。带我们去厨房!"

他们这么说,岩濑便带着一行人前往厨房,不过他带众人去的并不是大膳的厨房,而是职员合作社的餐厅"菊叶会"。这里是做职员的午餐以及值夜人员的早晚餐的地方,与大膳无关,不过这群人都是第一次进入皇宫,并没有发现。

众人气势汹汹地喊道:"把那个柜子打开!"又问道:"那个袋子里装了什么?"

人们争先恐后地四处查看、翻找。这段时间,正好有许多职员的家因为空袭被烧毁，无家可归，只好暂住在宫内省。他们配给的米和蔬菜也统一寄放在餐厅里，所以这里的粮食确实比一般家庭多一些，但绝非他们所说的堆积如山。

众人一脸错愕，又再次喊道："让我们见天皇！"

不过他们也发现，再继续跟一个值班的事务官耗下去也没有意义，只好说道："我们还会再来的，到时候一定要让我们见到天皇！"便回去了。

处理这类突发情况的负责人官房总务科长犬丸实，这时正利用假日去探望被疏散到神奈川县的二宫避难的母亲，并住在那里。第二天一看报纸，才发现有个大大的标题写着"赤旗进入皇宫"。下面还报道了详细的内容。他这才惊觉大事不妙，于是赶紧回东京。他问了当天在场的职员，得知抗议队伍离去前，表示还会再来。他很伤脑筋，不知道该怎么应付这些人，最后决定独自面对，揽过全部责任，不和上司商量，也不接受任何指令，只是默默地等着抗议队伍再访。

与第一次抗议相隔一天，五月十四日上午十一点左右，抗议队伍再度出现在皇宫。这次的人数增加为八百多人，总指挥还是岩田英一。他们在坂下门前齐声唱歌后，提出与天皇见面的要求。

上次是无预警地遭到突袭，让所有抗议者都进入了坂下门，但这次宫内省早有准备，皇宫警卫固守正门，只愿意让五名代表进入。

代表们和之前一样，被带到值班的高等官室，宫内省方派出犬丸总务科长，与大臣秘书官鹿㖿清一来应对。鹿㖿秘书官是在战时由石渡庄太郎就任宫内大臣时任命的，石渡在战争结束后卸任，鹿㖿秘书官却继续留任。

代表们对于代表人数只有五名感到不满，要求："人民代表只有五名，这像话吗！给我增加到三十名！"

但犬丸、鹿㖿两人态度坚决："五名就够了，没有必要增加到三十名。"

事实上，除了五名代表之外，还有媒体记者、摄影团队等也跟着进入小小的值班室，把这里挤得水泄不通。

因为人数问题始终无法达成协议，代表们只好回到坂下门，对着在门外等候的群众说："那两个叫作狗啦、鹿啦，以禽兽为名的官员，拒绝了我们正当的要求。"

这段煽动人心的演说使现场的气氛更为高昂。

在值班的高等官室里，众人针对代表应该是五名还是三十名僵持不下，双方已经无话可说，陷入沉默。犬丸科长和鹿喰两个人面对包括媒体记者、摄影团队在内的众多人员。为了缓解紧张，犬丸闭上了双眼，没想到过了半响，耳边突然传来什么东西破碎的声音。

他吓了一跳，赶紧睁开眼睛，只见原本放在桌上的陶制烟灰缸已经粉碎，抗议者代表岩田英一满脸怒容，瞪着犬丸。看来烟灰缸是岩田砸向桌子的。

"怎么了？"他问道。

"你竟然在和别人谈话的时候打瞌睡！"

"你刚才不是没说话吗？因为你一直没说话，我才闭上眼，让头脑休息一下。"

"嗯，反正你是在污辱我们代表！"

接下来又是一场耐性比赛。随着时间过去，接近傍晚时分，双方肚子都饿了，于是抗议队伍再次宣告他们还会再来，便离去了。

又隔了两天，到了五月十七日，德田球一、志贺义雄、野坂参三、高仓辉、柄泽登志子五名代表穿着便服来到宫内省，要求与天皇会面。但是犬丸总务科长向他们说明，请他们回去：

"如果各位要讨论国政相关事务，请通过内阁，遵照规定的手续办理。我们没有权限直接替各位安排会面。"

两天后，也就是十九日，二十五万名群众聚集在皇居前的广场，召开了"获得粮食人民大会"（又称"粮食五月祭"），其中有十二名代表向犬丸科长要求与天皇会面,但也遭到拒绝。

在之前的十六日,吉田茂接受天皇任命,成立第一次吉田内阁①,并依循惯例,由天皇招待新内阁成员用午餐。这场午宴的菜单为:

汤
鸡肉
甜点
水果
面包

菜色简朴至极,厨司长秋泽笃藏想发挥厨艺,也无从发挥。

十九日,即"粮食五月祭"当天,代表涌入吉田茂内阁的首相官邸,要求与吉田会面。此时一直静观其变的美军司令官麦克阿瑟召开了记者会,发表声明:

"我们绝对不容许集体暴行与暴力胁迫发生。"

其间,秋泽笃藏几乎每天都去拜访麦克阿瑟将军与其幕僚,展现他最自豪的厨艺,赠送他们喜爱的物品,但是他们之间谈了哪些话,却没有记录留下。

"粮食五月祭"风波落幕后几天,笃藏老家武生的父亲发了一封电报来。

"周太郎亡,速回。"

长年与病魔搏斗的哥哥,也许是因为战后粮食长期供应不足,无法补充营养,导致体力不支了。

笃藏连东西都来不及收拾,便立刻搭上返乡的火车。

---

①吉田茂前后五次组建内阁。

睽违已久的家乡美景依旧，绿叶在微风吹拂下晃动，闪闪发亮，在都会中累积的尘嚣仿佛被洗涤一空。然而一想起多年来爱护着自己的哥哥已经不在人世，笃藏不禁感到空虚。

长子过世后，按照一般情况，应该由身为次子的笃藏继承家业，但笃藏很早就成为别人家的养子，因此由三子宪作继承。宪作从东京的物理学校毕业后，在家乡的电力公司担任技师，现在住在家里，正好可以照顾年迈的双亲。

笃藏不用急着回东京，便在武生待了两三天，和母亲一起整理周太郎的遗物。

周太郎的遗物中，有一件特别吸引笃藏注意的东西，那是一叠来自某个女子的信。信上的笔迹都一样，而发件人的名字是中原八千代。

"这位叫作中原的人是谁？"

笃藏问道，而母亲回答：

"你大概不记得了吧……就是以前我们村里警察局长仓岛的千金，长得很漂亮……"

"啊，原来是她呀……"

别说记不记得了，对笃藏而言，她是个比谁都令他怀念的人。她一直占据着笃藏心里的某个角落，笃藏从未忘记她。

虽然笃藏后来爱过许多女人，但事后回想起来，她们身上其实都有八千代的影子。说笃藏多年来一直在追寻她的幻影也不为过。

"我记得那个千金小姐，可是她为什么会和哥哥……"

母亲不疑有他，说："她的遭遇也很不幸。她从女校毕业之后没多久，就嫁到一户姓中原的人家去，可是她的丈夫在大正七年，因为感染了西班牙型流行性感冒过世，为了养育他们的独生子，她一直守寡，后来她对和歌产生了兴趣，就渐渐和周太郎熟了起来。"

"哦……哥哥是什么时候开始写和歌的？我都不知道。"

"好像是你去巴黎的时候，他才开始学和歌的。听说他和中原太太是跟着同一位老师学的。有时候武生常举办诗歌朗诵会,他如果身体状况不错,都会去参加。自从他去年病情开始恶化,卧病在床后,中原太太就经常来探望他,每次两个人都单独聊很久……"

"也就是说,他们两人是情侣关系?"

"这个嘛……他们一起学和歌的朋友好像也都知道,而中原太太来探望他的时候,我们也尽量让他们独处。"

"原来如此。太好了,哥哥也……我一直以为哥哥长年抱病,没办法发挥他的才华,一生不幸,但是他晚年能和这么美丽的人相恋,真是太好了……"

"你也这么觉得吗?我们也讨论过,这么一来,周太郎一定没有遗憾了。"

"真的,没想到哥哥还真有两下子,我真想用力拍拍他的背。"

这是笃藏的真心话。

得知哥哥和自己喜欢上同一个人,而且哥哥的恋情竟然在自己不知情的时候开花结果,这对哥哥来说,一定是永难忘怀的美好回忆。笃藏打心底替哥哥高兴。

同时,他也觉得自己长年放在心上的某种东西,仿佛融雪一样消失了。

或许可以说,他从一种长期束缚着他的东西中解放了出来。

八千代的信中,全是满溢着思慕之情的和歌。而每一首和歌中,都仿佛听得见她的声音。

"妈妈,这些信可以给我吗?"

"好,我想应该没有别的人想要了。"

笃藏在心里想,这些信是哥哥的遗物,更是自己半生的纪念。

这一年的元旦,天皇宣布将离开这个一直以来被奉为神的位子,成为一个人。

不久后，天皇决定巡游全国，亲自谒见每一位国民，慰劳他们的辛苦，给他们鼓励，同时拜托他们努力复兴。

以往天皇出巡时，沿路都有严格的警戒，一般人只能在远处跪拜，但是到了二战后，群众皆可来到天皇身边，和天皇说话。

天皇出巡时的餐食，在二战前从来不让民间人士制作，而是由同行的大膳职员制作。明治天皇出巡时，由于无法这么做，甚至曾带着撒了芝麻盐的饭团当便当。

二战后，天皇出巡的餐食则由当地的厨师，在当地的厨房制作，但必须接受大膳职员的指导与监督，民间的厨师有时会抱怨太麻烦。

为了避免发生意外，他们特别重视卫生，甚至曾要求旅馆服务人员接受身体检查。这一点与其说是宫内省的指示，倒不如说是各地方政府卫生部门的官吏担心万一出事了，自己必须负责，才实行这种不合常理的措施。

不管到哪里，即使宫内省表示没有必要，也有店家努力提供更完美的服务。一次入江侍从提前来到天皇预定下榻的地方进行检查，发现房间里的墙上有漏水的痕迹。旅馆老板说："我们会重新粉刷的。"

入江说："这种事没关系。请维持原样就好。下次我陪同陛下来到这里的时候，如果还是这样，我会告诉陛下：'由此可知，我们一点都没有浪费。'"

旅馆老板说："好，那我就保持原状。"

然而一个月后陪同天皇来到这里时，他发现墙壁已经重新粉刷，房间焕然一新。

还有一次，入江侍从在天皇前往视察某社会福利机构前，先去和对方讨论。他告诉对方："这些桌椅放在这里就好，不需要桌巾什么的。"

然而天皇抵达的当天，桌椅却全都换成了新的，桌上还铺着漂亮的桌巾。

天皇去福井县巡视时，入江侍从在天皇房间的附近稍事休息，而这时正好是用餐时间,他看见服务生端着御膳从面前经过。仔细一看,服务生手上端着蒲烧鳗鱼,只是和东京的不同,鳗鱼叠了两三层,高高隆起。

入江心想:"这量未免也太多了。"

由于天皇将餐食几乎全部吃光,第二天报纸还报导天皇很喜欢吃鳗鱼。之后,天皇到武生、芦原巡视时,对方也准备了满满的鳗鱼。

天皇前往北海道巡视的时候,秋泽笃藏看到一个下榻处的厨师制作三明治时,手的动作很奇怪,便问道:"怎么了?"

"北海道厅的官员说,不能直接用手碰到面包。"

笃藏勃然大怒:"那些白痴官员!这又不是在变魔术,手不碰到面包怎么做三明治!"

接着走到四处,破口大骂。

3

二战结束两年后,宫内省改名为宫内府,又在昭和二十四年改为宫内厅。同时,内部的官制也有所改变,秋泽笃藏的头衔一下变成主厨长,一下变成宫内府技官,一下变成厨房系长事务负责人,一下又变成调理班长,不过他身为厨房老大的地位却没有改变。

厨房就像笃藏的城堡,他在这里握有独裁性的权力,就算他的上司大膳头说想看看厨房现场的状况,他也断然回绝。

"不行。"

秋泽笃藏年轻时,对自己的手艺充满自信,无论大小事情都自己动手,不喜欢交给别人做。但是随着年纪越来越大,他将琐碎的事情全部交给年轻人,自己只是穿着白衣服在厨房走来走去。

即使如此,根据他多年来的经验,只要他踏进厨房一步,谁在处理什么、什么东西烤过头了、什么东西还没煮熟、整体进度大概进行到哪里,他都能了如指掌。他对每个部门只给一两句重要的提醒,其他的不多嘴。只要这样,年轻厨师们就会像牵线人偶一样,达到他想要的效果。

到了下午,厨房里就找不到他的身影。他有时去精养轩、东洋轩、宝亭找熟识的主厨朋友,也可能是去中央市场、牛肉店等店家,或是前往风评很好的餐厅享用美食。他的目的是四处走动、增广见闻、收集信息以及锻炼味蕾。

有的时候,他也会出人意料地跑去赌马。他非常喜欢赛马,不只是东京,甚至还远道前往大阪、新潟、福岛等地,享受胜负的刺激。住在他隔壁的吉川英治也喜欢赛马,因此两人格外亲近,另外也通过赛马与菊池宽、永田雅一、舟桥圣一等人熟识。

笃藏在精养轩工作时,主厨是从法国回来的西尾益吉,而西尾离职后,则由铃本敏雄接任。他对笃藏而言是比兄弟还亲的好朋友,双方对彼此都有深刻的影响,而他们两人也都疯狂沉迷赛马,总是一起出现在赛马场。

铃本这个人不但厨艺精湛,为人也很好,深得朋友们的信赖,唯一的缺点就是沉迷于赛马。在他离开精养轩的时候,得到了如水会馆的餐厅作为退休金,却因为赛马转卖他人,晚年过得很凄凉。

有一次秋泽笃藏去大阪看赛马时,东京的大膳打电话到旅馆来找他。笃藏接了电话,才知道原来贞明皇后要款待宾客,希望笃藏为他们制作中餐。

"我禀告皇后,厨师长现在在大阪赌马,于是皇后说等赛马结束后再回来也可以……"

"这太失礼了,我马上回去。"

"可是皇后说没关系……"

"不行,那怎么成。我马上回去。"

笃藏当晚就搭火车返回东京。皇后说:"我明明说了,你不用特地回来呀……"

从此以后，笃藏再也没去过需要过夜的地方看赛马。

二战前，贞明皇后曾表示想参观大膳的厨房。过去从来没有皇室成员提出这种要求。当初不准大膳头进入厨房的笃藏，因为感念贞明皇后，便把留了多年的长发剃成光头来迎接皇后。

以前，他非常宝贝自己逐渐稀疏的头发，总是用梳子梳理整齐，但是仔细想想，长发对厨师来说是累赘，即使不小心让一根头发掉进菜肴里，也对不起享用餐食的人，所以他便狠下心来把头发剃光了。

当天，皇后来到厨房的门口，便停下脚步，对随侍的女官使了个眼色。女官立刻来到皇后身边，递给她一双事先准备好的新拖鞋，自己也换上拖鞋。

笃藏他们平常进厨房之前，一定要净身，换上白衣和专用的鞋子。以前有个内匠头没有这么做，试图穿着鞋子走进厨房，还被笃藏臭骂一顿。

然而笃藏什么都没说，贞明皇后就自己准备了拖鞋来换。其他的宫内官什么都没准备，紧张地问道："有没有能替换的鞋？"

有些宫内官没有拖鞋可穿，无法进入厨房。笃藏再次感佩皇后的细心。

事后，侍从告诉皇后："听说那天秋泽为了迎接皇后陛下，特别理成了光头。"

皇后说："哎呀，早知道的话，我就对秋泽说'你把那顶厨师帽摘下来瞧瞧'了……真是可惜。"

这位皇后于昭和二十六年五月去世。笃藏像是失去了自己的母亲或姐姐一般悲痛，因此戒掉了多年来抽烟的习惯。

同年九月，《旧金山对日和平条约》签订，日本再次恢复为独立主权国家。美军离开后，笃藏不需要再刻意讨谁的欢心，终于能以许久未有的清爽心情工作了。

第二年，也就是昭和二十七年十一月十日，皇室举办了皇太子明仁亲王的成年式和立太子礼。贺宴连续三天，共招待了一千多名宾客，当时日本已经熬过战后最艰难的粮食危机，粮食问题稍稍缓解，宴席的菜肴总算丰富了一些。只是这次的宴席是日式料理，秋泽笃藏无法直接施展他的厨艺。

此次宴席的菜色如下：

鲙	鲷鱼、象拔蚌、萝卜丝、防风草、山葵花
温物	海鳗、雏鸡、菠菜茶碗蒸
取肴	日出鱼糕、肉丸、松风烧、鸭肉、末广笋
烧烤	血鲷烤全鱼、糖醋菊形芜菁、扇形鸡蛋糕
主汤	白味噌、红白菱形番薯、番杏、鲜香菇
红豆饭	
日本酒	

当时距离二战结束才短短几年，这份菜单已属非常丰盛，但是和战前的同类宴席相比，可谓是简朴至极。最大的问题还是经费。想用遭到大幅缩减的皇室预算，做出战前那种完全不用考虑成本的豪华菜色，简直是痴人说梦。

昭和二十九年十二月二十四日，鸠山内阁的成员受邀与天皇共同进餐，当时的菜单如下：

汤	红白蛋豆腐
鲂牛酪烧	牡蛎、西太公鱼
小鸭蒸烧	白薯、胡萝卜、花椰菜
色拉	番茄、西兰花
温菓	布丁、枢机卿蛋糕

水果	哈密瓜、科尔曼葡萄、富有柿

咖啡、白兰地

面包

饮料

红葡萄酒

白葡萄酒

冷开水

这份菜单乍看之下与二战前的似乎没有什么差别,但是站在厨师的角度来看,差别却极大。法国料理中经常使用红葡萄酒来炖牛肉或猪肉,而红葡萄酒的好坏是决定味道的关键。二战之前不需要顾虑价格,可以毫无节制地使用上等的葡萄酒。

如果是一般的餐厅,为了考虑成本,通常不使用昂贵的葡萄酒,然而在皇宫,除了做出尽善尽美的菜肴之外,其他一概不必考虑,因此可以用最高级的葡萄酒、黄油、芝士、罐头等食材,几乎是无限制地使用从原产地进口的舶来品。用了这些食材还不能做出美味的菜肴,那才奇怪。但是二战后经费拮据,就算想这么做也无能为力。

昭和二十八年三月,皇太子为了出席英国伊丽莎白女王的加冕典礼,再次前往欧洲。他的父亲还是皇太子的时候,也曾出访欧洲,那是大正十年的事了。当时笃藏也随年轻的皇太子赴欧,参观了白金汉宫的晚宴和许多宴会。

自那以后,已经过了三十年。当时陛下很年轻,我也很年轻……其间发生了多少事情啊……

许许多多的情景,在笃藏的脑海中宛如画卷一般展开。

总之,我做得很好。他心想。

自己认为正确的话都说了,想做的事也都做了。虽然有时候可能太过头了点，但至少没有徒留遗憾。这就是他的做事态度。

不管做什么事情，他总是诚心诚意，竭尽全力地去做，只是不一定总能得到回报。

昭和三十年为义宫①弱冠之年。这位皇子非常平易近人，同学和朋友都用"火星"这个绰号称呼他。

义宫成年的庆祝会分成好几场举行。第一场是皇宫午宴，出席者包括总理大臣以及各大臣、众议院与参议院议长、最高法院院长等人，是一场官方的祝贺宴会。

当天晚上又举办了一场叫"菊荣会"的宴会，宾客皆为旧皇族的成员。

第二天举办了午餐会，邀请宫内厅的职员以及前职员，约一百五十人参加。

然而秋泽笃藏的名字却不在上述任何一场宴会的宾客名单中。前面两场宴会，笃藏没有受邀是理所当然的，但是邀请他参加第三场宴会应该合情合理。

笃藏不相信世上会有这么荒唐的事情。打从义宫殿下出生到今天，这二十年来，他一直都在旁侍奉。他认为在义宫殿下成长的过程中，他和殿下的关系比谁都深。然而像他这样的人没有受邀，反而是昨天或前天才刚进入皇宫的人，只因为拥有科长或部长的头衔，就能被列入宾客名单。

原来厨司长并不是官员，只不过是工匠师傅而已。可是官员和工匠哪里不一样？难道一个工匠就算在皇族身边侍奉了一百年，也没有资格受邀吗？当然，这不关义宫殿下的事，而是负责的官员决定的，而且宫中想必还有多年来的习惯以及各种理由，然而一个人真心诚意奉献一生的历史，真能这么轻易就被忘记吗？

---

① 即常陆宫正仁亲王，平成天皇之弟。

这种不满的情绪不断涌上心头，让他不由得流下悲愤的泪水。正因为他充满自信，认为自己并不是一个普通的厨师，而是全日本首屈一指的厨师，所以他的愤怒更加猛烈。

但就算生气也没有用。御厨就是御厨，无论如何都必须真心诚意地侍奉。笃藏强打起精神来，继续努力工作。

天皇在二战结束后进行的全国巡游在昭和二十九年告一段落，紧接着又出席在全国各地举办的国民体育大会。

在天皇出发巡游之前，侍从和大膳的职员必须事先前往目的地，与当地县厅的负责官员以及旅馆老板碰面，再三叮嘱他们不要做什么特别的安排。但是他们从众多旅馆当中被遴选出来，负责接待天皇，对这无上的光荣感激万分，根本不可能遵照嘱咐，总是会做好万全的准备，绝对不容许出一丁点差错。

天皇与皇后出席昭和三十三年的富山国民体育大会时，下榻于和仓温泉。当时天皇与皇后住宿的加贺屋旅馆将前一年才新建的"龙宫阁"新馆封闭，重新清洁整修，更在他们住的"万叶之间"前，打造一间全桧木制的浴室。百人一首的纸牌中，有一幅穿着十二单衣的公主，坐在架高的五彩座垫上的图画，而这家浴室里也设置了类似这样的座位。据说这是旅馆老板连续好几个晚上彻夜未眠想出的点子。

至于两位陛下的御膳，同行的秋泽笃藏嘱咐老板：

"请你们不要花太多心思、做得太精细，尽量呈现出食材原有的风味……"

由于入江侍从事前来勘察的时候，要求他们不能使用印有菊花纹样的餐具，因此他们特地向轮岛涂的国宝级大师前大峰订做了特制的矮桌和碗，并用米糠擦拭了无数次，避免陛下因为碰到漆料过敏。九谷烧等餐具，也是特别向知名的陶艺家订制的。

餐点共有十二三道，并且附上了菜单。天皇每一道菜都非常仔细地一边对照菜单，一边享用。忽然，天皇看着生鱼片的盘子，问道：

"所谓的'海苔'是哪个？"

这时厨师才发现，海苔本来应该附在生鱼片旁边当作配菜，但是因为太慌忙忘了放。厨师立刻补上了。看见天皇连这么小的细节都注意到，旅馆的工作人员不禁感到惶恐万分。

天皇和皇后在加贺屋住了两晚。这期间，旅馆老板小田与之正穿着晨礼服，满身大汗地亲自负责看守浴室。当时正值工会运动的抬头期，和仓温泉的男工作人员当中，也有一些人多多少少受到影响。老板心想，万一发生什么混乱，后果不堪设想，因此决心亲自守着浴室。他在浴室旁建了一间守夜用的小屋，直接穿着晨礼服睡在里面，包括打扫也全部一手包办。

天皇和皇后准备离开的时候，老板夫妻以及全家人站在玄关恭送。天皇夫妇体贴地慰劳了他们一番，老板娘和女儿忍不住哽咽哭泣，最后全家人都哭了起来，泪眼朦胧地目送天皇和皇后的座车驶离。

4

昭和三十四年四月，皇太子明仁亲王与正田美智子小姐结婚，日本沉浸在一股欢腾喜悦的氛围中。

这场结婚喜宴总共邀请了一千三百名宾客，菜单如下：

汤品	织部山药鱼泥丸、酱油团子、雀芜、樱花
鲙	鲷鱼刺身、乌鱼子、萝卜丝、山葵花
取肴	日出鱼糕配蛋丝撒栗肉团子、松风烧鸡配绿羹、蛋黄、烤鲑鱼
烧烤	盐烤全鲷
红豆饭	
温酒	

这时的料理为便当形式，由筑地的纪文鱼板店承制。

纪文第一次成为宫内厅御用店家，是在几年前皇太子赴欧，参加英国伊丽莎白女王的加冕仪式后的归国游园会上。一天，秋泽笃藏突然来到纪文店里，说：

"我是宫内厅的人，我们准备设置一个关东煮的摊子，想让你们提供食材。"

以前，纪文和宫内厅一点关系都没有，也根本不认识笃藏，不免吓了一跳。

第二次就是这场宴会的订单。包括店主在内，全店上下都非常紧张，将工作间关闭一整天，进行大扫除和消毒等工作，接着设立委员会，分配各自的任务，一边彼此确认进度，一边制作餐点。

店员们每天早上一来上班，就先洗澡，净化身心，换过内衣后才开始工作。

另一方面，有些以前的御用商在战争期间和宫内省断了联系，现在又想恢复供货。在经过了这么久之后，才前来造访，说了一大堆奉承讨好的言辞，最后总是提到：

"能不能让我们再次成为御用供应商？"

对于这种态度，笃藏一点也不留情。

"当初我们有困难的时候，你们根本不理我们吧？"

"哎呀，真抱歉，因为当时我们也过得很艰苦……"

"当初还是有许多商家，在清苦的状况下依然继续供货。有一家鱼店，当时用公价卖给我们非常漂亮的鲷鱼和鲔鱼，仔细一问，才知道他们是亲自去房州向黑市批货卖给我们的。我们并没有希望他们做到这种地步，他们却默默地这么做，这让我非常高兴。"

"我们当时真的过得很辛苦……"

"如果日子一过得苦，你们就表现出那种态度，就别怪我怀疑假如日子又不好过了，你们又会像以前那样。"

累积了十年、二十年的怨恨，现在总算有机会一吐为快，笃藏那天心情好得不得了。

笃藏这么说，意味着日本总算从战争的打击中站了起来，走上繁荣的道路。

仔细想想，战时对厨师来说的确是最糟糕的时期。虽然每一种职业都差不多，但厨师这一行在没有材料的情况下更是束手无策。餐厅歇业、酒店倒闭，许多优秀的厨师不是被抓去当兵，就是去工厂工作，或者变成游手好闲的无业游民。

这样的状况一直持续到二战结束之后，经过十年，他们总算重新振作起来。人们再次想起享用美食的乐趣，也开始找回"既然要吃，就要吃美味的食物"的想法。厨师的技艺与品位再次受到重视，并且获得极高的评价。

报纸、杂志、电视、广播等媒体上，也开始出现许多有关料理、美味，以及美食的报道，而秋泽笃藏的名字也一再地出现，被誉为料理界的第一把交椅。

拜伦有句名言："一觉醒来，我发现自己已名满天下。"

这句话正好可以套用在秋泽笃藏的身上。明治三十七年，在日俄战争期间，抱着一只束口袋，从福井县的穷乡僻壤来到东京的少年，如今已经成为日本料理界最高的权威。

他认为自己这大半辈子靠着努力和经验获得的知识和智慧，不应该只属于自己一个人，必须传授给更多的人。

他希望不仅是和他同样以料理为志的厨师，社会上的一般人也应该了解这些事情：

"料理是一种艺术。"

"料理是色、香、味、形——虽然大家都这么说，但是在背后，其实还藏着某种韵律。换言之，以轻快的韵律制作，以优美的韵律端上桌的料理，才是极致。"

"无论是芹菜、法式小点、水蜜桃、梨子、饭团还是寿司——用手拿着吃和用筷子或刀叉吃，美味的程度截然不同。如果我们观察幼儿吃糖果，会发现他们动不动就把糖果从嘴里拿出来，用手把玩一下，再放进嘴里。那样吃似乎味道更好。"

"吃东西这件事，说到底其实不是嘴和舌头在吃，而是我们的灵魂在吃。就算骗得过嘴和舌头，也骗不过灵魂。正因如此，真心诚意制作的食物有一种无法言喻的滋味。"

这样的感想不断浮现在他的脑海中。而每一句话，都是他多年来费尽心血的证据。

只要有人向笃藏约稿，他就把这些感想撰写成文章，在报章杂志上发表。

累积了许多篇之后，他将这些文章集结成一本书出版。

第一本书是《味》（昭和三十年，东西文明社发行），封面上印着笃藏最自豪的虾子画。平常别人拜托他画在色纸上的时候，他总是吝啬地只画一两只，可是画在自己的书上时，却发奋地画了十几只。

他请吉川英治替他写序，于是吉川这么写道："这个人的脸，总是像刚从土里挖出来的新马铃薯一样。"

他把书送给平常熟识的人，川合玉堂捎信来向他致谢。

老童儿惠鉴：

《味》一书寄达，吾先感佩其书封，再感佩吉川先生之序文。

待全书读毕，必将三度感佩。

仅此禀报书已顺利寄达。期待日后慢慢吟味深读。

顺颂　时绥

偶庵　谨启

四月十五日

笃藏曾经请玉堂评论他画的虾子，玉堂却说：
"如果拿来做成天妇罗，想必一定很美味吧。"

这句话激怒了笃藏。现在玉堂夸赞书的封面（不过他说的是"感佩其书封"，而不是"感佩虾子画"，令笃藏有点不满意），不知是因为笃藏的画功进步了，还是玉堂也觉得自己以前说的太过分，有点悔意。无论如何，笃藏终于获得了玉堂的称赞，高兴得笑逐颜开。他逢人便说："有关我的本业——烹饪，我只在乎自己满不满意，是否得到别人的称赞，我一点都不在意。可是我的兴趣——画画受到人夸奖，我却格外高兴，真是奇怪。"

他的晚年就像这样，丰富而多姿多彩。

笃藏在宫内厅的地位依然是厨司长。打一开始就是厨司长，到现在还是厨司长，既没有升迁的期待，也不会尝到贬官的屈辱；不用退休，也不会被开除。这种状态就这样持续了五十几年。

唯有一次，他以为自己真要被开除了。在某次由官员陪同天皇用餐的餐会上，笃藏制作了罗西尼牛排。这道菜的做法是将牛腰肉切成圆柱状，用培根卷起，再用棉线固定后煎熟。装盘时本应将棉线取下，可是笃藏却漏掉了一份忘记拆棉线，而那一份更是不巧送到了天皇面前。笃藏已经做好切腹的心理准备，准备好辞呈，向天皇道歉。

"其他人盘里的棉线呢？"天皇问道。

"其他人的棉线都拆掉了，只有陛下的那份漏掉了。"笃藏回答。

"那就好，那就好。"

天皇只是反复地这么说，笃藏并没有被开除。

除此之外，笃藏并没有什么严重的疏失。有时候他不管对方是大臣还是次官，都毫无忌惮地破口大骂，大家都说他是个啰唆的老头，不想接近他。然而他那种没有心机、诚心诚意的态度，谁都能看得一清二楚，所以他的朋友格外地多，让他过得很愉快。

根据入江侍从长的说法,世上没有比皇宫还要民主的地方了。听起来有点奇怪,不过他的意思是,在皇宫中,只有天皇享有最崇高的地位,因此在天皇的面前,无论是大臣、次官、科长还是打杂的人,几乎没有区别,人人平等。正因如此,笃藏才不论对方是谁,都一样照骂。相对地,大伙一起喝酒的时候,也没有地位和年龄之分,可以轻松愉快地饮酒作乐。

所谓的"议长会",也是喝酒的聚会团体之一。当时的大金侍从长、入江侍从、秋泽笃藏和另外两三个人,在某个场合巧遇,相谈甚欢,因此约定下回再一起喝酒。喝了几次之后,聚会便固定下来。他们每个人都有说不完的话,总是争先恐后地抢着说,不得不选出一个议长来统筹,他们便将聚会取名为"议长会"。

有一次,议长会在新桥的某处相聚,回家路上,笃藏还想再聊,便和两三个人前往银座的酒吧。这次的人数没有多到需要议长,所以大家你一言我一语,热络地聊了起来。这时,一位坐在最里面,原本一直独自静静地喝酒的客人,忽然来到笃藏身旁。

"你不是秋泽吗?"

笃藏一看,原来是矢岛新太郎。他已经白发苍苍了。

"这真是太巧了。我们几年没见了?你是什么时候回来的?"

"我很久以前就回来了……"

"很久以前是什么时候?"

"战争还没结束的时候。"

"我都不知道,你怎么不通知我……"

"这个嘛……"

笃藏的酒友们说:"秋泽先生,我们需要先离开吗?"

"是我该说抱歉,我能去那边聊天吗?"

"当然,当然。你不在,我们才能多聊一些。我们正打算说你的坏话呢。"

"我才要说你们的坏话……那我就失陪了,抱歉。"

笃藏来到新太郎的座位,听他继续说下去。新太郎说,他本来在巴黎练习画画,可是一旦失败了,就很难再次抓住机会。就在他过着困窘生活的时候,第二次世界大战爆发,于是他回到了日本。

"你应该通知我一声啊。"笃藏说。

"哎呀,如果我是衣锦还乡的话就好了……我不想听到别人骂我活该、不听劝。"

"我怎么可能对你说那种话。那你现在怎么样?"

"我现在在当画商。毕竟我本来就熟这一行,过去也吃了很多苦,多亏了战后的法国热潮,现在生活还算过得去。"

新太郎拿出名片,笃藏一看,发现那是自己也曾耳闻的画廊。

"哦,这家啊。那你的生意做得很大嘛,这样足以感到自豪了。"

"可是我觉得很失落,毕竟我最初的目的并不是这个。"

新太郎虽这么说,但他的话语和态度都流露出一种从容不迫的气度,由此可知他事业稳定、生活安定。

笃藏说:"不要太贪心。又不是每个人都能做着自己喜欢的事讨生活。仔细想想,你为了当画家而放弃了当厨师,我觉得这种纯粹的感情很可贵。"

"结果兜了一个大圈子。"

"如果画画对你现在的工作有帮助,不是也很好吗?"

这时,议长会的朋友们对他说:"秋泽先生,你们慢慢聊。"就先离开了。

新太郎说:"你不跟他们一起回去,没事吗?"

"嗯,没事。反正我们每天都在官厅碰面。"

"对了,你最近好像也在画画吧?有一家天妇罗的店把你的画裱框挂在店里。"

"那根本称不上画,只是随便涂鸦罢了。被你这种内行人看见,真是难为情。"

"哪里，你画得很好。"

"真的吗？"

"当然是真的！要是把它做成天妇罗，一定很好吃。"

昭和四十六年三月，秋泽笃藏被法国餐饮烹饪学院推荐为荣誉会员。这所学院创立于一八八三年，是法国料理界最具权威的机构，正式会员只有五十人，荣誉会员也只有十人左右，而秋泽笃藏是第一个荣获推荐的日本人。

大约从这个时期开始，笃藏感到自己体力衰退。过去被夸赞像新马铃一样充满血色、不输给年轻人的漂亮肌肤，现在也日渐松弛。

唯有气势还是一如往常，他一遇到不高兴的事，不管是长官还是次官的办公室，都会冲进去大骂。然而在长长的走廊上走着走着，他不禁气喘吁吁，甚至忍不住蹲下来休息。年轻侍从一脸认真地对他说："我准备些椅子放在走廊上，让您随时可以休息，好吗？"

昭和四十七年，笃藏的视力越来越差，手也越来越无力，只能扶着墙壁走。任谁都看得出来，对他来说，退休只是时间问题了。

十月十八日，笃藏正式辞去厨司长的职务。在离职的前两天，他进行了向天皇致道别辞的预演。他拜托侍从："要是陛下对我说话，我一定会哭出来，太难为情了，麻烦你拜托陛下，请陛下什么都别说。"

两年后，笃藏躺在床上的日子变多了。

七月，他的病情恶化，陷入昏迷状态。

十四日，他突然睁开双眼，说：

"今天是 Quatorze Juillet。"

守在他枕边的一个人说：

"就是法国国庆节嘛。"

"那时候还没有这个名称。大家都说法国大革命纪念日，全法国都歌舞欢腾地庆祝。"

说完,他便闭上了双眼。年轻时的种种回忆,走马灯般地浮现在他的脑海里。

于是,他就这样离开了。

参考文献

本书在采访过程中，获得以下诸位的鼎力协助，在此衷心表示感谢。松田延夫、秋山匡、秋山四郎、高森藤马、福岛寿惠子、井上增雄、斋藤文雄、吉田武治、关冢喜平、关冢敏弘、关冢康男、高须八藏、多田铁之助、斋藤文次郎、板垣信久、品田一良、松村善二郎、诹访正人、立松弘臣、酒井一之、永井清阳、川岛太郎、堀洋、鹿喰清一、根岸龙介、小泽贵彦、小岭嘉太郎、成濑富造、森田纯次、入江相政、永积寅彦、堀越义助、犬丸实、小野升、山崎良夫、山本成雄、高崎实、川部幸吉、保芦邦人、增田政信、高桥邦太郎、吉野松夫等。

参考文献如下：

华族会馆志	霞会馆编	霞会馆
味	秋山德藏著	东西文明社
味之散步	秋山德藏著	产经新闻出版局
舌	秋山德藏著	东西文明社
料理一心	秋山德藏著	有纪书房
秋山德藏菜单集	秋山四郎编	秋山德藏追忆会出版部
天皇家的飨宴	忆秋会编	德荣株式会社

武生风土记	武生风土记编纂委员会编	武生市文化协议会
牛肉的历史	牛肉的历史编辑委员会编	畜产振兴事业团
西洋料理六十年	田中德三郎著	柴田书店
关冢家三代	关冢喜平著	关冢喜平
宫中见闻录	木下道雄著	新小说社
宫城之内	入江相政著	中公文库
宫中岁时记	入江相政编	**TBS-BRITANNICA**
宫内厅	田中德 等著	朋文社
东京文学散步	电电东京文艺同好会编	东京出版中心
日本洋果子史	池田文痴庵著	日本洋果子协会

图书在版编目（CIP）数据

皇室料理番 /（日）杉森久英著；周若珍译. —— 海口：南海出版公司，2018.1
ISBN 978-7-5442-6325-2

Ⅰ.①皇… Ⅱ.①杉…②周… Ⅲ.①长篇小说-日本-现代 Ⅳ.① I313.45

中国版本图书馆CIP数据核字（2017）第237931号

著作权合同登记号 图字：30-2017-114
TENNO NO RYORIBAN by Hisahide Sugimori
Copyright © Hisahide Sugimori
Published in Japan in 1982 by SHUEISHA Inc., Tokyo.
Simplified Chinese translation rights in China arranged by SHUEISHA Inc.
through THE SAKAI AGENCY and BARDON-CHINESE MEDIA AGENCY.
All rights reserved.

皇室料理番
〔日〕杉森久英 著
周若珍 译

出　　版	南海出版公司　（0898）66568511　海口市海秀中路51号星华大厦五楼　邮编 570206
发　　行	新经典发行有限公司　电话(010)68423599　邮箱 editor@readinglife.com
经　　销	新华书店
责任编辑	翟明明
特邀编辑	陈文娟
装帧设计	李照祥
内文制作	王春雪
印　　刷	北京天宇万达印刷有限公司
开　　本	850毫米×1168毫米　1/32
印　　张	12.25
字　　数	313千
版　　次	2018年1月第1版
印　　次	2018年1月第1次印刷
书　　号	ISBN 978-7-5442-6325-2
定　　价	49.60元

版权所有，侵权必究
如有印装质量问题，请发邮件至 zhiliang@readinglife.com